KB043715

너에 대한
두근거리는 예언

너에 대한

류잉 장편소설 | 이지은 옮김

두근거리는 예언

arte

차례

프롤로그

장마가 끝나자 무더위가 점점 기승을 부렸다. 교정은 매미 소리로 시끄러웠고, 고등학교 1학년 생활은 막바지로 접어들었다.

"양자역학에서 말하는 다중 공간 이론은⋯⋯."

물리 선생님은 그림을 그려가며 설명을 덧붙였다.

"간단한 예시 하나를 들어볼까? 수업 끝나고 선생님이 교실을 나가서, 복도 왼쪽 계단으로 내려갈 수도 있고 오른쪽 계단으로 내려갈 수도 있겠지. 일단 왼쪽으로 내려가기로 결정하면, 그 순간 시공간은 갈라지게 돼. 이런 논점에 따르면 우리가 어떤 선택을 할 때마다, 예를 들어 색이 다른 옷을 입고 외출한다면, 우리는 다른 시공간에 놓이고 다른 인물이 될 수도 있다는 거야⋯⋯."

교실 분위기는 진지했다. 다들 수업에 집중하며 열심히 선생님의 말을 필기했다.

나 역시 딴청을 피우지 않고, 혹시라도 핵심을 놓칠세라 수업에 열중했다.

누군가는 말했다. 열일곱. 인생에서 가장 꽃다운 나이라고.

하지만 이 꽃 같은 나이에 우린 매일 끝도 없는 시험에 시달렸고, 선생님은 우리들의 성적에만 신경 썼고, 친구들은 미소 속에 칼을 품고 있는 경쟁자에 불과했으며, 시험을 못 보면 엄마의 꾸중을 각오해야 했다.

이런 상황에서 꽃 같은 청춘이 무슨 소용이 있단 말인가?

1장

최악은 없다. 늘 더 나쁜 것이 기다리니까!

2018년 6월 2일.

새벽 6시 정각. 학교에 가려고 막 가방을 메고 나서는데, 등 뒤에서 "커쉰" 하고 부르는 소리가 들려왔다.

"안녕히 주무셨어요?"

나는 고개를 돌려 엄마를 바라봤다. 엄마는 잠옷 차림에 아직 잠이 덜 깬 얼굴로 문에 기대어 서 있었다.

"기말고사 언제야?"

"6월 27일부터 29일까지."

"시험 끝나면 방학이지?"

"응, 30일이 방학식."

"졸업 문집 표지 공모전 참가할 거야?" 엄마의 말투가 약간 딱딱해졌다.

"그림 그릴 시간 없어서 그냥 포기하려고." 게다가 엄마는 반대잖아!

"그림 잘 그린다고 칭찬하는 친구들은 그저 너한테 일을 떠넘기려고 그러는 거야. 영혼 없는 칭찬이란 거 알지? 바보처럼 그런 쓸데없는 일 맡지 마."

"이미 졸준위에서도 나왔어."

"우등반 학생한테 가장 중요한 건 공부야. 다른 일 신경 쓰지 말고 공부나 해."

"알았어."

"알았으면 됐고, 어서 학교 가."

엄마에게 인사하고 나와 침울한 기분으로 계단을 내려왔다. 아파트 정문을 여는 순간, 저 멀리 정류장을 떠나고 있는 스쿨버스가 보였다.

"아저씨! 잠깐만요!"

나는 버스를 쫓아가면서 손을 휘젓고 소리쳤지만, 기사 아저씨는 내 소리를 듣지 못했는지 그대로 떠나버렸다.

"이상하네……. 출발 시간 아직 안 됐는데, 왜 벌써 출발한 거지?"

숨을 헐떡대며 시계를 확인하고는 의아함에 고개를 갸우뚱했다.

우리 집은 학교와 거리가 꽤 멀어 나는 매일 5시 반에 일어나 6시 10분에 출발하는 스쿨버스를 탔다.

집 근처 정류장이 마침 스쿨버스 출발점이라서 타는 학생이라곤 딱 나 혼자였다. 기사 아저씨도 평상시 내가 차에 타지 않았으면, 알아서 몇 분 더 기다려주곤 했다. 그런데 어쩐 일인지 오늘은 일찍 출발해버린 것이다.

스쿨버스를 놓쳐서 시내버스를 타고 가야 했다. 일반 시내버스는 승객도 많고, 정류장마다 서기 때문에 지각하기 일쑤였다.

5분쯤 기다렸을까. 시내버스가 천천히 정류장에 도착했다. 차에 올라 자리에 앉은 뒤 휴대폰을 꺼내 들고 허빙원의 인스타그램을 살펴봤다.

드디어 꿈에도 그리던 농구화 샀다. 내일 신고 뛰어야지!

인스타그램에는 흰색 운동화 사진이 올라와 있었고, 게시 시간은 어젯밤 11시였다. 그때까지 빙쉰은 자지 않고 있었단 얘기다.

수업 끝나고 응원하러 갈게!

나는 사진에 '좋아요'를 누른 다음 글을 남겼다. 그러고는 빙쉰과의 라인 대화창을 열었다.

야오커쉰: 이젠 엄마만 봐도 긴장돼. 졸준위에서 안 나온 거 들킬까 봐.
야오커쉰: 기말고사 다가오네. 이번 주말에 도서관 가서 같이 공부할래?
야오커쉰: 바빠?
야오커쉰: 자?
야오커쉰: 잘 자.

어젯밤 11시쯤 빙쉰에게 보낸 메시지는 모두 읽지 않음으로 표시되어 있었다. 이런 상황이 이미 사흘째다.

왠지 초조해져 왜 메시지를 읽지 않느냐고 전화하고 싶었지만 결국 통화 버튼을 누르지 못했다.

메시지를 너무 많이 보내서 짜증 난 건가?

꼬치꼬치 물으면, 괜히 트집 잡는다고 생각하려나?

잠시 이런저런 생각에 잠겨 있다가 휴대폰을 책가방 속에 넣고 고개를 창밖으로 돌렸다.

허빙쉰은 내 남자 친구다.

중학교 우등반 동창인 우리는 처음엔 성적으로 라이벌 관계였고, 서로 경쟁하는 과정에서 감정이 싹텄다. 졸업식 날 빙쉰이 내게 고백해 정식으로 사귀게 되었다. 그리고 운 좋게도 같이 신위안고등학교에 붙었다.

신위안고등학교는 산언덕에 있었다. 그 덕에 학생들과 선생님들은 산 아래 도시의 경치를 마음껏 감상할 수 있었고, 오래된 수목이 우거져 녹색으로 가득한 교정은 '가장 아름다운 고등학교'라는 별칭이 붙을 정도였다.

학교가 있는 언덕 아래에는 번화한 상점가가 있었다. 시내버스는 스쿨버스처럼 교문 앞까지 가지 않고 상점가 정류장에 서기 때문에 학생들은 버스에서 내려 10분 넘게 언덕을 올라야 교실에 도착할 수 있었다.

까딱하면 곧 지각이어서, 버스에서 내리자마자 서둘러 학교로 향했다.

세 번 지각이면 경고, 경고 세 번이면 벌점이었다. 이미 여덟 번이나 지각을 한 터라, 이번에 걸리면 벌점을 받게 된다. 그럴 순 없지!

길에서 마주친 다른 학생들은 이미 포기한 듯 천천히 학교로 향했고, 나 혼자 죽기 살기로 가파른 언덕을 올랐다.

언덕 중간쯤에 도착하면 길이 세 갈래로 갈라진다. 왼쪽 길은 학교 후문으로 통하고, 오른쪽 길은 정문으로 통한다. 두 길 중간에는 삼각형의 안전지대가 있다.

그때 아침 자습 종소리가 울려 퍼졌다. 종소리에 나는 마음이 더 조급해졌다.

"안 되겠다! 담 넘어야지!"

나는 후문으로 통하는 왼쪽 길로 들어섰다.

이 시간이면 학교 후문은 당연히 이미 닫혔지만, 이럴 때 써먹기 좋은 은밀한 지점이 있었다. 그곳을 통해 넘어가면 선도부에 걸리지 않을 터였다.

벽을 따라 체육관 뒤편에 도착한 나는 지난번 태풍으로 가지가 꺾인 나무를 찾았다. 부러진 가지가 담장 위로 늘어져 학교 안쪽까지 무성히 드리웠다.

먼저 책가방을 등 뒤로 단단히 메고, 치마를 입었거나 말거나, 조심스럽게 나무를 타고 담장 위로 올라갔다.

왼쪽 다리 먼저 안으로 넘긴 후 담장 위에 걸터앉아 발밑의 상황을 살폈다. 안쪽 지대가 낮아서 벽이 더 높게 느껴졌다. 여기서 뛰어내리면 다칠 수도 있다.

"도둑고양이 한 마리 포획!"

"깜짝이야!"

갑자기 들려온 목소리에 나는 화들짝 놀랐다.

당황하며 목소리가 들려온 곳을 향해 고개를 돌렸다. 체육관 건물 모퉁이에서 훤칠한 체격의 남학생이 나타났다. 교복을 깔끔하게 차려입고, 왼쪽 팔에는 노란색 완장을 차고, 오른손에는 지각생 명단판을 들고 있는…… 선도부였다!

"반, 번호, 이름." 내 쪽으로 다가온 남학생이 펜을 들고 말했다.

"한 번만 봐주면 안 돼요? 나 이미 지각 여덟 번인데." 나는 두 손을 모으고는 목소리를 낮춰 애걸했다.

"훌륭하네요. 이번 지각으로 마침내 벌점 획득." 남학생은 무표정으로 꿈쩍도 하지 않았다.

"엄마한테 혼날 거예요."

"그럼 늦지 말던가."

"동정심도 없어요?"

"그런 성가신 건 취급 안 해서."

"한 번만 봐주세요. 음료수 살게요." 나는 최대한 애처로운 목소리로 말했다.

"뇌물 금지!" 남학생은 짜증이 난 듯 미간을 찌푸리더니 성가시다는 투로 말했다. "시간 낭비하지 말고, 빨리 반이랑 번호, 이름 대!"

"1학년 2반 17번 야오커쉰." 나는 풀이 죽어 그냥 항복했다.

남학생은 빠르게 받아 적은 후 바로 몸을 돌려 걸음을 옮겼다.

"그런데 저기요!"

남학생은 내 외침에 발걸음을 멈추고는 미간을 찌푸린 채 나를 쳐다봤다.

"담이 너무 높아서 못 내려가겠어요. 선도부는 불쌍한 사람 못 본 척하지 않죠?" 조금 민망했다.

"정말 성가시네." 남학생은 그렇게 중얼거리고는 말했다. "조건 하나! 내려오는 거 도와주고 나면 더 이상 말 걸지 않기."

"절대 안 걸게요."

"이쪽으로 몸 돌리고, 책가방 먼저 던져."

나는 오른 다리도 담장을 넘어 몸을 돌린 뒤 책가방을 던졌다. 남학생은 가방을 받아 지각생 명단판과 함께 한쪽 바닥에 내려놓고 나를 향해 한 발 다가왔다.

"내 어깨 잡아."

남학생은 두 손을 높이 올려 내 허리를 감쌌다.

나는 조심스럽게 앞으로 몸을 기울이며 남학생의 어깨로 손을 뻗었다. 우리 둘의 거리가 좁혀지면서 남학생의 얼굴이 또렷해졌다.

점잖게 생긴 외모였다. 마치 겨울 안개가 자욱하게 깔린 것 같은 까만 눈동자, 냉담해 보이는 눈빛, 곧게 솟은 콧날, 그리고 그 아래 라인이 꽤 예쁜 얄팍한 입술. 풍성하면서 윤기가 흐르는 검은 머리칼, 살짝 바깥으로 뻗은 머리 끝.

"꽉 잡았어?"

남학생이 나를 바라보며 물었다.

고개를 끄덕이던 나는 남학생의 눈에 비친 내 모습에 나도 모르게 두 볼이 빨갛게 달아올랐다.

"뛰어!"

남학생이 낮은 목소리로 말했다.

나는 훌쩍 앞으로 몸을 날려, 나를 지탱하고 있는 남학생의 팔을 지지대 삼아 땅에 안전하게 내려왔다.

내가 내려오자마자 남학생은 바로 내게서 손을 떼고는 명단판을 들고 자리를 뜨려고 했다.

나는 곧장 남학생에게 다가가 앞을 가로막았다.

"부탁인데요……."

내가 뭐라 더 말하기도 전에 남학생은 명단판으로 내 이마를 '딱' 소리 나게 치더니 말했다.

"그만."

눈 깜짝할 사이에 반격을 당한 나는 분해하며, 그저 가만히 남학생의 뒷모습만 바라보았다. 내가 내려오면 한 번 더 애원할 줄 미리 알고서 아까 아무 말도 하지 말라고 선수 친 건가?

하지만 한 번 더 부탁해볼까 하는 생각은 조금 전 불시에 들었는데. 미리 계획해놓은 것도 아닌데 어떻게 그걸 안 거지?

저 선도부는 몇 학년일까? 같은 학년? 아니면 선배? 이름은 뭐지?

아침 에피소드는 그렇게 끝났다. 나는 서둘러 특별반 건물로 들어갔다. 우등반은 모두 이 건물에 있었다. 당연히 내가 속해 있는 문과 우등반도 마찬가지였다. 아침 자습 시간이 끝나자 내 왼쪽에 앉은 황샹링이 어깨를 톡 치며 다정하게 물었다.

"커쉰, 오늘도 늦잠 잤어?"

"아니, 아침부터 엄마가 또 잔소리하는 바람에 좀 늦게 나왔는데, 스쿨버스가 오늘따라 일찍 출발해서 놓쳤어."

나는 어쩔 수 없었다는 표정을 지으며 샹링을 바라봤다. 찰랑거리는 검은 머리를 길게 기른 샹링이 어수룩하게 웃으며 말했다.

"또 뭐라고 하셨는데?"

"열심히 공부해서 성적 올리라는 거지 뭐."

"우리 엄마 아빠도 항상 그 소리인데." 샹링은 가볍게 한숨을 내쉬었다. "오늘 1교시는 영어, 2교시는 국어, 4교시는 역사 시험보잖아. 어제 공부 좀 했어?"

"한 번씩만 봤어."

"난 역사 반만 보다 잠들었어. 내가 꼴찌 할 거 같은……." 샹링의 눈에 어두운 그림자가 드리웠다.

"뭘 그렇게까지 생각해. 지금이라도 어서 외워, 외우면 될 거야!"

나는 샹링에게 용기를 불어넣으며 영어책을 펼쳤다.

꼴찌를 할까 두려운 마음에 샹링은 자기와 처지가 비슷한 친구에게 속내를 털어놓고 싶은 거다. 난 그 마음을 십분 이해했다. 중학교에서 난다 긴다 하던 아이들을 모두 모아놓은 이 우등반에서 샹링의 평균 성적은 뒤에서 5등이었다.

그리고 나는 뒤에서 6등이었다.

"신위, 신위!"

가오잉치가 교실로 들어왔다. 짧은 포니테일 스타일로 단정하게 머리를 묶은 잉치는 우리 반에서 목소리가 가장 큰 여학생이다.

내 오른쪽에 앉은 우신위는 고개를 숙이고 영어로 된 소설책을 보고 있었다. 신위는 우리 반 1등이다.

신위 부모님은 딸이 열심히 공부하도록 응원하는 차원에서, 100점을 맞거나 석차 3등 안에 들면 선물을 사준다고 한다. 그래서 신위는 옷부터 문구류, 휴대폰까지 항상 최신 유행의 선도자였다. 성적 좋고 집안 형편도 좋아 금수저에 가까웠지만, 자기가 가진 것에 만족하며 사는 사람이 어디 있는가. 신위는 항상 자신이 외모가 예쁘지 않아서 여태껏 남친이 없다고 투덜댔다.

"어제 한국 드라마 봤는데, 거기 나오는 본부장님 완전 끝내줘!" 신위에게 뛰어가던 잉치가 실수로 내 책상을 쳤다. "커쉰, 미안."

"괜찮아." 나는 고개를 저어 보이며 책상을 바로 놓았다.

"1교시 영어 시험 볼 거 외우는 거야?"

"응."

"그건…… 커닝이랑 다를 바 없잖아!"

"어째서?" 나는 이해할 수 없었다.

"어젯밤에 외웠어야지. 시험 직전에 외우는 건…… 조금 그렇지 않나!" 잉치는 오른쪽 눈썹을 치켜세우며 말했다.

그렇지 않냐고? 뭐가 그렇지 않냐는 거야? 시험 보기 전에 복습하는 게 잘못이란 말이야?

"나 요즘 미드 보는데, 드라마에 나오는 형사 대박 잘생겼어." 신위의 말이 어색한 분위기를 깨뜨렸다.

"난 미드는 별로더라." 잉치가 신위 앞에 있는 의자를 잡아당겨 앉았다.

"미드 보면 영어 리스닝도 늘잖아."

"난 한국어 배우고 싶어. 어제도 밤 12시까지 보느라 공부 못 했어. 이제 죽었다!"

"지금 빨리 한 자라도 봐."

"됐어! 안 할래, 뭐하러 마음 졸여가며 벼락치기야."

잉치는 휴대폰을 꺼내 보면서 웃었다.

잉치의 비아냥거리는 말투가 마치 내 머리를 마구잡이로 짓밟는 것 같았다.

4교시가 끝난 후 샹링은 지친 듯 책상에 엎드리며 한숨을 쉬었다.

"휴…… 드디어 오늘 시험 다 봤네. 다행히 꼴찌는 아닌 듯."

"역사 점수 나보다 더 높네." 나는 역사 시험지에 쓰인 76이란 숫자를 보며 한숨을 쉬었다.

"어젯밤에 정말 반밖에 못 봤는데, 오늘 운이 좋았는지 봤던 부분에서 많이 나왔어. 안 본 부분은 찍었는데 맞혔고."

"나는 옛날부터 찍기 운은 지지리 없는데."

"너는 또 100점이네!" 잉치가 고개를 돌려 신위의 시험지를 보며 말했다.

"너도 잘 봤잖아, 세 과목 다 90점 넘었으면서." 신위가 미소를 지으며 말했다.

"아무렇게나 막 푼 거야. 어제 정말 공부 하나도 안 했어."

"아무렇게나 막 풀었는데 다 90점대라고? 마음잡고 공부하면 나 이기겠네?"

신위의 말투가 날카로웠다. 반에서 2등인 잉치를 마치 적으로 생각하는 듯했다.

우등반에는 괴물 같은 아이들이 많았다. 공부를 안 해도, 막 찍어도, 수업 시간에는 자고 쉬는 시간에는 만화책만 봐도, 그저 몇십 분을 할애해 학원 프린트물을 외우면 다들 나보다 시험을 잘 봤다.

중학교 때 선생님의 말씀이 떠올랐다. '천재는 1퍼센트의 천부적 소질과 99퍼센트의 노력으로 이루어진다.'

하지만 천재는 1퍼센트의 천부적 소질만 가지고도 99퍼센트의 노력으로 살아가는 일반인을 쉽게 이길 수 있다는 사실을, 나는 이 우등반에서 절감했다.

"커쉰, 아까 복도에 붙은 포스터 봤는데, 졸준위 솜씨 장난 아니더라!"

샹링이 웃으며 나를 띄워줬다.

졸준위, 즉 졸업식 준비 위원회는 1, 2학년 각 반에서 한 명씩이 모여, 기획, 진행, 이벤트, 디자인, 영상, 이렇게 다섯 분야로 나뉘어 졸업식 준비를 했다. 저번 달에 졸준위 위원을 모집할 때, 우리 반에서는 아무도 하려는 사람이 없어서 결국 내가 자원했고, 디자인 팀으로 배정됐다. 하지만 엄마는 극구 반대했다.

"그거 나랑 3반, 4반 애들이랑 만든 거야."

나는 미술에는 늘 자신이 있었다.

"커쉰은 그림 진짜 잘 그려. 미술 성적이 항상 반에서 톱이잖아." 신위가 불쑥 대화에 끼어들었다.

"진짜 대단해. 그런데 왜 미술반에 안 들어갔어?" 잉치도 한마디 거들며 물었다.

"미술반에 들어가려면 소묘랑 수채화 시험을 봐야 하는데, 난 그냥 끄적거리는 걸 좋아할 뿐이지 제대로 배워본 적은 없어서 예체능 지원할 수준은 아니거든." 나는 난처해하며 변명했다.

"어떤 대학 디자인과는 실기 안 봐서 일반 학생도 응시할 수 있대." 신위가 용기를 북돋아주며 말했다.

"그거야 성적이 그만큼 좋아야지." 잉치의 한마디에 나는 또 풀이 죽었다.

"커쉰은 그림만 잘 그리는 게 아니고, 잘생긴 남친도 있잖아. 얼마나 좋아!" 샹링은 부럽다는 투로 말했다.

"맞아! 나처럼 남친도 못 사귀는 공붓벌레랑은 다르지." 신위가 나지막이 한숨을 내쉬었다.

"빙쉰 좋아하는 여자애들 엄청 많다며?" 잉치가 슬쩍 신위를 쳐다보았다.

"응, 중학교 때부터 인기 최고였어." 나는 어물쩍 웃어넘겼다. 하지만 잉치의 말에 또 한 방 맞은 것처럼 가슴이 아려왔다.

신위안고등학교에 합격한 뒤, 엄마는 내가 우등반 선발 시험에 응시해 문과 우등반에 들어가길 원했다.

　반면, 빙쉰은 보통반에 남아 있는 것을 선택했다. 빙쉰의 성적은 반에서 중간을 살짝 웃돌았다. 빙쉰은 인기 많은 농구부에 들어갔고, 잘생긴 외모 덕분에 금세 1학년의 유명 인사가 되었다.

　우등반과 보통반 교실은 건물이 달랐다. 게다가 빙쉰이 학교 근처 할아버지 집으로 이사해 같이 스쿨버스를 탈 일도 없어지면서, 우린 서로 만날 기회가 줄어들었다. 전화나 메신저로 마음을 전할 수 있긴 했지만 공통 화젯거리는 점점 줄어들었고, 이런 상황으로 인해 내 불안감도 계속해서 커져만 갔다.

　수업이 끝나고, 교문 앞은 스쿨버스를 기다리는 학생들로 인산인해를 이루었다. 나는 인파에 끼어드는 대신 체육관으로 향했다.

　복도를 지나다 나도 모르게 발걸음을 늦춰 머리 위 게시판으로 시선을 옮겼다. 게시판에는 학년별로 중간고사 전교 50등까지의 이름이 적혀 있었다. 1학년은 보통반 4명을 제외하고는 모두 이과 우등반과 문과 우등반으로 명단이 채워져 있었다.

　1등 천보쥔, 1학년 1반(이과 우등반)

　2등 슝샤오웨이, 1학년 1반(이과 우등반)

　3등 바이상환, 1학년 10반

　4등 우신위, 1학년 2반(문과 우등반)

　우등반 학생의 성적이 더 우수한 것은 당연한 일이었기에, 명단에 끼어 있는 보통반 학생은 유난히 눈에 띄었다.

바이상환처럼 보통반 학생이 우등반 학생을 제치고 전교 3등을 차지하는 것은 1등보다 더 대단한 일이었다!

명단을 바라보며 나는 작게 한숨을 내쉬고는 복도를 지나 체육관으로 향했다.

중학교 시절에는 나 역시 전교 15등 안에 드는 학생이었다. 하지만 고등학교에 올라온 후에는 아무리 노력해도 항상 뒤에서만 맴돌았고, 자랑스럽던 우등생의 영광은 이제 과거 속으로 사라져버렸다.

체육관에 도착하니 농구부가 두 팀으로 나눠 친선 경기를 준비하고 있었다.

빙쉔은 내가 온 것을 보고는 해맑은 미소를 지으며 손을 흔들었다. 시원하게 자른 헤어스타일과 농구복 속의 다부진 몸매만으로도 멋짐이 폭발했다.

호루라기가 울리자, 선수들이 서로 몸싸움을 하며 뛰어갔다. 가로채기, 노룩패스, 속공, 슛, 급박하게 돌아가는 패스 소리, 운동화와 바닥의 마찰음에 관객들의 긴장과 흥분이 배가 되었다.

그 많은 선수 중에서 빙쉔은 새하얀 운동화가 눈에 띄어 더욱 눈길을 사로잡았다.

"빙쉔! 화이팅, 힘내!" 나는 경기장 옆쪽에서 계속 함성을 지르며 빙쉔을 응원했다.

"야옹……."

복슬복슬한 물체가 내 다리를 비비는 느낌에 고개를 숙여 보니, 얼룩 고양이 한 마리가 내 다리에 기댄 채 여유작작 혀로 털을 정리하고 있었다.

학교에는 개 두 마리와 고양이 한 마리가 살고 있었다. 고양이는

'꽃님이'라고 불렸는데, 노란색, 검은색, 하얀색 털이 뒤섞인 얼룩 고양이였다. 그래서 '삼색이'라고도 불렸다.

"꽃님이도 빙쉰 응원하러 왔니?"

나는 쪼그리고 앉아 꽃님이 머리를 쓰다듬었다.

꽃님이는 내 손바닥에 머리를 비비며 애교를 부리듯 "야옹" 하고 소리를 냈다.

"있어, 가져왔지."

나는 가방을 열어 고양이용 간식 봉지에서 어포 하나를 꺼내 내밀었다.

꽃님이는 어포를 덥석 받아 물더니 맛있게 먹었다.

"학교 끝나고도 체육관에 사람이 이렇게 많구나."

귀에 익은 목소리가 들려와 뒤를 돌아보니 우신위였다.

"커쉰, 왜 여기 있어?" 신위는 의아하다는 표정을 지으며 내 옆에 쪼그리고 앉아 꽃님이를 쓰다듬었다. "아! 농구부가 여기서 훈련을 하는데, 네가 없으면 그게 더 이상한 거구나."

"넌 오늘 학원 안 갔어?" 내가 알기로 신위는 매일 학교가 끝나면 바로 스쿨버스를 타고 학원으로 갔다.

"오늘은 학원 수업 시간이 바뀌었어. 선생님께 여쭤볼 게 있어서 남았는데, 집으로 곧장 가기 싫어서 학교 여기저기 걷다가 체육관에 경기 있는 거 같아서 보려고 들어왔지." 신위가 웃으며 대답했다.

"넌 진짜 열심히 한다." 나도 모르게 부끄러워졌다.

"열심히 안 하면 안 돼. 이겨야 하는 녀석이 있어서."

"누구?"

"10반의 바이상환이라고."

"전교 3등 한 그 남학생?"

조금 전 전체 석차에서 본 그 이름이 아직 뇌리에 남아 있었다.

"응, 시험 볼 때마다 걔가 전교 3등을 하는 바람에 내가 밀려나잖아." 신위는 달갑지 않다는 표정을 지으며 말했다.

"난 전교 50등 안에 든 것만으로도 대단하다고 생각하는데." 기분이 조금 우울해졌다. 다시 어포 하나를 꺼내 꽃님이에게 내밀었다.

"그렇게 생각하지 마. 열심히 하면 될 거야." 신위는 내 어깨를 토닥이며 위로의 말을 건넸다.

바로 그때, 날카로운 호루라기 소리와 함성이 들려 다시 고개를 돌려 경기장을 보았다. 훤칠한 빙쉰의 몸이 가볍게 뛰어오른 상태였고, 손을 떠난 농구공이 완벽한 포물선을 그리며 정확히 골대로 빨려 들어가면서 경기는 종료되었다.

"와! 종료골이네! 이겼다, 이겼어!"

흥분한 나머지 내가 깡충깡충 뛰는 바람에 꽃님이가 놀라 황급히 도망갔다.

선수들이 빙쉰에게 달려들어 목을 감싸 안자, 빙쉰은 만족스러운 웃음을 지었다. 그러고는 이마에 난 땀을 손등으로 닦으며 고개를 돌려 내 쪽을 보았다.

"빙쉰, 정말 멋져!"

나는 소리치며 손뼉을 쳤다.

빙쉰의 시선이 아직 쭈그려 앉아 있는 신위에게 닿는가 싶더니, 땀을 닦던 손이 잠시 멈칫했다.

"집에 가야겠다." 신위가 갑자기 일어섰다.

"응, 잘 가!" 나는 신위에게 인사를 건넸다.

신위가 자리를 뜬 후, 농구부 역시 경기장을 정리하고 각자 흩어졌다. 하지만 이미 스쿨버스는 끝난 시간이라, 집에 가려면 언덕 아래 상점가로 내려가 시내버스를 타야 했다.

"마지막 슛 정말 멋졌어!"

나와 빙쉰은 나란히 언덕 아래를 향해 걸었다.

"오늘은 운도 좋았고, 슛 감도 좋았어. 드리블도 잘 됐고." 빙쉰은 잘난 체하는 기색 없이 웃으며 말했다.

"새로 산 운동화 덕분인가?"

"하하, 그럴지도!"

"요 며칠간 밤에 뭐 했어?"

"숙제도 하고 책도 봤어, 왜?"

"내가 라인 보냈는데, 안 보길래……." 나는 계속 궁금하던 것을 물었다.

"우리 라인에서 한번 대화 시작하면 끝도 없잖아. 곧 기말고사도 있어서 네 공부 방해하고 싶지 않았어." 빙쉰은 미소를 거두고는 시선을 아래로 향하며 말했다. "네가 시험 못 볼 때마다 엄마한테 혼난다니까, 나도 좀 그렇더라고. 너희 엄마가 혹시 성적 떨어진 게 나 때문이라고 생각하실까 봐."

고등학교에 올라온 후로 성적이 좋지 않아 항상 엄마에게 잔소리를 듣다 보니 자주 빙쉰에게 투덜거렸고, 빙쉰은 그럴 때마다 나를 위로하고 격려해줬다. 내 부정적인 감정을 자주 공유한 게 빙쉰에게 부담이 되리라고는 생각도 못 했다.

"미안, 공부 안 한 건 내 잘못인데 너한테 부담을 줬네. 앞으로는 투덜대지 않을게." 빙쉰의 감정까지 헤아리지 못한 내가 너무 못나 보였다.

"뭐 부담이랄 것까진 없고, 남자 친구면 원래 여친의 고민을 잘 들어줘야지, 안 그래?" 빙쉰이 내 머리를 쓰다듬으며 다정한 목소리로 말했다. "다만…… 곧 기말고사니까, 서로 열심히 공부할 시간을 좀 갖자는 거야. 시험 끝나고 실컷 얘기하자."

내가 빙쉰에게 투덜댔던 그 시간은 어쩌면 빙쉰에겐 공부 시간이었을 수도 있다. 내가 빙쉰의 공부 시간을 빼앗았을지도 모른다는 사실을, 빙쉰의 말을 듣고서야 깨달았다.

"알았어, 그럼 기말고사 볼 때까지는 저녁에 각자 열심히 공부하자." 나는 죄책감을 느끼며 말했다.

"그래, 같이 힘내자!" 빙쉰은 미소를 지으며 고개를 끄덕였다.

"난…… 네가 내 메세지를 씹은 줄 알았어."

"바보, 도대체 무슨 생각을 한 거야?"

"학교에서 넌 인기 만점이니까 다른 여자애를 마음에 둔 건 아닌가 싶었지."

"오버한다, 오버!"

빙쉰은 내 머리를 쓰다듬고는 손을 붙잡았다.

나는 빙쉰과 깍지를 꼈다. 며칠간 내 마음을 억누르던 불안감이 싹 달아났다.

다음 날 아침, 나는 일부러 집에서 좀 더 일찍 나와 제시간에 스쿨버스를 탔다.

"아저씨, 어제는 왜 그렇게 빨리 출발하셨어요?" 나는 차에 오르자마자 물었다.

"어제 내가 일이 있어서 다른 기사가 근무했는데, 일찍 출발했어?" 기사 아저씨는 전혀 몰랐다는 듯 되물었다.

"네, 그런데 미리 나와 있지 않은 제 잘못이죠, 뭐."

나는 기사 아저씨만의 잘못이 아니라는 것을 인정했다.

얼마 후, 스쿨버스가 학교 앞에 도착했다. 이 시간이 딱 등교 피크타임이었다. 노선별 스쿨버스가 모두 도착한 데다 직접 아이를 데려다주는 학부모들의 차량까지 합세해 학교 앞은 매우 혼잡했다. 선도부와 교무부 선생님들이 나와 교통정리를 하고 있었다.

나는 정문으로 걸어 들어가며 책가방에서 휴대폰을 꺼내 메시지를 확인했다.

허빙쉰: 굿모닝, 오늘도 파이팅!

빙쉰이 보낸 메시지를 보고 기분이 좋아져 바로 답장을 보내려던 참이었다.

"저기요."

누군가가 내 어깨를 톡톡 쳤다.

"가방에서 이거 떨어졌는데……."

"네?"

나는 걸음을 멈추고 뒤를 돌아보았다. 수학 시험지였다. 빨간색으로 쓴 숫자 10이 눈에 확 들어왔다. 아, 창피해!

바로 시험지를 낚아채는데, 문득 익숙한 얼굴이 시야에 들어왔다.

어제 지각해서 마주쳤던 그 선도부원 아닌가?

"어제 그!" 나는 경악해서 소리쳤다.

"또 너냐." 선도부원 역시 미간을 약간 찌푸렸다.

이 창피한 수학 점수를 남한테 들켰다는 생각에 너무 민망해서 시험지를 마구잡이로 구겼다.

"아깝게. 100점짜린데……." 선도부원은 내 행동에 살짝 놀란 듯한 목소리였다.

나는 잠깐 어리둥절했다가 화가 치밀어 올라 약간 흥분한 말투로 쏘아붙였다. "시력 안 좋아요? 10점이랑 100점은 천지 차인데요!"

선도부원이 지각생 명단판으로 내 머리를 툭 내리쳤다.

"뒷면이랑 앞면 더하면 말이야."

"무슨 뜻이에요?" 나는 어리둥절했다.

"직접 보면 되잖아?"

선도부원은 이 한마디를 남기고는 교문을 향해 걸어갔다.

예의 없는 선도부원의 말투에 화가 나기도 하고 주눅도 들어, 나는 씩씩대며 특별반 건물로 향했다.

뒷면이랑 앞면을 더하라니…… 무슨 뜻이지?

나는 이미 구겨버린 시험지를 황급히 펴봤다. 시험지 뒷면에는 졸업 문집 표지 도안이 그려져 있었다.

유감스럽게도, 도안대로 컴퓨터 작업을 하려는 순간 엄마한테 들키는 바람에, 공부 외에 다른 일에는 신경 쓰지 말라는 잔소리를 한바탕 듣고는 표지 공모전에 참가하지 않았다.

그 선도부원의 말은 내 디자인이 90점짜리라는 뜻인가?

하지만 지금 와서 생각해봤자 아무 쓸모 없었다. 미완성인 작품은,

중간에 포기한 달리기 시합과 마찬가지였다. 빵점.

졸준위는 오늘 오후부터 졸업식장을 꾸미기로 했다. 나는 선생님께 말씀드리고 강당으로 가던 길에, 복도 끝에서 풍채 좋은 한 아저씨와 하마터면 부딪힐 뻔했다.

반사적으로 손을 들어 막으려다, 실수로 그 아저씨가 들고 있던 서류 봉투를 쳐서 떨어뜨렸다. 나는 바로 몸을 구부려 봉투를 주워 들고 먼지를 떨어냈다. 봉투에 적힌 글자가 눈에 들어왔다.

신위안고등학교 종합 활동 건물 증축 공정 입찰 공고
캉징야오건축사사무소

나는 몸을 일으켜 내 앞에 있는 중년 남성을 바라봤다. 흰 셔츠에 검은 정장 바지를 차려입고, 약간 긴 머리에 턱수염도 길러 중후하면서도 개성 있어 보였다.

"죄송해요……." 나는 사과하면서 서류를 건넸다.

"괜찮아요." 아저씨는 서류 봉투를 건네받으며, 조금 이상한 눈빛으로 나를 뚫어져라 보았다.

나는 별생각 없이 다시 한 번 사과한 후 아저씨를 지나쳐 강당으로 향했다.

강당에는 이미 졸준위 위원들이 다들 모여 있었다. 곧장 디자인 팀에 합류한 나는 가위로 오려 모양을 낸 종이와 풍선으로 파도와 배, 구름과 갈매기 형상을 만들었다. 선배들의 밝은 미래를 응원하는 의미에서 무대의 빨간 천에 붙일 생각이었다.

7반의 위하오옌은 원래 영상 팀에서 촬영과 영상 제작을 맡았는데, 그쪽 일이 거의 마무리되어 졸준위 회장의 요청으로 디자인 팀을 도와주러 왔다.

나는 하오옌과 바닥에 마주 보고 앉아 종이를 파도 무늬로 오렸다.

"저기, 어제 허빙쉰 컨디션 죽이더라! 특히 마지막 슛은 신의 한 수였어. 내가 다 무릎 꿇을 뻔했잖아." 하오옌이 가위질을 하며 나에게 말을 걸었다.

"어제 너도 거기 있었어?" 나는 고개를 들어 물었다.

"내 친구도 어제 경기 뛰었거든. 머리에 꽃무늬 두건 둘렀던 녀석이 내 친구라 응원하러 갔지. 네 맞은편에 있었는데."

"미안, 못 봤네."

나는 어제의 일을 되새겨보았다. 꽃무늬 두건을 두른 선수가 빙쉰과 공을 놓고 경쟁했던 게 떠올랐다.

"남자 친구 빼고는 주변에 누가 있는지 전혀 안 보이지?" 하오옌이 놀리듯 말했다.

"그건…… 당연한 거 아냐?" 나는 부끄러워 바보처럼 웃었다.

"허빙쉰은 운도 좋아. 어제 걔가 신은 신발 그거 한정판이었잖아. 가격도 8,000위안이 넘고, 돈 있다고 다 살 수 있는 것도 아니고!"

"엥? 그래?"

"응, 사전에 인터넷으로 신청하고 뽑혀야지 구매권을 받을 수 있었어. 그거 300켤레 한정판이었는데, 전국에서 4,000명 넘게 신청했대! 우리 학교에서도 많이 신청했는데, 허빙쉰만 손에 넣었지."

"그게 그렇게 비싸고, 또 사기도 힘든 거였구나."

가격을 듣고서 나는 혀를 내둘렀다. 나와 빙쉰은 사귀는 사이지만,

상대방의 소비 성향에 대해선 전혀 터치하지 않았다.

"인기 있는 운동화는 원래 비싸잖아. 그런데 나는 유행 때문에 돈 쓰고 싶진 않더라." 하오옌은 입을 삐죽거렸다.

"나도! 우리 엄마는 나 먹여 살리느라 매일 야근하거든. 어디 돈 벌기가 쉬운가?" 나도 맞장구쳤다.

몇 시간 뒤, 강당 안으로 석양이 비춰들기 시작했다. 나와 하오옌은 가위로 오려낸 파도 모양을 무대의 빨간 천에 붙였다. 다른 아이들도 각자 맡은 무대 장식을 속속 끝냈다. 졸준위 회장은 휴대폰을 꺼내 정성스레 꾸민 졸업식장을 배경으로 졸준위 단체 사진을 남겼다.

뒷정리를 하고 강당을 나설 때는 이미 하교 시간이 한참 지난 후였다. 어두워진 하늘 저편에 노을이 살짝 남아 있었다. 나는 졸준위 친구들과 같이 차를 타기 위해 언덕 아래 상점가로 향했다.

정류장 뒤편에는 반려동물 용품을 파는 가게가 있었다. 진열창 안 펜스에 입양을 기다리는 유기 동물들이 있어서, 매번 버스를 기다릴 때면 그 앞에 서서 안에 있는 고양이와 강아지를 들여다봤다.

마침 꽃님이를 위해 사놨던 어포가 거의 떨어질 때가 되었기에 하나를 더 사기로 했다.

가게 문을 열고 들어가 익숙하게 고양이 간식 코너로 향했다. 할인 이벤트 중인 다랑어 슬라이스가 딱 한 포 남아 있었다.

가끔은 다른 맛을 먹어보게 하는 것도 괜찮지. 다랑어 슬라이스 봉지에 손을 뻗는 순간, 갑자기 옆쪽에서 누군가의 손이 쑥 들어오더니 동시에 봉지를 잡았다.

"엥, 또?" 나는 놀란 눈으로 선도부 남학생을 바라보았다.

"진짜 지겨운 인연이다." 무표정한 얼굴로 선도부원이 말했다.

너에 대한 두근거리는 예언

"내가 먼저 찜한 건데요, 놓으시죠." 나는 선도부원의 손을 뿌리치고 얼른 간식을 등 뒤로 숨겼다.

"내가 너랑 실랑이를 왜 하냐?" 선도부원은 손에 들고 있던 바구니를 들어 보였다. 다랑어 슬라이스가 열 봉지도 넘게 담겨 있었다.

"큰손이시네. 화끈한 주인 둔 냥이는 행복하겠어요." 나는 씁쓸한 목소리로 말했다.

"설명하기 귀찮아."

곧 버스가 올 시간이었다. 나는 서둘러 계산대로 가서 지갑을 꺼냈다. 선도부원이 내 뒤에 서더니 직원을 향해 말했다.

"이모, 제 친구인데 고양이 간식 샘플 몇 개 챙겨주세요."

"그래." 직원이 샘플 몇 봉지를 나에게 건넸다.

"고맙습니다." 나는 간식 샘플을 받아 들고 좋으면서도 약간 불안한 마음에 고개를 돌려 물었다. "왜 그쪽에서 주라고 하니까 줘요?"

"그건 내가 돈도 잘 쓰고, VIP니까." 선도부원이 시큰둥하게 대답했다.

"하하하……."

나는 어색하게 웃어주고는, 정류장으로 버스가 들어오는 게 보여 황급히 인사를 건넸다.

"고맙네요, 버스 와서 가볼게요!"

인사를 건네자마자 재빨리 가게를 나와 버스에 올라탔다.

집에 도착한 뒤, 빙쉰에게 메시지를 보내 운동화에 관해 물어보았다. 빙쉰은 구매권에 당첨되지 않아, 당첨된 다른 사람에게 구매권을 샀다고 대답했다.

그러고는 운동화와 관련된 이야기를 한참 동안 이어갔다. 그제야 나는 여자들이 가방에 정신을 못 차리는 것처럼 많은 남자가 운동화에 홀릭한다는 사실을 알았다.

그 후 며칠 동안, 학교 정문에서는 그 선도부원을 보지 못했다. 아마도 후문 쪽을 담당하며 담을 넘는 학생을 잡는 일이 주 업무인 듯했다.

그날 가게에서 준 간식 샘플 여섯 봉지는 모두 다른 맛이었다. 나는 매일 수업이 끝나고 빙쉰의 연습 경기를 보러 가면서 꽃님이에게 샘플을 모두 맛보여주었다.

눈 깜짝할 사이에 3학년 선배들의 졸업식이 다가왔다. 2학년은 졸업생을 환송하기 위해 모두 졸업식에 참석해야 했고, 1학년은 정상 수업을 했다.

졸업식이 끝난 후, 졸준위는 강당을 원래대로 되돌려놓는 작업까지 책임졌다. 졸업식 준비에 바친 3주간의 시간과 노력이 떠올라, 막상 떼어내려니 아쉬웠다.

강당 정리를 마치고 특별반 건물로 돌아온 나는 교실로 가기 전에 화장실 먼저 들렀다. 막 생리적 욕구를 해결하려는 찰나, 갑자기 밖에서 여학생 두 명의 대화 소리가 들려왔다.

"오전에 강당 가봤는데 졸업식장 엄청 예쁘게 잘 꾸며놨더라!" 신위 목소리였다.

"그래? 난 관심 없어, 보고 싶지도 않고." 이어서 잉치의 목소리가 들려왔다.

"커쉰이 마음에 안 들어?"

"그림 잘 그리는 척하는 모습이 꼴 보기 싫을 뿐이야. 그리고 남자 친구 자랑도 엄청나게 해대고!"

"그림은 정말 잘 그리잖아."

"미술반 애들처럼 걔 그림도 전시회에 걸 수 있을까?"

잉치는 비웃을 가치도 없다는 듯 말했다. 수도꼭지에서 물이 흐르는 소리가 들려왔다.

잉치의 말은 내 가슴에 비수처럼 꽂혔다. 대중음악을 하는 사람은 진정한 예술가가 아니라는 누군가의 말처럼, 전시회에 올리지 못하는 작품은 예술품이 못 된다는 논리였다.

"하지만 커쉰은 우리 반 미술 관련 일을 다 도맡아 하잖아." 신위가 나를 두둔하듯 말했다.

"걔가 안 하면? 네가 하게?"

"당근 아니지."

"그런 쓸데없는 일을 누가 하려고 하냐. 좋으면 걔나 실컷 하라고 해. 나는 그 시간에 차라리 참고서 한 페이지 더 보겠다." 잉치가 웃음을 터뜨렸고, 수도꼭지에서 흐르던 물 소리가 멈췄다. "그리고 그림으로 1등 해도 성적이 안 좋으면 좋은 대학 못 가잖아."

"그건 그래. 어떤 때는…… 세상이 불공평한 거 같아." 신위가 한숨을 내쉬었다.

"뭐가 불공평하다는 거야?"

"매일 열심히 공부하고 좋은 성적을 받아도, 연애는 얼굴 예쁜 애를 따라갈 수 없잖아."

"걔가 예쁘냐?" 잉치는 웃긴 이야기라도 들은 것처럼 웃음을 터뜨렸다. "그냥 괜찮은 편이지. 학교에 걔보다 예쁜 애들 널리고 널렸어. 옷도 너보다 못 입잖아. 빙쉰이 모든 면에서 걔보다 훨씬 낫지. 나랑

내기할래? 언젠가 걔 허빙쉰한테 차일 거야."

"뭐 그런 저주 섞인 소리를 하냐?" 신위가 웃었다.

"사실대로 분석한 것뿐이야." 잉치가 차갑게 대꾸했다.

두 사람의 발소리가 점점 멀어져갔다. 나는 최대한 입술을 꽉 깨물었다. 가슴이 난도질당한 것처럼 아파서 숨을 쉴 수 없었다.

문과 우등반의 다른 애들에 비해 나는 성적이 좋지 않다. 외모 역시 빙쉰처럼 빼어나지 못하다. 나도 인정한다. 그래서 내가 잘하는 것으로 뭔가 보탬이 되고 싶었는데, 역시 엄마 말이 맞았다. 친구들은 겉으로는 잘한다고 칭찬하며 띄워줬지만, 속으로는 저런 역겨운 생각을 하고 있었다. 다들 쓸데없는 일에 시간을 낭비하고 싶어 하지 않았다. 우리 반을 위한 나의 희생에는 아무도 신경 쓰지 않았다.

나는 잔뜩 풀이 죽은 채 교실로 돌아왔다. 신위와 잉치는 마치 아무 일도 없었다는 듯 졸준위가 강당을 정말 예쁘게 꾸몄더라며 미소 띤 얼굴로 나에게 말을 걸었다. 나를 바보 취급하는 듯해 속은 쓰렸지만 그냥 걔들의 장단에 맞춰줬다.

하지만 걔들보다 나 자신이 더 미웠다. 끝이 보이지 않는 좌절 속에서 열등감이 자신감을 삼켜버리고 있는 나 자신이 역겹게 느껴졌다.

졸업식이 끝나자 기말고사가 코앞으로 다가왔다. 매일매일 과목마다 쪽지 시험도 늘어났다.

빙쉰에게 더는 투덜대지 않기로 한 이상, 나는 신위와 잉치의 뒷말을 가슴 저편에 묻어두고, 기분 나쁜 그 감정을 동력 삼아 공부에 더 몰두하기로 했다.

"이번 학기 끝나면 우등반 성적에 못 미치는 학생들은 걸러내게 되니까, 다들 열심히 공부해."

담임 선생님이 심각한 얼굴로 당부하며 어제 본 쪽지 시험지를 나눠주었다.

"가오잉치 92점. 우신위 86점…… . 신위, 요즘 성적 떨어졌네."

샹링이 고개를 돌려 놀라움이 담긴 표정으로 나를 바라보았다. 나역시 손에서 땀이 났다.

어제 시험은 정말 어려웠다. 신위가 망쳤다면 다른 애들 성적은 더엉망일 것이다.

문과 우등반에서 가장 중요한 과목은 영어와 국어였다. 우리 담임은 영어 선생님이라서 특히 영어 성적에 더욱 신경을 썼다. 70점 이하인 시험지를 나눠주며 선생님의 표정이 더욱더 어두워졌다. 시험지를 나눠주는 속도 또한 빨라졌다.

"……야오커쉰."

내 이름이 호명되어 바로 일어나 앞으로 나갔다. 선생님은 나에게 눈길도 주지 않고 시험지를 내 쪽으로 던졌다. 황급히 오른손으로 시험지를 잡으려 했지만 놓쳤다. 당황한 나는 다른 손을 뻗어 간신히 시험지의 끝부분을 잡을 수 있었다. 자리로 돌아와서는 차마 친구들의 얼굴을 볼 수 없어 고개를 푹 숙이는데, 입꼬리를 살짝 올린 잉치의 모습이 힐끗 보였다. 가슴이 더 시려왔다.

그날 이후, 온갖 시험 때마다 가슴 통증이 나타났고, 통증이 지속되는 시간도 점차 늘어났다.

하지만 나는 아무한테도 이 일을 얘기하지 않았다. 날이 갈수록 점점 더 기분이 가라앉아 나는 스스로를 내 안에 가두고, 매일 공부, 공부, 또 공부만을 생각했다. 시험을 못 봐 우등반에서 퇴출될까 봐 무서웠다.

마침내 기말고사가 시작되었다. 선생님이 시험지를 나눠주자마자 문제를 푸는 연필 소리가 사방에서 들려왔다. 마치 냉혹한 전쟁터에 있는 듯한 느낌이었다……. 가슴에서 또 통증이 느껴져 문제에 집중할 수 없었다.

3일간의 기말고사가 간신히 끝났다. 청소 시간에 나는 화장실로 가 차가운 물로 세수를 했다.

잉치가 화장실 안에서 나오더니 물을 틀어 손을 닦으며 거울로 나를 살폈다.

"안색이 안 좋네, 어디 아파?"

나는 대답 없이 고개만 저었다. 잉치, 너의 관심은 사양하겠어.

"설마 그거 알게 됐어?"

나는 멈칫했다가 물었다. "그게 뭔데?"

"아니야, 못 들은 거로 해."

잉치는 바로 수도꼭지를 잠그고 나가려고 했다.

나는 황급히 잉치의 팔을 붙잡았다. "똑바로 말해! 그게 뭔데?"

"네 남자 친구 허빙쉰에 관한 소문 말이야. 전에 인스타 스토리로, 운동화 구매권 신청했는데 당첨 확률이 거의 없다고 올렸었대. 학교에 걔 좋아하는 여자애가 그걸 알고는 몰래 구매권을 신청했다나."

"그래서 당첨됐대?"

잉치는 비꼬는 듯 입꼬리를 올렸다.

"그 여자애가 누군데?" 손이 덜덜 떨렸다.

"나도 몰라." 잉치는 어깨를 으쓱하더니 내 손을 뿌리쳤다. "내가 요즘 깨달은 게 있는데 말이지, 연애는 성적에 도움이 안 된다는 거야. 나라면 차라리 그 시간에 공부나 하고, 좋은 대학 가면 그때 연애할 텐데."

나는 머릿속이 온통 뒤죽박죽이 되어, 하필 지금 저 말을 하는 저의가 뭔지 이해할 수 없었다.

빙쉰은 다른 사람을 통해 운동화를 구매했다고 했는데, 그 사람이 우리 학교 여학생이라고?

빙쉰이 새 운동화를 사고 이미 한 달 가까이 지났다. 저녁에 내가 전화를 하거나 메시지를 보내면 빙쉰은 늘 공부를 하고 있거나 숙제를 하고 있다며 너도 열심히 하라고 응원해줬다. 평소와 별 다를 바 없는 반응이었다.

설마 우리 사이에 정말로 어떤 변화가 생겼는데 나만 눈치채지 못하고 있던 건가?

하교 종이 울렸다. 반 친구들이 가방을 메고 하나둘씩 교실을 나섰다. 나는 엉망이 되어버린 기분으로 교과서를 가방에 대충 쑤셔 넣었다. 빙쉰에게 가 운동화에 관해 물어볼 참이었다.

고개를 드니 아직 자리에 앉아 휴대폰을 보고 있는 신위의 모습이 보였다. 입가에는 옅은 미소가 드리워 있었는데, 수줍음이 담긴 그 표정은 마치…… 남친과 대화를 나누는 듯 보였다.

요즘 들어 신위가 조금 수상했다. 수업이 끝나면 항상 휴대폰을 확인하고, 쪽지 시험 성적도 눈에 띄게 안 좋아져 몇 번이나 잉치에게 뒤처졌다. 그래서 선생님이 상담까지 요청한 상태였다. 그리고 빙쉰이 경기하던 그날, 평소 체육 시간에도 한쪽에 앉아만 있던 신위가 체육관에 경기를 보러 오지 않았던가! 그리고 그날은 마침 빙쉰이 새 운동화를 신고 뛴 날이었다…….

무서운 생각이 머릿속을 맴돌았다.

나는 가방을 메고 교실 뒷문으로 나가는 척하고는 발소리를 죽여 신위 뒤로 다가갔다. 신위는 누군가와 메시지를 주고받느라 여념이 없어 이런 나를 전혀 눈치채지 못했다.

나는 몰래 신위의 휴대폰 화면을 훔쳐봤다. 신위와 대화하는 상대는 허빙쉰이었다!

머리에 벼락을 맞은 기분이었다. 나는 조금도 망설이지 않고 신위의 휴대폰을 빼앗아 두 사람의 대화 내용을 확인했다.

우신위: 어제 맥도널드에서 내가 뽑아준 문제, 오늘 시험에 다 나왔지!

허빙쉰: 고마워, 너 정말 족집게더라! 커쉰보다 적중률 더 높던데!

우신위: 어떻게 감사할 생각?

허빙쉰: 어떻게 해줄까?

우신위: 농구 가르쳐줘!

허빙쉰: 좋아, 우리 할아버지 집 근처에 농구 코트 있거든, 거기로 오면 가르쳐줄게!

오랫동안 가슴을 억누르고 있던 근심과 불안이 현실이 되어버렸다. 빙쉰이 정말 바람을 피운 것이다!

"내 휴대폰 내놔!"

신위는 발을 동동 구르며 내 팔을 힘껏 잡아당겨 휴대폰을 빼앗으려 했다.

그 바람에 어깨에 메고 있던 가방이 떨어졌지만 나는 아랑곳하지 않고 손을 더 높게 뻗어 메시지 화면을 위로 넘겨 봤다. 둘은 매일 라인으로 메시지를 나눴고, 수업이 끝나고도 자주 이야기를 나눴다. 둘 사이에 오간 메시지는 빙쉰과 내가 주고받은 것보다 몇 배는 많았다.

"너 그거 사생활 침해야!"

신위가 힘껏 나를 밀었다.

나는 순간 균형을 잃어 한쪽에 있던 책상에 부딪혔다. 그때를 틈타 신위는 휴대폰을 뺏어 갔다. 아직 교실에 남아 있던 다른 아이들의 시선이 우리에게 집중됐다.

"사생활 침해?" 나는 배신당했다는 생각에 분노가 솟구쳐 쌀쌀맞게 쏘아붙였다. "남의 남자 친구를 뺏어 간 주제에 사생활 침해?"

"빙쉰은 이제 너 안 좋아해." 신위의 얼굴이 순간 달아올랐다.

"좋아하는지 아닌지는 네가 할 말이 아니지."

"걔가 직접 그랬으니까, 못 믿겠으면 그 메시지 보여줄게." 신위는 당당하다는 듯 말했다.

"걔가 너한테 뭐라고 했든 직접 나한테 한 말이 아니면 사실이 아니거든."

"너랑 진작 헤어지려고 했대. 너한테 아직 말만 안 했을 뿐이라고!" 신위는 큰 소리로 강조했다.

"그렇다면 내가 아직은 걔 여자 친구라는 말이잖아. 하지만 넌? 넌 아무 사이도 아니잖아!"

신위는 얼굴이 붉으락푸르락해지며 잠시 말을 잇지 못했다.

"내 남자 친구 곁에서 얼씬대지 말아줘!"

나는 신위를 째려보고는 가방을 들고 교실을 나섰다.

체육관에 도착하니, 빙쉰은 농구 코트에서 연습 게임을 하고 있었다. 나는 빙쉰을 향해 손을 흔들었다. 내 표정이 좋지 않은 것을 보고 빙쉰은 다른 팀원과 교체한 후, 얼른 나에게 다가와 함께 체육관 밖으로 나왔다.

"무슨 일 있어?"

"그 운동화, 신위 구매권을 네가 산 거야?"

나는 고개를 숙여 빙쉰의 운동화를 보았다. 가슴이 아팠다.

빙쉰은 잠시 멈칫하더니 바로 고개를 끄덕이며 인정했다. "응."

"왜 나한테 말 안 했어?"

"넌 인터넷에서 쇼핑할 때 판매자가 누군지 나한테 말하냐?"

"상황이 다르잖아. 걘 나랑 같은 반 친구라고!" 목소리가 조금 높아졌다.

"나한테는 그냥 온라인 쇼핑이랑 다를 바가 없어. 설마 내가 물건 살 때마다 너한테 보고해야 하는 거야?" 빙쉰이 팔짱을 끼며 말했다. 마치 내가 별것 아닌 일에 호들갑을 떤다는 듯한 표정으로.

"그냥 온라인 쇼핑?" 나는 피식 비웃었으나, 곧 눈시울이 뜨거워졌다. "서로 연락처 주고받고, 매일 나 몰래 라인으로 대화했으면서, 온라인 쇼핑이랑 같다고?"

"내가 걔랑만 얘기한 것도 아니고, 다른 친구들이나 농구부 애들이랑도 대화하거든."

"그래서 나하고는 대화 안 한 거야? 매일 '좋은 아침', '힘내', '열심히 공부해' 이런 말만 남기고?"

"그건 내가 얘기했잖아. 너 공부하는 데 방해되고 싶지 않다고."

"그럼 신위랑 맥도널드에서 공부하는 건 괜찮고? 내가 도서관 가서 같이 공부하자고 할 때는 안 내켜했잖아!" 내가 따지듯 물었다.

"그때는 정말 일이 있었다고. 너랑 같이 가고 싶지 않아서가 아니라! 그리고 신위한테 학원 핵심 정리 노트가 있었고, 우린 그냥 평범한 친구 사이로 공부 얘기를 했을 뿐이지 다른 건 정말 없어." 빙쉰은 당당하다는 듯 반박했다.

"우리? ……되게 친해 보이네." 가슴속에 치솟은 불길이 거세지며, 나는 점점 더 흥분했다. "나 몰래 같이 공부하고, 또 농구도 가르쳐주기로 했잖아. 내가 언제 그래도 된다고 했어?"

"우리 반에서도 다른 여자애들이랑 같이 숙제하고, 농구부에서도 여자 선수들한테 농구 가르쳐주기도 하거든. 설마 이런 것까지 다 너한테 얘기하고 허락받아야 해?" 빙쉰은 하나하나 반박하며 따졌다. 빙쉰도 화가 난 얼굴이었다. "어쨌든 난 너한테 미안한 일 한 적 없다고!"

점점 목소리가 커지자 주변에 있던 아이들이 우리를 둘러싸고 소곤거렸다.

"최소한 나한테 말이라도 했어야지. 나만 바보 만들지는 말았어야지!" 나는 울먹이며 말했다.

"일단 나가자, 여기서 이러지 말고." 빙쉰은 짜증 난다는 듯 주변을 흘끔거렸다.

우리는 학교를 나와 언덕 아래 상점가로 향했다.

가슴 가득 억울함이 차올라 나는 울음을 참지 못했고, 빙쉰은 내가 우는 것을 알면서도 아무 말 없이 옆에서 걷기만 했다. 손을 잡거나 날 위로하지도 않았다.

버스 정류장에 다다라 빙쉰이 갑자기 발을 멈췄다.

나는 고개를 돌려 빙쉰을 보았다. 붉은 노을이 빙쉰을 비추고, 가로수에선 매미가 목청 높여 울고 있었다. 한 폭의 그림처럼 아름다운 장면이었다.

"커쉰, 오래 생각해봤는데, 우리…… 헤어지자."

빙쉰이 진지한 표정으로 말했다.

나는 한참을 멍하니 있다가 가라앉은 목소리로 물었다.

"신위 때문이야?"

"아니, 걔랑은 관계없어."

"그럼 이유가 뭔데?"

빙쉰은 깊게 심호흡을 하고 완곡한 말로 에둘러 말했다.

"요즘 난…… 삶의 중심이 친구랑 농구부 활동이야. 게다가 다음 학기 농구부 주장으로 뽑혀서 아마 앞으론 더 바빠질 거고, 너한테 신경 쓸 시간이 없어서 지금보다 더 잘해주지 못할 거야……. 그리고 네가 좀 더 공부에 신경 썼으면 좋겠어. 내 행동 하나하나에 네 기분이 오르락내리락하는 게 싫어."

"네가 농구부 주장 되는 거 반대하지 않아. 그리고 너한테 투덜대서 널 곤란하게 하는 일도 없을 거고. 우리 잠시 시간을 가지고 생각해보자. 정 아니다 싶으면 그때 헤어져도 되잖아?" 나는 황급히 빙쉰의 손을 잡고는 비굴하게 애원했다.

"미안, 아직도 날 좋아한다면 내 결정을 존중해줬으면 해."

빙쉰은 이미 결심한 듯 나에게 잡힌 손을 빼냈다.

마음이 쓰라렸다. 금세 눈물이 차오르고 목이 메어와 더는 빙쉰을 붙잡을 말을 내뱉지 못했다.

빙쉰을 좋아하기에, 빙쉰의 결정을 존중해야 했다.

왜 이렇게 나한테 잔인하게 구는 걸까?

버스가 정류장으로 들어섰다. 허빙쉰은 마지막으로 내 손을 잡고 나를 버스에 태웠다.

버스 문이 닫히는 그 순간, 나는 빙쉰을 보지 않으려고 고개를 돌렸다. 그때 동물 용품 가게 진열창에 기대 서 있는 선도부 남학생의 모습이 얼핏 시야에 들어왔다. 팔짱을 낀 채 냉랭한 시선으로 나와 빙쉰의 이별을 지켜보고 있었다.

버스에 앉아 나는 하염없이 눈물을 흘렸다. 옆에 앉은 사람이 티슈를 꺼내주며 무슨 일이냐고 물을 정도였다.

집에 돌아와서는 바로 방으로 들어가 이불을 뒤집어썼다. 뺨을 타고 흘러내리는 눈물을 닦지도 않고 그냥 두었다. 금방이라도 숨이 멎을 것처럼 가슴이 아파 호흡하기조차 힘들었다.

밤 10시가 넘어 야근을 끝내고 돌아온 엄마가 언제나처럼 내 방으로 올라왔다.

평소에는 그리 일찍 잠자리에 들지 않았지만, 오늘만은 이불 속에 숨어 자는 체하며 울음소리가 새나가지 않도록 최대한 감정을 억눌렀다.

엄마는 방 안으로 들어오지 않고 잠시 가만히 있다가 방문을 닫았다. 평상시와 다른 점을 알아차린 건지는 알 수 없었다.

나는 밤새도록 잠을 이루지 못했다. 머릿속 가득 빙쉰과 함께한 기억이 방울방울 떠올랐고, 그 모든 기억이 내 가슴에 비수를 꽂는 것 같았다. 하지만 자꾸 떠오르는 빙쉔과의 추억을 막을 방도는 없었다.

다음 날, 나는 방학식에 가지 않았다.

휴대폰은 꺼버렸다. 인스타그램도, 라인도 볼 자신이 없었다. 빙쉔과 헤어졌다는 사실을 직시할 자신도 없었고, 나와 빙쉔의 관계, 그리고 신위의 개입이 학교에서 어떻게 소문이 났는지 상상하고 싶지도 않았다.

우리에 대해 뭐라고들 쑥덕거릴까?

잉치의 말처럼, 내가 빙쉔에게 어울리지 않아서 차이는 건 이미 예정된 수순이었다고?

신위가 공부를 잘하니 나보다는 신위가 더 어울린다고?

내 성적이 좋았다면 더 많은 시간을 함께할 수 있었을 테고, 그러면 이렇게 헤어지지는 않았을까?

맨날 불평불만만 늘어놓지 말고 빙쉔의 마음을 좀 더 헤아렸다면 안 헤어졌을까?

연달아 며칠을 잠도 제대로 이루지 못하고 계속 나 자신을 추궁했다. 마음속이 후회와 자책으로 가득 찼다.

이렇게 제정신이 아닌 채로 일주일을 보내고 난 뒤, 저녁밥을 먹다가 엄마가 갑자기 나를 위로하는 말을 꺼냈다.

"감정이란 건 좀 달관적인 태도가 필요해. 널 좋아하지 않는 사람이라면, 네가 아무리 힘들어해도 전혀 안쓰럽게 생각하지 않을 거야. 지금 네 속이 말이 아니겠지만, 그런 아픔은 시간이 지나면 점점 옅어지게 마련이야."

요 며칠 정신이 나가 있는 내 모습과 벌게진 눈을 보고 대충 상황을 파악한 것 같았다.

이별 후 둘째 주, 나는 방을 정리하면서 1학년 교과서를 상자에 넣었다.

갑자기 방문이 덜컥 열리더니 엄마가 심각한 얼굴로 들어와 냉랭하게 말했다.

"방금 담임 선생님한테 전화 왔어."

가슴에 또 통증이 느껴졌고, 손에서 식은땀이 났다. 뭔가 불길한 예감이 들었다.

"성적이 안 좋아서 2학년 때는 보통반으로 내려갈 거래." 엄마는 노여움이 폭발해 큰 소리로 야단쳤다. "도대체 무슨 공부를 하는 거니? 난 매일 늦게까지 야근하면서도 너한테 집안일 한번 안 시켰고, 그저 공부 하나 잘하라는 건데, 성적이 왜 그만 식이야!"

"최선을 다했는데도 다른 애들을 못 이기는데 어떡하라고?" 나도 모르게 말대꾸가 튀어나왔다.

"정말 열심히 했어? 포스터 제작에 교실 꾸미기에, 선생님한테 물어봤더니 졸준위도 계속 했다며? 그런데 그만뒀다고 거짓말까지 해? 놀고 연애질이나 했으면서 열심히 공부했다고?"

"내가 얼마나 힘들게 공부하는지 엄마는 모르잖아!" 엄마의 꾸중에 나도 화가 나 벌떡 일어나서 교과서를 바닥에 내동댕이쳤다. "성적이 안 좋으니까 반에서도 무시당하기 일쑤고, 자신감은 점점 바닥을 친다고. 그런데 그림은 최소한 내가 자신감을 갖게는 해줘. 내가 그림 말고 뭘 잘할 수 있을지 모르겠다고!"

"엄마가 말했지! 네가 그림을 어떻게 그리든 다들 신경도 안 쓴다고. 넌 지금 중요한 게 뭔지도 모르는 거야!" 엄마도 잔뜩 화가 나 온몸을 부들부들 떨었다.

"그래, 난 이 정도밖에 안 되는 인간이야!" 나는 엄마에게 눈을 부라렸다. 엄마가 당장이라도 내 뺨을 때릴 것 같은 예감이 들었다.

"그러면 나는 너를 왜 낳았니?" 엄마는 두 손을 움켜쥐었다. 나를 때리려는 충동을 억누르는 것처럼 보였다.

"그러게, 아빠도 버린 자식인데, 날 왜 낳았어?" 나는 더 이상 참지 못하고 눈물을 흘렸다. 여러 해 가슴에 묻어둔 억울함이 전부 솟구쳤다. "엄마는 날 공부 잘하는 애로 키워서 이혼이 옳은 결정이었다는 걸 증명하고 싶은 거잖아! 아빠한테 그 여자보다 엄마가 더 낫다는 걸 보여주려고! 하지만 난 엄마의 도구가 아니라고!"

내 말에 엄마는 가슴이 답답한 듯 말을 잇지 못했다. 엄마의 눈시울이 점점 붉어졌다.

나는 눈물을 훔치며 나지막이 흐느꼈다.

"왜 내가 하고 싶은 거 하면 안 돼? 왜 내가 뭘 하든, 엄마는 다 반대해? 왜 나는 엄마 말만 들어야 하냐고. 엄마는 내 말 한마디도 안 들으면서······."

엄마는 뭔가 말하려다가, 결국 방문을 쿵 닫고 나가버렸다.

나는 침대에 엎드려 이불에 얼굴을 파묻고는 울고 또 울었다.

그 후 며칠 동안 나와 엄마의 냉전은 지속됐다. 엄마는 밥을 하지 않았고, 나는 거의 방에서 나가지 않았다. 배가 고프면 컵라면을 먹거나 마트에서 간단하게 요깃거리를 사 왔다.

어느 날 오후, 집으로 전화 한 통이 걸려왔다. 나는 거실로 나가 전화를 받았다.

"여보세요?"

"안녕하세요, 야오커쉰 있나요?"

수화기 저편에서 남자 목소리가 들려왔다.

"전데요, 누구세요……?"

"난 2학년 9반 임시 반장이야."

"9반……, 아!"

불현듯 보통반으로 강등되었다는 사실이 떠올랐다. 9반으로 배정
된 것이다.

"여름 보충 수업 잊고 있었어?"

"수업 듣기 싫은데."

"이유는?"

"몸이 안 좋아서."

"병결 며칠 쓸 건데?"

"그게…….." 난 대답을 못 했다.

"내일 하루 더 쉬고, 모레부터는 나올 수 있지?"

"왜 그렇게 강요하는데? 그냥 기분이 안 좋아서 학교에 가기 싫다
는 정도는 좀 헤아려주면 안 돼?" 자꾸 채근하는 탓에 나는 욱하고 화
가 올라왔다.

"네 기분이 어떤지는 관심 없거든." 반장은 전혀 아랑곳하지 않고
말했다.

"냉혈 인간이네." 코끝이 시큰했다.

"되게 성가시게 구네." 반장은 더는 참기 힘들다는 어투로 말했다.
"남자 친구랑 헤어지고, 우등반에서 강등되고, 엄마한테 야단맞아서
학교 나오기 싫은 거야?"

"다 알면서 일부러 아픈 데 소금 뿌리냐?"

역시 소문이 날 대로 다 나서 모두가 알고 있는 모양이었다. 반장의 말이 정곡을 찌르며 가슴을 후벼파 나도 모르게 흐느꼈다.

"난 사실만 말했을 뿐이야." 반장이 나지막이 강조했다. "어쨌든 지금이 최악의 상황이라 해도 딱 그 정도인 거잖아. 지금 너한텐 두 가지 길이 있어. 첫째, 휴학하거나 전학 간다."

"휴학도 안 하고, 전학도 안 가거든."

"둘째, 학교에 와서 수업 듣는다."

"하지만⋯⋯."

"하지만 올 자신이 없지. 다른 애들 시선이 두렵고, 웃음거리가 될까 봐 겁나고."

"그런 거 아니야."

나는 본능적으로 반박했다.

전화기 저편이 잠시 조용해졌다. 마치 나에게 생각할 시간을 주는 것 같았다. 나는 풀이 죽어 고개를 숙이고, 손으로 전화선을 꼬았다.

두렵지 않아?

사실 엄청 두려웠다. 빙썬과의 이별, 우등반에서의 강등, 엄마와의 냉전, 이 모든 일이 나를 힘들게 했지만, 집 밖으로 나서지 못하는 진짜 이유는 날 바라볼 남들의 시선이 두려워서였다.

"어쨌든 학교는 다녀야 하니까 마찬가지로 두 가지 중 하나를 선택하면 돼. 첫째, 빨리 현실을 직시한다. 둘째, 최대한 늦게 현실을 직시한다."

반장의 분석은 단순했지만 명료했다. 나도 모르게 반장이 말한 논리대로 생각을 정리하기 시작했다.

계속 피하기만 한다면, 다들 빙썬과의 이별로 내가 너무 큰 충격을 받아서 사람들 앞에 나설 용기조차 없다고 생각하겠지. 그럼 그게 더 웃음거리가 되지 않을까?

"됐어. 괜히 입만 아프네." 반장이 전화를 끊을 듯 말했다.

"잠깐!" 나는 얼른 내뱉었다. "내일부터 갈게!"

"뭐?"

"내일, 꼭 간다고."

"오케이, 내일 교문 앞에서 기다릴게."

"이름이 뭐야?"

"바이상환."

이름을 말한 후, 반장은 바로 전화를 끊어버렸다.

뭐라고? 말도 안 돼……. 나는 믿을 수가 없었다. 방금 나랑 통화한 애가 신위의 경쟁자인 전교 3등 바이상환이라고?

문과 우등반에서 강등된 후 바이상환과 같은 반이 될 줄이야.

다음 날, 아침 일찍 일어나 교복을 입고 거울 앞에 섰다. 창백한 얼굴, 더 뾰족해진 턱, 우울한 눈빛. 마치 저승사자가 친구 하자고 할 것 같은 모습이었다.

한숨을 내쉬고는 오랫동안 꺼놨던 전화기를 켰다. 메시지와 부재중 전화가 연이어 화면에 떴다. 기분이 또 가라앉았다.

"아냐! 기운 내야지!"

손으로 두 볼을 가볍게 두드리고는 숨을 길게 내쉰 뒤, 용기 내어 가방을 들고 집을 나섰다.

스쿨버스에 올라타 왼쪽 맨 뒤 창가 자리에 앉아 가방을 다리 위에 올려놓고는 자는 척 눈을 감았다. 그럴듯해 보이려고 차가 흔들릴 때마다 고개도 약간씩 까닥였다.

중간중간 학생들이 차에 올랐다. 누군가가 내 옆에 앉는 느낌이 들었다. 하지만 계속 눈을 감고 있었기에, 나를 본 다른 아이들의 표정이 어떤지는 보지 못했다.

한참 후에, 내가 진짜 잠이 들었다고 생각했는지 아니면 내가 차에 타고 있는 사실을 아예 모르는지, 낮은 목소리로 이야기하는 소리가 들려왔다. 한 여학생이 나지막이 말했다.

"어제 수업 끝난 후에 빙쉰 걔, 신위랑 체육관에서 농구 하더라. 신위는 매직해서 머리 폈던데. 화장도 옅게 하고, 예뻐졌어."

중요 단어가 들리는 순간 나는 귀를 쫑긋했다. 또 다른 여학생이 말했다.

"며칠 전에 허빙쉰이 하는 얘기 들었는데, 고등학교 올라온 후론 커쉰이랑은 감정이 점점 식어서 서로 라인에서도 거의 대화도 안 하고, 그냥 친구랑 별반 다를 바 없었다고 그러더라고."

"그래서 양다리가 아니라고?"

"누가 알아."

"그럼 신위랑은 지금 무슨 사인데?"

"사귀는 사이겠지. 어제 둘이 손잡고 차 타던데."

"야오커쉰 정말 불쌍하다……."

이야기를 듣고 있자니 코끝이 시큰거리며 억울한 마음이 들었다.

뭐? 공부를 열심히 했으면 좋겠다고! 공부하는 데 방해하고 싶지 않다고! 다 변명이었어! 내가 멍청했지. 헤어지자고 힌트 준 것도 못 알아듣고!

나는 눈을 살짝 뜨고 휴대폰을 꺼내 허빙쉰에게 메시지를 보냈다.

우리 헤어지는 거랑 신위랑은 상관없다며? 동아리 활동 위주로 생활해야
해서 나한테 신경 못 쓸 것 같으니 헤어지자며? 그런데 아직 한 달도 안 됐
는데 신위랑 바로 사귀냐? 앞뒤가 안 맞잖아?

조금 있다가 답장이 도착했다.

그때는 신위랑 정말 아무 사이도 아니었어. 보름 정도 지난 후니까 바로
사귄 것도 아니고. 그리고 걔는 공부 잘해서 나랑 사귀어도 성적 떨어질 걱
정 없어.

화가 머리끝까지 솟으면 온몸에서 독기가 내뿜어진다는 말을 처음
으로 실감했다. 정말이지 몸이 폭발할 것 같은 느낌이었다. 너무 화가
나 눈물도 나오지 않았다.

나는 담담한 미소를 지었다. 옆에 앉은 여학생이 안절부절못하며
동그래진 눈으로 나를 힐끔거렸다. 내가 왜 이런 반응을 보이는지 어
리둥절한 것 같았다.

스쿨버스가 교문 앞에 도착했다. 기사 아저씨가 문을 열자, 차에 타
고 있던 학생들이 속속 버스에서 내렸다.

나는 자리에 앉은 채 슬픈 표정으로 창밖만 바라봤다. 그때, 교문
근처 기둥 앞에서 좌우를 살피며 누군가를 기다리고 있는 듯한 남학

생이 눈에 들어왔다.

재가 바이상환인가? 기다리던 상대를 찾지 못했는지 남학생은 스쿨버스로 시선을 돌리다 나와 눈이 마주쳤다.

어라? 그 선도부원?

나는 멍하니 눈을 껌뻑이다가 금세 오른손으로 전화하는 포즈를 취해 보였다.

남학생은 입가에 옅은 미소를 띠더니 실눈을 뜨고는 고개를 살짝 끄덕였다.

"네가 바이상환이라니!"

나는 무척이나 놀라 두 손을 유리창에 대고 바이상환을 바라봤다.

서로 이야기를 나눈 적도 많지 않았기에, 어제 통화할 때 전화 속 목소리가 그 선도부원이라고는 전혀 알아채지 못했다.

그때였다. 갑자기 창밖 풍경이 천천히 앞으로 움직이는 듯한 느낌이 들었다. 이상하네, 아저씨가 다시 시동을 걸었나? 아직 차에서 다 안 내렸는데…….

뭔가 이상했다! 차가 언덕길을 따라 천천히 뒤로 미끄러지고 있었다!

순간, 바이상환의 표정도 이상해졌다. 나를 향한 눈빛에 당황한 기색이 역력했다.

"브레이크 고장이야! 다들 빨리 내려!"

기사 아저씨가 큰 소리로 외쳤다.

미끄러지는 스쿨버스에 점점 가속도가 붙었다. 예닐곱 명의 학생들이 차에서 내리려고 문 앞으로 몰려가며 비명을 질렀다.

나도 놀라 비명을 질렀다. 앞에 있는 의자를 두 손으로 잡고 일어서려 했지만, 버스가 갑자기 한쪽으로 쏠리면서 왼쪽 뒷부분이 길가의 담과 부딪혀 창문이 크게 흔들렸고, 내 몸도 한쪽으로 쏠려 넘어졌다. 나는 창틀에 머리를 세게 부딪힌 뒤 그 반동으로 다시 좌석 밑으로 미끄러져 들어갔다.

"어서 뛰어내려!"

기사 아저씨가 계속해서 큰 소리로 외쳤다. 조금 전 충돌은 아래쪽으로 미끄러지는 버스의 속도를 늦추기 위해 아저씨가 일부러 담을 받은 것이었다.

나는 좌석 아래에 몸이 끼어 움직일 수가 없었다. 커다란 충돌음에 머리가 어질어질하고 아팠다. 차체와 벽면의 마찰음이 들려왔다. 버스가 다시 아래쪽으로 천천히 미끄러지기 시작한 것이다. 이어 또 한 차례의 육중한 충돌음에 귀가 얼얼해졌다. 갑자기 세상이 빙글빙글 도는 것처럼 어지러웠고, 눈앞이 한순간에 깜깜해졌다…….

바이상환, 네 말은 틀렸어. 최악의 상황은 없어. 늘 더 나쁜 상황이 존재하니까!

정말 나는 운도 지지리 없다. 남자 친구한테 차이질 않나, 우등반에서 강등되질 않나, 엄마한테 혼나질 않나, 전 남친은 이미 새 여친을 사귀질 않나. 게다가 이제는 버스 브레이크 고장까지. 어쩜 이렇게 재수가 없을 수 있지?

하지만 일부러 교문까지 나와서 기다려준 거 고마워.

이 학교에서 가장 불쌍한 여학생인 내가, 너의 그 기다림 덕분에 그나마 조금은 덜 불쌍하게 되었으니까…….

2장

반전은 없다. 급변만 존재할 뿐

"커쉰, 정신 차려봐……."

가느다란 목소리가 희미하게 들려왔다.

"머리에서 피 나는지 봐."

"안 나."

"뇌진탕 아냐?"

목소리가 점점 또렷해지면서, 뒤통수가 깨질 듯이 아팠다.

"아! 찡그린다. 정신 든 거 같아."

"커쉰, 괜찮아?"

머리가 너무 아프다…….

나는 있는 힘을 다해 눈을 떴다. 희미한 실루엣 몇 개가 움직이는 모습이 보였다. 점차 초점이 잡히면서 실루엣은 점점 또렷해졌고, 걱정 어린 표정의 얼굴이 보였다.

"커쉰, 내 목소리 들려?"

누군가가 내 오른손을 잡았다.

나는 눈을 깜빡이며 목소리가 들려온 쪽을 보았다. 풍성한 단발에 앞머리를 눈썹까지 기른 황샹링이었다. 며칠 못 보았을 뿐인데, 그새 스타일을 바꾼 건가?

"괜찮아? 머리 안 아파? 어지럽지 않아?"

이번에는 목소리를 따라 왼쪽을 보았다. 미간을 잔뜩 찌푸리고 있는 남학생이었는데, 낯익은 얼굴이었다. 어디선가 본 적이 있는데…… 아! 위하오옌.

"커쉰, 미안! 일부러 그런 거 아니야. 용서해주라."

갑자기 한 남학생이 내 앞에 무릎을 꿇고 사죄했다. 한쪽에 모여 서서 날 보고 있는 얼굴들도 모두 낯설었다. 다 모르는 애들이었다.

나는 천천히 몸을 일으키고는 주변을 살펴봤다. 학교 복도였다.

"이 멍청아!" 하오옌이 무릎 꿇고 있던 남학생의 뒤통수를 퍽 소리 나게 때렸다. "빗자루는 청소할 때 쓰는 거지, 스타버스트 스트림(애니메이션, 게임 등으로 제작된 일본 라이트 노벨 『소드 아트 온라인』에 나오는 스킬의 하나—옮긴이) 연습용이 아니라고."

"나도 알아, 그런데, 그런데……." 무릎 꿇은 남학생이 억울하다는 듯 나를 가리켰다. "얘가 한번 해보라고 시켰어."

나는 잠시 멍하니 있다가 겨우 목소리를 내뱉었다.

"넌…… 누구야?"

순간, 정지 화면처럼 잠시 정적이 흘렀다. 조용한 복도에 여름 바람이 살랑 불어왔다.

"나, 샹링!" 황샹링이 먼저 침묵을 깼다. 그러고는 오른손을 떨면서 한쪽에 있는 남학생을 가리켰다. "얘는 하오옌."

"너희 둘은 아는데……." 나는 있는 힘을 다해 고개를 들고는 앞에 있는 애들을 가리켰다. "애들은 누구야?"

"나 아린이잖아!" 여전히 무릎을 꿇고 있던 남학생이 머리를 홱 들더니 당황한 기색으로 대답했다. "2학년 때부터 같은 반. 네 바로 뒷자리에 앉아서 수다도 자주 떨었는데, 기억 안 나?"

"2학년 같은 반? ⋯⋯만나서 반가워."

나는 어리둥절해하며 아린을 바라봤다. 어떤 상황인지 도무지 파악이 되지 않았다.

복도가 다시 한 번 쥐 죽은 듯 조용해졌다. 몇 초 후, 애들이 일제히 와글거리기 시작했다.

"말도 안 돼! 머리 부딪혀서 기억 상실증에 걸린 건가?"

"어떡해? 구급차 부를까?"

"커쉰, 다들 걱정하잖아. 장난치지 마." 하오옌이 정색하고 말했다.

"그래, 장난 그만해. 너 진짜 기억 안 나?" 가슴에 손을 얹고 있던 샹링이 걱정스러운 표정으로 말했다. "너 방금 창틀에 올라가서 창문 닦고 있었잖아. 아린이 복도에서 빗자루 들고 장난치다가 실수로 널치는 바람에 떨어져서 머리 부딪혔고⋯⋯. 설마 머리 다친 거야?"

"머리를 다쳤다고?"

나는 손으로 머리를 만져봤다. 큰 혹 하나가 만져졌다. 살짝 누르니 통증이 느껴졌다. 그 통증에 소스라쳐 고개를 숙이는데, 늘어진 머리카락이 보였다.

"어라? 내 머리⋯⋯ 언제 이렇게 길었지?"

나는 어릴 적부터 거의 단발 스타일을 유지해, 머리 길이가 어깨선을 넘긴 적이 없었다. 하지만 지금 머리 길이는 이미 어깨선을 넘은 상태다.

"2학년 때부터 기르기 시작했잖아. 기억 안 나?" 샹링은 이제 겁에 질린 눈빛이었다.

"이제 2학년인데……." 나는 들으면 들을수록 이해가 되지 않았다.

"야오커쉰! 정신 좀 차려봐." 하오옌은 내 뺨을 톡톡 치더니, 손으로 위쪽 어딘가를 가리키며 말했다. "2학년에서 3학년 올라가는 여름방학이잖아. 2019년 8월 19일, 임시 소집일. 이제 우린 고3이라고."

"아니야, 올해는 2018년이잖아."

하오옌이 가리키는 방향으로 시선을 옮기자, 교실 입구에 걸려 있는 '3학년 9반'이란 푯말이 눈에 들어왔다.

9반…….

갑자기 여러 장면이 뇌리를 스치고 지나갔다.

스쿨버스가 브레이크 고장으로 언덕 아래로 미끄러지던 장면, 학생들이 비명을 지르던 장면, 기사 아저씨가 어서 뛰어내리라며 소리치던 장면, 버스 뒷부분이 담장과 부딪히던 장면, 의자 아래에 몸이 끼어 움직이지 못하던 장면, 그리고 강렬한 충돌과 함께 세상이 뒤집히던 느낌까지…….

그 장면들, 그때의 공포감이 마치 1초 전의 일처럼 생생하게 떠올랐다.

"아……." 나는 놀라 몸을 웅크리고는 두 손으로 머리를 감쌌다. "버스가 뒤집혔어! 뒤집혔다고!"

"커쉰, 나 지금 진짜 웃을 기분 아니야!" 하오옌이 힘껏 내 어깨를 흔들었다. 초조해하는 말투였다. "버스 사고는 작년 일이잖아. 이미 1년 전 일이라고!"

"하오옌, 커쉰 아무래도 뇌진탕인가 봐. 그렇게 흔들지 마." 샹링이 하오옌을 말렸다.

"선생님 모셔올게."

누군가가 후다닥 뛰어가는 소리가 들렸다.

"상환, 빨리 와봐!"

친구들이 너나 할 것 없이 반장을 찾았다. 나는 온몸을 덜덜 떨며 구석에 웅크리고 앉아 있었다. 버스 전복 사고의 공포에서 벗어날 수가 없었다.

"방금 아린이 빗자루 가지고 장난치다가……."

친구들이 상황을 설명하느라 주위가 떠들썩해졌다.

얼마 후, 누군가가 내 앞에 쪼그려 앉더니 나를 자신의 품으로 끌어당겨 안았다.

"골치 아프게 됐네."

귓가에 냉랭한 남학생의 목소리가 전해졌다.

나는 바들바들 떨며 고개를 들었다. 표정은 차가워 보였지만 눈빛은 따뜻하고 잘생긴 남학생이 내 앞에 있었다. 낯익은 모습이어서 기억을 더듬어보려 했지만, 머리가 복잡한 탓에 생각이 나지 않았다.

"넌 누구야?" 나는 멍하니 물었다.

"바이상환, 9반 반장. 네 남자 친구이기도 하지."

"남자 친구?"

"응. 너는 내 여자 친구고."

질문에 대답하던 상환은 한 손으로 내 등을 받치고 다른 한 손으로는 무릎 아래를 감싸 나를 안아 올리려 했다.

"잠깐! 나 무거워……." 나는 놀라 눈을 휘둥그렇게 떴다.

"알아, 한두 번 안아봤냐?" 상환은 나를 힘껏 안아 올렸다.

"뭐?"

"쓰러진 게 한두 번이 아니라고."

나는 행여나 떨어질세라 얼른 손을 뻗어 상환의 목을 감싸 안았다.

상환이 가만히 나를 응시하더니 슬며시 입꼬리를 올리고는 나를 안고 계단 쪽으로 걸어갔다. 상환이 움직이자 또 머리가 지끈지끈 아프기 시작했다.

"도대체 무슨 일이야?"

하오옌이 황급히 남자 선생님을 대동하고 돌아왔다. 샹링과 다른 친구들이 선생님에게 어떻게 된 일인지 설명하자, 선생님은 바로 상환의 전화로 우리 엄마에게 연락하고는 나와 상환을 태우고 인근 병원 응급실로 향했다.

병원에 도착해 뇌 관련 검사를 몇 가지 받았다. 간호사의 부축을 받으며 검사실에서 나왔을 때, 엄마는 이미 도착해서 선생님과 상환에게 상황을 전해 듣고 있었다.

나는 엄마의 옷차림을 보고 놀랐다. 우리 집은 엄마가 혼자 돈을 벌어 생계를 유지해야 했고, 그마저도 날 키우는 데 다 쏟아붓느라 엄마는 항상 근검절약했고 옷차림은 소박했다. 하지만 지금은 고급스러워 보이는 옷을 깔끔하게 차려입어 사람 자체가 빛나 보였다.

"커쉰, 머리 아파? 또 아픈 데는?"

엄마가 다가와 내 얼굴을 쓰다듬었다.

나는 반항하듯 얼굴을 돌렸다. 며칠 전에 된통 꾸지람을 들은 게 아직도 풀리지 않아 엄마랑 이야기하고 싶지 않았다.

"어머니, 커쉰 아직 아픈 거 같아요."

상환이 나 대신 대답했다.

엄마는 더 이상 묻지 않고 걱정스러운 표정으로 나를 부축해 의자에 앉혔다.

얼마 후 검사 결과가 나왔다. 간호사가 진료실로 들어오라며 나를 호명했다.

엄마는 나를 부축해 진료실로 들어갔다. 우리 둘은 잠시 앉아 의사가 엑스레이 사진 판독을 끝내기를 기다렸다.

"사진상으로는 경미한 뇌진탕이네요. 아마 일시적인 기억 상실증 같아요. 머리를 부딪친 환자들이 사건 발생 전후의 상황을 기억하지 못하는 경우가 종종 있거든요." 의사가 내 증상에 관해 설명했다.

"하지만 선생님, 얘는 1년을 송두리째 기억 못 하고 있어요. 자기가 지금 1학년인 줄 알고 있고, 같은 반 친구들 얼굴도 다 까먹었어요." 엄마가 초조한 목소리로 말했다.

"임상적으로도 이런 사례가 있어요. 전에 어떤 환자는 대학교 3학년 때 교통사고를 당했는데, 깨어난 후 대학 때의 일을 깡그리 까먹었어요. 그동안 배웠던 지식까지요……. 하지만 뇌 손상이 없는 경우에는 안정을 조금 취하고 나면 이전 일을 조금씩 기억해낼 거예요."

나는 묵묵히 듣고 있다가 힐끗 벽에 걸린 전자시계를 보았다. 날짜가 2019년 8월 19일로 표시되어 있었다.

버스 전복 사고가 일어난 후 진짜 1년이라는 시간이 흐른 것이다. 머리를 부딪치는 바람에 기억이 끊긴 걸까? 하지만 사고는 마치 몇 초 전에 일어난 일처럼 생생하게 느껴지는데?

아마도 기억이 마구 엉켜버려서 일부는 기억이 안 나고, 일부 옛일은 마치 바로 전에 일어난 일처럼 느껴지는 모양이었다.

나는 점점 더 미궁 속으로 빠져드는 기분이었다. 지금 내 눈앞에 펼쳐진 이 세계를 믿어야 할지, 아니면 내 직관을 믿어야 할지 판단이 서지 않았다.

진료가 끝난 뒤 엄마는 약을 타고 선생님께 인사를 드린 후, 차를 가져오겠다며 주차장으로 향했다.

"입구에서 기다릴게요." 상환이 그렇게 말하며 다정하게 내 허리를 감쌌다.

"미안한데……." 나는 살짝 상환의 손을 밀어냈다. 상환의 친근한 스킨십을 받아주긴 힘들었다.

상환은 별다른 반응을 보이지 않고, 내 팔을 부축해 천천히 병원 입구로 나갔다.

얼마 후, 흰색 신형 BMW 차량이 우리 앞에 멈춰 섰다.

"타자." 상환이 손을 뻗어 차 문을 열려고 했다.

"이거 우리 엄마 차 아니야." 나는 상환의 손을 붙잡았다. 엄마는 연식이 15년이나 된 닛산 소형차 마치를 몰았다.

"차 바꾸셨어."

상환은 차 문을 열더니 조심스레 나를 뒷좌석에 앉혔다.

나는 놀라 운전석을 보았다. 진짜로 엄마가 앉아 있었다.

이게 어떻게 된 일이지? 로또라도 맞은 건가?

아니면 40,000위안 조금 넘는 엄마 월급으로 어떻게 이런 비싼 차를 살 수 있단 말인가?

"상환이는 집에 갈 거니? 아니면 우리 집으로 가서 커쉰이랑 좀 있을래?" 엄마는 차를 몰며 물었다.

"커쉰이랑 있을게요." 상환이 차분하게 대답했다.

말도 안 돼! 우리 집에도 드나들고 엄마랑도 이렇게 친하다고? 우리 관계가 도대체 어디까지 발전한 거지?

집으로 가는 길 내내, 상환은 한 손으로 턱을 괸 채 생각에 잠겨 창밖만 내다봤다. 나는 무슨 말을 해야 할지 몰랐다. 어쨌든 아직 잘 모르는 사이니까 말이다.

잘 모르는 사이인데 아이러니하게 상환은 내 남친이었다.

머리가 또 지끈거려왔다. 나는 그냥 눈을 감고 어마어마한 가격을 자랑하는 외제 차의 승차감을 느끼기로 했다. 진동과 소음 차단 효과가 뛰어났다. 하지만 얼마 가지 않아 차는 멈췄다.

"다 왔어."

엄마의 목소리가 들려왔다. 나는 의아해하면서 눈을 떴다. 병원에서 집까지는 족히 한 시간이 걸리는 거리인데, 차에 탄 지 이제 10분 정도밖에 지나지 않았다. BMW가 아무리 잘 달린다 해도, 이렇게 빨리 집에 도착할 리는 없었다.

상환이 차 문을 열어줬다. 나는 차에서 내려 주변을 둘러봤다. 뜻밖에도 차 두 대를 주차할 수 있을 크기의 차고였다. 하지만…….

우리 집은 오래된 아파트였다. 비가 오는 날이면 벽에 빗물이 스며들 정도였고, 개인용 차고 같은 거는 있지도 않았다!

"여기가 어디야?" 나는 당황해하며 물었다.

"너희 집." 상환이 갑자기 웃음을 터뜨렸다.

"커쉰, 정말 아무것도 기억 못 하는구나." 엄마도 억지로 미소를 지어 보였다. "괜찮아, 의사 선생님이 푹 쉬고 나면 기억 돌아올 거라고 했어."

나는 상환의 부축을 받으며 차고에서 나왔다. 고개를 돌려 보니 유럽식 별장이 보였다.

차고 옆의 계단을 따라 위로 올라가자, 엄마가 열쇠를 꺼내 현관문을 열었다. 나는 세련되게 꾸며진 거실로 들어가, 어안이 벙벙한 표정으로 고급스러운 소파와 가구를 훑어보았다. 눈앞에 보이는 모든 장면이 내 상상을 초월했다.

내 시선이 벽 위로 향했다. 벽에는 결혼사진이 걸려 있었다. 신부는 엄마, 신랑은…….

나는 눈을 껌뻑이고는 고개를 갸우뚱하며 결혼사진을 보았다.

"저 아저씨는…… 그 건축사 사무실……."

졸업식을 준비할 때 학교 복도에서 하마터면 부딪칠 뻔했던 그 아저씨와 사진 속 신랑의 얼굴이 똑같았다.

"캉 아저씨라고 불러." 엄마가 새색시처럼 행복한 미소를 지어 보였다. "점심 아직 안 먹었지?"

"네." 상환이 대답했다.

"먹을 것 좀 준비할 테니, 커쉰 데리고 방에 가 있을래?"

"네."

상환은 나를 어느 방으로 데리고 갔다. 잡지에나 나올 듯한 소녀 스타일의 침실이었다. 연한 네이비와 연한 핑크를 기본으로 한 모던하고 아기자기한 인테리어에, 가볍고 푹신푹신한 이불이 놓인 침대까지, 마치 꿈속을 거니는 느낌이었다.

나는 멍하니 침대에 걸터앉았다. 여러 충격에서 헤어 나올 수가 없었다.

그렇게 한참을 앉아 있다가, 문득 방에 다른 사람도 있다는 사실을 떠올리고는 그제야 정신을 차려 창가에 서 있는 바이상환을 쳐다봤다. 상환은 두 손을 바지 호주머니에 넣은 채 창밖을 바라보며 생각에 잠겨 있었다. 무슨 생각을 하는지는 알 수 없었다.

"바이상환……."

"응?" 상환은 고개를 돌리지는 않았지만 부드러운 목소리로 대답했다.

"저기…… 나는 버스가 전복됐던 것만 기억나거든. 그리고 어떻게 됐어?"

"버스는 삼거리에서 전복됐어. 충격으로 차 뒤 유리창이 다 산산조각 났고, 넌 안전지대 잔디 위로 튕겼는데, 다행히 구조됐어."

"사고 당일 사진 가지고 있어?"

"대형 사고라 인터넷에서 검색만 해도 나와. 조금 전에 학교에선 그렇게 무서워했으면서 볼 수 있겠어?"

"나중에 보는 게 좋겠다." 사고 당시의 그 무시무시한 장면을 생각하니 온몸이 떨려왔다. "아! 맞다. 그날 교문까지 나와서 기다려준 거 고마워."

"그냥 너 수업 듣게 하려는 것뿐이었어. 그때 내가 그렇게 강요하지 않았더라면 그 버스에 탈 일도 없었을 텐데." 상환은 약간 침울한 목소리로 말했다.

"아냐, 그건 네 잘못이 아니야. 내가 운이 없어서 그런 건데 뭘. 사실, 거기 나와 있는 네 모습 보고 가슴이 따뜻해졌어."

"내 여자 친구가 될 거라는 걸 미리 알았다면, 직접 집으로 데리러 갔을 텐데."

상환의 말에 나는 깜짝 놀라 어떻게 반응해야 할지 난감했다.

"그런데…… 너랑 나랑…… 어떻게 사귀게 된 거야?"

"그거야 서로 좋아해서지." 마치 내가 바보 같은 질문을 했다는 듯 상환은 웃음을 터뜨렸다. "그런데 넌 하나도 기억 못 하는 거 같네. 낯선 사람 대하듯 어색해하고."

"미안." 나는 겸연쩍어 어찌해야 할지를 몰라, 서둘러 화제를 바꿨다. "우리 엄마는 어떻게 그 건축가 아저씨랑 결혼하게 된 거야?"

"그건 너희 엄마한테 물어봐야지."

마치 설명하기 싫다는 투였다.

지난 1년간 있었던 일에 관해 묻고 싶은 게 많았다. 모든 일의 자초지종을 묻고 싶었지만, 그저 얼굴 몇 번 본 게 전부고 아직은 낯설게 느껴지는 상환에게 그 많은 질문을 다 할 순 없었다.

초등학교 2학년 때였다. 엄마랑 산에 가서 하룻밤 묵은 적이 있는데, 그때 초록빛이 가득한 산과 풍차를 보면서 언젠가 왔던 곳 같은 기시감을 느꼈다.

나중에 엄마에게 들으니, 정말로 그전에 회사 동료와 같이 날 데리고 그 산에 다녀온 적이 있다고 했다. 다만 내가 다섯 살 때 일이어서 기억을 못 했을 뿐이다.

과거에 갔던 곳은, 기억에서 지워졌다 해도 그 느낌은 사라지지 않는다. 그런데…….

"있잖아, 난 내가 여기에서 지냈던 것 같은 느낌이 전혀 안 들어." 나는 방 안의 가구를 찬찬히 살펴보았다. 정말 눈을 씻고 봐도 익숙함이 느껴지지 않았다. "버스가 전복되고 나서 암흑 속에 빠졌던 기억만 나. 그리고 눈을 떠보니 학교 복도에 누워 있었어. 느낌상 아주 잠깐이었어. 기억을 잃었다기보다는…… 꼭 시공간을 뛰어넘어 미래로 온 느낌이야. 이런 상황이…… 믿어져?"

"믿어."

"믿는다고?" 나는 상환이 뭐라고 반박할 줄 알았다.

"아까는 전혀 안 믿었는데, 이제 반은 믿어." 상환은 드디어 고개를 돌려 나를 보았다. 눈빛에 당혹감이 가득했다. "진짜로 네 몸에 1년 전 그 사건을 겪은 영혼이 들어왔을 수도 있으니까."

"말도 안 돼! 차라리 기억 상실증에 걸렸다고 하는 게 더 일리 있겠다." 나는 내 생각을 애써 무시하고는, 안색이 좋지 않은 상환에게 물었다. "방금 무슨 생각 하고 있었어?"

"엄청 성가신 문제. 너만 대답할 수 있는 문제인데, 지금 물어보면 대답 못 할 거야."

"뭔데?"

"2학년 때, 나한테 어떤 일에 대해서 말한 적이 있거든."

"미안, 정말 대답 불가네." 나한테는 2학년 때의 기억이 없으니까!

"됐어, 나도 더는 생각하기 귀찮아." 상환은 어쩔 수 없다는 표정을 지었다. "어쨌든 처음부터 그렇게 선택했으니까."

"무슨 선택?"

나는 무슨 말인지 도통 이해할 수 없었다.

상환이 침대 곁으로 다가오더니, 한 손으로 침대 머리를 짚고 살짝 몸을 숙여 내 얼굴을 바라보았다. 나는 눈을 깜빡였다. 뭘 하려는 건지 알 수 없었다.

"널 좋아하겠다는 선택."

상환은 몸을 숙여 내 입술에 입을 맞췄다.

따뜻한 호흡이 볼에 닿았다. 상환의 입술은 조금 차가웠지만 솜사탕처럼 부드러웠다. 나는 심장이 미친 듯이 쿵쾅거렸다. 눈을 동그랗게 뜨고는 상환을 밀어내려는데, 상환은 이미 예상했다는 듯 몸을 세워 물러났다.

"어떻게……." 나는 손으로 입을 가렸다. 놀라기도 했고, 화가 나기도 했다.

"키스로 너의 기억을 되돌릴 수 있을까 해서. 아니면…… 널 다른 시공간에서 다시 데려오거나." 상환은 엄지손가락으로 살포시 입술을 닦았다. 눈빛이 점점 어두워졌다. "어제까지도 날 좋아했는데, 오늘은 너한테 버림받은 기분이네."

똑똑!

노크 소리와 함께 방문이 열렸다. 엄마가 볶음밥 두 접시를 들고 들어왔다.

"밥 먹어. 밥 다 먹으면 약 챙겨 먹고."

"전 일이 있어서 먼저 가볼게요." 상환이 몸을 돌려 문으로 향했다.

"점심 안 먹고?"

"배 안 고파요, 감사합니다."

상환의 뒷모습이 문 너머로 사라지는 것을 가만히 지켜보면서 나는 무슨 말을 해야 할지 알 수 없었다. 그저 미안한 마음이 가득했다.

"쟤는 좀 이상한 구석이 있다니까." 엄마는 그렇게 중얼대고는 접시를 건네며 부드럽게 물었다. "머리 아직도 아프니?"

"응."

나는 접시를 받아 들고, 숟가락으로 묵묵히 밥을 먹기 시작했다. 마음속에서 또 울분이 치밀었다. 엄마의 말에 대답하고 싶지 않았다.

엄마는 무슨 말을 하려는 듯 입술을 달싹였으나, 결국에는 침대 곁에 앉아 내가 밥을 먹는 모습을 조용히 지켜만 보았다. 내가 밥을 다 먹고난 뒤에는 푹 쉬라는 당부를 하고 쟁반을 챙겨 방을 나갔다. 뭔가 과거와는 사뭇 다른 분위기였다. 마치 나한테 스트레스를 줄까 조심하는 듯했다.

나는 약을 먹고 침대에 누웠다. 피로로 몸이 점점 가라앉는 듯하더니 얼마 후 곧 잠이 들었다.

저녁이 되어 엄마가 깨우는 소리에 일어나 밥을 먹었다.

"아저씨는 학교 건물 공사 때문에 바빠서 요즘은 항상 늦게까지 야근이야."

나는 눈을 껌뻑였다. 복도에서 부딪칠 뻔했을 때, 그 아저씨는 우리 학교 건물 공사와 관련된 입찰 서류를 들고 있었다.

"저녁 먹고 목욕할 거니?"

"응."

"혹시라도 목욕하다 갑자기 어지러워서 쓰러질까 봐 작은 의자 하나 넣어놨어. 앉아서 씻어."

난 고개를 끄덕이며 엄마가 방을 나가는 모습을 지켜봤다.

정말 이상하네! 엄마는 항상 강한 어조로 말했는데, 언제 저렇게 부드럽게 바뀌었지?

목욕을 끝내고, 옷을 입기 전에 거울을 보며 뺨을 만져봤다. 고개를 숙여 몸도 살펴봤다. 머리가 좀 길고, 허리에 살이 좀 붙고, 막 실연했을 당시만큼 안색이 초췌하지 않은 것 외에는 몸에 있는 점이라든가 무릎에 있는 상처도 모두 똑같았다. 내 몸이 '야오커쉰'이라는 사실은 분명했다.

나는 방으로 돌아왔다. 약도 먹고 반나절 동안 푹 쉬어서인지 두통이 조금 덜해, 이 낯선 공간에 대한 탐색을 시작했다.

옷장을 열어 보니 안에 걸려 있는 옷은 모두 내가 좋아하는 스타일이었다. 하긴 '내'가 고른 옷이니, 마음에 안 드는 옷이 있을 리가 만무했다.

책장에는 고등학교 2학년 교과서와 참고서가 꽂혀 있었다. 몇 권을 꺼내 펼쳐 보니 모두 빽빽하게 필기가 되어 있고, 필체 역시 내 것이었다. 이번에는 쭈그리고 앉아 책장 아래 서랍을 열었다. 안에는 액세서리, 인형, 오르골, 그리고 카드 몇 장이 들어 있었다. 카드 내용을 보니 이 물건들은 반 친구들에게 생일 선물로 받은 것이었다.

2학년의 나는 즐겁게 생활했을까?

문득 우등반 친구들의 뼈 있는 대화 내용이 떠올라 코끝이 시큰해졌다.

빙쉰에게 받은 선물은 하나도 보이지 않았다. 아마 새로운 남자 친구가 생겼으니 전 남친의 물건은 다 정리했을 것이다.

책상 앞으로 가 서랍을 열어 보았다. 모노 지우개를 파서 만든 도장이 서랍 가득 들어 있었다. 동물, 꽃, 나뭇잎, 기하학적 무늬 등 모양이 다양했고, 꽤 귀여웠다.

내가 만든 건가? 이렇게 많이 만들었으면, 엄마한테 지우개 낭비한다고 한 소리 들었을 텐데?

다른 서랍에는 일상 용품이 들어 있을 뿐 특별한 것은 없었다.

"사진은 없나……."

고개를 들다가 책상 위 노트북에서 시선이 멈췄다.

나는 원래 오래된 사양의 데스크톱을 사용했는데, 이제는 노트북을 쓰는 모양이었다.

"맞다. 평소에 휴대폰으로 사진 찍으니까, 사진도 컴퓨터에 저장해 놨겠지!"

나는 노트북 전원을 켰다. 부팅이 완료된 후, 비밀번호 입력 화면이 떴다.

"엥? 비밀번호로 잠겨 있네?"

내 생일을 입력했다. 비밀번호 오류. 다시 신분증 번호, 음력 생일, 학교 반 번호를 차례로 입력해봤지만 모두 아니었다.

"설마 바이상환 생일인가? 아니면 걔랑 사귀기로 한 날?"

그런 것은 전혀 알지 못했다……. 포기해야겠군.

"맞다! 휴대폰이 있었지."

가방 안에 있던 물건을 모두 쏟아 휴대폰을 찾아냈다.

"어라, 이것도 새 거네."

나는 약간 풀이 죽어 조심스레 휴대폰 화면을 켰다.

죽인다! 패턴 잠금 방식이다.

직감에 의존해 화면에 대고 아무렇게나 패턴을 그렸다. 하지만 연속 몇 번을 틀리자 휴대폰이 완전 잠금 모드로 바뀔까 봐 더 시도하기가 무서웠다.

의기소침해진 나는 휴대폰을 내려놓고 침대 위로 올라가 고양이 인형을 끌어안았다. 네발에 하얀 양말을 신은 검정고양이로, 쿠츠시타냥코라는 일본 캐릭터였다.

이렇게 큰 정품 인형이라면 분명 꽤 비쌀 것이다. 누가 준 걸까?

나는 인형을 안고 침대에 누워 상념에 빠졌다. 왠지 씁쓸했다. 요즘 사람들은 휴대폰이나 컴퓨터가 없으면 삶의 기록이 없는 거나 마찬가지라는 생각이 들었다. 하지만 전혀 수확이 없었던 것은 아니다. 내가 이 방의 주인이라는 사실을 증명해줄 많은 물건을 찾았으니까.

한참을 엎치락뒤치락했더니, 머리를 부딪쳤던 탓인지 체력이 급격히 소모되었다. 감기 몸살이라도 걸린 듯 몸이 노곤해졌다. 마치 영혼이 몸에서 빠져나가는 듯한 기분이었다.

갑자기 낮에 상환과 했던 얘기가 생각났다. 하지만 영혼이 미래로 온 것이든 아니면 과거로 간 것이든, 소설 속에나 나올 법한 황당무계한 이야기 아닌가?

내 생각에, 나는 그저 기억을 잃어버린 것뿐이다.

다음 날 아침, 나는 다시 눈을 뜨면 2018년으로 돌아가 있지는 않을까 하는 상상을 하면서 눈을 꼭 감고 있었다.

하지만 눈을 떴을 때 여전히 어제의 그 낯선 환경이 보이자 마음이 무거워졌다.

알람 소리가 오전 7시를 알렸다. 나는 일어나 거실로 향했다. 엄마는 접시 두 개를 들고, 나를 등지고 소파로 가 앉았다. 그 옆에는 한 남자가 앉아 신문을 보고 있었다. 아마도 '캉 아저씨'일 것이다.

"아침 준비 완료. 어서 들어요!" 엄마는 고개를 돌려 남자를 보며 웃었다.

"고마워." 아저씨는 신문을 내려놓고 엄마의 어깨를 감쌌다. 엄마가 소녀처럼 아저씨에게 기대더니 두 사람은 다정스레 입을 맞췄다.

지금의 나에게는 너무 돌발적인 장면이었다. 나는 살그머니 복도로 몸을 숨겼다. 내 삶에 갑자기 나타난 낯선 아저씨를 받아들이기 힘들었다.

한참 후, 아저씨의 목소리가 다시 들렸다.

"커쉰은 아직도 자?"

"응, 좀 느지막이 깨워서 밥 먹이려고." 엄마의 목소리는 무척 부드러웠다.

"몸은 좀 괜찮아졌어?"

"약 먹고 많이 좋아졌어. 그런데 애가 너무 조용해졌어."

"아마 기억을 잃어서 불안한 마음에 그럴 거야. 스트레스 주지 않게 조심하고."

"걱정하지 마. 같은 실수를 되풀이하지는 않을 거니까."

"며칠 전에 말했던 거 있잖아, 커쉰이 고등학교 졸업하면 외국으로 유학 보내자고 한 거, 생각해봤어?"

"유학 보내면 돈 많이 들잖아." 엄마는 주저하는 목소리로 말했다.

"괜찮아, 그 정도는 할 수 있어."

"그래도……."

"혼자 아이 키우느라 몇 년 동안 고생 많았잖아, 이젠 좀 쉬어야지. 커쉰이 유학 가면, 나도 당신이랑 여행도 좀 다니고 우리 둘만의 시간을 보내자고……."

내가 눈엣가시라 해외로 보내려는 거군! 나도 당신들이랑 같이 있을 생각 없거든요.

몰래 방으로 돌아온 나는 조심스레 문을 닫았다. 마음속에서 분노가 치밀었다.

내 친아빠는 성격이 밝고, 유머러스하고, 사교성 좋은 남자였다고 들었다.

결혼 후, 엄마는 바로 나를 임신했고, 아빠는 처자식을 부양하기 위해 연봉이 조금 더 높은 곳으로 옮기겠다며 다니던 회사를 그만뒀다. 그 후 직장마다 한 달을 채우지 못하고 그만뒀고, 저녁에는 친구들과 함께 유흥에 빠져 살더니, 과거에 사귀었던 여자 친구와도 계속 연락을 했다고 들었다.

엄마는 아빠에게 크게 실망하고 마음에 상처를 입었다. 내가 태어난 지 딱 한 달이 되었을 때, 엄마는 아빠의 빚 독촉에 시달리게 되었고, 이혼을 결심하고, 아빠와 헤어졌다.

당시 아빠의 전 여친은 아빠에게 결혼하자고 조르며 이혼 합의서에 도장을 찍으라고 아빠를 재촉했다고 들었다.

아빠는 이혼 합의서에서 서명하면서, 나한테 눈길 한번 주지 않고, 친권도 순순히 포기했다고 한다. 또 이혼 후 한 달도 채 되지 않아 전 여친과 결혼까지 했고 말이다.

엄마가 혼자 날 키우느라 고생을 많이 했다는 걸 안다. 어려서부터 나는 늘 말을 잘 듣는 아이였고, 선생님에게 칭찬받는 우등생이었다. 하지만 이제 내 마음은 이유를 알 수 없는 불만으로 점점 채워졌고, 그냥 현실을 받아들이기보다는 엄마에게 반항하고 싶어졌다.

이게 바로 사춘기의 반항 심리인가?

갑자기 휴대폰이 울렸다. 책상 위에 놓인 휴대폰 화면을 보니 상환에게서 걸려온 전화였다.

나는 통화 버튼을 눌렀다. 휴대폰 잠금을 풀 순 없었지만 전화는 받을 수 있었다.

"여보세요."

"커쉰, 몸은 좀 나아졌어?"

휴대폰 저편에서 자동차 소음과 함께 상환의 목소리가 들려왔다.

"좋아졌어, 어지럽지도 않아. 그런데 아직 아프긴 해." 나는 손으로 뒤통수를 문질렀다.

"난 일이 있어서 학교 가야 해."

"나도 같이 가도 돼?" 엄마랑 단둘이 있고 싶지 않았다.

"그래, 내가 데리러 갈게." 상환은 왜냐고 이유도 묻지 않고 바로 승낙했다.

"고마워."

"고맙긴."

상환은 바로 전화를 끊었다.

나는 외출복으로 갈아입었다. 혹시나 엄마가 나가지 못하게 하면 어쩌나 걱정이 되었다.

초인종 울리는 소리에 방을 나섰다. 거실에 캉 아저씨는 없었다. 이미 출근한 모양이었다. 엄마는 상환이 온 것을 확인하고 문을 열어주었다. 상환은 엄마에게 집에 온 이유를 설명했다. 엄마는 내가 상환과 함께 나가는 걸 반대하지 않았다.

"다녀오겠습니다. 이따가 제가 다시 바래다줄게요." 상환이 공손하게 말했다.

"커쉰 좀 잘 보살펴줘. 컨디션 안 좋아지면 바로 나한테 연락하고." 엄마는 온화한 목소리로 당부했다.

"네, 그럴게요." 상환이 그렇게 대답하고는 나에게 손을 내밀었다. "커쉰, 가자."

나는 상환의 손을 살짝 잡았다. "다녀올게요."

집에서 나온 후에도 손을 꼭 잡은 상환 때문에 내 볼은 계속 상기

된 상태였다. 나는 빙선 말고 다른 남자와 손을 잡아본 적이 없었다.

"왜 그래?" 상환이 고개를 돌려 나를 바라보았다.

"어떻게 그렇게 빨리 왔어?" 나는 수줍어 고개를 숙였다.

"전화했을 때 이미 집 앞이었어."

"학교 가야 한다고 했잖아?" 나는 어리둥절해 물었다.

"집에서 나올 때 갑자기 네가 너무 보고 싶어서, 너 보고 갈 수 있을까 해서 와봤지."

그 말을 듣고 나는 고개를 들어 상환을 바라보았다. 나를 보는 상환의 눈빛이 따사로웠다. 은은하게 빛을 내는 눈 속에 애정이 가득했다. 그런 상환의 모습에 나는 온몸이 달아올라 마치 무언가에 덴 것처럼 잡힌 손을 빼냈다.

"역시 버림받았군." 상환은 텅 빈 자신의 손을 내려다보며 어두운 표정을 지었다.

"미안." 나는 난감했다.

"아침 아직 안 먹었지?"

"응."

버스 정류장 옆에 아침 식사를 파는 가게가 있었다. 상환이 샌드위치와 밀크티를 두 개씩 사 왔다. 우리는 버스에 올라 나란히 앉아서 아침을 먹었다.

"내 노트북 비번 알아?" 나는 샌드위치를 먹으면서 물었다.

"2019520, 우리가 사귀기 시작한 날." 상환도 샌드위치를 한 입 베어 물며 대답했다.

"비번이 정말로 사귀기 시작한 날이라니……. 아!" 나는 갑자기 무언가가 떠올랐다. "그럼 오늘이……."

"우리가 사귄 지 3개월 되는 날이야." 상환이 밀크티를 한 모금 마시고는 덧붙였다. "전에 네가 임시 소집일에 땡땡이치고 2박 3일 여행 가자고 했었는데."

임시 소집일에 땡땡이? 그런 짓을 내가?

게다가 3일간 여행이라니? 그건 밖에서 바이상환이랑 밤을 보내야 한다는 말인데, 내가 어떻게 그런 낯 뜨거운 제안을 한 거지?

"우리 엄마가 그러래?" 나는 당황스러운 얼굴로 물었다.

"당연히 안 된다고 하시겠지. 그런데 네가 샹링이랑 놀러 간다고 거짓말을 해서라도 꼭 갈 거라고 했어."

"무슨 생각으로 그랬는지 진짜 모르겠다."

나는 난감한 나머지 쥐구멍이라도 찾고 싶은 심정이었다. 그래서 황급히 휴대폰을 꺼내며 화제를 돌렸다…….

"이 잠금도 풀 수 있어?"

상환이 패턴을 그리니 바로 잠금이 풀리면서 홈 화면이 나타났다.

정말 뭐든지 다 알고 있구나!

새 휴대폰의 홈 화면이 익숙하지 않아 간신히 앨범 아이콘을 찾아 클릭해 사진을 한 장 한 장 넘겨 봤다. 상환이 책상에 엎드려 자는 모습, 달리는 모습, 공을 드리블하는 모습, 먹는 모습, 선도부 활동을 하는 모습, 창밖을 바라보며 생각에 잠긴 모습……. 모두 상환의 사진이었다.

이건 스토커나 하는 짓 아닌가!

"너 정말 나 많이 좋아했다니까."

상환은 마치 내 마음의 소리를 읽은 것처럼 피식 웃음을 터뜨렸다.

나는 너무 창피한 마음에 휴대폰 화면을 바로 껐다. 당사자를 앞에

두고 도저히 계속 넘겨 볼 수가 없었다.

바로 이때, 상환이 한 손으로 내 뒤통수를 받치고 자신의 얇은 입술로 내 입가에 살포시 입을 맞췄다.

"빵 부스러기 묻었어."

나는 놀란 눈을 하고는 당황해 상환의 손을 뿌리치고 차창 쪽으로 몸을 움츠렸다.

"정말 성가시네. 우리 뽀뽀 여러 번 해봤거든."

상환은 아무렇지도 않게 웃었지만, 눈빛은 쓸쓸해 보였다.

하지만 나는 진짜로 바이상환이 낯설었다. 좋아하는 감정이 눈곱만큼도 들지 않았다!

"미안, 막 실연당한 마음을 아직 추스르지 못했는데, 어떻게 다른 남자를 좋아할 수 있겠어?"

빙쉔만 떠올리면 마음이 쓰려, 한동안은 다른 누군가를 좋아할 수 없을 것 같은 기분이었다.

"막 실연당했다고?" 상환이 잠시 멍하니 있더니 눈을 가늘게 뜨고 말했다. "그 말은, 너의 감정도 1년 전으로 돌아갔다는 거야?"

"나한테는 그 일이 바로 전에 일어난 일이야. 시간이 거꾸로 돌아간 게 아니라."

"나한테는 아무 느낌도 없을뿐더러, 아직도 허빙쉔을 좋아하고 있다고?"

"계속 걜 좋아하진 않을 거야."

나는 강조하며 말했다.

상환은 한참 아무 말 없이 나를 바라보다가 갑자기 웃음을 터뜨렸다. "왜 내가 불쌍하게 느껴지지……."

나는 뭐라 대답하지 못했다. 상환의 표정이 너무 외로워 보였기 때문이다……. 다행히 지금 사는 집은 학교에서 멀지 않아 버스는 어느새 학교 아래 상점가에 도착했다.

방학이라 학교로 가는 길에 학생들은 없었고, 매미만 시끄럽게 울어댔다.

상환은 줄곧 무표정한 얼굴로 아무 말도 하지 않았다. 속으로 무슨 생각을 하는지 알 수 없었다.

세 갈래 길에 다다르자, 상환이 갑자기 입을 열었다.

"작년에 버스가 여기에서 전복됐어. 너는 차 밖으로 튕겨 나와 저기에 떨어졌고."

상환은 안전지대의 잔디를 가리켰다.

사고 현장에 오니 당시의 두려웠던 장면들이 하나씩 머릿속을 스쳐 지나갔다. 나는 다시 두려움에 온몸을 바들바들 떨었다.

"괜찮아."

상환은 바로 나를 자신의 품으로 끌어당기고는 가볍게 등을 토닥이며 달래주었다.

나는 상환의 옷을 꽉 잡고, 상환의 품에 기댄 채 학교 안으로 발걸음을 재촉했다.

화단 옆에 잠시 앉아 쉬니 기분이 나아졌다. 나는 고개를 들어 상환을 바라봤다.

"학교에는 왜 온 거야?"

"나 선도부장이잖아. 신임 선도부장이랑 선생님이랑 신입생 오리엔테이션에 관해 의논하려고." 상환은 손을 들어 살포시 내 앞머리를 흐트러뜨리며 미소를 지었다. 눈빛에 애정이 가득했다. "나는 교무실로 가야 돼."

"그럼 나는 그냥 여기저기 좀 걸을게, 이따 만나자." 나는 일어나 엉덩이에 묻은 흙을 떨어냈다.

"커쉰."

"응?"

"나……." 상환은 주저하며 선뜻 말을 꺼내지 못했다. 복잡한 표정이었다. "그냥, 한번 안아보고 싶어서."

나는 고개를 저으며 긴장한 나머지 한 발 뒤로 물러섰다.

"됐다."

상환은 어두워진 표정으로 교무실을 향해 걸어갔다.

나는 한숨을 내쉬며 천천히 바깥 복도를 따라 걸었다. 게시판에 2학년 기말고사 전체 석차가 붙어 있었다.

"상환은 여전히 만년 3등이네."

나는 살짝 웃었다.

1등부터 3등까지는 여전히 변함이 없었다. 4등은 가오잉치였다. 나는 50등까지 살펴보다가 신위의 이름이 없는 걸 알아챘다……. 어찌된 일이지?

휴대폰을 꺼내 라인 친구 목록을 살펴봤다. 친구 명단에 빙쉰과 신위는 없었다. 우등반 단톡방 역시 없었다. 대신 9반 단톡방이 있었다.

그 외에 4명으로 이루어진 단톡방도 있었다. 바이상환, 위하오옌, 황샹링과의 대화방이었다. 그 단톡방을 열어 보니, 어젯밤 내내 나에 관해 오간 이야기가 보였다. 하오옌은 아린을 가만두지 않겠다고 으름장을 놓았고, 샹링은 그런 하오옌을 말렸다.

상환의 프로필 창을 열어 보려는데, 갑자기 체육관 방향에서 공사 소음이 들려왔다.

나는 호기심에 휴대폰 화면을 끄고 복도를 따라 체육관 쪽으로 향하며 주변을 둘러보았다. 학교는 1년 전과 크게 달라진 게 없었다.

체육관 옆 공터에 안전 가림막이 세워져 있고, 그 안쪽으로 반 정도 지은 건물이 보였다. 외벽에 가설 구조물이 설치되어 있고, 학교 후문을 통해 공사 차량이 드나들었다.

1년 전까지만 해도 이 건물은 없었다. 분명, 캉 아저씨가 수주한 공사일 것이다.

"빙쉰, 오늘은 내가 널 꼭 밟아주지!"

"어디 덤벼보시지!"

익숙한 남자 목소리가 들려왔다. 나는 순간 그 자리에 얼어붙어 천천히 고개를 돌려 보았다.

농구복을 입은 빙쉰이 왼쪽 어깨에 스포츠 백을 메고 농구부 부원들과 걸어오고 있었다. 1년 전보다 빙쉰의 몸이 더 탄탄해지고, 더 멋있어졌다.

나를 발견한 빙쉰은 갑자기 걸음을 멈추고 차가운 눈빛으로 나를 노려봤다.

"빙쉰 선배!"

깜찍하게 생긴 늘씬한 여학생이 달려오더니, 빙쉰의 오른팔에 팔짱을 끼고 빙쉰에게 달콤한 미소를 던졌다.

"점심에 우리 스파게티 먹으러 가요!"

"그래."

빙쉰은 팔을 들어 그 여학생의 어깨를 감쌌다.

친근한 두 사람의 모습에 나는 순간 머리가 하얘졌다.

"허빙쉔, 너 얘랑 무슨 사이야?" 나는 빙쉔의 앞을 막고 씩씩대며 그 여학생을 가리켰다.

"전교생이 다 아는 일 아니야?" 빙쉔은 이상하다는 표정으로 나를 바라봤다.

"저 선배랑 사귀잖아요." 여학생은 보란 듯이 빙쉔의 허리를 감싸 안으며 말했다.

나는 멈칫했다. "그럼 신위는?"

"너 미쳤냐, 헤어진 지가 언젠데." 빙쉔이 미간을 찌푸렸다.

"왜 헤어졌는데?"

"왜냐니? 네가 몰래 훼방 놨잖아?" 빙쉔이 차가운 미소를 지었다.

"내가? 훼방을 놨다고?"

나는 믿을 수가 없었다.

실연한 후 보름 동안 신위를 미워하긴 했지만, 속으로 욕이나 몇 마디 한 게 다일 뿐 복수하려는 생각은 추호도 없었는데, 내가 무슨 훼방을 놓았단 말인가?

"야 오커쉔, 뭘 모르는 척이야? 신위가 그렇게 변한 건 다 너 때문인데." 빙쉔이 경멸의 눈초리를 하고 말했다.

"걔가 어떻게 됐는데?" 나는 황급히 되물었다.

"머리에 총 맞았냐? 자기가 저지른 일도 다 까먹었어?" 옆에 있던 농구부 부원이 끼어들었다.

"주장, 말 섞지 마."

"가자, 가자, 농구나 하러 가자!"

"선배, 햇빛 장난 아니에요. 얼굴 탈 것 같아요." 여학생이 빙쉔에게 어리광을 부렸다.

"경고하는데, 저우이한테 접근하지 마. 안 그러면 나도 가만 안 있어!"

빙쉔은 무서운 눈빛으로 나를 쏘아보더니 부원들과 함께 체육관으로 걸어갔다.

증오가 담긴 빙쉔의 눈빛이 마치 날카로운 비수처럼 내 심장을 찔렀다.

빙쉔은 내 첫사랑이었고, 우리는 함께 아름다운 추억들을 만들어왔다. 하지만 이제 빙쉔은 나를 원수 보듯 대했다. 내가 도대체 무슨 잘못을 한 걸까?

체육관 안으로 사라지는 빙쉔의 뒷모습을 보며 코끝이 점점 시큰해졌다. 시무룩이 몸을 돌리는데, 복잡한 표정을 한 상환이 뒤에 서 있었다. 언제부터 보고 있었던 걸까?

"바이상환, 신위한테 무슨 일이 있었는지 알아?" 나는 성큼 걸어가 상환에게 물었다.

"허빙쉔이랑 헤어진 후에 자살 시도했고, 전학 갔어." 상환이 담담하게 대답했다.

"내가 그런 거야?" 그런 일이 있었다니, 믿을 수가 없었다.

"너랑은 상관없어. 너는 도울 수 있는 만큼 도와줬어."

"도대체 어떻게 된 일인데?"

빙쉔은 내가 신위를 망쳐놨다고 했는데, 상환은 오히려 내가 신위를 도와줬다고 하니, 도대체 누구 말이 맞는 걸까?

상환은 아무 말 없이 어두운 표정으로 뒤로 돌아 걸어갔다.

나는 상환의 뒤를 따르며 반쯤 잠긴 목소리로 말했다.

"이제야 빙쉰하고 신위의 관계를 받아들일 마음의 준비가 됐는데, 신위랑은 이미 헤어졌고 새 여친을 사귀고 있다니. 뺨이라도 한 대 맞은 기분이네."

상환은 잠시 멈칫했다가 걸음을 더욱 빨리해 복도를 지나 교문으로 향했다.

"날 좋아한다고 했던 애가 갑자기 여자 친구를 두 번이나 갈아치우다니, 정말 너무 속상하고 마음이 아파. 어떻게 나한테 이럴 수 있지?"

나는 상환의 발걸음에 맞추지 못해 점점 더 뒤처졌다.

교문에 도착했다. 경비실 옆에는 선도부실이 따로 있고, 안에는 선도부용 물품이 놓여 있었다.

상환은 문을 열고 들어가 당번표를 화이트보드에 붙였다.

"나랑 헤어질 때 허빙쉰이 둘러댄 말도 다 거짓이었어."

나는 상환을 따라 들어가며 눈가에 고인 물기를 훔쳤다.

퍽!

화가 잔뜩 난 얼굴을 한 상환이 주먹으로 화이트보드를 힘껏 쳤다.

나는 화들짝 놀라 노기등등해 다가오는 상환을 보았다. 상환은 내 어깨를 잡아 나를 자기 품으로 힘껏 끌어당기더니 다른 한 손으로 내 턱을 잡고 고개를 숙여 입을 맞췄다.

나는 상환에게서 벗어나려고 발버둥쳤지만, 상환은 꼼짝도 하지 않았다. 오히려 한 발 더 다가와 나를 벽 쪽으로 몰아, 나는 상환과 벽 사이에 갇혔다. 상환의 입맞춤은 숨을 쉬기 힘들 정도로 점점 더 격렬해졌다. 나는 당황한 나머지 상환의 입술을 깨물었다.

하지만 상환은 물러서지 않고 거친 숨을 몰아쉬며, 내가 숨을 쉬기 위해 입을 벌린 틈을 타 바로 혀를 안으로 집어넣고 더 격렬하게 입을 맞춰 왔다.

입 안에서 피맛이 느껴졌다. 나는 발버둥 치기를 포기하고 흐느꼈다. 눈물이 다시 솟구쳤다.

내가 흐느끼는 소리에 상환은 이성을 되찾은 듯 입술을 떼고 잠긴 목소리로 말했다.

"미안……. 너무 두려워서 나도 모르게……. 모든 시간이 거꾸로 돌아가고 있는 것 같아서 너무 두려워……."

"뭐가 두려운데?" 나는 다리가 후들거렸다.

"예언이."

"무슨 예언?"

"네가 나한테 했던 말이 있어. 곧 일어날 일에 대한 예언이었어." 상환이 내 어깨에 머리를 얹으며 나지막이 말했다.

"내가 뭐라고 했는데?" 상환의 말에도 딱히 떠오르는 게 없었다.

"어제 그 예언에 대해 계속 생각해봤거든. 그 예언이 사실이면, 너는 분명 자책감에 힘들어할 거 같았어. 하지만 조금 전에 네가 다시 빙쉰을 좋아하고, 지금은 날 조금도 좋아하지 않는다는 걸 깨달았어. 그렇다면 내가 걱정 안 해도 될 것 같아. 예언이 사실이 된다 해도, 너한테는 별 상관 없는 일이 될 테니까."

"저기, 무슨 말인지 못 알아듣겠어." 나는 왠지 초조해졌다. 뭔가 불길한 예감이 들었다.

"짜증 나니까 가! 나한테서 멀어지라고!"

상환은 짜증을 내며 나를 문 밖으로 밀어냈다.

상환도 선도부실에서 나와 문을 잠그고 성큼성큼 교문을 빠져나갔다. 그 뒷모습에서도 노여움이 뿜어져 나왔다. 어찌나 빠르게 걸어 내려가는지 나하고 꽤 거리가 벌어졌다.

세 갈래 길에 도착한 상환은 걸음을 멈추고 고개를 돌려 오른쪽에서 차가 오는지 살폈다. 그때 날카로운 브레이크 소리가 주변의 고요함을 깨뜨렸다.

철근 프레임을 가득 실은 트럭 한 대가 학교 후문과 이어진 작은 길에서 달려 나와 곧장 상환을 들이받았다.

1초도 안 될 듯한 시간이 마치 슬로 모션처럼 느리게 내 눈앞에서 펼쳐졌다. 나는 반사적으로 두 손을 뻗어 공중으로 튕긴 상환을 받아 안으려 했다.

내 비명 소리와 쿵쿵대는 심장 소리 외에는 아무 소리도 들리지 않는 것 같았다.

상환은 내 바로 앞 도로 위로 떨어졌다. '쿵' 하는 소리가 크게 울려 퍼졌다.

나는 상환 옆으로 뛰어가 무릎을 꿇었다. 트럭에 들이받힌 가슴은 움푹 패어 있었고, 뒤통수에서는 피가 철철 흘러 도로를 적셨다.

"바이상환……, 바이상환……."

나는 사시나무 떨듯 떨며 상환의 얼굴을 손으로 받쳐 들고 계속 이름을 불러댔다.

상환은 슬픈 표정으로 나를 바라봤다. 무슨 말을 하고 싶은 듯 입을 벙긋거렸지만 입에서는 선혈만이 뿜어 나왔다. 순식간에 내 두 손은 피로 물들고, 눈앞은 온통 피바다로 변했다.

나는 손을 뻗어 상환의 손을 잡았다. 얼핏 상환의 손바닥에 무슨 글자가 쓰여 있는 게 보였다. 하지만 갑작스러운 사고에 경황이 없어 그저 상환의 손을 꼭 잡고 있을 뿐, 그 글자에 신경 쓸 여력이 없었다.

상환이 희미하게 미소를 짓더니 소리 없이 입 모양으로만 말했다.

"울지 마."

말을 끝낸 상환의 손이 힘없이 툭 떨어졌다. 동공이 점차 풀리더니 호흡도 완전히 멈췄다.

"바이상환!"

나는 상환을 안고 울부짖었다. 이어 눈앞이 깜깜해지면서 나는 암흑 속으로 빨려 들어갔다…….

"커쉰……."

암흑 속에서 어떤 여자 목소리가 내 이름을 불렀다.

"어서 일어나……."

엄마 목소리였다.

"미안해, 엄마가 잘못했어. 일어나기만 하면 앞으로는 네가 좋아하는 일 하게 해줄게, 성적 가지고도 뭐라고 안 할게……."

서글피 우는 엄마의 목소리에 가슴이 아려왔다.

나는 천천히 눈을 떴다. 밝은 빛이 암흑을 몰아냈다. 점점 눈앞의 물체들이 또렷해지고, 온몸에서 극심한 통증이 느껴졌다.

"너무 아파……."

나는 밀려드는 아픔에 나지막이 소리를 질렀다. 입과 코에 뭔가가 덮여 있는 것 같았다.

"커쉰!"

엄마가 흥분한 목소리로 나를 불렀다.

"간호사 선생님, 우리 딸 깨어났어요!"

나는 천천히 두 손을 오므렸다. 손에서 아직 상환의 체온이 느껴지는 것 같았다. 가슴 쪽에서 깊은 통증이 몰려오면서 다시 시야가 흐려졌다. 따뜻한 액체가 두 눈에서 흘러내렸다.

엄마는 휴지로 내 뺨을 살짝 닦아주었다. 갑자기 두세 명의 하얀 실루엣이 나를 에워쌌다. 내 상태를 살펴보려는 것 같았다.

"바이⋯⋯." 나는 산소마스크를 낀 채 약하게 목소리를 내뱉었다.

"커쉰, 하고 싶은 말 있어?" 엄마는 내 입에 귀를 가져다 댔다.

"바이상환, 죽으면 안 돼⋯⋯."

"엄마 여기 있으니까 걱정하지 마." 엄마는 내 손을 꼭 잡았다.

"여기는⋯⋯ 어디야?" 나는 눈물을 흘리며 엄마를 바라보았다.

"병원이야. 네가 탄 버스가 전복돼서 이틀 동안 혼수상태였어."

전복 사고? 그건 1년 전 일이라고 하지 않았어?

"오늘이⋯⋯ 몇 년 몇 월⋯⋯ 며칠이야?" 나는 있는 힘껏 목소리를 내어 물었다.

"2018년 7월 21일." 엄마는 목 멘 소리로 대답했다.

"하지만⋯⋯ 조금 전까지만 해도 2019년이었고⋯⋯ 상환이랑 같이⋯⋯."

"선생님, 애 기억에 좀 이상이 있는 것 같아요." 엄마가 긴장하며 옆에 있는 의사에게 물었다.

"뇌진탕 환자들의 경우 기억 상실이나 정신 착란 같은 증상이 있긴 해요⋯⋯." 의사가 길게 설명을 늘어놓았다.

아니에요! 난 똑똑히 기억하고 있어요!

상환이 눈앞에서 죽는 장면을 이렇게 선명하게 기억하는데 정신

착란이라니?

설마 지금이 꿈이고, 꿈에서 깨면 상환이 죽은 그 세계로 다시 돌아가는 건가?

다시 깨어났지만, 나는 그 세계로 돌아가 있지 않았다. 대신 상환이 꽃다발을 안고 내 병상 옆에 서 있는 모습이 보였다.

엄마는 상환을 교장 선생님과 같이 문병 온 친구라고 소개해주었다. 나는 와락 상환의 허리를 끌어안고서 울며 외쳤다.

"죽지 마……. 죽지 말라고……."

옆에서 아무리 떼어놓으려 해도 소용이 없자, 상환은 아예 침대 가장자리에 걸터앉았다. 나는 그렇게 상환의 허리를 꼭 안고 있다가 얼마 후 다시 정신을 잃었다.

그 뒤 또 의식이 혼미한 상태로 3일을 보낸 후, 점차 의식이 또렷해졌다.

의사 선생님 말로는 그 심각한 사고에서 나는 기적처럼 찰과상만 입었다고 했다. 정말 운이 좋았다. 물론 뇌 쪽에 어혈이 좀 생기긴 했지만 다행히 크지는 않아 몇 개월 잘 관리하면 자연스레 사라질 거라고 했다.

나는 일주일 뒤 퇴원했다. 하지만 여전히 온몸에 극심한 근육통이 있었고, 뇌진탕으로 인해 쉽게 피로를 느껴 많은 생각을 할 겨를은 없었다. 자주 침대에 누워 바로 잠에 빠져들었고, 한번 잠이 들면 몇 시간을 내리 자서 엄마를 놀라게 했다. 엄마는 일부러 한 시간마다 한 번씩 나를 깨웠다.

매일 아침 눈을 뜰 때마다 다시 2019년으로 돌아가 있을까 봐 두려웠다. 하지만 아무 일도 일어나지 않자, 마음도 점차 안정을 찾아갔다. 나는 마침내 2018년이 현실이고, 2019년 일은 꿈이었을 뿐이라고 확신했다.

엄마는 내 기분이 점차 안정되고 몸이 좋아지자 사고에 대해 자세히 이야기를 해줬다.

"이건 사고 당시 사진이야."

엄마는 침대 곁에 앉아 휴대폰을 건넸다.

삼거리 진입로에 버스가 옆으로 전복되어 있는 사진이었다. 차체가 심하게 파손되고, 깨진 창유리가 사방에 튀어 보기만 해도 끔찍했다.

"이 사고 그날 뉴스 첫 꼭지로 보도됐어."

"이런 걸로 유명해지고 싶지는 않은데."

나는 입을 삐죽대고 다음 사진을 넘겨 보았다.

이번에는 안전지대 쪽 사진이었다. 나는 검은색 양복 상의를 덮고 잔디에 누워 있었다. 내 옆으로는 사고로 파손된 버스 후미가 보였는데 유리창이 박살 나 있었다. 나는 그쪽으로 튕겨 나왔을 것이다.

"버스가 미끄러지기 시작했을 때 기사 아저씨가 빨리 내리라고 소리쳐서 대여섯 명은 바로 뛰어내렸대. 그 과정에서 살짝 찰과상을 입었고. 그러고 나서 기사 아저씨가 속도를 늦춰보려고 담을 들이받고서 다른 남학생 두 명이랑 같이 뛰어내렸는데, 너만 못 구했다고 많이 자책하더라고." 엄마는 당시의 상황을 자세히 들려주었다.

"맨 뒷자리에 앉아 있어서 구하기 힘들었을 거야."

"사고가 난 후에 근처에 있던 학생들도 놀라서 아수라장이었던 모양이야. 학생 주임 선생님이 학생들 다 교실로 들여 보내고 교문 봉쇄한 다음에 사고 현장으로 달려갔다가 버스 뒷부분 근처에서 너를 발견한 거야. 이미 심장 박동이 멎어 있었다는데, 선생님이 바로 가슴 압박을 해서 다행히 살려냈대."

"응급 훈련 책임지는 그 선생님인가 봐."

"응급 처치에 대해 아는 선생님이어서 천만다행이었지."

엄마는 생각만 해도 두려운 듯 가슴을 살짝 문질렀다.

나는 휴대폰을 엄마에게 건넸다. 참혹했던 당시 상황을 보니 기분이 썩 좋지 않았다.

사실 나는…… 상환이 교문 앞에서 날 기다리던 모습만 기억했다. 그 이후에 버스가 어떻게 미끄러지고 전복되었는지, 다른 학생들은 어떻게 버스에서 뛰어내렸는지, 전혀 기억이 나지 않았다.

비록 사고 당시 상황은 기억하지 못하지만, 혼수상태일 때 꿨던 그 꿈은 생생하게 기억했다.

꿈에서 나는 남자 친구가 있었고, 친구들이 많았다. 엄마는 재혼했고, 집의 경제 상황이 좋아졌다. 지금 생각해보니 꽤 좋은 꿈이었다. 내 마음대로 이루어지지 않는 현실에서 도피하고 싶은 욕구가 반영된 건가?

하지만 그 꿈도 해피엔딩은 아니었다.

상환이 내 눈앞에서 죽었다. 손만 뻗으면 상환의 체온이 느껴질듯 그 장면은 너무 생생했다. 상환이 흘린 피의 색, 온도 그리고 점성까지 너무나 생생하게 사실처럼 느껴졌다……. 그 장면을 생각하면 절로 눈물이 날 정도였다.

정말 그저 꿈인 걸까? 아니면…… 미래에 다녀온 걸까?

3장

우등반의 쓰레기들

8월 말이 되었다. 한 달 남짓 쉰 덕분에 몸이 많이 회복되었다.

하지만 뇌진탕 후유증으로 확실히 기억력이 많이 안 좋아져 뭐든지 깜빡하기 일쑤였다. 그 꿈조차 세세한 내용은 까먹어버렸고, 상환과 함께 있었던 장면들만 유일하게 지워지지 않았다.

아침에 엄마는 나를 데리고 함께 학교에 갔다. 마침 신입생 오리엔테이션이 있는 날이어서, 여러 중학교 교복을 입은 학생들과 신입회원 모집을 위해 포스터를 들고 늘어선 동아리 회원들로 교문은 인산인해를 이루었다.

나는 엄마와 함께 회의실로 들어갔다. 교장 선생님, 주임 선생님, 기사 아저씨와 버스 회사 대표, 변호사가 모두 와 있었고, 버스 사고로 다친 다른 학생들의 부모님도 참석했다. 피해 보상 협상을 위해 모인 자리였다.

협상 과정은 지루했고, 모두 어른들의 대화였기에 애들이 끼어들 틈은 없었다. 나는 중간에 화장실에 다녀오겠다는 핑계를 대고 회의실을 나와 교정을 걸으며 바람을 쐬었다.

아침에 교문에서 선도부를 보긴 했지만, 상환이 오늘 선도 활동을 하는 날인지는 알 수 없었다.

체육관 쪽 공터에 종합 활동 건물을 짓기로 했는지도 알 수 없었다.

꿈속 상황과 똑같은지 확인해보려고 나는 그쪽으로 발을 옮겼다.

막 중앙 정원을 가로질렀을 때, 맞은편에서 한 남학생이 걸어오는 게 보였다. 파란색과 하얀색이 섞인 농구복을 입은 허빙쉰이었다.

"커쉰?"

빙쉰은 나를 만나리라고는 예상도 못 했다는 듯 몹시 놀란 얼굴이었다.

나는 발걸음을 멈췄다. 가슴에 쓰라린 통증이 밀려왔다.

"괜찮아?" 빙쉰은 성큼 다가와 내 두 팔을 잡았다. 제법 관심 어린 눈빛이었다. "사고 났다는 말 듣고 걱정 많이 했어. 전화해봐도 음성 메시지로 넘어가서 연락도 안 되고."

나는 아무 말 없이 빙쉰을 바라봤다. 헤어진 지 이미 두 달 가까이 지났다. 빙쉰을 미워하고 싫어해야 마땅했지만, 안부를 묻는 따뜻한 한마디에 마음이 약해졌다.

"원래 문병 가고 싶었는데, 신위 입장도 생각해야 해서……."

빙쉰은 미안한 표정을 지으며 고개를 숙였다.

나는 마음이 씁쓸해졌다. 날 속이고 신위랑 맥도널드에 갈 때는 왜 내 입장은 생각 안 한 건데?

"변명 안 해도 돼. 나랑 너는 이제 아무 사이도 아니잖아."

"이러지 마." 빙쉰은 진심 어린 눈빛으로 나를 바라보았다. "사귀는 사이는 아니더라도 친구로 지낼 순 있잖아."

"헤어지고 난 뒤에 친구로 지내는 사람이 얼마나 된다고."

"하지만 너랑 원수처럼 지내긴 싫어."

"그냥 모르는 사람처럼 대해." 나는 그 자리를 벗어나려고 했다.

"커쉰……."

빙쉰은 초조한 듯 나를 붙잡고 뭔가를 더 말하려 했다.

바로 이때, 살집이 꽤 있는 여학생이 복도에서 뛰어오다가 발목을 삐끗했는지 대자로 넘어졌다. 그 소리에 놀란 빙쉰은 내 팔에서 손을 뗐다.

"아…… 아파……."

여학생은 나지막이 울먹이며 두 손으로 바닥을 짚은 채 금방 일어나지 못했다.

"괜찮아요?" 나는 쪼그리고 앉아 여학생의 오른팔을 부축했다.

"너무 아파요……." 여학생은 고개를 돌려 나를 보았다. 둥근 얼굴이 눈물범벅이었다.

"일어설 수 있겠어요?" 빙쉰이 미소를 머금은 얼굴로 물었다.

고개를 들어 빙쉰을 본 여학생은 잠시 넋을 잃은 듯하더니 다시 고개를 숙이고는 좌우로 내저었다.

"내가 부축해줄게요."

빙쉰이 허리를 굽혀 여학생에게 손을 내밀었다.

여학생은 바닥에 시선을 고정하고 있다가 몇 초 후에야 오른손을 내밀어 빙쉰의 손을 가볍게 잡았다.

빙쉰이 힘주어 여학생을 일으켜 세웠다. 나도 옆에서 함께 부축했다. 여학생은 몸을 일으킨 후에도 여전히 고개를 숙이고는 오른손으로 왼손을 가렸다. 이제 보니 여학생은 유명한 사립 고등학교 교복을 입고 있었다.

"손 다쳤어요?" 빙쉰이 자상하게 물었다.

"체육관에서 얼룩 고양이가 할퀴었어요." 여학생은 세 줄로 긁힌 왼쪽 손등을 보여주었다. 피부가 찢어져 피가 났다.

체육관의 얼룩 고양이라면…… 꽃님이다.

"걔가 어쩌다 공격했어요?"

꽃님이는 매우 온순한 성격이고 사람을 잘 따랐다. 아무 이유 없이 사람을 공격할 애가 아니었다.

"잔디밭에 옆으로 누워서 햇빛 쬐고 있길래, 너무 귀여워서 배 좀 만져주려다 긁혔어요."

여학생이 억울하다는 듯 말했다. 외까풀 눈은 울어서 이미 벌게진 상태였다.

"우리가 양호실에 데려다줄 테니 가서 약 발라요." 빙쉰이 그렇게 말하며 나를 보았다.

"너 혼자 가, 나 끌어들이지 말고." 나는 여학생을 부축하고 있던 손을 놓았다.

"커쉰, 어쨌든 난 계속 좋은 친구로 남고 싶어." 빙쉰이 완고하게 말했다.

"너 같은 친구 필요 없어."

나는 차갑게 톡 쏘고는 몸을 돌려 자리를 떴다. 빙쉰의 말은 마치 연소 속도가 느린 불길처럼 잔인하게 내 가슴을 태웠고, 나는 또 가슴이 아팠다.

체육관 앞에 이르렀을 때, 한 실루엣이 내 시선을 사로잡았다. 교복을 단정하게 입은 상환이 화단의 큰 나무 밑에 서 있었다.

상환은 고개를 들어 나무 위를 올려다보고 있었다. 선이 또렷한 잘생긴 옆모습이었다. 산들바람이 상환의 검은 머리칼을 스치고 지나갔다. 나뭇가지도 바람에 살짝 흔들렸다. 햇빛이 나뭇잎 사이로 내리비추어 상환의 주변이 황금빛으로 반짝였다.

현실 속의 바이상환은 건강히 살아 있다.

내 발소리를 들었는지 상환이 고개를 돌려 나를 보고는 잠시 멈칫했다.

나는 코끝이 찡해졌다. 두 손을 청바지 양옆에 문질러 닦았다. 꿈에서 상환의 피로 손이 물들었던 그 느낌을 지우고 싶었다.

"얼굴에 짜증이라고 쓰여 있네." 상환은 미간을 찌푸리더니, 다시 고개를 들어 나무 위를 보았다.

"무슨 말이야?"

"울지 마라, 달래줄 생각 없다."

"나 안 울었는데."

나는 살짝 물기가 어렸던 눈을 깜빡이며 한숨을 내쉬었다. 꼭 멍청이가 된 기분이었다.

어릴 적에 엄마가 죽는 꿈을 꾸고는, 한참 동안 엄마가 진짜 죽을까봐 걱정한 적이 있다. 하지만 지금까지도 엄마는 건강하게 살아 있다. 사고로 혼수상태에 빠졌을 때 꾼 그 꿈도 분명 엄마가 죽었던 꿈처럼 현실에서의 내 두려움이 표출된 게 아닐까?

"뭐 보고 있어?" 나는 의아해하며 물었다.

"너처럼 성가신 거. 올라가서는 내려올 생각을 안 하네." 상환은 나무 위를 가리켰다.

"뭔데 안 내려와?"

나는 화단으로 들어가 나무 아래에 섰다. 꽃님이가 나뭇가지에 앉아 있는 모습이 보였다.

꽃님이는 나를 보더니 흥분한 듯 앞발을 허공에 대고 긁으며 갸르릉 갸르릉 울었다. 마치 나한테 도움을 요청하는 것 같았다.

"고양이는 나무를 탈 수는 있지만, 어떻게 내려오는지는 모를 수도 있어." 나는 애처로운 눈빛으로 꽃님이를 구해달라는 마음을 담아 상환을 바라보았다.

"나무 타는 거 안 좋아하는데." 쌀쌀맞게 대꾸했지만, 상환은 교복 단추를 풀기 시작했다. "그런데 널 되게 좋아하는 것 같다. 네 말은 들을 것 같네."

"내가 간식 자주 주거든……." 나는 놀라 눈이 휘둥그레져, 옷을 벗고 있는 상환에게서 재빨리 고개를 돌렸다.

"그럼 네가 한번 뛰어내리게 해봐."

"그게……." 너 웃통 벗고 있는 거 아니야?

"빨리!"

상환의 말투에 짜증이 잔뜩 섞여 있었다.

그 말투에 놀라 나도 모르게 다시 고개를 돌렸다. 상환은 검은색 민소매를 입은 차림이었다. 빙쉔처럼 팔 근육이 탄탄한 건 아니었지만, 꽤 매끈하고 보기 좋은 팔뚝이었다.

상환은 두 손으로 교복을 펼쳐 들고, 꽃님이가 있는 위치 아래에 자리를 잡았다.

나는 두 손을 입가에 대고는 나무 위쪽을 향해 소리쳤다.

"꽃님아, 걱정하지 말고 뛰어내려! 바이 오빠가 받아줄 거야!"

"오빠 아니거든." 상환이 퉁명스럽게 반박했다. "인간 나이로 따지면 꽃님이는 이미 서른 살이 넘었어."

"꽃님이 이모님!" 나는 바로 호칭을 변경하며 눈웃음을 띠고 말했다. "바이 청년이 이모님을 받아줄 거예요."

상환의 차가운 시선이 날아와 꽂혔다. 명단판을 가지고 있지 않아서 다행이지, 또 머리를 한 대 맞을 뻔했다.

야옹…… 야옹…….

꽃님이는 몸을 구부리고 나뭇가지 위를 걷다가 뒷발이 미끄러지는 바람에 앞발로 나뭇가지에 매달렸다. 그렇게 몇 초간 매달려 있다가 얼마 후 아래로 떨어졌다.

상환은 바로 교복으로 꽃님이를 받아내고는 옷으로 잘 감싸 품에 안았다.

"꽃님이 구해줘서 고마워!" 나는 고마운 마음을 담아 환한 미소를 지어 보였다.

"이젠 네가 알아서 해." 상환은 꽃님이를 나에게 넘겨주고는 교복을 탁탁 털어 다시 입으며 화단 가로 향했다.

"바이상환!"

상환은 발걸음을 멈추고 나를 돌아보았다. 왜 불렀냐고 궁금해하는 눈빛이었다.

"전화해줘서 고마워, 덕분에 용기 내서 한 발 나갈 수 있었거든."

"선생님이 시켜서 한 거야."

"꽃다발 들고 문병 와준 것도 고맙고. 그때 내가 일부러 그렇게 붙들고 운 건 아니야."

"교장 선생님이 반 대표로 문병 가자고 해서 간 거야."

98

"그래서 너는 다 시키는 대로 했을 뿐이라고?" 대답을 들을수록 점점 난감했다.

"응, 아니면 그렇게 성가신 일을 내가 왜 하냐?" 상환은 무관심한 투로 말하며 단추를 채웠다.

"그런데 나는 네 덕분에 인생 최초의 벌점을 받았거든." 그런 일은 또 전혀 안 성가시겠지? 흥!

"개학하면 몇 개 더 하사해줄게, 모아서 더 큰 벌점 받도록."

"됐네요!" 나는 상환을 향해 눈을 흘겼다. 갑자기 꿈속에서 자책으로 가득했던 상환의 얼굴이 머릿속을 스쳤다. "참, 너 때문에 내가 사고당했다고 자책하지 마."

"무슨 말이야?"

"그러니까, 그 사고는 이미 정해진 운명이었을 수도 있잖아? 네가 수업 들으러 오라고 설득하지 않았어도 개학 후에 같은 사고를 당했을지도 모르니 미안한 마음 갖지 말라고!"

상환은 묘한 눈빛으로 나를 바라볼 뿐 아무 말도 하지 않았다.

나는 난감해 머리를 긁적였다. 상환의 검고도 깊은 눈동자에 어떤 생각이 담겨 있는지 파악할 수 없었다.

"내가 그 일로 자책하고 있다고 생각해?" 상환이 천천히 눈썹을 추켜세웠다.

"아니야?"

"아닌데."

"하하…… 아니면 됐고."

너무 창피해 나무에 머리를 박고 싶은 심정이었다.

상환은 더는 나하고 이야기하기 귀찮다는 듯 잠자코 화단 난간을 뛰어넘었다.

상환의 뒷모습을 보자 갑자기 꿈속 장면이 떠올랐다. 나를 바라보던 애정 어린 눈빛과 거칠던 입맞춤, 타오르듯 격렬했던 그 감정…….
머릿속에 그 장면이 떠올라 나도 모르게 얼굴이 달아올랐다.

"우린 원래 안 친하니까, 나랑 말하기 귀찮아 하는 게 정상이지."

나는 꽃님이의 머리를 부드럽게 쓰다듬다가 털에 피가 묻어 있는
걸 발견했다.

"어라? 꽃님이 다쳤어?"

조심스레 머리의 털을 들춰 보니 정수리에 작은 상처가 있었다. 꽃님이는 무서운 듯 바들바들 떨고 있었다.

다른 고양이랑 싸우다가 다친 건가? 아니면 조금 전 그 여학생이랑
관련이 있는 건가? 다행히 상처는 깊지 않아 보였다. 피도 멈춘 상태
였기에 그냥 놔두면 자연히 치유될 듯했다.

나는 꽃님이의 등을 살살 쓰다듬다가 꽃님이의 떨림이 멈춘 뒤에
야 살포시 화단에 내려놓았다. 꽃님이는 나를 한번 돌아보고는 금세
다른 쪽으로 뛰어갔다.

나는 몸을 일으켜 체육관 근처 공터를 살펴봤지만 공사 흔적은 찾
아볼 수 없었다. 역시 꿈은 꿈일 뿐, 현실과는 달랐다.

현실과 꿈이 맞지 않아서 정말 다행이었다.

회의실로 돌아오는 길에 운 나쁘게도 중앙 정원에서 보고 싶지 않
은 인물을 마주쳤다. 신위였다.

신위는 가슴에 반장 배지를 달고 있었다. 옅은 화장을 하고 생머리
를 길게 늘어뜨린 데다, 몸도 훨씬 날씬해졌다. 확실히 연애를 해서
그런지 예뻐지고 분위기도 달라졌다.

"커쉰, 오랜만이야! 몸은 다 나았어?" 신위는 예상외로 적극적으로 나에게 말을 걸었다. 관심 어린 말투였다.

"내 상태가 어떻든 너랑 무슨 상관이야!" 나는 냉랭한 표정을 지으며 이 상황을 피하지 않도록 스스로를 다잡았다.

"친구잖아. 친구가 그렇게 무서운 사고를 당했는데! 빙쉰이랑 둘이 네 걱정 많이 했어."

"너희 둘의 위선적인 걱정 따윈 필요 없어."

"그렇게까지 쏘아붙이지 마."

"정말 낯짝도 두껍네. 내 남친 뺏어갈 땐 언제고, 이젠 내가 웃으며 축복이라도 해주길 바라는 거야?" 나는 화를 억누르며 말했다.

"전 여친의 축하를 받고 싶어." 신위는 큰 눈망울을 끔뻑이며, 일부러 '전 여친'이란 단어에 힘을 주어 말했다.

"웃기네!" 나는 신위의 행동에 화가 났다.

"현명한 사람이면 내려놓는 법도 배워야지. 가망 없는 일에 집착하는 건 너무 바보 같잖아."

신위의 예리한 공격에 나는 할 말을 잃었다. 신위가 덧붙여 말했다.

"그런데, 하나 정정할 게 있어. 빙쉰이 너랑 헤어진 거는 나 때문이아니야. 빙쉰이 계속 널 좋아하도록 마음 단속을 못 한 네 잘못이지."

당당하기 짝이 없는 신위의 논리대로라면 내가 이 러브스토리의 대역 죄인인 것 같았다.

나는 싸울 힘도 없었다. 금세 눈가에 눈물이 차올랐다.

빙쉰이 헤어지자는 말을 했던 그때, 온 세상이 슬픔과 후회로 뒤덮였던 그때, 나는 이별을 초래하는 천만 개의 이유 중에서 도대체 내가 무슨 잘못을 했을까 생각하며 자책했다.

그런데 내 잘못이라는 게 고작, 빙쉔이 나를 계속 좋아하도록 마음을 단속하지 못한 것이라니.

눈물을 흘리는 내 모습을 보자 화가 누그러졌는지, 신위는 그쯤에서 입을 다물고 1학년 교실로 향했다.

나는 잔뜩 풀이 죽어 눈물을 닦으며 고개를 숙인 채 회의실로 향했다. 복도 모퉁이를 돌 때 다른 쪽 벽에 기대서서 휴대폰을 만지고 있는 바이상환을 발견했다.

상환은 눈을 들어 나를 흘끔 쳐다봤다. 무표정한 얼굴이었다.

나는 순간 엄청나게 창피한 마음에 상환의 시선을 피해 잰걸음으로 복도를 벗어났다.

회의실로 돌아왔을 때, 엄마는 버스 회사 사장과 합의를 끝내고 보상 합의서에 서명하고 있었다.

합의가 마무리되자 교장 선생님이 몸을 일으켜 학부모들을 배웅했다. 나는 엄마와 함께 주차장으로 가 차에 탄 후 창밖을 바라보았다. 꽃님이에게 손등을 긁힌 여학생이 버스 회사 사장의 벤츠에 올라타는 모습이 문득 시야에 들어왔다.

버스 회사 사장 딸이었나?

나는 더 이상 깊게 생각하지 않고, 엄마와 함께 학교를 벗어났다.

집으로 오는 길에, 기분이 울적해 엄마와 이야기하고 싶지 않아 음악을 들으려고 휴대폰을 꺼냈다.

"휴대폰 액정, 사고 났을 때 다 깨졌지?" 엄마가 힐끗 내 휴대폰을 보았다.

"아직 쓸 수 있어, 액정만 바꾸면 돼." 나는 휴대폰 액정의 깨진 부분을 보며 말했다.

"액정 가는 게 더 비쌀 수도 있어. 새로 사자."

엄마는 바로 휴대폰 가게로 나를 데려갔다. 그러고는 점원에게 딸이 쓸 휴대폰을 추천해달라고 말했다.

"어떤 걸로 하고 싶어?"

점원이 친절한 얼굴로 나를 보며 말했다.

나는 진열된 휴대폰을 살펴보다가 로즈 골드 색상의 휴대폰에서 시선을 멈췄다. 뭔가 낯익은 듯한 느낌이 들었다.

"지난 달 초에 나온 신상이야. 색상이나 디자인 다 예쁘고, 화질도 선명하고……."

점원이 진열된 단말기를 꺼내 들고 기능과 특징을 설명했다.

나는 휴대폰을 받아 들고 자세히 살펴보다가 문득 꿈속에서 썼던 휴대폰과 같은 기종이라는 걸 알아봤다!

"그게 마음에 들어?"

이 휴대폰을 한참 들여다보는 내 모습에 엄마는 내가 이걸 마음에 들어 한다고 생각했다.

"아니." 나는 휴대폰을 바로 내려놓았다.

"사장님, 이걸로 주세요."

"엄마! 싫다고."

"왜?"

"너무 비싸. 그리고 게임도 잘 안 하는데 이렇게 고급 사양 필요 없어." 나는 엄마의 팔을 잡아끌었다.

"처음 봤을 때 눈에 딱 띄는 게 가장 마음에 드는 거야. 그리고 고급 사양이면 오래 쓸 수 있잖아. 바로 단종될 일도 없고."

물건을 살 때 엄마는 보통 망설이지 않고 결정을 내렸다.

아무리 말려도, 내가 가격 때문에 망설이는 줄 알고 엄마는 기어이 그 휴대폰으로 샀다.

나는 새 휴대폰을 만지작거렸다. 다시 불안이 고개를 들었다.

그저 우연일까? 아니면 꿈에서 일어난 일이 정말 현실이 된다는 뜻일까?

안 돼! 안 돼! 안 돼!

이 휴대폰은 평이 좋았지만, 그렇다고 내가 사고 싶었던 건 아니다. 가격이 너무 비싸 애초에 고려 대상에도 없었다. 그저 꿈에 나왔던 터라 나도 모르게 시선이 갔을 뿐인데, 엄마는 내가 갖고 싶어 한다고 오해했다. 내가 이 휴대폰에 관심을 보이지 않았더라면, 엄마는 다른 걸 사줬을 테고, 그랬다면 꿈과는 다른 결과가 나왔을 것이다. 그러니까 이건 현실이 꿈과 같다는 걸 입증하는 게 아니라, 현실이 꿈의 영향을 받았을 뿐이다.

하지만…… 꿈에 왜 이 휴대폰이 나왔을까?

아! 생각났다!

이 휴대폰이 막 출시되었을 때 뉴스에서 떠들썩하게 보도를 했다. 줄을 서서 1등으로 구매한 소비자를 인터뷰한 내용이 나왔고, 나는 뉴스를 보면서 부러워했다. 그래서 꿈에서라도 이 휴대폰을 가졌던 게 아닐까?

맞아, 이건 우연이야.

집으로 돌아온 후, 냉장고에서 주스를 꺼내 엄마에게도 한 컵 따라 주고 나도 한 컵 따랐다.

"드디어 안심하고 다시 일할 수 있겠네."

엄마는 주스를 한 모금 마시며 홀가분한 표정을 지었다.

사고가 난 후 엄마는 내 걱정에 휴가를 내고 나를 돌보았다. 오늘 버스 회사와 합의까지 봤으니 이 사건은 마침내 마무리가 된 셈이다.

"맞다. 아직 처리 못 한 게 하나 있지." 엄마는 주스를 내려놓고 방에서 검은색 양복 상의를 가져왔다.

"그건 누구 거야?"

"주임 선생님 말로는 네가 의식을 잃고 있을 때, 차 몰고 지나가던 어떤 남자분이 와서 덮어줬대. 구급차 기다리는 동안 체온 떨어지면 안 된다고. 퇴원하고 나서 처리할 일이 너무 많아서 잊고 있다가 방금 생각났네."

"나를 도와주신 분이니까 옷 돌려주면서 감사 인사도 해야 하지 않을까?"

사고 당시에 이런 일도 있었는 줄은 몰랐다.

"그래야지. 그런데 그땐 정신이 하나도 없어서 선생님한테 옷 주인에 대해 묻지도 못했네……." 엄마는 어찌해야 하나 고민되는 표정이었다.

"내가 물어볼게." 나는 학교에 전화를 걸어 알아보려고 휴대폰을 집어 들었다.

"그래, 그럼 일단 드라이 맡겨야겠다." 엄마는 그렇게 말하며 습관적으로 옷 호주머니를 뒤졌다. "어? 명함이 있네."

"뭐라고 쓰여 있어?"

나는 엄마 옆으로 가서 고개를 들이밀고 명함을 보았다.

캉징야오건축사사무소 건축사 캉징야오

나는 눈을 동그랗게 떴다. 마음이 혼란스러웠다.

꿈에서 2019년에 엄마와 결혼한 그 아저씨가 바로 이 건축사였네!

"왜 그래?" 엄마가 내 표정을 보고는 물었다.

"아무것도 아니야." 나는 고개를 흔들며 억지로 웃었다. "명함이 있으니까 내가 바로 옷 보내면서 감사 카드 같이 보낼게."

"우편물로 보내는 건 너무 실례잖아. 그리고…… 이 이름 엄청 낯익어." 엄마는 뭔가 생각에 잠긴 듯 말했다.

"낯익다고?"

"내 고등학교 동창이랑 이름이 같네."

"고등학교 동창?"

나는 다시 한 번 놀랐다.

엄마는 소파에 앉아 말을 이었다.

"고등학교 때 옆 자리에 앉은 남자애랑 잘 지냈는데, 졸업하고 나는 바로 사회생활 하고, 걔는 해외로 유학을 가버렸어. 그때는 컴퓨터나 휴대폰도 없어서 편지로만 연락을 주고받다가, 시간이 지나면서 점점 연락이 뜸해졌지."

외할머니가 했던 말이 기억난다. 엄마는 자존심이 강한 사람이라 이혼할 때 받은 충격이 특히나 컸다고 한다. 게다가 당시 사회적 분위기는 지금보다 보수적이라서 이혼한 여자에게 곱지 않은 시선을 보냈기 때문에, 엄마는 과거의 삶과는 거리를 두려고 했고, 친구들과도 연락을 안 했다고 들었다.

"캉 씨 성이 흔하지는 않잖아, 정말 그 친구라면……." 엄마는 명함에 적힌 이름을 어루만지며, 별 볼 일 없는 자신의 처지가 부끄러운 듯 씁쓸한 눈빛으로 말했다. "건축사가 되었나 보네, 정말 대단해……."

"엄마 첫사랑이야?" 나는 떠보듯 물었다.

"20년도 전의 일이야. 이젠 이 친구도 애들이 제법 컸을 테고." 엄마는 한숨을 내쉬었다.

"그럼 이 옷은 그냥 모르는 체하자. 어쨌든 사고가 난 지도 이미 한 달이나 지났잖아."

"그럴 순 없지. 감사해야 할 건 해야지. 동명이인일 수도 있잖아."

엄마는 휴대폰을 들더니 명함에 적힌 번호로 전화를 걸었다. 전화는 금세 연결되었다. 엄마는 공손하게 물었다.

"저기, 캉 선생님이시죠? 저는 신위안고등학교 버스 사고로 다쳤던 여학생 엄마인데요."

나는 엄마가 들고 있는 휴대폰을 빼앗아 두 사람의 대화를 막고 싶은 충동이 들었다.

"네? 저랑 제 딸……." 엄마는 고개를 돌려 나를 보았다. "맞아요, 다들 딸이랑 저랑 판박이라고 해요……."

몇 초간 침묵이 흐르더니 엄마는 고개를 숙이고는 어색한 표정으로 웃었다.

"캉징야오, 맞아, 나 야오완전이야! 정말 오랜만이다."

이럴 수가! 그 아저씨가 진짜로 엄마의 동창이자 첫사랑이라니!

"학교에서 내 딸이랑 마주친 적이 있다고? 정말 신기한 우연이네! 딸 사고 났을 때 옷 덮어줘서 정말 고마워……."

옛 친구와 오랜만의 해후라 그런지 엄마의 말투에서 흥분한 기색이 느껴졌다. 그렇게 몇 마디를 나누더니 엄마는 갑자기 안절부절못했다.

"만나자고? 음…… 내 딸을 도와줬으니 식사라도 한번 대접하는 게 마땅하지……. 그래! 그러자."

전화를 끊고, 엄마는 복잡한 표정으로 한참을 멍하니 생각에 잠겨 있었다.

"엄마, 괜찮아?" 나는 엄마의 손을 잡아 흔들었다.

"지금 일 때문에 해외 출장 가는 길이라 공항이라고, 귀국하면 같이 밥이나 먹자고 하네."

엄마는 정신을 차리고 그렇게 말하더니, 반쯤 넋이 나간 표정으로 한참을 앉아 있다가 일어서서 주방으로 가면서 중얼거렸다.

"살 빼야겠네……."

엄마의 뒷모습을 보면서 나는 마음이 복잡해졌다.

그 꿈은…… 예지몽인가?

아니야! 절대 아니야!

예지몽일 리가 없다. 그 꿈을 꾸기 전에 나는 이미 캉 아저씨와 마주친 일이 있고, 그때 아저씨는 내가 엄마와 똑 닮았다는 사실을 알았다. 엄마와 아저씨에게 이 일은 그저 오랫동안 헤어졌던 첫사랑과의 재회일 뿐이다.

나는 그저 그 둘을 연결해준 끈이 된 것뿐이고.

꿈은 원래 다 이상하거나 황당한 내용이다. 캉 아저씨와 부딪힐 뻔했을 때, 나는 개성 있는 중후한 멋을 가진 아저씨구나 하는 생각을 했고, 게다가 어릴 적부터 항상 아빠가 있었으면 하는 마음을 품고 있었기에, 꿈에서 그런 식으로 본 것이다!

맞아! 이건 분명 우연일 뿐이야!

개학 날이 되었다. 나는 교복을 단정하게 챙겨 입고 학교 갈 준비를 했다.

"커쉰, 즐거운 새 학기 맞으렴."

엄마는 특별히 일찍 일어나 아침을 차려주었다.

"그럴게요."

나는 웃으며 아침을 먹었다.

사고 이후, 나를 대하는 엄마의 태도는 180도 달라졌다. 더 이상 성적에만 관심을 가지지 않았다. 나도 지난날 엄마에게 가졌던 불만들이 점점 사라졌다.

나는 정시에 스쿨버스에 올라탔다. 기사 아저씨는 쉰이 넘어 보이는 새로운 아저씨였다. 그 기사 아저씨는 해고된 건가?

스쿨버스가 교문 앞에 다다랐다. 나는 가방을 메고 버스에서 내렸다. 상환이 명단판을 들고 교문 옆에 서 있는 모습이 보였다. 깔끔하게 다림질한 흰색 셔츠에 넥타이를 매고, 왼팔에는 빨간색 선도부 완장을 차고 있었다. 훤칠한 키와 다부진 몸매 덕분에 교복 차림이 더욱 돋보였다.

신임 선도부장의 이런 멋진 모습에 자연히 많은 여학생이 시선을 보냈다. 선도부장에게 걸리지 않은 걸 아쉬워할 정도였다.

나는 고개를 숙이고 교문을 걸어 들어갔다. 누구와도 눈을 마주치고 싶지 않아 조용히 상환의 앞을 지나갔다.

그날 상환은 나와 신위가 나눈 말을 들었을까? 내가 너무 못됐다고 생각하진 않을까?

교실로 걸어가는 동안 나에게 향하는 많은 시선을 느꼈다. 빙쉰과 나와의 관계에 대한 호기심 때문일까? 아니면 버스 사고로 신문 헤드라인을 장식한 일에 대한 동정 때문일까?

교실 건물 2층에 도착해 문 위에 붙은 팻말을 보고 2학년 9반 교실을 찾았다.

"공중 4연속 찌르기!"

갑자기 교실에서 사람 하나가 툭 튀어나오더니, 손에 우산을 들고 휘둘렀다.

깜짝 놀라 눈을 휘둥그레 뜨고 쳐다보다가, 나는 잠시 숨을 멈추었다.

"아린, 야 이 멍청아! 내 우산 가지고 장난치지 마!"

다른 남학생이 뒤따라 나왔다. 자세히 보니, 위하오옌이었다. 하오옌이 우산을 든 남학생의 뒤통수를 딱 소리 나게 쳤다.

"상황극이 그렇게 좋으면 연극 동아리에 들지 그래?"

"연극 동아리는 멜로 연기만 하잖아. 재미없어. 나는 액션신이 좋아. 악당을 평정하는 영웅물." 아린은 헤헤 웃었다.

"그럼 만화 동아리로 가!"

"만화 동아리는 코스플레이만 하고 연기는 안 하잖아."

"그럼 그냥 네가 동아리 하나 만들어라!"

아린의 손에서 우산을 빼앗아 들던 하오옌이 한쪽에 서 있던 나를 발견했다.

"커쉰, 드디어 수업 들으러 왔구나!"

나는 책가방 끈을 두 손으로 꼭 잡고 약간 혼란스러운 표정으로 하오옌을 보았다. 머릿속이 엉켜버린 것 같았다.

"안녕!" 아린이 헤벌쭉 웃으며 나를 향해 손을 흔들었다.

"안녕……." 나는 간신히 목소리를 짜내어 대답했다.

"들어가자. 황샹링도 우리 반이야." 하오옌이 엄지를 들어 교실을 가리켰다.

"알아……." 꿈속에서 봤거든.

너무 놀란 나머지 나는 뭔가를 생각해볼 정신도 없이 그냥 멍하니 하오옌을 따라 교실로 들어갔다. 시끌벅적하던 교실이 갑자기 고요해졌다. 반 아이들 모두 하던 행동을 멈추고 나를 바라보았다. 하지만 나는 아이들의 이런 반응에 대해 생각해볼 겨를이 없었다.

"선생님이 방학 보충 때 이미 자리 다 정해줬어. 너는 샹링 뒷자리야."

하오옌이 가리킨 방향을 보니 다섯 번째 줄 끝에서 두 번째 자리에 여학생 하나가 책상에 엎드려 있었다. 긴 머리로 얼굴이 가려져 있었지만, 뒷모습을 보니 딱 황샹링이었다.

나는 샹링 뒷자리로 가 의자를 빼서 앉았다. 고개를 돌려 왼쪽 창가쪽 자리를 보았다. 의자에 가방만 놓여 있을 뿐 책상 주인은 보이지 않았다.

하오옌은 그 책상의 앞 자리에 앉았다.

나는 갑자기 어떤 생각이 떠올라, 재빨리 주변을 둘러봤다. 아린은 교탁 바로 앞에 앉아 있었다. 꿈속과 달리 내 뒷자리가 아니었다.

나는 다른 아이들의 얼굴을 자세히 살펴봤다. 비록 꿈속에서 본 몇 명이 있긴 했지만 대부분 낯설었다. 하지만 꿈에서 깬 후 기억이 점점 희미해졌기 때문에 이 얼굴들이 꿈속에서 본 얼굴인지 아닌지 확신하기는 힘들었다…….

아니, 잠깐! 이런 생각을 하는 것 자체가 꿈이 현실이라고 믿는 거 아닌가?

그러나 상황이 이렇게 흘러가자, 나 역시 이 모든 것이 우연의 일치일 뿐이라고 자신을 설득하기 어려워졌다.

그 꿈은…… 그냥 여느 꿈과는 달랐다.

하지만 현실과 그 꿈은 다른 점도 꽤 많은데? 그 꿈이 뭐가 어쨌다는 거야? 진짜로 그저 우연의 일치일 수도 있잖아?

마음속이 의혹으로 가득 찼다. 두 목소리가 열띤 논쟁을 벌이며 결론을 내지 못했다.

아침 자습 시간을 알리는 종이 울려 퍼지자 엎드려 있던 샹링이 천천히 일어나 앉더니, 내가 왔나 확인하려는 듯 뒤를 돌아봤다.

"커쉰, 드디어 왔네."

"응." 나는 샹링을 보고 웃었다.

"몸은 좋아졌어?"

"좋아졌어." 왜인지 샹링은 안색이 창백하고 목소리에 기운이 없었다. "얼굴이 왜 그래? 어디 아파?"

"괜찮아."

샹링은 그늘이 드리운 얼굴로 고개를 저었다. 더 얘기하고 싶지 않은 듯했다.

"좋은 아침!"

갑자기 들려온 목소리에 나는 고개를 들어 교단 쪽을 보았다. 담임 선생님이 출석부를 들고 교실로 들어왔다. 꿈에서와 달리 남자 선생님이 아니라 30대 여자 선생님이었다. 이 사실에 나는 크게 한시름 놓았다.

선생님이 출석부를 펼치고 내 쪽을 보더니 살짝 미소를 지었다.

"먼저, 야오커쉰, 환영해! 다들 알다시피 여름 방학 때 사고를 당했는데, 이제는 다 회복해서 함께 수업을 들을 수 있게 됐어. 친구들, 응원의 의미로 박수 한번 칠까?"

친구들은 진심 어린 박수로 내 귀환을 환영해주었다. 나는 어색한 미소를 지으며 친구들에게 고개를 숙여 고마움을 표했다.

이때, 상환이 선도부 활동을 끝내고 돌아왔다. 문 앞에서 선생님에게 인사를 한 후 성큼성큼 걸어오더니 내 왼쪽 옆자리에 앉았다.

내 옆자리였다니!

내가 곁눈질로 상환을 몰래 살펴보는데, 상환도 고개를 돌려 나를 바라봤다. 그렇게 우리 두 사람은 시선이 마주쳤다.

심장이 쿵 하고 떨어지는 줄 알았다. 나는 민망해 시선을 거뒀다.

선생님이 이어서 말했다.

"다른 친구들은 여름 보충 때 자기소개 다 했으니까, 오늘은 야오커쉰이 나와서 자기소개 해볼까?"

선생님! 제 입장 좀 생각해주시면 안 될까요? 우등반에서 강등되어 온 제가 제일 하기 싫은 게 바로 자기소개라고요!

비록 내키지 않았지만, 호흡을 가다듬고 일어나 교탁 앞으로 걸어 나갔다.

마흔 쌍이 넘는 눈동자와 마주하니 난감하기 그지없어서 나는 시선을 내리깔고 자기소개를 시작했다.

"안녕, 나는 야오커쉰이고, 1학년 2반에서 왔어. 취미나 특기 같은 건 없고, 앞으로 2년 동안 잘 지냈으면 좋겠어."

그림 좀 그리는 건 친구들 앞에서 내세울 만한 장기도 아니거니와, 또 날 돋보이게 해주지도 않으니, 엄마 말대로 앞으로는 아무 일도 신경 쓰지 않기로 했다.

"멍 때리기랑 잠자기 좋아해?"

상환이 갑자기 흥미롭다는 눈빛으로 손을 들고 물었다.

나는 살짝 고개를 저었다. 왜 그런 질문을 하는지 알 수 없었다.

"취미랑 특기도 없고, 멍 때리기랑 잠자기도 안 좋아하면, 쉴 때는 뭐 하면서 보내?"

반 아이들이 다들 웃음을 터뜨렸다. 나는 살짝 아랫입술을 물었다. 더 뭐라고 설명하고 싶지 않았다.

상환은 몸을 뒤로 기대더니 앞에 앉은 하오옌의 의자를 발로 툭툭 찼다.

하오옌은 눈을 한 번 흘기더니 천천히 오른손을 들고는 질문했다.

"너 그림 잘 그리잖아. 문과 우등반 게시판도 네가 다 꾸몄고. 그건 특기나 취미 아니야?"

"이젠 그림 그리는 거 안 좋아해. 더 하고 싶지도 않고. 그냥 열심히 공부만 하고 싶어, 고마워."

나는 말을 마치고 허리를 굽혀 인사한 후 교단에서 내려왔다.

주위에서 뭐라고 속닥거리는 소리가 들려왔다. 열심히 공부하지 않아서 우등반에서 쫓겨난 내 상황을 비웃는 걸까?

"여름 보충 동안 함께 지내면서 우리 반 아이들이 꽤 활달한 친구들이라는 점을 느꼈을 거야. 앞으로 2년 동안 다들 사이좋게 잘 지내고, 공부도 열심히 해서 무탈하게 졸업하길 바랄게."

선생님은 나 때문에 어색해진 분위기를 풀며 말했다.

"학급 임원을 뽑아야 하는데⋯⋯. 여름 보충 기간 동안 반장은 바이상환이었고, 이번 학기에 다른 친구 추천하고 싶은 사람 있어?"

다들 아무 말도 없었고, 추천하는 이도 없었다.

"상환이 반장 계속하면 좋겠습니다." 하오옌이 번쩍 손을 들어 제안했다.

"찬성합니다!"

모두 손뼉을 치며 찬성을 표하느라, 교실이 한바탕 시끌벅적했다.

"선생님 역시 상환이 반장을 잘했다고 생각해. 다들 찬성하니 이번 학기 반장은 상환이 계속 맡기로 하자." 선생님이 웃으며 그렇게 선포했다.

"성가신데."

상환은 한 손으로 턱을 괸 채 어쩔 수 없다는 표정을 하고 있다가 갑자기 손을 들고 질문했다.

"선생님, 부반장은 반장을 보조하는 자리니까 제가 뽑아도 될까요?"

"그래."

선생님이 흔쾌히 승낙했다.

하오옌이 갑자기 고개를 돌리더니 매서운 눈초리로 상환을 보며 말했다.

"난 죽어도 부반장 안 한다."

"그럼 나가 죽든지." 상환이 입가에 냉랭한 미소를 지었다.

"야! 나 지금 진지해!"

"나도 진지하게 네가 부반장으로 적합하다고 생각해." 상환이 더 장난스럽게 받아쳤다.

"싫다고! 중학교 때도 3년 동안 네 뒤치다꺼리 했잖아. 도대체 날 어떻게 생각하는 거야? 내가 네 개냐?" 하오옌도 물러서지 않았다.

"설마 내가 너를 개로 보겠냐! 너는 나의……." 상환은 딱 들어맞을 표현을 찾는 듯 살짝 미간을 찌푸렸다.

"뭔데?"

"마누라지!"

반 친구들이 모두 폭소를 터뜨렸고, 하오옌은 얼굴이 벌게졌다. 이런 상황은 의외였다. 상환같이 냉정한 인간이 친구들과 농담도 할 줄 알다니!

"어쨌든 나는 부반장 절대 안 해." 하오옌이 단호하게 말했다.

"소원 들어줄게." 상환이 살짝 콧방귀를 끼더니 다시 손을 들고 말했다. "선생님, 하오옌을 청소반장으로 임명합니다."

"야! 복수하는 거야?" 하오옌이 상환의 책상을 힘껏 내리쳤다.

"내 말 안 듣겠다니까 화장실로 귀양 보내는 거야." 상환은 몸을 뒤쪽으로 기대고, 노발대발하는 하오옌의 모습을 감상했다.

"찬성합니다!"

또 다들 찬성을 표하고, 하오옌은 그렇게 청소부장을 맡게 되었다.

문과 우등반은 수업 분위기가 매우 살벌했기 때문에 나는 반 친구들이 이렇게 마음껏 웃는 모습을 본 적이 거의 없었다. 이 분위기에 젖어 나도 모르게 입꼬리가 위로 올라갔다.

"조용, 조용!"

선생님이 주의를 줬다.

웃음소리가 잦아들자 상환이 갑자기 고개를 돌려 나를 보더니 다시 손을 들고 말했다.

"선생님, 부반장은 야오커쉰을 지목합니다."

"왜 하필 나를 골라?"

나는 화들짝 놀랐다.

"널 고른 게 아니라, 네 자리를 고른 거야. 네 자리가 나랑 가장 가까우니까 제일 덜 성가시지."

이 자식은 도대체 성가신 걸 왜 이리 싫어하는 거야?

"임원 맡고 싶지 않은데." 나는 고개를 저으며 거절했다.

"흔치 않은 기회일 텐데. 대학 갈 때, 임원 경력은 가산점 1점 있는 거 알지?" 상환이 갑자기 미끼를 흔들며 유혹했다.

그렇다. 시험 성적으로 하는 석차 경쟁은 나에게 이루기 힘든 미션이다. 임원이 될 기회를 놓친다면, 앞으로 종합 전형에 쓸 내용도 없을 터였다.

"알았어……." 나는 어쩔 수 없이 타협했다.

선생님은 내가 승낙하는 것을 보고는 칠판에 내 이름을 적었다. 학급 임원은 그렇게 확정되었다.

개학 첫날. 새로운 반, 새로운 생활, 새로운 경험.

부반장은 업무가 상당히 많았다. 일단 모든 수업에 출석 체크를 해야 했다. 결석생이 있으면 결석 사유도 기록해야 했고, 출석부에 매 과목 선생님의 사인을 받아 모든 수업이 끝나면 담임 선생님과 보충 선생님, 그리고 학생 지도부에 보고해야 했다.

그 밖에도, 매일 1교시가 끝난 후와 점심시간, 그리고 6교시가 끝난 후에는 교무실에 가서 학급 연락함에 통신문이 있는지 확인하고 챙겨 와 각 조의 조장에게 전달하거나 모두가 열람하도록 반 전체에 돌려야 했다.

수업을 듣다 보니, 수업 시간 분위기가 우등반과 사뭇 다르다는 게 느껴졌다. 다들 잡담을 좋아해, 선생님이 수업 외의 이야기를 꺼내기만 하면 그대로 화제가 옆길로 새어 꼬리에 꼬리를 물었다. 그러다 한참 후에야 다시 수업으로 돌아왔는데, 그때는 이미 시간이 몇 분이나 훌쩍 지난 뒤였다.

쉬는 시간에도 우등반처럼 시간을 쪼개가며 공부하지 않고 다들 즐겁게 수다를 떨며 놀았다.

이런 학습 분위기에 나는 적응이 되지 않았다.

"여름 보충 수업 때 우리 반이 학년 전체에서 가장 시끄러웠대." 샹링이 나지막이 나에게 말했다.

"우등반이랑 비교하면 정말 시끄럽긴 하네."

나는 교실을 둘러보았다. 하오옌이 수다를 떨며 여자애들을 정신없이 웃기고 있었다. 아린은 다른 친구들과 휴대폰으로 게임을 하며 입으로 연신 장단을 맞췄고, 자기가 지는 순간 괴성을 지르기도 했다.

나와 샹링만 수업이 끝나도 책을 들여다보고 있었다. 다른 친구들과 우리는 마치 물과 기름처럼 어울리지 못했다.

"겁나…… 점점 뒤처져서 영영 따라잡지 못할까 봐."

근심 가득한 표정으로 샹링이 말했다.

문과 우등반을 염두에 두고 한 말이었다.

우리 반 아이들은 자신들이 이렇게 놀고 있는 동안, 다른 누군가는 쉬는 시간까지 쪼개서 공부하는 중이라는 사실을 전혀 의식하지 못하는 듯했다.

열심히 하는 학생들은 두렵지 않다. 진정으로 두려운 존재는 나보다 더 똑똑하면서 더 노력하는 사람이다.

"빨리 단어 외워야지, 다른 애들보다 뒤처질 순 없지."

샹링은 영어 교과서를 펼쳤다. 마치 나와 몇 마디를 나누는 것조차 시간 낭비라는 뉘앙스였다.

샹링이 느끼는 초조함과 두려움은 나 역시 고스란히 느끼고 있었다. 하지만 이렇게 시끄러운 반에도 전교 3등을 하는 학생이 있지 않은가?

나는 몰래 창 쪽으로 시선을 옮겼다. 상환은 책상에 엎드려 자고 있었다. 아무리 옆에서 시끄럽게 굴고 장난쳐도 꿈쩍도 하지 않았다.

성적이 저렇게 좋으면 우등반 선생님들이 탐냈을 텐데 왜 우등반에 들어가지 않았을까?

어떻게 공부하는 걸까?

호기심에 나는 몰래 상환을 관찰하기 시작했다.

상환은 수업 시간에는 항상 무기력한 모습으로 창에 기대어 앉아 있었다. 마치 삶에 어떤 의욕도 없는 것처럼, 칠판을 바라보는 표정도 지루하기 짝이 없었다. 왼손으로 계속 볼펜을 만지작거리다가 어쩌다 몇 글자 적고, 가끔 수업 내용을 외우는 듯 나지막이 중얼댔다.

아, 왼손잡이네.

쉬는 시간이면 주로 책상에 엎드려 잠을 잤고, 때로는 멍하니 창밖을 내다보았다. 다른 친구에게 먼저 말 거는 일은 거의 없었지만 친구들이 다가오면 같이 이야기하고 장난쳤다.

상환은 고독을 즐기는 성격인 것 같았다. 자신의 고독을 방해하는 일은 '성가신' 일로 취급했다.

마지막 수업 시간이었다. 열심히 필기를 하고 있는데, 상환이 갑자기 내 책상을 똑똑 두드렸다.

"저것 좀 주워줘."

고개를 돌려 상환의 시선을 따라 내려다보니, 발밑에 지우개 하나가 떨어져 있었다.

어라? 모노 지우개잖아!

꿈에서 내 책상 서랍 안에 가득 들어 있던 지우개 도장이 떠올랐다.

"모노 지우개 좋아해?" 나는 지우개를 주워 건네며 물었다.

"제일 잘 지워져." 상환은 지우개를 받으며 내 필통을 힐끗 쳐다봤다. "네 필통에 그려진 고양이는 무슨 캐릭터야?"

"쿠츠시타냥코."

막 그렇게 대답하던 나는 또 흠칫 놀랐다. 꿈에서 쿠츠시타냥코 인형을 가지고 있었던 게 떠올랐다.

"귀엽네." 상환이 칭찬을 한마디 하더니 바로 다음 말을 덧붙였다. "이따가 수업 끝나고 교실 문이랑 창문은 네가 점검해줘."

"왜? 그건 네 일이잖아." 나는 퉁명스럽게 입을 삐쭉였다.

"나는 선도부 활동 가야 해서."

상환은 바로 교과서를 정리하더니 가방을 메고 일어섰다.

"선생님, 선도부 활동 가보겠습니다."

맞다. 선도부는 마지막 수업이 끝나기 10분 전에 교문 앞에 모여야 했다.

수학 선생님은 상환을 향해 손을 저었다. 교실을 나가는 상환의 뒷모습을 쳐다보다가 고개를 돌리는데 나를 보고 있는 하오옌과 시선이 마주쳤다.

"마누라냐?"

하오옌이 남의 불행을 즐기는 표정으로 나지막이 말했다.

뭐.라.고!

상환은 선도부장이어서 매일 아침 자습 시간과 점심시간, 하교 시간에 선도 활동을 해야 했다. 다시 말하면, 상환이 반에 없을 때 부반장이 반장의 임무를 대신 해야 한다는 의미였다.

안 그래도 잡무가 산더미인데 반장 일까지 떠맡아야 하다니! 너무 잔인한 처사였다.

얼마 후, 수업을 마치는 종이 울렸다.

"차렷!"

나는 어색하게 구령을 외쳤다. 어려서부터 지금까지 반장이라곤 해본 적이 없었다.

선생님에게 인사한 후, 다들 가방을 챙겨 들고 시끌벅적 교실을 빠져나갔다.

나는 어쩔 수 없이 교실에 남아 창문이 잘 잠겼는지, 책상과 의자는 가지런히 정리되어 있는지를 확인한 후 문을 잠그고 교실을 나왔다. 당황스럽고 바빴던 하루가 이렇게 막을 내렸다.

그 후 이틀 연속, 아침에 학교에 도착하면 책상에 포스트잇이 붙어 있었다. 우려가 현실이 된 것이다.

부반장, 아침에 보충 수업 신청서 다 걷고, 영어 능력 시험에 관해서 공지해줘.

"이건 반장께서 하셔야 할 일이잖아?" 나는 울상을 지으며 메모지를 보았다.

"익숙해질 거야." 하오옌이 또 고소해하는 표정으로 말했다.

"자기 할 일을 다른 사람한테 다 미루는데 선생님은 왜 반장 역할을 잘했다고 하는 거야?"

"선생님이 보기엔 빠른 속도로 정확하게 일을 처리하니까 그렇지."

"하지만 다른 사람 부려서 한 거잖아."

"선생님한테는 과정보다 결과가 중요하니까. 그리고 사람 부리는 것도 반장이 갖춰야 할 능력 중 하나지. 사실 상환이는 우선순위에 따라 일을 처리하거든. 신청서 거두는 일은 별거 아니니까 성가셔서 너한테 시킨 거야. 중요한 일이면 아마 직접 했을걸."

하오옌의 말도 일리가 있었다. 상환은 항상 "귀찮아"를 입에 달고 살았지만 성가셔하면서도 맡은 일은 다 했고, 다른 사람에게 책임을 미룬 적은 없었다.

그러고 보니, 나한테 수업 들으러 오라고 직접 전화했었잖아. 그건 중요한 일이었던 걸까?

"너 상환이랑 친해?" 나는 갑자기 호기심이 일어 물었다.

"중학교 때부터 친군데, 재수 없게 올해 또 같은 반이 돼버렸네."

"잘 알아?"

"손바닥 보듯 훤하지."

"걔는 취미가 뭐야?" 나는 이때다 싶어 질문을 던졌다.

"잠자기, 멍 때리기, 불평하기." 하오옌은 생각하는 기색도 없이 즉각 대답했다. 그러더니 목소리를 낮추며 비밀스럽게 덧붙였다. "그리고 강아지랑 고양이 중성화 수술 동영상 보기."

"뭐? 취미가…… 좀 엽기적인데!" 엄청 놀라웠다.

상환이 지우개 도장을 만들 수 있는지도 물어보려는데, 아침 자습 종이 울렸다.

하오옌은 바로 자기 자리로 돌아갔고, 나는 교단으로 가서 출석을 부르고는 공지를 전했다.

"전국 영어 능력 시험 접수가 시작됐어. 시험 볼 사람은 반장한테 가서 접수하면 돼. 그리고 어제 나눠준 보충 수업 신청서는 뒤에서 앞으로 걷어줘."

보충 수업 신청서를 걷은 뒤, 나는 자리로 돌아와 번호대로 신청서를 정리했다.

"커쉰, 어제 집에 가서 공부했어?" 샹링이 고개를 돌려 소곤소곤 떠보듯 물었다.

"아니." 나도 소곤소곤 대답했다.

"아……." 샹링의 눈에 실망감이 가득했다. 샹링이 자기 책상에 있던 모의 시험지 몇 장을 내 책상 위에 올려놓으며 말했다. "봐봐, 거기 진도가 여기보다 빨라. 개학한 지 겨우 이틀밖에 안 됐는데 이미 시험도 여러 과목 봤대."

"너 아직도 걔네 찾아가?" 나는 시험지에 적힌 이름을 힐끗 보았다. 아니나 다를까 잉치의 시험지였다.

"여름 보충 수업 때 자주 우등반에 가서 모르는 거 물어봤거든. 잉치랑 신……." 샹링은 이어지는 이름을 말하지 않으려 거기서 말을 멈췄다가 다시 말을 이었다. "다 좋은 애들이야. 모의 시험지 복사하게 빌려주더라고. 너도 한 부 복사해서 볼래?"

"아니, 난 됐어." 나는 그 시험지에 큰 반감이 느껴졌다.

"뒤처질까 봐 겁나지 않아? 점점 실력 차 벌어지면 어떡해?"

"그 반으로 돌아가고 싶어?"

"다음 학기에 시험 열심히 봐서 돌아갈 거야." 샹링이 결연한 표정을 지었다.

"일단 다음 학기는 나중 일이고. 너는 이제 우등반이 아닌데 매일 그 반에 가는 건 좀 그렇지 않냐?" 하오옌이 갑자기 옆에서 끼어들며 말했다.

"잉치 걔들 진짜 좋은 애들이야. 내가 찾아가는 거 좋아해."

"걔들이 아무리 좋은 애들이라도 매일 찾아가면 귀찮지 않겠어?"

"그렇게 생각할 애들 아니야!" 샹링이 힘주어 말했다. 목소리도 자연히 커졌다.

"그런지 아닌지 네가 어떻게 아냐?" 하오옌이 콧방귀를 뀌고는 말을 이었다. "하긴, 여름 보충 때부터 지금까지 매일 책에만 파묻혀 있고 우리 반 애들이랑은 친해질 생각도 안 하니, 우등반 애들이 너 싫어하기 전에 우리 반 애들이 먼저 널 싫어할지도 모르지!"

"우등반 애들은 다들 이렇게 열심히 해! 못 믿겠으면 커쉰한테 물어봐!" 샹링이 벌게진 얼굴로 반박했다.

"샹링……." 나는 이 두 사람이 왜 싸우는지 어리둥절했다.

샹링 오른쪽에 앉은 아이제도 이 논쟁에 끼어들었다. 아이제는 우리 반 학예부장이었다.

"그렇게 열심히 했으면 우등반에서는 왜 강등된 건데?"

"그러게 말이야." 아린도 함께 비아냥거렸다. "말끝마다 '여기는' 어쩌고, '거기는' 어쩌고 하면서 우리 반 애들도 같이 강등된 것처럼 도매금으로 취급하질 않나!"

싸움이 본격화되는 것 같아 무슨 말을 하긴 해야겠는데, 뭐라고 말려야 할지 몰라 당황스러웠다.

"난 항상 최선을 다했어!" 샹링이 다급히 자신을 두둔했다. "너희는 위기의식이 없는 것 같아. 다른 애들이 얼마나 공부를 열심히 하는지도 모르는 것 같고……."

"우리도 노력하고 있거든!" 아이제가 냉랭하게 샹링의 말을 끊었다. "나는 레크리에이션 동아리 회장 맡아서, 성적도 신경 쓰면서 동아리 활동도 잘 꾸려나가고 있어. 내가 쏟는 노력도 절대 너보다 적지 않아."

"동아리 활동은 우등반 애들 눈에는 아무것도 아니야!" 샹링은 목소리를 높여 반박했다.

이 말에 반 아이들이 일제히 샹링을 공격하기 시작했다.

"샹링, 그만해." 나는 긴장하며 일어나 샹링의 등을 살짝 두드렸다.

"커쉰, 내 말이 맞잖아." 샹링은 억울하다는 표정으로 나를 보았다.

맞다. 우등반은 확실히 동아리 활동을 중요하게 생각하지 않는다.

학교 규정에도 우등반 학생은 '오락성을 띠는' 동아리 활동에 참여할 수 없다고 되어 있다. 독서나 영작문처럼 공부에 도움이 되는 동아리만 참여할 수 있었다. 하지만 대부분은 이런 활동조차 하지 않고 교실에서 자습하는 쪽을 택했다.

싸움이 점점 더 격렬해지는 것을 보고, 나는 샹링 곁으로 가 나지막이 달렸다.

"샹링, 네 말이 맞아. 네가 느끼는 거 나도 다 느껴. 하지만 이미 여기로 온 이상 우리도 이 반 친구들이랑 잘 지내야지. 공부는 우리가 방과 후에 남아서라도……."

"에이……." 하오옌이 비웃는 표정을 지으며 내 말을 잘랐다. "공부 잘할 놈은 어떻게 해도 잘하고, 못하는 애들은 어떻게 해도 못하는 거야. 상환이는 보통반이면서도 우등반 영재들을 밟아버리잖아?"

"우등반이 그렇게 좋으면 얼른 가버려." 아이제가 차가운 미소를 지었다.

"얼른 꺼지렴, 휘이! 재수 없으니까 얼른 꺼져!" 아린이 우리를 향해 꺼지라는 손짓을 했다.

안타깝게도 우리가 꺼지고 싶다고 꺼질 수 있는 게 아니었다.

샹링은 놀란 나머지 아무 말도 하지 못하고, 긴장한 듯 내 팔만 꽉 붙들었다. 나도 어찌해야 할지 몰라 그냥 가만히 서서 반 아이들의 야유 소리를 들었다.

"다 했냐?"

상환이 성큼 교실로 걸어 들어왔다. 다부진 몸매에 깔끔하게 다린 교복, 거기에 빨간색 선도부 완장까지, 온몸에서 카리스마가 뿜어져 나왔다.

"우리 반 질서 점수, 개학하자마자 꼴찌로 만들고 싶어?"

"네!" 아린이 장난스럽게 오른손을 번쩍 들었다. 몇몇 친구들이 폭소를 터뜨렸다.

"꼴찌 반은 다른 반 쉴 때 학교 허드렛일 해야 하는 거 알지? 화장실 청소에 하수구 청소에, 하고 싶은 사람?"

역시 장난치기 좋아하는 서너 명이 손을 들었다.

"부결! 자, 다들 조용히 하고 자습해!"

상환이 목소리를 낮춰 거역 불가능한 어투로 말했다.

교실이 순식간에 조용해졌다. 샹링은 눈시울이 벌게진 채로 책상에 엎드리더니 어깨를 들썩이며 훌쩍훌쩍 울었다.

나는 자리로 돌아와 앉아 고개를 숙이고 책상 위에 놓인 보충 수업 신청서를 보며 딴생각에 잠겼다. 상환이 신청서를 자기 자리로 가져가 아무 말 없이 장수를 셌다.

아침 자습이 끝나자, 상환은 보충 신청서를 제출하러 교무실에 가려고 자리에서 일어났다.

나도 얼른 몸을 일으켜 상환을 불렀다.

"바이상환. 아까 도와줘서 고마워."

상환이 깊은 눈망울로 나를 몇 초간 지그시 바라보더니, 책상 서랍에서 종이 한 장을 꺼내 나에게 건넸다.

종이를 받아 들어 보니 영어 능력 시험 접수표였다. 나는 잠깐 아무 반응도 하지 못했다.

"접수비는 네가 책임지고 걷어."

"잠깐만! 돈 걷는 일 싫어."

"나도 엄청 싫거든."

"하지만⋯⋯." 나는 한 번 더 버티려고 했다.

"나한테 고맙다고 하려던 거 아냐?" 상환은 살짝 미간을 찌푸렸다.

"그게⋯⋯ 알았어."

나는 풀이 죽어 고개를 숙였다. 어떻게 매번 재한테만 유리하게 상황이 돌아가지?

상환이 싸움의 불꽃을 잠시 꺼뜨리긴 했지만, 이어지는 쉬는 시간마다 아이제와 아린은 일부러 옆 반 남학생에 대해 큰 소리로 떠들었다. 이과 우등반에서 강등되어 왔는데 태도가 어찌나 거만한지 툭하면 반 아이들을 부려먹고, 조금이라도 자기 말을 안 들으면 고슴도치처럼 가시를 잔뜩 세우고 성질을 부린다는 등의 얘기였다.

나중에 누군가가 학교 페이스북 페이지에 익명으로 글을 남겼다.

우등반에서 퇴출된 쓰레기 받아주는 반 하나 따로 만들면 안 되나요!

다른 아이들 눈에 우리는 쓰레기였다.

다음 날, 나는 영어 능력 시험 접수비를 걷으려고 작은 지갑을 학교에 챙겨 왔다.

접수비가 몇백 위안이나 하다 보니, 몇 명분만 합쳐도 몇천 위안이었다. 이렇게 많은 돈은 책가방에 넣어놓기도 위험했고, 몸에 지니고 다니기에도 잃어버릴까 걱정되는 골칫거리였다.

돈을 걷는 일은 학급 임원 잡무 중 최고로 귀찮은 일이었다!

그리고 귀찮은 일은 상환이 가장 싫어하는 일이었다.

오후 체육 시간에는 모두 운동장으로 나갔다. 체육부장의 인솔 아래 준비 운동을 한 후 운동장을 한 바퀴 돌았다.

햇볕에 한껏 달궈진 트랙을 달리는 동안, 내 움직임에 맞춰 머리도 흔들거렸고, 그러다가 갑자기 어지럽기 시작했다.

이를 악물고 뛰었지만 발걸음이 점점 느려져 꼴찌로 처졌다. 결승점을 몇 미터 남겨두고, 결국 눈앞이 핑 도는가 싶더니 힘없이 바닥으로 쓰러졌다.

친구들이 나를 에워쌌다. 눈앞에 보이던 하늘이 친구들 얼굴로 가려졌다. 내 시야는 점점 더 흐릿해졌다.

"커쉰, 왜 그래?" 샹링이 내 몸을 살짝 흔들며 다급하게 말했다.

"다들 비켜봐!" 상환의 목소리였다.

의식이 흐릿한 상황에서 누군가의 두 팔이 나를 안아 올리는 게 느껴졌다. 나는 젖 먹던 힘까지 다해 고개를 들어 누군지 바라봤다. 상환이었다……. 나는 상환의 품에 힘없이 늘어져 안겼다. 의식이 점점 암흑 속으로 빠져들었다.

다시 정신이 돌아왔을 때는 병원 침대 위였다. 엄마가 걱정스러운 얼굴로 침대 곁에 앉아 있었다.

의사는 내 뇌의 어혈이 신경을 압박해 당분간은 조심스럽게 관리해야 한다며, 3개월간은 격렬한 운동은 피하라고 했다. 엄마는 의사의 지시 사항을 자세히 들은 뒤, 약을 타서 나를 데리고 집으로 돌아왔다.

다음 날 학교에 가자, 샹링이 걱정했다는 듯 물었다.

"커쉰, 어제 갑자기 왜 쓰러진 거야?"

"그게…… 더위 먹었나 봐."

나는 그냥 아무렇게나 대답했다. 내 몸 상태에 대해 일일이 설명하고 싶지 않았다.

"딱 한 바퀴 돌았는데 더위를 먹어? 너무 허약한 거 아니야?" 하오옌이 비꼬는 투로 말했다.

"우등반에서는 체육이 중요하지 않아서 병든 닭이 된 거지." 아이제도 조롱하듯 말했다.

"하하하, 병든 닭이래요, 병든 닭이래요……." 아린이 일어나더니 병든 닭 흉내를 냈다.

반 아이들의 비아냥을 못 들은 척 나는 고개를 숙이고 교과서를 보며 생각에 잠겼다. 마음이 마치 미끄럼틀을 타고 내려오듯 푹 꺼졌다.

갑자기 누군가가 내 옆으로 다가오더니, 종이 한 장을 교과서 위에 놓고는 낮은 목소리로 일렀다.

"이거 작성해서 엄마 사인 받고, 다음 주 월요일에 체육 선생님한테 제출해."

종이에는 '체육 수업 건강 조사표'라고 쓰여 있었다. 질병이 있거나 다쳤을 때, 수업 시간에 뭘 주의해야 하는지 체육 선생님에게 미리 알려주면 수업 중에 학생에게 갑자기 이상 증상이 발생하는 것을 막을 수 있었다.

"머리에 어혈 아직 있는 거지?"

나는 의아해하며 고개를 들어 살짝 귀찮다는 표정을 짓고 있는 상환을 바라봤다.

"너희 엄마가 선생님한테 연락했다는데. 머리에 아직 어혈이 있어서 3개월 동안 격렬한 운동은 안 된다고. 맞지?"

상환의 싸늘한 목소리에 교실이 고요해졌다.

나는 잠시 주저하다 살짝 고개를 끄덕였다. 모두의 시선이 나에게 집중된 게 느껴졌다.

"왜 우리한테 말 안 해줬어?" 하오옌이 부드러운 어투로 먼저 입을 열었다.

"그러게, 그렇게 심각한 상황이면 우리한테 말했어야지." 샹링도 보기 드물게 하오옌의 말에 동조하며 거들었다.

"그게 수업에도 영향을 줄 줄은 몰랐어." 나는 나지막이 대답하고는 시선을 내려뜨려 책상을 보며 말을 이었다. "사고 얘기는…… 더 꺼내고 싶지 않고, 피해자 취급 받는 것도 싫고."

다들 아무 말 없이 나를 바라봤다. 교실은 복도를 스치고 지나가는 바람 소리가 들릴 정도로 정적이 흘렀다.

상환이 침묵을 깼다.

"어혈이 신경을 누르고 있다니까 조심해. 친구들한테 누 끼친다고 생각하지 말고. 다들 그 정도는 이해하니까."

"알았어, 고마워."

나는 종이를 서랍 안에 챙겨 넣었다.

상환이 내 상태에 대해 공개적으로 말하고 난 뒤, 아이제와 아린은 더 이상 비아냥거리지 않았다.

점심시간이었다. 상환은 식사를 마치고 복도 난간에 엎드려 멍하니 1층 정원을 내다보고 있었다.

나는 상환의 옆으로 다가가 나지막이 말했다.

"어제 쓰러졌을 때 도와줘서 고마워. 그리고 아침에 애들한테 내 상황에 대해 말해준 것도."

"난 선생님 대신 서류를 전달했을 뿐인데." 상환은 한 손으로 턱을 괴고 나른한 목소리로 말했다. 조금쯤 성가셔하는 듯도 들렸다.

"또 그 소리……." 나는 창피한 마음에 교실로 들어가려고 몸을 돌렸다.

"잠깐."

나는 잠시 멈칫했다가 고개를 돌려 상환을 보았다.

"진짜 고마우면 네 앞에 앉은 친구 관리 좀 해줘." 상환은 샹링 쪽을 눈짓하며 말했다.

"샹링?"

"여름 보충 수업 때 애들한테 미움 많이 샀다. 뭐 때문인지는 알 겠지?"

나는 입을 다물고는 대답 대신 시선을 돌려 파란 하늘을 올려다보았다. 가늘고 긴 구름 띠가 하늘에 그려져 있었다.

"설마 몰라? 아니면 얘기하기 싫은 거야?"

"반 분위기를 망치는 귀찮은 애라고 나한테 처리하라는 거지?"

"맞아." 상환은 살짝 입꼬리를 올리더니 난간에 비스듬히 기대며 말했다. "너는 샹링이랑 같이 우등반에서 강등됐으니까, 반에서 쟤 마음을 이해할 수 있는 사람은 너 하나뿐이야. 너도 싫다고 하면, 쟤 챙길 수 있는 사람은 아무도 없는 거지."

상환의 말은 정확히 정곡을 찔렀다. 하지만 내 상황이 샹링보다 나을 것도 없는데 내가 무슨 수로 샹링을 도와준단 말인가?

"해볼게."

나는 가볍게 한숨을 내쉬었다. 상환의 말을 거부할 도리가 없었다. 우등반에서는 경쟁자였지만, 어쨌든 샹링은 내 친구고 못 본 척할 수 없는 상황이었다.

수업 분위기가 활력이 넘쳐서 그런지 하루가 훨씬 빨리 지나가는 느낌이었다.

마지막 수업을 마치는 종이 울리자, 샹링은 1초도 더 있고 싶지 않다는 듯 곧바로 가방을 메고 교실을 빠져나갔다.

출석부를 교무실에 가져다두고 교문을 벗어나려 할 때였다. 갑자기 익숙한 여학생의 목소리가 들려왔다.

"이과 우등반 남학생이 잉치 좋아한대."

"잉치도 그 남학생 좋아해?" 나에게 더 익숙한 남학생의 목소리가 이어졌다.

"잉치 걔 눈 엄청 높아. 그 남자애 외모가 별로라서 아마 잉치 마음에 안 찰걸."

나는 소리가 들리는 쪽을 바라봤다. 빙쉰과 신위가 손을 잡고 교문 근처에 서서 웃으며 대화를 하고 있었다.

빙쉰도 나를 봤는지 미소 띤 얼굴이 바로 경직되었다.

"커쉰, 집에 가는 거야?"

신위가 빙쉰의 팔을 꼭 끌어안으며 물었다. 마치 빙쉰에 대한 소유권을 내세우는 듯 보였다. 나는 아무 말도 하고 싶지 않아 입술을 깨물었다. 가슴이 또 저렸다.

"새로운 반엔 적응했냐?" 빙쉰은 걱정이 담긴 눈빛으로 날 바라보며 말했다.

"말했잖아, 너희 관심은 필요 없다고." 나는 쌀쌀맞게 빙쉰의 관심을 내쳤다.

"2학년 중에 9반이 가장 시끄러운 반이라고 샹링이 그러던데. 수업시간에도 집중할 수가 없다며. 우리 반 필기 자료 필요하면 내가 빌려줄게." 신위가 웃으면서 말했다.

일부러 내 인내심의 한계를 시험하는 건가?

마음속에서 분노가 일었다. 때마침 상환이 선도부실에서 나오는 게 보였다. 나는 음흉한 미소를 지으며 말했다.

"필기는 네 남친한테나 빌려줘. 난 바로 옆자리가 바이상환이거든. 전교 3등의 필기가 4등 거보다는 낫잖아?"

하얗게 질린 신위의 얼굴을 보자, 복수했다는 쾌감에 마음이 짜릿했다. 신위의 아킬레스건을 건드렸군!

기회를 잡았다 싶은 마음에 나는 상환에게 뛰어가 신위 앞으로 끌어와서는 한술 더 뜨며 말했다.

"상환아, 신위가 널 경쟁자로 여기거든! 너 그렇게 계속 3등 차지하고 있지 말고, 가끔은 좀 양보하는 미덕도 보여줘. 시험 때마다 신위가 만년 4등이라 스트레스 많이 받아!"

"장난하냐?" 상환이 이맛살을 찌푸리며 나를 쳐다봤다.

"진짜야. 전교 3등만 하면 얘네 부모님이 특별 용돈도 준다고 했대. 너 때문에 그 돈 못 타고 있으니까 가끔은 좀 타게 해줘."

나는 애원하는 눈빛을 보내며, 순진하게도 상환이 내 말에 맞장구 쳐주리라고, 내 마지막 자존심을 지켜주리라고 기대했다.

"그게 나랑 무슨 상관이야." 상환은 딱 잘라 말했다.

신위는 상환의 대답을 듣고는 살짝 미소를 지었다. 그 미소에 내게 남아 있던 일말의 자존심마저 뭉개져버렸다.

"너희 둘…… 사이 좋냐?" 빙쉰이 호기심 어린 눈빛으로 나와 상환을 번갈아 보았다.

"괜찮은 편." 상환은 뜻밖에도 고개를 끄덕이며 인정했다. "반 업무 처리하는 데 손발이 척척 맞지."

"너 커쉰 좋아하냐?"

"얘?" 상환이 고개를 돌려 나를 보았다. "관심 없는데."

신위가 몰래 슬쩍 웃더니, 이어서 마치 모욕을 당했다는 듯 불쌍한 표정을 지으며 팔꿈치로 허빙쉰을 쿡 찔렀다.

빙쉰은 신위의 마음을 알아채고는 바로 정색을 하고 나를 보며 질책하듯 말했다.

"커쉰, 너 그렇게 사람 조롱하는 건 좀 아니지 않냐? 신위 말고도 바이상환을 경쟁자로 삼는 애들 많잖아. 공부도 농구 경기처럼 라이벌이 있어야 상대를 이기려고 더 노력하는 거 아니냐?"

빙쉰은 눈에 쌍심지를 켜고는 표독한 눈빛으로 나를 쏘아보았다. 나는 가슴이 찢어지는 듯 아팠다.

"바이상환, 나 열심히 해서 언젠가는 너 이길 거야." 신위는 도도하게 상환에게 도전장을 내밀었다.

"마음대로 해라." 상환은 전혀 관심 없다는 표정으로 말했다.

"가자! 도서관 가서 공부하자." 신위가 다정하게 말하며 빙쉰의 팔짱을 꼈다.

두 사람의 뒷모습이 멀어져갔다. 나는 세상 모두에게 버림받은 기분이었다. 창피함과 슬픔이 파도처럼 밀려왔다.

"야오커쉰, 네 사생활에 나 끌어들이지 마." 상환은 얼음장처럼 냉랭한 어투로 말했다.

"질투에 눈먼 모습 보기 흉하지?" 나는 목이 잠겨왔다. 지금 이 상황이 너무 창피했다.

상환이 얇은 입술을 일자로 다물며 침묵으로 대답했다.

"너까지 끌어들여서 미안."

나는 몸을 돌려 교문을 나섰다. 눈물로 시야가 흐려졌다.

상환 눈에만 꼴사나워 보이는 게 아니었다. 나조차도 이런 고약한 심보를 품고 있는 나 자신이 싫었다.

하지만 세상은 정말 너무 불공평하다. 왜 내가 조금이라도 나쁜 마음을 품으면 그 업보가 바로 돌아와, 다른 사람 앞에서 이렇게 처절하

게 무너지게 만드는 걸까? 남의 커플 사이에 끼어든 신위는 눈곱만큼
도 비난받지 않는데 말이다!

불공평해!

분노가 폭풍우처럼 머릿속을 뒤덮었다. 문득 뒤에서 발걸음 소리가
따라붙더니 바이상환이 명단판으로 머리를 톡 내려치면서 이미 한계
에 달한 내 감정을 건드렸다.

"야오커쉰, 하나만 물어보자."

나는 슬그머니 주먹을 쥐고 이를 악물며 가슴 가득한 분노를 겨우
눌렀다. 얘는 또 뭘 하려는 거야?

"너 그렇게 할 일이 없냐? 심심해?"

상환의 말투에는 짜증이 섞여 있었다.

"얼마 전에만 해도 생사의 기로에 있었으면서, 다른 사람이랑 감정
싸움 하는 것 말고 네 인생을 더 값지게 보낼 만한 게 없어?"

상환의 말에 나는 마치 벼락을 맞은 듯했다. 조금 전까지 나를 에워
싸고 있던 분노가 순식간에 자취를 감추었다.

"할 일 못 찾겠으면 내가 도와줄게."

상환이 내 앞으로 오더니 손에 쪽지 하나를 쥐여주었다.

"집에 가서 〈선도부 수칙〉 디자인 좀 해 와라. 명조체 사용 금지. 표
지 디자인이 너무 밋밋해도 안 돼. 내일까지 나한테 넘겨줘."

말을 마치고 상환은 몸을 홱 돌려 나를 남겨둔 채 언덕 아래로 향
했다.

나는 눈을 껌뻑이며 정신을 차리고는, 고개를 숙여 손에 들린 종이
를 펼쳐보았다. 노트에서 뜯어낸 종이에는 갈겨쓴 글씨로 선도부 조
례가 적혀 있었다.

나는 한참을 멍하니 있었다……. 앗! 바이상환 이 나쁜 놈! 그럴듯한 말에 감동받아 고마워하고 있었건만, 내게 일을 떠넘기려는 속셈이었구나!

그날 저녁, 나는 컴퓨터 앞에 앉아 상환이 쓴 〈선도부 수칙〉을 워드로 작성하고 표와 그림을 추가했다.

"불쌍한 명조체. 미움을 받다니."

나는 혼자 빙그레 웃으며 글자를 궁서체로 바꿨다.

다음 날 학교에 도착해 막 교문을 들어서는데, 명단판이 불쑥 내 앞을 막았다.

"어제 부탁한 거 다 했냐?" 상환이 무표정한 얼굴로 물었다.

"했어! 이 나쁜 놈아." 나는 가방에서 〈선도부 수칙〉을 꺼내 상환의 가슴팍을 툭 내리쳤다.

"나쁜 놈?" 상환은 무슨 소리냐는 듯 이맛살을 찌푸리며 종이를 받아 들었다.

"고마워, 그리고 학급 생활 규정도 내일까지 해서 줘."

"알겠네요."

나는 앞을 막고 있던 명단판을 치우고 교실 건물로 향했다.

밤새 마음을 가라앉히며 생각해봤는데, 상환의 말이 맞았다.

나는 정말 운 좋게 목숨을 건졌다. 남들과는 다른 인생의 깨달음을 얻었어야 했다.

쇼핑, 버블티, 조각 케이크…… 뭐가 되었든 그런 소소한 것들이 신위와 싸우는 일보다 더 값어치가 있었다.

신위의 도발을 무시하는 법을 익혀야겠다.

4장

만년 전교 3등이라는 괴물

신위에 대해선 마음을 내려놓게 되었지만, 눈앞에 산적한 난제와 반 아이들과의 마찰 때문에 나는 며칠 내내 학교에 가고 싶지 않을 정도로 괴로웠다.

하지만 안타깝게도, 어릴 적부터 지금까지 모범생으로 지내온 나 같은 애들은 규범에 따라 사는 게 익숙했다. 실연당한 그때도 충격이 그렇게 크지 않았다면 땡땡이를 칠 배짱도 없이, 매일 시간이 되면 기계적으로 집을 나와 학교에 갔을 것이다.

나 같은 부적응자가 하나 더 있었다. 황샹링. 샹링은 우리 반 아이들과 자기 사이에 보이지 않는 벽을 세운 채, 쉬는 시간에도 고개를 파묻고 책만 볼 뿐 누구하고도 어울리려 하지 않았다.

다들 방학 보충 시간에 이미 끼리끼리 무리를 지었고, 나하고 샹링의 자리만 마치 외딴섬처럼 무거운 분위기로 뒤덮여 있었다.

점심을 먹고 난 뒤, 샹링은 또 잉치의 수학 시험지를 내 책상에 펼치며 물었다.

"커쉰, 이 문제 풀 수 있어?"

샹링이 문제 하나를 가리켰다. 답답함이 담긴 말투였다.

"어제 잉치가 세 번이나 설명해줬는데도 모르겠어. 그렇다고 또 물어볼 수도 없고……."

전에 우등반에 있을 때도 샹링은 자주 누군가와 머리를 맞대고 공부했다. 시험을 망쳤을 때는 서로 용기를 북돋아주고 말이다. 하지만 이젠 그런 '다정함'도 잉치의 인내심이 바닥나는 순간 사라지지 않을까?

"내가 한번 풀어볼게." 문제지를 들여다보다가 문득 샹링에게 신경 좀 쓰라던 상환의 말이 생각났다. "샹링, 왜 그렇게 자신을 몰아세워?"

샹링이 침울한 표정으로 말했다. "우리 오빠랑 언니가 다 국립대학에 가서, 엄마 아빠가 나한테 거는 기대도 엄청 커. 그런데 나는 고등학교에 올라와서는 수업 내용이 너무 어려워서 아무리 열심히 해도 잘 안 돼. 이번에 보통반으로 내려오는 바람에 엄청 혼났어."

"나도 그래, 우리 엄마도 엄청 뭐라고 했어."

"나…… 이 반에서도 내가 바닥일까 봐 무서워. 저렇게 공부를 못하니 우등반에서 쫓겨났지 하고 반 애들이 무시할까 봐 두렵고!"

역으로, 성적이 잘 나오면 역시 우등반은 수준이 다르다고 생각할 것이다.

내가 신위와 마주쳤을 때 그랬던 것처럼, 나와 샹링은 또다시 체면이 깎일까 봐 두렵고, 한 가닥 남은 자존심이라도 지키고 싶은 마음일 뿐이다.

누군가는 어쩌면 우등반에서 강등된 게 별일이냐고 생각할 수도 있다. 나와 샹링이 너무 체면만 따지는 게 아니냐고 말이다. 어릴 적부터 지금까지 좌절이나 실패를 겪어보지 못해서 뭔가 뜻대로 되지 않으면 바로 절망의 늪으로 빠지는 거라고.

하지만 미성년이자 학생인 우리는 부모님과 선생님이 하라는 대로 열심히 공부하고 교칙을 잘 지켰기에 패배를 덜 맛본 것이다. 순종적이고 말 잘 듣는 게 잘못은 아니잖은가?

"샹링, 미안." 나는 미안해하며 연필을 내려놓았다. "이 문제는 나도 모르겠다. 교무실에 가서 선생님한테 물어보는 건 어때?"

"교무실에는 가기 싫어. 거기서 우등반 담임 만나면 어떡해." 샹링이 처량한 눈빛을 하고 말했다.

그 말에 나는 코끝이 시큰해졌다. 출석부를 가지러 교무실에 갈 때마다 나 역시 작년 담임과 눈이 마주칠까 두려웠다.

1학년 때 시험을 잘 못 보면 담임은 우리가 반 평균을 낮췄다며 비꼬듯 말했다. 지금 우리는 우등반에서 퇴출당했고, 반 평균은 올랐을 것이다. 담임 역시 흡족하겠지.

"아이제! 생일 축하해!"

갑자기 생일을 축하하는 요란한 소리가 들려 나는 거기서 생각을 멈췄다. 어느 반인지 낯선 아이들 한 무리가 케이크를 들고 교실로 들어와 아이제의 자리를 에워쌌다.

"고마워! 완전 감동이야!"

아이제는 놀랍고 기쁜 표정으로 친구들의 선물을 받았다.

친구들이 생일 축하 노래를 다 부르자, 아이제가 '후' 하고 촛불을 끈 후 선물을 뜯어보았다. 포장을 뜯으니 한국 스타 사진이 인쇄된 커다란 쿠션이 나왔다.

"와! 우리 서방님!" 아이제는 신이 나 쿠션을 껴안고 마구 입맞춤을 퍼부었다. 즐거운 분위기였다.

"아, 시끄러워. 다른 사람 생각은 안 하나……." 샹링이 불쾌한 듯 미간을 찌푸렸다.

나는 서둘러 샹링의 손을 잡고 고개를 살짝 흔들며 그러지 말라는 신호를 보냈다.

샹링은 짜증 난다는 표정으로 시험지를 휙 가져갔다. 샹링의 그런 행동은 다른 아이들의 시선을 끌고 말았다. 아이제와 친구들 모두 동작을 멈추고 잠시 우리를 보더니 곧 다시 시끌벅적해졌다. 아까보다 더 소란스러웠다.

"아이제, 생일 축하해."

하오옌도 반 친구들과 함께 준비한 작은 쇼핑백을 아이제에게 건넸다.

"고마워. 아, 맞다!" 아이제가 갑자기 하오옌을 잡아끌었다. "너 이번에 교실 꾸미기 도와줄 수 있어?"

"그래!" 하오옌이 흔쾌히 고개를 끄덕였다.

"나도, 나도 할래!" 아린이 손을 들고 소리치며 팔짝팔짝 뛰었다.

"하고 싶으면 합류해. 나의 궁궐을 꾸미는 일꾼 명단에 함께 넣어주지." 아이제가 아린에게 손 키스를 날렸다.

아린은 바로 목을 길게 빼며 우우 하고 늑대 흉내를 냈고, 반 아이들 모두 그런 아린의 모습에 박장대소했다.

이어 두세 명이 더 교실 꾸미기에 합류하기로 하는 모습을 보면서, 나는 마치 머리를 한 대 얻어맞은 기분이 들었다. 아이제의 교우 관계가 이렇게 좋은 줄도 몰랐거니와, 함께할 사람을 구한다는 소리에 너도나도 발 벗고 나서는 광경은 상상도 못 해본 일이었다.

개학 첫날 자기소개를 할 때 더는 그림을 그리고 싶지 않다고 말했는데, 이제 보니 이 반에선 전혀 내가 나설 필요가 없었다. 내가 나를 너무 과대평가했다.

나는 슬쩍 한숨을 쉬었다. 이 세상에 내가 존재하는 이유가 뭘까?

"한숨 쉬면 오던 복도 달아난대."

상환의 목소리가 나지막이 들려왔다.

고개를 돌리니 상환이 내 마음을 꿰뚫어볼 듯 맑은 눈빛으로 나를 바라봤다.

메모지를 자르던 중이었는지 왼손에 조각칼을 잡고 있었는데, 그 칼을 보고 나는 흠칫 놀랐다. 일반 커터칼보다 날카로운 칼날을 박아놓아 아주 섬세한 무늬도 새길 수 있는 조각칼이었다.

"왜?" 상환이 내 시선을 따라 자신의 손에 든 조각칼을 내려다보며 물었다.

"너 혹시……." 나는 침을 꿀꺽 삼키고 물었다. "지우개 도장 만드는 거 좋아해?"

"그게 뭔데?" 상환이 전혀 모르겠다는 표정을 지었다.

"조각칼로 지우개에 모양 새기는 거 말이야."

"초등학생도 아니고, 지우개에 왜 그런 짓을 하냐?"

"안 해봤어?" 나는 재차 확인했다.

"관심 없어."

지우개 도장이 뭔지도 모르는 것을 보니 정말 해본 적이 없는 듯했다. 나는 나도 모르게 머리를 탕탕 때리며 이상한 상상을 멈췄다.

상환은 그런 내 모습이 의아한지 나를 뚫어져라 보다가 시선을 창밖으로 옮겼다.

상환의 잘생긴 옆얼굴에 햇빛이 비쳐 마치 금색 빛을 흩뿌려놓은 것 같았다.

학급 업무와 관련된 일 외에 상환은 나하고 거의 대화를 하지 않았다. 나에게 전혀 관심이 없는 것 같았다. 나 역시 상환에게 어떤 떨림도 없었으니, 우리가 연인이 될 확률은 거의 제로에 가까웠다.

이 확률이 영원히 제로를 유지하길.

캉 아저씨가 드디어 귀국했다. 엄마는 아저씨와 일요일에 함께 저녁을 먹기로 약속하고, 미리 레스토랑을 예약했다.

엄마는 이번 만남을 위해 진작부터 보름 정도 샐러드만 먹으며 다이어트를 하더니, 약속 당일에는 마치 선이라도 보러 가는 사람처럼 한껏 치장하고 집을 나섰다.

엄마 차를 타고 약속 장소에 도착해, 엘리베이터를 타고 33층으로 올라가 뷰가 끝내주는 레스토랑으로 들어갔다.

레스토랑은 매우 고급스러웠다. 사방이 통유리여서 주위의 높은 빌딩과 저 밑의 도로까지 한눈에 보였다. 은은하게 실내를 비추는 노란 빛 조명과 창가에 설치된 다른 조명이 더해져, 마치 별이 반짝이는 하늘에 떠 있는 듯한 느낌을 주어 굉장히 낭만적이었다.

직원이 우리를 창가 자리로 안내했다. 나는 안쪽 의자를 빼 앉았다. 근처 테이블은 모두 연인들이 앉아 있었다.

"엄마, 여긴 연인들이 데이트하는 장소인가 봐." 나는 목소리를 낮춰 말했다. 아무래도 조명이 밝은 곳이 동창 만남에 더 어울릴 것 같다는 생각이 들었다.

"나도 안 와봐서 몰랐어. 회사 직원이 멋진 야경 볼 수 있는 곳이라고 추천해줬거든." 엄마는 내 말을 듣고 민망했는지 난처한 표정을 지었다.

이미 예약을 한 상태니 그냥 식사를 즐기는 수밖에 없었다.

창밖이 점점 어두워졌다. 가로등이 켜지면서 도시의 밤은 아름다움을 더해갔다.

얼마 지나지 않아, 직원이 캉 아저씨를 우리 자리로 안내했다. 아저씨는 맵시 좋게 양복을 차려입어 기품 있어 보였다.

"캉징야오, 진짜 오랜만이다! 옛날보다 더 멋있어졌네." 엄마는 일어나 인사를 건넸다.

"너도 옛날보다 더 예뻐졌는데." 아저씨가 엄마 맞은편 자리에 앉으며 말했다. "방금 저쪽에서 보고는 예쁜 여고생 두 명이 앉아 있는 줄 알았지 뭐냐!"

헐. 분위기 좋으라고 하는 말이지만 듣고 있자니 좀 거북하군.

엄마는 웨이터에게 식사를 준비해달라고 한 후 고개를 돌려 나를 보며 말했다. "커쉰, 캉 아저씨야."

"안녕하세요." 나는 아저씨에게 양복 상의가 담긴 종이 가방을 건넸다. "그때 옷 덮어주셔서 감사해요."

"해야 할 일을 한 것뿐인데 뭐. 크게 다치지 않아서 다행이야." 아저씨는 다정한 미소를 지으며 말했다. "학교 복도에서 만난 적 있는데 혹시 기억하니?"

"기억해요."

"엄마랑 진짜 닮았네. 너희 엄마도 우리 반 퀸이었어. 학생회 사회

144

자이기도 했고. 엄마 쫓아다니던 남학생 엄청 많았지."

아저씨의 이야기에 나는 의외라는 표정으로 고개를 돌려 엄마를 보았다. 이혼 후 혼자 나를 키우느라 삶의 무게에 짓눌린 탓에, 내게 엄마의 이미지는 항상 고지식하고 무서운 사람이었다. 그런 엄마가 학창 시절에 인기가 많았다니 생각도 못 해본 일이다.

"무슨 소리! 너는 학생회 회장이었잖아. 너야말로 여학생들한테 선망의 대상이었지."

엄마는 수줍은 미소를 지었다.

나는 또 충격을 받았다. 열여덟 살 소녀 같은 표정을 짓는 엄마를 처음 봤기 때문이다.

음식이 하나둘 나왔다. 나는 포크와 나이프를 들고 음식을 맛있게 먹으며 두 사람의 대화를 들었다. 내가 낄 틈은 전혀 없었다.

"일이 너무 바빠서 늦게 결혼했어. 아내는 캐나다에서 공부할 때 만났고." 아저씨는 최근 몇 년의 근황에 대해서 말했다.

"집으로 보낸 청첩장 받았는데, 그때 출장이랑 겹쳐서 못 갔네." 엄마도 포크를 들긴 했지만 거의 입만 대는 수준이었다.

"그때 고등학교 동창들 엄청 많이 왔어. 거의 결혼식 겸 동창회 분위기였지." 아저씨가 웃으며 말했다.

"참석 못 해서 아쉽다……."

나는 스프를 떠 먹으며 흘끔 엄마를 보았다. 전혀 아쉬운 표정이 아니었다.

첫사랑의 결혼식인 데다 자신은 이혼한 처지였고 동창들도 많이 올테니, 엄마는 아마 일부러 가지 않았을 것이다.

"애는 지금 몇 살이야?" 엄마가 물었다.

"애는 없어. 결혼하고 1년 있다 임신했는데 탯줄이 목에 감기는 바람에 유산됐어." 아저씨는 가볍게 한숨을 내쉬었다. "아내가 엄청 힘들어했어. 심리 상태가 불안정해서 그런지 그 후로는 임신이 안 되더라고."

"많이 힘들었겠네……."

"응……. 하지만 이젠 괜찮아. 아이가 있든 없든 상관없어. 너는 어때? 그동안 잘 지냈어?" 아저씨가 자연스럽게 화제를 돌려 엄마의 근황을 물었다.

"나는 딸이랑 둘이야. 아주 단출하게 지내."

엄마는 그렇게만 말하고 웃었다. 과거를 언급하고 싶지 않은 눈치였다.

아저씨는 사려 깊은 미소를 지을 뿐 더 이상 묻지 않았다.

이어지는 식사 시간 내내, 엄마와 아저씨는 학창 시절 이야기를 나누었다. 이야기가 무르익으며 두 사람은 대화에 열중했고, 소외된 나는 그저 미소를 짓거나 음식을 먹으며 야경을 감상했다.

옛 이야기를 나누면서도 서로 눈이 마주치면 시선을 피하는 두 사람의 모습에 나는 당시 둘이 서로를 마음에 두었으리라 짐작했다. 아마도 당시의 보수적인 분위기에다, 졸업 후 멀리 떨어져 지내야 하는 현실 때문에 어쩔 수 없이 서로를 향한 감정을 마음속 깊이 묻어야 했을 터다.

한쪽에 앉은 내가 지루해하는 것을 눈치챘는지 아저씨가 갑자기 고개를 돌려 나를 보며 미소 띤 얼굴로 물었다.

"아, 참! 그 남학생은 학교 친구니?"

"어떤 남학생요?" 나는 어리둥절해하며 포크를 내려놓았다. 누구를 말하는지 전혀 감을 잡을 수 없었다.

"사고 났을 때 너한테 심폐소생술 했던 그 남학생 말이야."

"심폐…… 소생술이라뇨?"

"아, 남학생이 아니고, 학생 주임 선생님이 가슴 압박을 했다고 들었어." 엄마가 웃으며 설명했다.

"아닌데." 아저씨가 고개를 갸우뚱했다. "그날 한 남학생이 허둥지둥하면서 심폐소생술 하는 걸 보고 내가 차에서 내려서 도와주러 갔거든. 선생님은 그 뒤에 막 왔고. 그러고서 선생님이 이어서 흉부 압박 했고, 맥박이랑 호흡이 돌아왔지."

그 말을 듣고 나는 말문이 막혔다. 경직된 표정으로 고개를 돌려 엄마를 바라보니, 엄마 역시 놀란 눈으로 나를 보았다. 엄마도 처음 듣는 얘기인 듯했다.

"심폐소생술이라면……." 나는 고개를 숙이고, 차마 입을 떼기 힘들어 더듬대며 말했다. "인공호흡도…… 포함……."

"응급 구조였을 뿐이야." 내 생각을 읽은 듯, 아저씨는 서둘러 내 말을 자르며 말했다.

포함됐다는 말 아닌가!

나는 팔을 테이블에 괴고 고개를 숙여 손끝으로 이마를 가렸다. 너무 민망했다.

"그 남학생 어떻게 생겼어?" 엄마는 웃음을 참는 듯한 목소리로 물었다.

"굉장히 반듯하게 생겼던데. 선생님이 '바이' 뭐라고 불렀던 것 같은데……." 아저씨는 잠시 생각에 잠겼다가 물었다. "친구 중에 성이 '바이'인 애 있니?"

있죠, 바이상환요! 그날 현장을 목격했으니, 분명 사고 현장으로 달려왔을 것이다.

"어!" 엄마는 갑자기 뭔가 떠오른 듯 말했다. "학교에서 문병 왔을 때, 얘네 반 반장 성이 '바이'였는데."

엄마의 말에 나는 고개를 더 깊이 떨구고 손으로 얼굴을 가렸다. 가능하다면 쥐구멍에라도 숨고 싶었다.

드라마 「장난스런 키스」의 한 장면처럼 복도 끝에서 우연히 부딪혀 입을 맞췄다면 나중에 돌이켜봐도 낭만적일 텐데, 인공호흡은…… 조금도 아름답지 않았다. 아무리 생각해도 민망하기만 했다.

"반장이 응급 처치를 도왔는데 선생님은 왜 아무 말도 안 해줬지?" 엄마가 의아한 듯 물었다.

"아마 반장이 그래달라고 했겠지." 아저씨가 추측하며 말했다.

"왜?"

"나였어도 비밀로 해달라고 했을걸. 나중에 학교에서 만나면 좀 난처하잖아. 다른 친구들 입에 오르내릴 수도 있고."

"커쉰, 신경 쓰지 마. 아저씨 말대로 응급 처치였을 뿐이야." 엄마가 위로하듯 내 어깨를 토닥였다.

"선생님이나 기사 아저씨가 인공호흡 한 것보다는 낫잖니?" 아저씨가 갑자기 농담을 던졌다.

"그건 더 별로네요!" 나는 홱 고개를 들고 입을 삐죽였다. 그런 장면은 상상조차 하고 싶지 않았다. "아이참! 제 얘기 말고 두 분 얘기 나누세요!"

"알았어, 안 할게."

"자자, 밥 먹자."

아저씨와 엄마는 서로를 바라보며 씽긋 웃었다. 순간 내가 엄마 아빠 앞에서 투정을 부리는 딸이 된 기분이었다.

"그런데 다시 그 얘기로 돌아가서⋯⋯." 아저씨는 웃음을 거두고 진지하게 말했다. "네가 몰랐으면 하는 마음에서 반장이 특별히 부탁한 것 같긴 하다만, 나중에 기회가 되면 고맙다는 말은 하는 게 좋을 것 같네."

"왜요?" 나는 이해가 되지 않아서 물었다.

"널 살리기 위해서 최선을 다하더라. 학교에서 심폐소생술을 배우긴 해도, 직접 해보면 그게 꽤 어렵거든."

"그건 그래. 제대로 못 하면 환자를 더 위험에 빠뜨릴 수도 있어서 아예 손을 대지 않기도 해." 엄마 역시 아저씨 말에 동의하며 말했다.

"그런데 그 반장은 엄청 용감하던데! 입으로 처치 순서를 되뇌면서 계속 하더라고. 몇 번을 시도해도 네가 반응이 없었는데 포기하지 않고 선생님이 올 때까지 계속 시도했어. 선생님이 오니 그제야 비키고는 바닥에 넋을 잃고 앉아 있더라고." 아저씨는 당시의 상황을 자세히 들려주고는 이렇게 덧붙였다. "꺼져가는 생명 앞에서 아무것도 해 줄 수 없을 때의 그 기분은 말도 못 하게 비참하고 괴롭지."

"알아요." 꿈에서 내 눈앞에서 죽어가는 상환을 보며, 나 또한 그런 심정을 느꼈으니까 말이다. "기회 봐서 고맙다고 인사해야겠어요."

아저씨는 따스한 미소를 지었다. 나는 왠지 어색해 얼굴을 돌려 창밖을 바라보았다. 현실 속의 아저씨는 꿈에서와 달랐다. 나는 아저씨를 미워할 수 없었다. 오히려 굉장히 따뜻하고 다정한 사람이라는 느낌이 들었다. 아저씨의 딸이 될 수 있다면 그건 분명 행복한 일일 것이다. 배 속에서 죽었다는 그 아이는⋯⋯ 아쉽게도 그런 행복을 누리지 못했다.

식사 중에 아저씨는 전화 통화를 핑계로 자리를 비웠는데, 알고 보니 식사비를 다 계산해버려 엄마가 미안해했다.

레스토랑에서 나와, 지하 주차장으로 가기 위해 같이 엘리베이터 쪽으로 걸어갔다.

"아저씨, 혹시 우리 학교 건물 수주 따셨어요?" 나는 입찰 결과가 궁금했다.

"아니, 다른 업체가 더 낮은 가격으로 입찰했어." 아저씨는 고개를 저으며 대답했다.

"안 됐다고요?" 나는 깜짝 놀랐다. 캉 아저씨가 프로젝트를 따내지 못했다니!

"그 업체는 평이 좋아?" 엄마가 물었다.

"아니, 터무니없게 가격을 후려쳐서 다른 회사 프로젝트 가로채기로 유명한 업체야."

"그럼 부실 공사로 이윤 챙기는 거 아니야?"

"전에 그런 안전 문제가 있긴 했는데……." 아저씨는 어쩔 수 없다는 듯 고개를 저었다.

"아저씨가 다시 따올 순 없어요?" 나는 다급하게 물었다.

"안 되지. 이미 계약도 다 체결했다던데. 아마 월말에 공사 시작할 거야."

"학교에서 좋은 업체를 선정해야지, 어떻게 가격 경쟁을 시켜요?"

"학교 예산이 넉넉하지 않으니까. 또 입찰 과정 자체에 문제가 있었던 것도 아니고." 아저씨가 자상하게 하나씩 대답해주었다.

"커쉰, 학교 건물 공사에 왜 그리 관심이 많아?" 엄마가 이상한 듯 물었다.

"우리 학교잖아. 당연히 관심을 가져야지."

나는 아무렇게나 둘러댔다.

엘리베이터가 지하 주차장에 도착하자 아저씨와 엄마는 인사를 나누고 각자의 차로 향했다.

두 차는 서로 멀지 않은 곳에 주차해 있었다. 아저씨 차는 흰색 BMW가 아니라 검은색 벤츠였다.

집으로 돌아오는 길에 엄마는 아무 말도 없이 운전에만 집중했다. 눈빛이 조금 쓸쓸해 보였다.

"엄마, 괜찮아?" 나는 다정하게 물었다.

"아무렇지도 않은데."

"엄마…… 캉 아저씨한테 아직도 마음 있어?"

엄마는 입술을 오므리고 아무 대답도 하지 않았다. 긍정의 의미 같았다.

"엄마, 아저씨는 이미 결혼도 했으니까 괜한 기대 하지 마." 나는 엄마의 기분이 가라앉아 있는 것을 알면서도 경고하듯 말했다.

"그 사람한테 내가 어울리기나 하니. 남의 가정 깰 생각 없으니 걱정하지 마." 엄마가 단호한 어투로 대답했다.

엄마의 그 말에 난 가슴이 저렸다. 엄마는 항상 강하고 독립적인 사람이었다. 이렇게 자기를 비하하는 발언은 한 적이 없었다.

나도 물론 엄마가 행복한 안식처를 찾길 바란다. 아저씨가 아주 좋은 조건을 가지고 있다는 것도 안다. 하지만 아저씨에게는 가정이 있지 않은가.

어찌 되었든 나는 반드시 둘 사이가 지금보다 더 가까워지는 것을 막아야 했다.

❖

교단에서는 수학 선생님이 칠판에 공식을 쓰고 있었다.

교단 아래에서는…… 누구는 서랍에 휴대폰을 넣어놓고 게임을 하는지 몰래몰래 화면을 터치했고, 아린은 옆자리 여학생에게 추파를 던졌고, 그걸 본 주위 아이들은 키득거렸고, 아이제는 헤어롤을 꺼내 앞머리에 말며 수업 중에도 여전히 외모에 신경을 썼다.

우등반 분위기에 익숙해서 그런지, 이런 산만한 수업 분위기에 잘 적응이 되지 않았다. 이런 분위기에 물들어 긴장을 놔버릴까 걱정되었다. 한시도 긴장을 풀지 않고 쉬는 시간에도 맹렬히 책만 들여다보는 샹링의 심정이 이제야 이해되었다.

"지우개 좀 빌려줘."

상환이 내 책상 모서리를 손가락으로 살짝 쳤다. 나는 상환을 쳐다보기가 어색해 시선을 칠판에 고정한 채 지우개를 건넸다.

지우개를 받아 든 상환은 부자연스러운 내 모습에 고개를 빼고 나를 바라봤다. 나는 황급히 다른 쪽으로 고개를 돌려버렸다.

아무리 응급 처치였다고 해도 신경이 안 쓰일 수가 없었고, 하필 바로 옆자리여서 피하려야 피할 수도 없는 노릇이었다.

쟤는 어떻게 아무 일도 없다는 듯 나를 대하지? 안 민망한가?

수업이 끝나자 상환이 일어나 내 쪽으로 다가왔다. 그러고는 한 손은 내 의자 등받이에 올리고, 다른 한 손은 책상을 짚으며 허리를 숙여 나를 바라봤다.

"뭐 하는 거야?" 나는 상환의 행동에 화들짝 놀라 의자 등받이 쪽으로 몸을 바짝 붙였다.

"수상해, 요 며칠 자꾸 날 피하는 거 같은데?" 상환은 내 표정에서 무슨 단서를 찾으려는 듯 눈을 가늘게 떴다.

"아, 아니거든." 나는 시선을 피했다.

"봐, 또 시선 피하잖아."

나는 최선을 다해 다시 시선을 상환의 얼굴로 옮겼다. 부끄러워 뺨이 상기되었다.

"얼굴은 왜 빨개지냐?" 상환이 몸을 비스듬히 앞으로 숙이는 바람에 얼굴이 확 가까워졌다.

"너무 가깝잖아." 나는 손가락으로 상환의 얼굴을 다른 쪽으로 돌렸다. "볼일 없으면 저리 가."

"볼일 있는데." 상환이 고개를 다시 나에게 향하며 말했다. "영어 시험 응시료 다 걷었어?"

"몰라, 없어졌어." 응시료 얘기가 나오자 나는 성질이 났다.

"거짓말 말고."

"귀찮으니까 얼른 가져가!" 나는 주머니에서 작은 지갑을 꺼내 접수 명단과 함께 상환에게 넘기며 신경질을 냈다.

"고마워."

"내가 진짜 잃어버리면 어쩌려고. 넌 걱정도 안 되냐?"

"그럼 네가 갚으면 되지, 웬 걱정?" 상환의 입가가 씩 올라갔다.

"너……." 이 나쁜 자식! "진심으로 하는 말인데, 다음에는 돈 걷는 일 절대 안 해."

돈을 보관하는 일은 책임이 너무 막중했다. 게다가 마치 돈을 꾸는 사람처럼 친구들에게 돈 얘기를 해야 하니, 누가 이런 일을 좋아하겠는가.

"다음 일은 다음에 얘기하고." 상환은 자리로 돌아가 시험 접수 명단을 정리했다.

"커쉰." 샹링이 뒤를 돌아보며 나를 불렀다. "그런 농담은 좀 아닌 거 같아."

"무슨 농담?"

"교실에서 돈을 잃어버리면 반 아이들 모두가 용의자가 되잖아."

"아, 미안, 그런 뜻은 아니었어."

샹링은 억울하다는 표정으로 무슨 말을 하려다가 관두고는 다시 고개를 돌려 책을 보았다.

뭔가 이상했다. 그냥 장난으로 한 말을 가지고 갑자기 왜 이렇게 정색하지?

더 이상한 점은, 평소 같으면 수업 마치는 종이 울리자마자 1초도 더 머무르기 싫다는 듯 바로 자리를 뜨던 샹링이 오늘은 느릿느릿 책가방을 싸고 있었다.

"샹링, 잉치한테 안 가?"

"오늘은 안 가……. 일이 있어서……." 샹링이 얼버무리며 대답했다.

"잉치랑 싸웠어?"

"아니, 해야 할 일이 있어서."

샹링은 황급히 자리에서 일어나 책가방을 메고는 교실을 나갔다. 꼭 내가 뭔가 더 물어볼까 봐 피하는 것 같았다.

"쟤 왜 저러냐?" 하오옌이 이상하다는 표정으로 문 쪽을 바라봤다.

"모르겠어." 나는 어깨를 으쓱해 보였다. "너 샹링한테 신경 많이 쓰는 거 같더라."

"신경 쓰는 게 아니라, 예전의 나를 보는 것 같아서." 하오옌은 서둘러 손을 저으며 부정했다. "사실 나랑 상환이도 중학교 땐 우등반이었거든. 그때 우리 담임이 '나의 적'이란 제도를 만들었는데, 각자한 명씩 라이벌을 지정해서 성적을 비교하게 했어."

"그건 분열만 조장하는 거 아냐?" 놀라운 얘기였다.

"경쟁자보다 점수가 낮으면 무슨 대역 죄인이라도 된 기분이 들어서 밥도 안 넘어갔어. 결국, 반 애들 모두 자기만 아는 이기적인 괴물이 되어버려서 협동심이라고는 없었어. 다들 자기 공부 외에는 아무것도 안 하려고 해서 소수 몇 명만 학급 일을 했는데, 그러다 행여나 제대로 못 하면 손 하나 까딱 안 한 애들한테 욕을 먹었지. 그래서 고등학교에 와서는 우리 둘 다 우등반에 들어가지 않기로 한 거야."

"중학교 때 나도 우등반이었는데, 우리 반은 사이좋았어." 말은 그렇게 하긴 했지만, 내가 다녔던 중학교는 시골 학교라서 도시 아이들처럼 경쟁도 심하지 않았고, 대부분 성격도 순한 편이었다.

"나도 우등반에서 있어 봐서 강등당한 떨떠름한 기분은 이해해. 옆반 그 남자애도 혹여나 무시당할까 봐 일부러 잘난 척하면서 자괴감을 숨기려고 하는 거잖아. 그런데 샹링은 아예 현실을 받아들이길 거부하고 있어."

"그럼 나는?"

"너는 포기 상태지. 자신을 완전히 부정하고 있잖아." 하오옌이 솔직하게 말했다.

"맞아!" 나는 웃음이 나왔다. "무슨 일을 해도 힘이 안 나. 완전히 끝장난 기분이야."

"분명 실연의 충격도 한몫했겠지?"

나는 입을 다문 채 부인하지 않았다.

"어쨌든, 너희 둘 다 자기 자신을 포기하지 않으면 좋겠어."

하오옌은 나에게 손을 흔들어 인사하고는 교실을 빠져나갔다.

나는 잠시 멍하니 앉아 있다 교무실로 내려가 출석부를 가져다놨다. 나오는 길에 화단에서 햇빛을 쬐고 있는 꽃님이와 마주쳤다.

"꽃님이 이제 괜찮아?"

나는 몸을 수그리고 손을 뻗어 상처를 살폈다.

꽃님이는 눈을 뜨고 나를 확인하더니, 바로 엉덩이를 들어 올리며 기지개를 켜고는 발로 내 손등을 살살 쳤다.

나는 책가방을 열어 다랑어포를 꺼내 꽃님이에게 주며 중얼거렸다. "꽃님아, 체육관은 허빙쉰 구역이거든. 더 이상 걔랑 마주치고 싶지 않아서 헤어진 후에는 다시는 그쪽에 안 갔어."

꽃님이가 마치 내 마음을 위로하듯 야옹 하고 울었다.

"고양이 진짜 좋아하나 보네." 상환의 냉랭한 목소리가 들려왔다.

"고양이 귀엽잖아. 애교 부릴 때는 엄청 사랑스럽고, 강아지처럼 정신없지도 않고." 나는 고개를 숙인 채 말했다.

"키우고 싶어?"

"키우고는 싶은데, 엄마가 고양이 털 알레르기가 있어."

"그렇군." 상환이 잠시 말을 멈췄다가 다시 이었다. "따라와."

"뭐하게?" 나는 고개를 들어 영문을 모르겠다는 표정으로 상환을 보았다.

"가보면 알아." 그렇게 말하고 상환은 곧장 교문을 향해 걸어갔다.

나는 의아해하다가 책가방을 들고 상환의 뒤를 쫓았다.

교문을 나선 후, 우리는 나란히 언덕을 내려갔다.

"야, 너 성적 유지하는 비결 있지?" 나는 상환의 공부법이 항상 궁금했다.

"사실……." 상환은 미간을 살짝 찌푸리며 말하기 곤란하다는 투로 입을 뗐다. "난 공부 진짜 싫어해."

"싫어한다고?"

"정말 싫어."

"진짜야?"

"진짜. 거짓말 아니고, 나 공부 진짜 싫어해."

"그런데 항상 성적은 좋잖아……." 상환의 대답을 듣고 나는 혼란스러웠다.

"공부가 싫으니까 집에 가서 책을 다시 들춰 보기 싫어서 수업 들을 때 최대한 집중하고, 잘 모르겠는 거는 빨리 이해하려고 노력하는 거야. 그럼 집에 가서 다시 책 안 봐도 되니까." 상환은 재차 강조하며 말했다.

"수업 때만 집중해서 듣는다고? 집에선 다시 안 펼쳐 보고?" 나는 놀라 휘둥그레진 눈으로 물었다. 믿을 수가 없었다.

"응, 하지만 수업할 때는 정말 집중해서 들어." 상환은 유난히 힘을 주어 말했다. 수업 시간에 혼신의 힘을 쏟아붓는 것도 결코 쉬운 일은 아니라는 듯이 말이다.

"너 천재야?" 나는 당혹스러웠다.

"천재 아니라니까." 상환이 체념한 듯한 표정을 지었다. 이런 질문을 한두 번 들은 게 아닌 모양이었다.

"설마 초등학교 때부터 지금까지 항상 3등 했던 건 아니지?"

"빙고!" 상환은 눈썹을 찡긋 추켜세웠다.

"집에서 복습 조금만 하면 전교 1등은 떼어놓은 당상이겠다."

"공부 진짜 싫.어.한.다.고!" 상환은 짜증 난다는 투로 힘을 주어 말했다.

"공부를 해도 성적은 안 나오는 그런 경험 안 해봤지?" 나는 탄식하며 말했다.

"너는 미술 성적이 거지 같은 경험 해봤냐?"

"미술?" 나는 의아해하며 상환을 보았다.

"미술은 나한테 최악의 과목이다." 상환의 미간이 잔뜩 찌푸려졌다. "초등학교 1학년 때는 미술 수업 있으면, 전날 밤부터 학교 가기 싫다고 울고불고 떼를 썼어. 2, 3학년 때는 도화지 앞에 앉아서 아무것도 못 그리고, 그러다 멘붕 와서 소리 지른 적도 여러 번이고."

나는 믿을 수가 없었다. 상상만으로도 너무 코믹한 장면이었다. "그래도 나는 미술보다는 차라리 성적 좋은 걸 택할래."

"나는 재능 있는 사람이 부러워."

"공부를 그렇게 잘하면서." 기분이 좀 별로였다.

"너하고 무슨 얘길 하겠냐!" 상환은 차가운 시선으로 나를 흘겨보며 말했다.

세 갈래 길에 도착하자 심폐소생술 이야기가 떠올라 나는 또 민망해졌다. 상환을 슬쩍 바라봤지만, 상환은 무표정한 얼굴로 잔디밭을 흘끔 보고는 바로 발걸음을 재촉해 길을 건넜다.

"야!" 나는 뛰어가 상환의 책가방 끈을 붙잡으며 말했다. "길 건널 때 좌우도 안 살펴?"

"학교 후문 쪽은 차 안 다녀." 상환은 고개를 돌려 나를 봤다.

"그래도……." 순간 꿈속 장면이 뇌리를 스쳐 지나갔다. 꿈에서 상환은 걸음을 멈추고 좌우를 살피고 건너다가 차에 부딪혔다……. "맞아, 네 말이 맞아. 바로 건너. 멈추지 말고." 나는 상환의 말에 동의하며 잰걸음으로 길을 건넜다.

"너 정말 이상해." 상환이 뒤에서 따라오며 말했다.

"뭐가 이상해?" 나는 영문을 알 수 없었다.

"가끔씩 되게 공포에 질리고 슬픈 눈으로 날 쳐다보잖아."

"그, 그냥 기분이 별로라서 그래."

"흥." 상환은 그다지 믿지 않는 표정으로 냉소를 띠었다. "됐다. 알고 싶지도 않고."

상점가에 도착해 상환은 날 데리고 동물 용품 가게로 갔다.

"잠깐 기다려." 상환이 가게 문을 열고 들어갔다.

나는 진열창 앞에 서서 케이지에서 놀고 있는 강아지와 고양이를 구경했다. 절로 힐링 되는 장면이었다.

잠시 후, 상환이 가게에서 나와 고양이 간식 샘플 세 봉지를 나에게 건넸다.

"고마워." 나는 성은이 망극하다는 듯 두 손을 내밀어 받으며 물었다. "그런데 왜 너한테 샘플을 주는 거야?"

"우수 고객이니까."

"여기서 돈 얼마나 썼는데?"

"백만 위안 넘지."

"농담 말고." 전혀 믿을 수 없었다. 나는 다시 시선을 진열창 쪽으로 돌렸다. "여기 원래 노란색 가필드도 한 마리 있었는데 오늘은 안 보이네."

"개 어제 입양됐어." 상환은 가게 우편함 앞으로 가 안에 있는 우편물 두 통을 꺼냈다.

"어떻게 알아?"

"진짜 둔하네."

우편물을 뜯어 읽는 상환을 보면서 나는 뭔가 이상한 점을 느꼈다. 보통은 남의 집 우편물에 손 안 대지 않나…….

"너희 집이야?" 나는 화들짝 놀랐다.

"빨리도 눈치챈다." 상환이 피식 웃었다. 둘 사이의 어색했던 분위기가 한층 부드러워졌다.

"그럼 저번에 들고 있던 바구니 속 간식은……."

"물건 채워 넣고 있었지."

"그런데 전에는 너 한 번도 못 봤는데."

"거의 직원 쉬는 날만 나와서 도와주니까. 내가 매일 가게 지키는 건 아니야." 상환은 별일 아니라는 듯 대꾸했다.

"학교랑 집이랑 이렇게 가깝다니. 게다가 이렇게 귀여운 가게!" 나는 부러움을 가득 담아 말했다.

"거리 때문에 이 학교 간거야." 상환은 아무렇지도 않게 말했다.

"원래는 어디 지원할 생각이었는데?"

"만점 받을 수 있는 곳."

"충격적이네……." 나는 풀이 죽어 고개를 떨궜다.

"하지만 학교에서 가까이 산다고 선도부로 뽑히는 바람에 매일 엄청 일찍 일어나야 해." 상환은 다시 답답하다는 표정을 지었다.

"아무리 그래도 나보다 더 일찍 일어날까? 나는 매일 5시 반에 일어나야 해."

"근처에 있는 학교를 가지 그랬어?"

"신위안고등학교가 서열 3위잖아. 엄마가 좋은 고등학교 가서 좋은 대학 가라고……."

말을 하다 말고 내 시선이 갑자기 어느 두 사람에게 가 꽂혔다.

빙쉰과 신위가 상점에서 나오는 모습이 보였다. 두 사람은 각자 아이스크림을 하나씩 들고, 서로 한 입씩 먹여주면서 웃고 떠들며 정류장 쪽으로 향했다. 신위는 남들의 시선은 전혀 아랑곳하지 않고, 빙쉰에게 살짝 기대 안겨 있었다.

너무 갑작스럽게, 아무 마음의 준비도 하지 못한 상황에서 둘의 애정 행각을 목격하니 기분이 깊은 암흑 속으로 가라앉으며 통제 불가능한 상태가 되었다.

"성가셔 죽겠네." 상환이 짜증 난다는 표정으로 내 손을 잡고 가게로 들어갔다.

카운터를 지키고 있던 직원의 의아한 눈초리를 뒤로하고, 나는 반쯤 넋을 잃은 상태로 중앙 진열대를 지나 가게 가장 안쪽 구석으로 붙들려 갔다.

"앉아." 상환은 냉랭한 말투로 명령하듯 말하며 내 어깨를 눌러 작은 의자에 앉혔다.

"여기는 왜 데리고 온 거야?" 나는 앞에 있는 상자 세 개를 보며 의아해했다.

"가격표 붙여." 상환이 내 손에 가격표 기계를 쥐여 주었다.

"내가 왜?" 나는 바보 같은 표정으로 물었다.

"너 한가하잖아. 의미 있는 일을 하게 해주지." 상환이 퉁명스럽게 말했다.

"가격표 붙이는 게 의미 있는 일이야?"

"나한테는 그래."

"왜 네가 할 일을 나한테 시키는 느낌이 들지?" 나는 아니꼽다는 표정으로 상환을 노려보았다.

"투덜거리지 말고 빨리해." 상환은 냉랭한 얼굴로 눈썹을 약간 추켜세웠다. 바로 선도부장의 카리스마가 뿜어져 나왔다.

가게 안에 다른 손님도 있고, 공공장소에서 실랑이를 벌이는 게 내키지 않아 나는 조용히 불만을 삼킬 수밖에 없었다.

상환은 내 책가방을 자기 가방과 함께 선반 위에 올려놓고, 가격표 붙이는 방법을 알려주고는 커터칼로 박스를 열었다. 안에는 캔이 한 가득 들어 있었다.

상환이 구매 리스트와 물건을 맞춰보면서 가격을 알려주면, 나는 서둘러 가격표 기계로 캔 바닥에 가격표를 붙였다. 처음에는 그냥 하라니까 어쩔 수 없이 했지만, 계속하다 보니 점점 재미가 붙었다. 나중에는 무슨 맛 캔인지 살펴보는 여유까지 생겼다.

상자 세 개에 들은 캔과 간식에 모두 가격표를 붙이고 나니, 상환이 이번에는 물건들을 바구니에 담아 진열대에 채워 넣으라고 시켰다.

처음 해보는 일이라 새로운 느낌이었다. 빙원과 신위를 보고 심란했던 마음이 어느새 가라앉았다.

가게에서 나오니 밖은 이미 어둠이 내리고 있었다.

상환은 정류장에서 함께 버스를 기다려주었다. 조금 전에 있었던 일을 떠올리다 나는 자연스레 질문을 던졌다.

"너, 아까 내가 개들 때문에 심란해하니까 딴생각하게 하려고 일부러 일 시킨 거지?"

"아닌데. 물건 채워 넣는 거 하기 싫어서 대신 시킬 사람 찾고 있었어." 상환이 부인했다.

"가격표 찍는 게 의미 있는 일이라며?"

"나한테는 성가신 일이 좀 줄어드니까 의미 있는 일이지."

"하여간 못됐어!" 나는 순간 상환을 째려봤지만, 금방 다시 풀이 죽었다. "아까는…… 진짜 놀랐어. 걔 나랑 사귈 땐 그렇게 다정하게 안 해줬거든. 나보다 신위를 더 좋아하나 봐. 그러니까 남들 시선도 신경 안 쓰고 길거리에서 그렇게 부둥켜 안고 다니지."

"질문 하나 하자." 상환이 짜증 나지만 꼭 짚고 넘어가야겠다는 표정으로 나를 보았다. "사랑에는 두 가지 결말이 있어. 첫째, 소유. 둘째, 실패. 너랑 허빙쉰은 어떤 결말이냐?"

"실패지……." 나는 고개를 떨구며 기어들어가는 목소리로 말했다.

"왜 실패했을까?"

"아마 내가 잘못해서?"

"아니! 걔가 너의 운명의 상대가 아니니까. 그래서 헤어진 거지."

"어?" 나는 고개를 들어 상환을 봤다.

"걔가 진짜 네 운명의 상대였으면, 감정적으로 이런저런 문제가 생겨도 결국 네 곁에 있는 걸 택했을 거야. 네가 걔한테 가장 소중한 사람이 됐겠지."

나는 상환을 바라보며 아무 대꾸도 하지 못하고 눈물만 차올랐다.

"그런 성가신 표정으로 쳐다보지 마." 상환은 손으로 내 머리를 잡아 눈물을 쏟으려는 내 얼굴을 다른 쪽으로 돌려버렸다. "널 좋아하지도 않는 사람한테 집착하지 말고, 네 잘못이라고 자책하지도 마. 남의 말 몇 마디에 자신을 비하하는 사람이 진짜 바보야."

나는 코를 훌쩍였다. 상환의 말은 내 가슴속 깊은 곳을 찔렀다.

버스가 도착해 상환에게 인사를 하고 막 버스에 올라탄 참이었다.

"야오커쉰."

나는 고개를 돌려 상환을 보았다.

"고마워!" 상환은 오른손을 들어 나를 향해 뭔가를 던졌다.

나는 얼른 두 손으로 물건을 받았다. 뭐냐고 묻기도 전에 버스가 출발했다.

빈자리에 앉아 두 손을 펼쳐 보니, 새우 맛 고양이 간식이었다. 간식 위에는 포스트잇도 하나 붙어 있었다.

몰래 훔쳐 먹지 말기!

순간 어이없었지만 풋 하고 웃음이 터졌다.

조금 전 진열장에 물품을 채워 넣으면서 혼자 웅얼거린 일이 떠올랐다.

'오! 메이드 인 아일랜드, 100퍼센트 새우 살로 만들었어요. 사랑하는 고양이의 털을 더욱 윤기 있게……. 맛있어 보이는데.'

그걸 상환이 들었을 줄이야.

간식을 책가방에 챙겨 넣고 고개를 돌려 창밖으로 지나가는 거리 풍경을 보는데, 나도 모르게 입가가 살짝 올라갔다.

그래! 빙선하고 신위 때문에 나 자신을 비하하고 매일 이렇게 우울하게 살 필요 있어?

없지!

내가 어떤 사람인지는 걔들이 증명해주는 게 아니잖아.

집에 도착하니 엄마가 일찍 퇴근해 식탁 한가득 음식을 차려놓고 기다리고 있었다.

"오늘은 왜 이렇게 늦었어?" 엄마가 걱정스러운 표정으로 물었다.

"반장 일 좀 도와주느라."

나는 책가방을 소파에 던져놓고 손을 씻은 뒤, 그릇과 젓가락을 챙겨 식탁에 앉았다.

"그때 그 남학생?"

"응."

"아…… 은혜 갚고 온 거야?" 엄마는 슬그머니 웃었다.

"엄마!" 나는 화가 나 엄마를 노려보았다. 그제야 오늘 엄마의 옷차림이 평소와 다르다는 사실을 눈치챘다. 게다가 옅게 화장까지 한 상태였다. "오늘 쉬는 날이었어?"

"모처럼 휴가 좀 썼지."

"그 아저씨랑 놀러 갔다 왔어?" 나는 젓가락으로 반찬을 집으며 아무렇지도 않은 척 물었다.

"아니." 엄마는 천천히 미소를 거두며 말했다. "그 아저씨는 요즘 엄청 바빠……. 여기 일 서둘러 끝내고 이달 말엔 캐나다에 간대. 부인이 캐나다에서 요양 중이어서 아마 한동안은 거기서 지낼 모양이야."

"아저씨 부인한테 무슨 일 있대?"

"아이 유산하고 충격을 심하게 받아서 굉장히 우울해한다고 했잖

아. 외국에 나가서 바람이라도 좀 쐬라고 설득해서 지금은 캐나다에 있는 친구네 집에서 잠시 머물고 있대."

"그렇구나." 나는 속으로 안도의 한숨을 내쉬었다. 캉 아저씨가 캐나다로 가 부인과 함께 있을 거라는 말은 앞으로 엄마와 만날 일이 거의 없을 거라는 뜻이니까 말이다. "그럼 오늘은 그렇게 예쁘게 하고 어디 갔었어?"

"음…… 선보러."

"캑……." 나는 사레가 들려 캑캑거렸다.

"전부터 우리 매니저가 사람 소개해준다고 했는데, 내가 몇 번 거절했거든. 그런데 매니저가 워낙 나한테 잘해주는데 또 거절하기가 좀 그래서, 오늘 같이 밥이나 한번 먹자고 했지."

"어땠어?" 나는 바로 되물었다.

"생긴 건 뭐 성실하게 생겼고, 말투는 점잖고, 성격도 괜찮아 보였어. 부인은 몇 년 전에 병으로 세상을 떠났고. 아이는 셋인데, 다 너보다 나이가 많아. 큰아들이랑 큰딸은 타지에서 대학 다니고, 작은딸은 고3이래."

엄마는 휴대폰으로 사진 한 장을 열어 나에게 건넸다.

나는 얼른 젓가락을 내려놓고 휴대폰을 받아 들었다. 편안한 옷차림에 가르마가 눈에 띄는, 약간 통통한 체격의 중년 남성이었다. 검은 선글라스를 낀 동그란 얼굴은 웃는 상이었고, 한눈에도 성실하고 착해 보였다.

싫어!

엄마가 재혼하는 게 싫다. 새아빠도 싫고, 새 형제자매도 싫다.

마음속에서 거부감이 강하게 솟아올랐다. 하지만 난 이제 어린애도 아니고, 자신의 행복을 찾는 엄마를 막아선 안 된다는 것도 안다.

"그럼…… 엄마는 어떤데?" 나는 미소를 지으며 다정하게 물었다.

"괜찮은 것 같아. 그쪽에서 나랑 몇 번 더 만나보고 싶어 해서 나도 그러자고 했어." 엄마도 엷은 미소를 지으며 말했다.

"아…….."

나는 순간 뭐라 말해야 좋을지 알 수가 없었다. 그저 엄마의 미소가 억지스럽다는 생각만 들었다.

"엄마, 마음에 안 들면 만날 필요 없어."

"물론이지. 얼른 밥 먹어. 엄마는 일단 좀 씻어야겠어."

엄마는 일어나 욕실로 향했다.

욕실 문이 닫히는 것을 보고 나는 젓가락을 들어 음식을 뒤적거렸다. 갑자기 식욕이 뚝 떨어졌다.

캉 아저씨는 곧 캐나다에서 부인을 돌볼 것이다. 엄마는 선을 보기 시작했다. 군이 내가 나서서 두 사람 사이를 막지 않아도 두 사람은 점점 꿈속 상황과는 다른 결말을 향해 나아가고 있으니, 아무 문제 없었다.

밥을 대충 다 먹고 난 후, 방으로 돌아가 책상에 앉아 상환이 준 고양이 간식을 꺼냈다.

"설마 내가 몰래 먹을 거라고 생각한 거야?"

나는 웃으며 상환이 붙여놓은 메모지를 찢었다. 순간 거리에서 본 빙쉰과 신위의 모습이 또 머릿속에 떠올랐다.

흥! 양다리 전과가 있는 남자는 또 바람피울 확률도 높은 법! 꿈에서처럼 나중에 가슴 큰 후배랑 사귈지 누가 알아…….

갑자기 어떤 생각이 떠올라, 휴대폰을 들고 학교 홈페이지를 검색해 들어가 신입생 반 편성 명단을 다운 받았다.

저우이.

아마도 이런 발음이었지만 한자까지는 확신할 수가 없었다. 생김새는…… 꿈에서 깬 후 기억이 흐릿해져, 몸이 늘씬했다는 것만 기억에 남아 있었다.

신입생 명단을 훑어봤지만, 저우이와 같은 발음의 이름은 없었다. 그런데도 여전히 뭔가 불안감이 떨쳐지지 않았다.

그 꿈이 예지몽이라는 것을 증명할 길은 없지만, 마찬가지로 예지몽이 아니라는 것도 증명할 길이 없지 않은가…….

아, 그렇지!

뭐 이렇게 고민할 필요까지야. 그 꿈이 현실이 되든 아니든, 그냥 꿈에서 일어났던 일을 전부 피해버리면 되지 않을까? 가만히 있는 것보다는 차라리 그게 나을 듯했다. 설령 그냥 개꿈이었다 해도 손해 볼 것도 없고 말이다.

그래, 그렇게 하자.

그 후 이틀 연속, 샹링은 무슨 일인지 쪽지 시험을 모두 망쳤다.

우등반에서 강등된 후, 나는 라인 단톡방에서도 나오고 친구 그룹도 없앴다. 특별반 교실이 있는 건물에는 가고 싶지도 않았다. 하지만 샹링의 뒷자리에 앉아서 매일 울상인 샹링의 얼굴을 마주하다 보니 걱정이 안 될 수는 없었다.

수업이 다 끝난 후, 아이제가 친구들과 교실을 꾸미기 시작했다.

나는 우등반에 들러 샹링에게 무슨 일이 있었는지 물어봐야겠다고 생각했다.

교실에서 막 나오자마자 저 멀리서 종이 가방을 들고 걸어오는 신위가 보였다.

복도에서 떠들썩하던 아이들이 신위의 등장에 고요해졌다. 다들 우리 둘의 한판 승부를 기대하는 듯했다.

"커쉰, 다행히 아직 안 갔네." 신위가 만면에 웃음을 띠고 다가왔다. 얼굴 가득 자신감이 넘쳤다. "나 일요일에 빙쉰네 집에 놀러 갔었는데, 할아버지 할머니가 점심도 차려주시고 엄청 잘해주시더라......."

"하고 싶은 말이 뭔데?" 나는 신위의 자랑을 끊으며 말했다.

"그럼 본론만 말할게. 이거 돌려주려고."

신위가 종이 가방을 건넸다.

나는 의심스러운 눈초리로 종이 가방을 받아 들여다봤다. 안에는 내가 직접 만들어 빙쉰에게 선물했던 카드와 생일 선물이 모두 들어 있었다.

"빙쉰이 버리려고 했는데, 네가 정성 들여 만들었을 걸 생각하니까 그냥 버리기는 아까워서 돌려주려고 가져왔어. 버리든 말든 그건 네 마음대로 해."

뺨 한 대를 얻어맞은 것처럼 강력한 통증이 마음을 강타했다. 신위의 말이 이어졌다.

"빙쉰 생일 때, 내가 농구부 사람들이랑 친구들이랑 모아서 무슨 선물 했는지 알아?"

나는 아무 말도 하지 않았다. 알고 싶지 않다고 대꾸한다 해도 굳이 말해줄 테니 말이다. 나를 민망하게 만들려는 거겠지.

"8,000위안짜리 시계 사줬어!" 신위가 자랑스러운 표정을 지었다. "사실, 네가 만든 카드 보고 처음에는 초등학생이 준 선물인지 알았지 뭐야. 내가 진심으로 충고 하나 할게. 앞으로는 남자 친구한테 선물할 때 좀 실용적인 걸 줘. 남자들은 카드 같은 거 관심 없어. 선물은 말이지, 상대방이 진짜 원하는 걸 줘야 네가 걔를 얼마나 소중하게 생각하는지 보여줄 수 있는 거거든."

아이제의 친구들이 생일을 축하해주던 장면이 떠올랐다. 그 한국 아이돌 쿠션도 1,000위안은 한다던데. 이제야 깨닫다니 내가 정말 순진했다.

"뭐 하나 물어보자." 나는 신위한테 휘말리지 않고 차분한 목소리로 물었다. "샹링이 잉치한테 공부 물어보러 갔을 때 혹시 무슨 일 있었어?"

"샹링?"

내가 신위의 예상과 달리 너무도 태연한 데다가 다른 화제를 꺼내자 신위는 약간 당황한 표정이었다.

"응, 무슨 일 있었어?"

"맨날 수업 끝나면 샹링이 잉치한테 모르는 문제 물어보러 왔잖아. 잉치도 원래는 잘 가르쳐줬는데, 걔가 이해력이 달려서 한 문제도 여러 번 설명해야 하니까 시간 낭비여서 잉치가 화나서 한마디 했지."

"그리고?"

"저번 주 금요일이었나. 우리 반 애가 책상 서랍에 휴대폰을 놓고 갔는데 월요일에 와 보니까 휴대폰이 없어졌더래. 담임이 금요일에 늦게까지 남았던 잉치랑 샹링한테 물어봤는데 두 사람 말이 달랐나 봐. 그렇다고 걔들이 휴대폰을 가져갔다는 증거도 없고. 그래서 담임이 앞으로 우리 반 아닌 사람은 우리 교실에 들어오지 말라고 했어."

어쩐지 접수비가 없어졌다는 내 농담에 지나치게 민감한 반응을 보이더라니, 그때 휴대폰을 훔쳤다고 의심받아서였던 모양이다.

이런 일로 한번 의심을 받으면 주변에서 색안경을 끼고 보기 때문에, 나중에 또 물건이 없어지면 제일 먼저 의심의 대상이 되기 쉽다.

"그런 일이 있었구나."

나는 덤덤하게 종이 가방을 내려다봤다. 좀 비참한 기분이 들긴 했지만 기운을 내서 신위가 아까 했던 말에 대답했다.

"허빙쉰이 이걸 돌려준다는 건 내가 걔 좋아했던 마음을 전부 돌려주겠다는 거니까. 이제부터 나랑 걔랑은 모르는 사이인 거야. 내가…… 졌어, 너한테."

다른 애들도 보는 앞에서 내가 순순히 물러날 줄은 예상도 못 했는지, 신위는 두 눈을 동그랗게 뜨고 멍하니 날 바라봤다.

"그리고…… 좀 황당하게 들릴지도 모르지만, 충고 하나 할게. 저우이라는 애 조심해, 나같이 당하기 싫으면 말이야."

"저우이가 누군데?"

나는 입을 꼭 다물고 아무 말도 하지 않았다.

"있지도 않은 사람 꾸며내서 나랑 빙쉰 사이를 이간질하려고?"

"어쨌든 기억해두는 게 좋을 거야."

"흥, 네 꿍꿍이에 내가 넘어갈 줄 알고?"

신위는 쌀쌀맞게 쏘아붙이고 몸을 돌려 다시 계단 쪽으로 향했다.

나는 교실을 힐끗 쳐다봤다. 아이제, 하오옌, 아린 전부 창문에 붙어 구경하고 있었다. 어느새 이 정도 망신쯤은 적응된 듯한 기분도 들어, 나는 가만히 시선을 거두고 집에 가려고 걸음을 옮겼다. 그때, 오른쪽 앞 복도 난간에 비스듬히 기대 서 있는 상환의 모습이 눈에 들어왔다.

"패배를 인정하다니 의외인데." 상환의 맑은 눈망울이 부드럽게 빛났다.

"네가 그랬잖아. 사랑에는 두 가지 결말밖에 없다고. 가지지 못하면 진 거지 뭐." 나는 소탈한 척 웃으며, 불쌍해 보이기 싫어서 최대한 평정심을 찾으려 애썼다. "패배를 인정하지 않으면 허빙쉰한테 계속 집착할 거 아니야. 패배를 인정해야 걔한테서 벗어나고, 그래야 네가 말한 것처럼 운명의 내 짝을 찾을 수 있지 않겠어?"

"힘드냐?" 상환이 어두운 얼굴로 물었다.

"별로. 점점 어찌나 단련이 잘 되고 있는지, 이제는 눈물도 안 나오네." 나는 자조하듯 말했다.

"힘들 땐 또 두 가지 해결책이 있지."

"뭔데?"

"첫째, 주먹질!"

"미쳤냐?" 나는 웃음을 터뜨렸다. "기분 안 좋은 사람을 보고 기껏 떠올린 게 주먹질이야?"

"나랑 하오옌은 기분 안 좋을 때 서로 주먹질을 하면 기분이 좀 풀리거든."

"그건 남자들 얘기고. 여자들은 그런 폭력적인 거 싫어해."

"그럼 두 번째."

"두 번째는 뭔데?"

"두 번째는……." 상환이 나에게 다가오더니 팔을 살포시 잡았다.

무슨 의미인지 몰라 어리둥절해하는데 상환이 나를 품으로 끌어당겼다. "안기기."

쿵! 심장이 맹렬하게 한 박자 뛰었다.

툭! 들고 있던 종이 가방은 바닥으로 떨어졌다.

"오 마이 갓!"

"말도 안 돼!"

"상환이 커쉰 좋아해?"

"상환! 오오오! 멋진데!"

등 뒤에서 하오옌이 흥분한 목소리로 외치며 손뼉 치는 소리가 들렸다.

사방에서 놀란 목소리가 들려왔다. 나는 너무 놀라 아무 반응도 하지 못했다.

상환은 두 팔로 내 어깨를 감싸 안았다. 이렇게 마음의 상처가 극에 달한 상황에서 누군가가 다정하게 보호해주는 느낌이 들자 서러움이 복받쳐, 코끝이 찡해지고 눈물이 점점 차올랐다.

"저기……." 나는 정신을 차리고 상환을 밀어내려 했다.

"가자."

상환은 바닥에 떨어진 종이 가방을 주워 들고 다른 손으로는 내 팔목을 붙들더니, 우리를 에워싼 구경꾼을 뚫고 자리를 떴다.

"오오, 포옹 다음은 사랑의 도피냐! 하하하……."

하오옌의 의미심장한 웃음소리가 복도에 울려 퍼졌다.

다른 아이들의 시선을 받으며 계단 앞까지 왔을 때, 신위가 도무지 믿을 수 없다는 듯 놀란 얼굴로 서 있는 게 보였다. 상황이 어떻게 이렇게 됐는지 의아한 표정이었다.

신위만이 아니라 영문을 모르기는 나도 마찬가지였다!

나를 끌고 1층까지 내려간 뒤에야 상환은 손을 놓으며 종이 가방을 내게 건넸다.

"오늘은 선도부 활동 안 해?" 교문 앞에 아직 모여 있는 선도부를 보고 내가 물었다.

"오늘은 일이 있어서 차장이 대신하기로 했어." 상환은 선도부 남학생 한 명을 가리켜 보였다.

"그럼 왜 다시 왔는데?"

"뭐 놓고 가서."

"방금은 왜 그런 거야?" 나는 계속 질문을 던졌다.

"네가 꼭 주인한테 버림받고 길거리에서 다른 개한테 괴롭힘 당한 강아지 같은 표정을 하고 있었잖아."

"하하…… 그랬나?" 나는 겉으로는 웃긴 척했지만, 속으로는 부글부글 울화가 치밀었다. "선량도 하셔라. 설마 자주 그런 동물 주워서 집으로 데려가고 그런 거 아니겠지?"

"어릴 때는 그랬지. 그래서 엄마가 동물 용품 가게를 차렸나 봐." 상환이 진지하게 대답했다.

"그래서 나도 주워다 키우려고?"

"뭐 네가 굳이 나를 주인으로 모시겠다면 거절은 안 할게."

"장난치지 말고!" 나는 화를 참지 못하고 정색하며 상환을 쏘아보았다. "내가 불쌍해?"

"나한테 동정받고 싶냐?" 상환이 손마디로 내 이마를 콩 때렸다.

"필요 없거든!" 나는 소리를 지르며 손으로 이마를 문질렀다.

"그럼 내가 왜 필요도 없다는 사람한테 동정심을 낭비하냐?"

"너 원래 세상에서 귀찮은 거 제일 싫어하지 않아?"

"귀찮은 건 관심이 없으니까 그렇지."

"그럼…… 나한테 관심 있어?" 나는 가슴이 떨렸다.

"너 정신 차리게 하는 데 더 관심 있어." 상환은 인내심의 한계를 느낀 듯 미간을 찌푸렸다. "무슨 질문이 그렇게 많아?"

"그냥 네가 무슨 생각인지 확실히 알고 싶을 뿐이야."

"모든 일은 적당히 해야지 사람을 너무 지나치게 몰아세우면 안 되잖아. 도가 지나쳐서 도저히 못 봐줄 정도가 되면 아무리 귀찮아도 나서서 도와줘야지." 상환이 퉁명스레 대답했다.

나는 잠시 아무 말도 하지 못했다. 화가 순식간에 가라앉으며, 약간 감동적인 느낌까지 들었다.

"아직도 힘드냐?"

상환은 팔짱을 끼고 나를 봤다.

나는 약간 어리둥절했다. 왜 이렇게 나한테 잘해주지? 나는 상환의 질문에 고개를 끄덕였다.

"응……."

"내가 기분 풀어줄게, 가자. 가서 선도부실 청소 한판 하자." 상환은 내 손목을 붙잡고 선도부실로 향했다.

"야!" 나는 어쩔 줄 몰라 하며 있는 힘껏 손을 빼내려고 했다. "청소해줄 사람 찾고 있었지?"

"아니, 진심으로 네 기분 풀어주고 싶은 건데?"

"거짓말!"

"진짜야." 상환의 입꼬리가 살짝 올라갔다. 마치 웃는 것처럼 보였지만 웃고 있지는 않았다. "청소 한판 하고 나면 거짓말이 아닌 걸 깨달을걸."

"나 이제 괜찮은데." 나는 가식적인 웃음을 날렸다.

"안타깝네."

상환의 입꼬리가 내려가고 다시 무표정한 얼굴이 되었다. 상환은 선도부실로 가 책가방을 챙겨 나온 뒤 선도부 차장에게 몇 마디를 전하고 나와 함께 학교를 나왔다.

언덕을 내려가며 나는 걱정이 되기 시작했다.

"아까 있었던 일, 내일 다 소문나면 어쩌지?"

"난 상관없는데. 네 기분만 풀렸으면 뭐." 정말 상관없다는 투로 상환이 말했다. "어쨌든 공부하기가 너무 싫어서 고등학교 생활도 하나도 재미없는데, 아까 같은 소란이라도 일어나면 조금 재미있어질지 누가 알아."

"숨 쉬는 것처럼 공부가 쉬운 네가 부럽다." 나는 다시 상환의 말에 충격을 받았다.

"그림으로 놀림받는 기분을 네가 알기나 하냐?" 상환이 차갑게 나를 쏘아보았다.

"그림 좀 그린다고 그게 다 미술관에 걸리는 건 아니거든."

"즐길 수 있으면 된 거지."

"즐길 수 있으면?"

"그림 그릴 때 즐거워?"

"응……."

"그럼 왜 너한테 즐거움을 주는 일을 포기해?"

그 말에 나는 발걸음을 멈췄다. 상환의 말이 쿵 하고 머리를 때리는 기분이었다.

잉치의 말도 그렇고, 우등반에서는 미술을 하찮게 여겼기 때문에 나는 자포자기하는 심정으로 그림을 포기하려고 했다. 하지만 상환의 말처럼 나한테 즐거움을 선사하는 일을 왜 포기해야 하지?

"내가 너무 다른 사람 시선을 신경 쓰고, 남들의 평가에 집착했나 봐." 나는 부끄러워 어디론가 숨고 싶었다.

상환은 내가 품에 안고 있던 종이 가방을 가져가더니 그 안에서 생일 카드를 꺼냈다. 그러고는 카드 겉표지에 색연필로 그린 그림을 보면서 무뚝뚝하게 말했다.

"만약에 레오나르도 다빈치가 자신의 작품을 공개하지 않았으면, 이 세상은 그 수많은 명작을 구경조차 못 했을 거 아니야. 물론 네 실력은 다빈치의 10,000분의 1 정도겠지만 나보다는 100배 낫잖아. 너무 자신이 가진 능력을 비하하면서 부정하지 마."

나는 상환을 바라보았다. 상환의 차가운 눈동자가 노을에 물들어 따스하게 느껴졌다.

"바이상환……." 나도 모르게 상환의 이름을 불렀다.

"또 질문 있어?" 상환은 미간을 찌푸렸다.

"들었어……."

"뭘?"

"네가 심폐소생술 해줬다고."

내 뺨이 상기되었다.

상환은 잠시 말을 잇지 못하다가 고개를 돌려 길을 내려다보며 말했다. "주임 선생님이 말했냐?"

"아니, 그날 차 몰고 지나갔던 아저씨가……." 나는 캉 아저씨와 엄마의 이야기, 그리고 그 사실을 알게 된 경위를 설명했다. "고맙다고 인사하고 싶었어…….”

“됐어, 내가 널 살린 것도 아닌데.” 상환은 미간에 잔뜩 힘을 주며 내 말을 끊었다. “선생님이 좀만 늦었어도, 너 아마 내 앞에서 죽었을 거야.”

“응?”

“그날 내가 막 달려갔을 때 눈앞에서 버스가 전복됐어. 버스 유리는 산산조각 나고, 완전히 아수라장이었어. 널 구하려고 바로 차 뒤쪽으로 갔는데 너는 이미 잔디 위로 튕겨 나와 있더라고…….” 상환은 낮은 음성으로 차분하게 당시 상황을 들려주었다. 목소리에서 미세한 떨림이 느껴졌다. “내가 갔을 때 넌 이미 맥박이 멈춘 상태였어. 4분에서 6분 정도 뇌에 산소가 공급 안 되면 뇌사 상태에 빠진다고 들었는데, 더 늦으면 골든타임을 놓칠 것 같아서 교과서에 쓰여 있던 대로 심폐소생술을 했지……. 심장을 제대로 눌렀는지, 강약 조절은 맞는지 하나도 모르겠고, 그냥 최선을 다했어……. 그런데 내가 제대로 못했는지 맥박이 안 돌아오더라고. 네 목숨이 내 손에 달려 있는데, 너는 조금씩 숨이 멎어가는 것 같은데, 내가 할 수 있는 게 아무것도 없었어…….” 상환은 손으로 머리를 쓸어넘겼다. “나중에 악몽도 몇 번 꿨어. 네가 내 앞에서 죽는 꿈 말이야.”

여기까지 말하고 상환은 약간 짜증이 실린 표정으로 몸을 돌렸다. 경직된 상환의 뒷모습에서 그 당시 도움이 되지 못한 스스로에 대한 분노가 느껴졌다.

나는 뇌진탕으로 기억이 거의 지워졌기에 버스 사고에 대해 엄밀히 말하면 트라우마가 크게 남지 않았다. 하지만 두 눈으로 그 끔찍한 장면을 목격하고, 꺼져가는 생명 앞에서 아무것도 할 수 없었던 상환은 쉽게 잊을 수가 없을 것이다.

캉 아저씨 말이 맞았다. 최선을 다했지만 나를 구할 수 없었다는 죄책감에 상환은 괴로워했다. 단순히 자책을 하는 정도가 아니라 상환의 가슴 한편에 지울 수 없는 어떤 그림자를 드리운 것이다.

"바이상환, 괜찮아……." 나는 마음이 따뜻해지는 것을 느끼며 상환을 위로하려고 했다.

"뭐가 괜찮아?" 상환이 벌컥 화를 내며 고개를 돌려 나를 쏘아봤다. "수업 들으러 오라고 설득한 사람이 난데!"

"엄마한테 들었는데, 그때 다들 너무 놀라서 학교가 아수라장이었다며. 주임 선생님은 다른 학생들 안전 확보하고, 경비 아저씨한테 119 신고랑 다른 선생님들한테 보고하는 거 부탁한 다음에야 사고 현장에 갈 수 있었다고……. 그럼 이미 골든타임은 놓친 거잖아?"

"응."

"그 말은, 네가 구해줬기 때문에 골든타임이 연장된 걸 수도 있단 거지."

상환은 어두운 얼굴로 나를 볼 뿐, 아무 말도 하지 않았다.

"난 지금 완전히 괜찮고, 아무 일도 없어." 나는 상환 앞에서 빙그그르르 한 바퀴 돌아 보였다.

"뭐가 괜찮은데?" 상환은 무표정한 얼굴로 차갑게 응수했다. "매일 다 죽어가는 얼굴을 하고 있어서 보기만 해도 골치 아픈데."

"그래서 날 수렁에서 건져 주려고 생각한거야?"

나는 의아해하며 눈을 동그랗게 떴다.

상환은 내 질문에 대답하지 않고 쌀쌀맞게 고개를 돌렸다.

자신이 누군가를 최선을 다해서 살렸다면, 분명 구해준 입장에서는 상대가 삶을 소중히 여기며 하루하루 행복하게 살길 바랄 것이다. 그래서 성가신 걸 가장 싫어하는 상환이 자꾸 성가시기 그지없는 내 삶에 끼어드는 것이다.

나는 미소를 지으며 상환에게 다가가 오른손 새끼손가락을 내밀어 힘없이 늘어뜨려진 상환의 새끼손가락에 살포시 걸었다.

상환은 놀란 듯 왜 이러냐는 표정으로 나를 바라보더니 다시 자기 새끼손가락에 걸린 내 손가락을 보았다.

"약속." 나는 새끼손가락을 건 채 상환의 손을 가볍게 흔들며 말했다. "나 구해줘서 고마워. 앞으로는 울상인 야오커쉰은 없다고 약속할게."

상환은 입을 꼭 다물고 시선은 허공을 향하더니, 내 새끼손가락에 걸린 자신의 손가락을 마찬가지로 살짝 흔들었다. 상환의 귓가가 살짝 빨개졌다.

"그럼 그렇게 약속한 거야!" 나는 상환의 손을 놓고 후련한 기분으로 성큼성큼 상점가를 향해 걸어 내려가다가 다시 고개를 돌려 상환에게 말했다. "너도 이제 너 자신한테 화내지 말고! 내일 봐!"

상환은 두 손을 바지 주머니에 넣고 고개를 약간 기울인 채 나를 바라봤다. 입가에 옅은 미소가 피어올랐다.

빙쉰과 헤어진 후 뜻대로 되는 일은 하나 없고, 나는 망망대해를 표류하는 배처럼 앞으로 나아갈 목표도 동력도 다 잃은 상태였다. 하지만 지금, 상환이 날 뭍으로 끌어올려주었다.

5장

닭이 먼저인가, 달걀이 먼저인가

집에 돌아온 후, 나는 빙쉰이 돌려보낸 물건과 빙쉰에게 받은 선물을 전부 종이 상자에 집어넣어 침대 밑에 처박았다. 그러고는 책상으로 가 지난번에 상환에게 받은 고양이 간식을 꺼냈다.

인정하자······. 신위하고 잉치랑 비교해봐도 나는 분명 걔들만큼 똑똑하지 않으니 우등반에서 살아남기 어려웠을 것이다. 이게 냉철한 현실이다.

게다가 2학년 9반으로 옮겨 간 후에는 더 이상 가슴 통증이 나타나지 않았다. 스트레스로 인한 증상이었음이 증명된 셈이다. 이젠 엄마도 내가 보통반으로 강등된 사실을 받아들이고, 더 이상 친구들의 성적을 가지고 비교하지 않았다. 어쩌면 보통반으로 온 게 나에게는 좋은 일일 수도 있다.

갑자기 휴대폰에서 라인 알림음이 울렸다.

휴대폰을 꺼내 보니 뜻밖에도 빙쉰이 보낸 메시지였다.

허빙쉰: 바이샹환이 수업 끝나고 너한테 고백했다며? 걔랑 사귈 거냐?

신위가 이야기했을 것이다.
나는 심호흡을 하고는 침대에 걸터앉아 답장을 보냈다.

야오커쉰: 이미 헤어진 사이니까, 앞으로 내가 누구랑 사귀든 너랑은 상관없잖아.

허빙쉰: 네가 걱정돼서 그러지. 걔에 대해 들은 얘기도 있고 해서 충고해 주려고.

야오커쉰: 무슨 충고?

허빙쉰: 그 자식 완전 얼음덩어리에 제멋대로고, 대박 무뚝뚝하대. 너한테 안 어울리는 것 같아서.

야오커쉰: 그럼 성격 부드럽고, 다정하고, 말 잘 통하는 네가 나한테 제일 잘 어울리냐?

빙쉰은 한참 동안 아무 대답이 없었다. 나는 피식 비웃음을 흘리며, 휴대폰 화면에 떠 있는 빙쉰의 이름을 터치하고 조금의 망설임도 없이 삭제 버튼을 눌렀다.
"허빙쉰!"
나는 침대에 누워 천장에 대고 소리쳤다. 두 손으로 허공에 주먹도 몇 번 내질렀다.
"지만 잘난 줄 아는 나쁜 자식, 영원히 내 앞에서 사라져라!"
소리를 지르고 나니 지난 몇 달 동안 쌓였던 한이 다 분출된 듯, 답답했던 가슴이 뻥 뚫려 시원했다.

다음 날 아침, 개학 날과 똑같은 장면이 재연되었다. 교실에 들어서는 나에게 반 아이들의 시선이 집중됐다.

1교시가 끝나고, 궁금증을 참지 못한 하오옌이 스타트를 끊었다.

"야오커쉰, 상환이랑 언제부터 사귄 거냐?"

"캑……."

막 샌드위치를 한입 베어 물던 나는 하마터면 목구멍에 샌드위치가 걸릴 뻔했다.

"아냐, 너희가 생각하는 그런 사이."

반 아이들이 고개를 돌려 나를 보더니 다시 내 왼쪽을 힐끗 보았다. 상환은 자리에 없었다.

"정말이야! 너희가 생각하는 그런 사이 아니라고!"

"그럼 뭔데?"

"그냥 나 위로해주려고 그런 거야."

"걔가 그런 식으로 다른 여자애 위로하는 건 본 적이 없는데." 하오옌이 의심심장한 미소를 지으며 말했다.

"위로에도 여러 방식이 있지. 그런데 보통 남자애들이 그런 식으로 여자애들을 위로하진 않지." 아이제가 손으로 머리를 쓸어 넘기며 말했다.

"그러게 말이야." 아린도 하오옌의 책상 옆에 걸터앉으며 끼어들었다. "아이제가 기분 나쁘면 나는 재미있는 얘기로 웃겨줄 생각을 하지, 절대 그런 식으로 안아주진 않지."

"나한테 손대면 걷어차버릴 거야!" 아이제가 콧방귀를 뀌었다.

아린이 가슴에 손을 얹고, 마치 심장에 화살을 맞은 듯한 표정을 지었다. 친구들이 박장대소했다.

"못 믿겠으면 상환한테 직접 물어봐." 자기가 싸놓은 똥은 스스로 치우게 해야지.

"그런데……." 샹링이 나를 돌아보며 입을 열었다. "난 차라리 너랑 상환이 잘됐으면 좋겠어."

"왜?"

"어제 어떤 애가 나한테 메시지까지 보내서 너에 대해 꼬치꼬치 묻더라."

"우 씨?"

"응."

"도대체 무슨 생각인지 모르겠네. 남자 친구 넘겨줬음 됐지, 뭘 더 바라는 거야?" 나는 짜증을 내며 관자놀이를 눌렀다.

"그걸 왜 이해 못 해?" 아이제가 끼어들며 딱하다는 눈빛으로 나를 보았다. "불안하니까 그러지."

"뭐가 불안해?"

"빙쉰은 농구부 주장이고, 학교에서 인기가 많잖아?"

나는 고개를 끄덕였다. 전에 빙쉰이 농구 연습하는 걸 보러 가면 체육관 안에 늘 여학생들이 몰려 와 있었다.

"자기 남친을 지켜보는 여자애들이 그렇게 많으면 넌 어떻겠어?"

"당연히 뺏길까 봐 두렵겠지."

"지금 우신위 마음이 옛날에 네가 느꼈던 감정이랑 똑같을 거야. 게다가 걔는 너한테서 허빙쉰을 뺏어 간 거잖아. 당연히 다른 여자애한테 똑같이 당할까 봐 두렵겠지."

"그렇구나!" 나는 그제야 이해가 됐다. "그럼 다른 여자애들을 조심해야지, 왜 나한테 그래?"

아이제가 막 입을 열려는데, 하오옌이 대답을 가로챘다.

"전 여친이 다른 여자들보다 더 위험하지. 빙쉰이 아직 너한테 옛 정이 남아 있을 거 아냐."

"내가 할 말을 왜 네가 해?" 아이제가 책상에 있던 노트를 하오옌에게 집어 던졌다.

"나도 말 좀 하자." 하오옌이 노트를 잡아 다시 던졌다.

샹링이 얼른 고개를 숙여 날아가는 노트를 피했다.

"맞아! 첫사랑은 누구도 대신할 수 없잖아." 아린도 끼어들며, 팔짱을 끼고 마치 연애 전문가인 척 말했다. "나는 아직도 유치원 때 첫사랑을 못 잊거든. 걔한테 받은 인어공주 메모지를 아직도 간직하고 있다니까."

"맞아, 빙쉰도 나한테 계속 친구로 지내자고 했어." 나는 가볍게 한숨을 쉬었다.

"그럼 걔 말대로 자주 만나서 같이 밥도 먹고, 그 미친년 엿 먹여." 아이제가 말했다.

"그런 짓은 안 할래. 어젯밤에 이미 빙쉰 차단했어." 나는 빙쉰이 어떤 메시지를 보내왔는지 간단히 말해주었다.

"정말 쓰레기네!" 아이제가 책상을 팍 내리쳤다. "자기는 새 여친 사귀어도 되고, 전 여친은 새 남친 사귀면 안 돼? 이기주의자!"

"사랑 앞에선 모든 사람이 다 평등한데 말이야." 아린이 주먹을 불끈 쥐고는 이마에 갖다 대며 생각에 잠긴 표정을 지었다. "내 첫사랑도 얼마 전에 남친 생겼다길래 나는 그래도 눈물을 머금고 축복해줬다는 거 아니냐."

"그런데 빙쉰 말도 틀린 건 아냐. 상환이 평판이 그렇긴 하지. 내가 보기에도 뭐든지 다 성가셔하는데 여친을 어떻게 사귀겠냐?" 거기까지 말하던 하오옌이 갑자기 내 뒤쪽을 바라보며 말했다. "하지만 본인은 그렇게 생각 안 할걸, 안 그러냐?"

상환이 아무 말도 없이 의자를 빼서 앉았다. 친구들의 시선이 모두 그쪽으로 향했다.

상환은 왼손으로 턱을 괴고는 귀찮은 듯 말했다. "사랑은 느낌이 통하면 되는 거지. 내가 어떤 사람인지는 상관없이."

"반장 말이 맞네! 양아치나 살인자도 다 사랑하는 사람이 있잖아." 아린이 손뼉을 치며 맞장구쳤다. "그럼 너랑 커쉰은 어떤 사이야……?"

"밥 먹고 할 일 없냐?"

"엉?"

"할 일 없으면, 시간 때울 수 있는 일 만들어줄까?"

나는 입을 꼭 다물고 슬쩍 웃었다. 하오옌과 아린, 아이제가 난감한 표정으로 서로를 응시했다.

"커쉰, 난 네가 신위 라이벌이랑 사귀는 거 응원해."

정말 눈치 없는 샹링아!

"걔 라이벌이 누군데?" 아이제, 위하오옌, 아린이 동시에 물었다.

"전교 3등 바이상환." 샹링이 대답했다.

"아!" 세 사람은 그제야 깨달은 듯 외쳤다.

"항상 상환 뒤에 있어서 엄청나게 속상해했거든……." 샹링은 말문이 트인 듯 신위에 대한 이야기를 늘어놓기 시작했다. "석차 발표되는 날마다 표정이 완전히 썩어 있었어."

"상환아, 너 등수 유지 잘해. 절대 걔한테 지면 안 돼." 하오옌이 사뭇 진지한 표정으로 상환의 어깨를 두드렸다.

"성가신 일 좀 만들지 마라." 상환이 눈썹을 추켜세우며 하오옌의 손을 뿌리쳤다.

하오옌은 킥킥대며 샹링에게 시선을 옮겼다. "너는? 휴대폰 사건은 어떻게 됐어?"

샹링은 순간 어깨를 움츠리고는 고개를 숙여 책을 정리하는 척하기 시작했다.

"샹링, 어제 신위가 다 말했어." 나는 샹링의 어깨를 안아주었다.

"커쉰……." 샹링이 살짝 고개를 들었다. 눈가가 벌게져 있었다. "내가 안 그랬다는 거 믿어?"

"믿어." 나는 힘주어 고개를 끄덕였다.

"선생님이 나중에 복도 쪽 카메라 돌려 봤는데, 교실에 출입한 사람이 나랑 잉치밖에 없었대. 잉치가 자기는 절대 아니라고, 잠깐 화장실 갔다 오니까 내가 와 있었다고 했대. 내가 가져갔는지 안 가져갔는지는 자기도 모른다고……. 그건 내가 가져갔다고 말하는 거나 마찬가지 아니야? 선생님이 나 앉혀놓고 한참 설교하더니 나보고 사실대로 말하라는 거야. 도둑으로 몰리는 거 진짜 기분 더럽더라." 샹링은 코를 훌쩍거렸다. 눈에 눈물이 가득했다. "내가 진짜로 휴대폰 훔친 적 없다고 하고, 선생님도 딱히 증거를 못 찾으니까 아예 우등반이 아닌 사람은 그 교실에 못 들어오게 한 거야. 여름 방학 전까지만 해도 나도 그 반 학생이었고 우리 담임 좋아했는데, 선생님은 날 전혀 안 믿어주고 나란 존재 자체를 무시하는 것 같더라."

"결백은 밝혀지게 마련이야. 너만 떳떳하면 되니까 쓸데없는 생각은 하지 마." 나도 덩달아 눈시울이 붉어졌다. 선생님한테 얼마나 실망했을지 알 것 같았다.

"그 뒤로 잉치가 매일 나한테 메시지 보내서 욕해. 그동안 공부 봐주느라 시간 낭비한 데다가 자기도 도둑으로 의심받는다고 재수 없다고. 친구들이 이제 자기를 보는 눈빛이 이상해서 너무 속상하대……."

샹링은 훌쩍대며 휴대폰을 꺼내 잉치가 보낸 메시지를 보여주었다.

잉치의 메시지는 날카롭고 까칠했으며, 원망이 가득했다. 그래서 샹링도 마음에 상처를 입고 시험까지 다 망쳐버린 거였다.

"그런데 걔가 왜 남아서 네 공부 봐주겠다고 한 거야?" 내가 아는 잉치는 기꺼이 남을 도와주는 그런 애가 아니었다.

"이과 우등반 남자애랑 집에 같이 가기로 해서 기다린다고 했어. 걔가 선도부라 항상 늦게 끝난다고 했거든."

"잉치가 걜 좋아해?" 나는 신위가 했던 말이 떠올랐다. 잉치는 그 남자애를 진심으로 좋아하지 않는다고 했다.

"그런 느낌은 못 받았어."

"그럼 왜 기다려?" 나는 이해가 안 됐다.

"그건 나도 모르겠어."

"어장 관리용 아니야?" 아이제가 추측하며 말했다.

"그랬군." 상환이 갑자기 차갑게 웃으며 끼어들었다. "이과 우등반에 있는 선도부라면, 선도부 차장이겠네."

"맞아." 샹링이 고개를 끄덕였다.

"잉치 걔 참 교활한 애네. 샹링 너는 너무 자책할 필요 없어. 걔 말 신경 쓰지도 말고."

"무슨 뜻이야?" 하오옌이 어리둥절해하며 물었다.

"그러게, 무슨 뜻이야?" 샹링도 의아한 표정으로 물었다.

"말 그대로야." 상환은 더는 설명하고 싶지 않다는 듯 입을 꼭 다물었다.

하오옌은 상환의 그런 태도에 익숙한 듯 더 캐묻지 않고 자기가 할 말을 했다.

"어쨌거나, 황샹링, 앞으로 문과 우등반 담임 보면 절대로 주눅 들지 마. 네가 그러면 도둑이 제 발 저린다고 오해할 테니까."

"맞아, 당당하게 째려봐!" 아린이 과장된 표정으로 노려보는 흉내를 내자, 친구들이 또 폭소를 터뜨렸다.

샹링도 입꼬리가 살짝 올라가는가 싶었지만, 눈을 껌뻑이자 눈물이 뚝뚝 떨어졌다.

나는 재빨리 휴지를 건넸다. 샹링은 한 장을 뽑아 눈물을 닦고는 풀죽은 모습으로 친구들에게 사과했다.

"미안……. 내가 정말 너무 겉돌았지. 첨엔 여기로 온 게 너무 창피하더라고. 무시당하거나 조롱받을까 봐 무서웠어."

"말도 안 돼, 우리가 왜 널 무시해?" 아이제가 뾰로통하게 말했다.

"나도 성적이 그렇게 좋은 것도 아닌데, 어떻게 널 비웃냐?" 아린이 뒤통수를 긁적이며 말했다.

"미안해……." 샹링이 기어들어가는 목소리로 다시 한 번 진심으로 사과했다.

"됐어, 지금까지 있었던 기분 나쁜 일들은 다 잊고 이제부터 잘 지내보자. 나쁜 기억은 다 털어버려." 하오옌이 분위기를 수습하며 아린을 툭 쳤다.

아린이 잠시 주저하더니 이내 고개를 끄덕였다. 아이제는 입을 꼭 다물고 아무 말도 하지 않았다.

기적과도 같은 화해 모드를 보다가 나도 모르게 고개를 돌려 창 쪽을 바라봤다. 상환이 왼손으로 턱을 괴고 나를 보고 있었다.

나하고 눈이 마주치자 상환은 바로 창밖으로 시선을 돌렸다. 입가에는 옅은 미소를 드리우고서.

사람은 원래 남의 일에 관심이 많다.

어제의 그 사건이 이런 화해 분위기를 만들고, 서로의 마음을 이해하는 계기가 될 줄이야.

오후 체육 시간에는 체육관에서 농구를 했다.

나는 당분간은 격렬한 운동을 할 수 없어서 체육 선생님이 시키는 대로 경기장 한쪽에 앉아 점수를 기록했다.

"다시 간다!" 아린이 공을 튕기며 큰 소리로 외쳤다.

"빨리! 아린 막아." 다른 팀인 하오옌이 재빨리 달려와 아린 앞을 막아 섰다.

뜨거운 열기를 내뿜으며 볼을 다투는 모습을 보면서 나는 약간 서글퍼졌다. 농구는 나에게 가장 멋진 구기 종목이었다. 하지만 빙쉰과 헤어진 후에는 내 마음속의 커다란 상처가 되었다. 농구공 튕기는 소리만 들어도 빙쉰에게 차였다는 사실이 떠올랐기 때문이다.

"커쉰, 딴 데 정신 팔지 말고! 3점 획득!" 아린이 나를 향해 크게 소리쳤다.

"미안."

나는 황급히 아린 팀 점수에 3점을 더했다.

양 팀 점수는 이미 30점이 넘게 벌어져 있었다. 아린이 이렇게 농구를 잘할 줄이야. 평소 개구쟁이로만 생각했는데, 이런 아린의 모습은 완전히 새로웠다.

하오옌이 볼을 상환에게 넘겼다. 상환은 농구대를 향해 몇 걸음 뛰어가 공을 던졌지만, 공이 손에서 약간 미끄러지는 바람에 공은 농구대 근처에 닿지도 못하고 엉뚱한 데로 날아가 떨어졌다.

"상환아, 장난하냐!" 하오옌이 차마 못 믿겠다는 듯 눈을 휘둥그레 떴다.

"진짜…… 못하네." 나는 피식 웃음을 터뜨렸다.

"진짜 성가시네!"

상환이 짜증 난다는 듯 머리를 긁적였다.

농구 코트를 종횡무진 누비는 아린을 보다가, 나는 또 꿈속 장면을 떠올렸다.

캉 아저씨, 상환, 하오옌, 샹링, 이 네 사람은 모두 현실에서도 나와 마주친 적이 있는 사람들이다. 하지만 아린은 어디서 봤는지 전혀 생각이 나지 않았다. 일면식도 없던 사람을 본 것만으로도 정말 기괴한 꿈이었다.

경기가 끝났다. 아린 팀이 가볍게 승리를 거두었다. 선생님은 호루라기를 불어 자유 시간을 주었다.

샹링이 숨을 헐떡거리며 뛰어와 손으로 부채질을 했다.

"더워 죽겠네, 체육 수업이 제일 싫어."

"체육 수업 정도도 움직이기 싫어하면 어떡하냐." 하오옌이 상환과 함께 뒤따라 왔다.

"여름에 온몸이 땀범벅 되는 게 싫을 뿐이거든." 샹링이 허리에 손을 얹고 하오옌을 노려봤다.

"나도 싫어." 상환이 맞장구치며 땀으로 젖은 앞머리를 매만졌다. 얼굴은 한바탕 운동을 해서 벌겋게 상기되어 있었다. 그 모습이 좀 멋졌다.

"넌 겨울에도 운동하는 거 싫어하잖아. 공 만지는 거 자체를 귀찮아하면서!" 하오옌이 상환의 가슴을 툭 쳤다.

"어이! 무슨 얘기 중이야?" 아린이 펄쩍펄쩍 뛰어 다가오더니, 팔을 크게 벌려 하오옌과 상환에게 어깨동무를 했다.

"너 농구 엄청나게 잘한다고." 하오옌이 장난스럽게 말했다.

"내가 원래 좀 하지. 내가 농구부에 들어가면 빙쉰은 맥도 못 추릴걸. 주장 자리 내놔야 할 거다." 아린이 제자리에서 뛰어오르며 두 손으로 허공에다 대고 슛하는 포즈를 취해 보였다.

"너 저번에 걔한테 발렸잖아." 하오옌이 바로 받아쳤다.

"저번에는 걔가 운이 좋았던 거고." 아린이 인정하지 못하겠다는 투로 반박했다.

"빙쉰이랑 경기한 적 있어?" 뜻밖의 이야기였다.

"응." 아린이 고개를 돌려 나를 보았다. "빙쉰이 종료골을 넣었던 그때, 내가 걔 수비 맡아서 걔랑 계속 붙었는데. 그때 너도 경기장에 있었으면서, 내 그 멋진 모습을 못 봤단 말이야?"

"그날 너도 거기 있었다고?" 나는 놀라 눈을 동그랗게 떴다.

"내가 말했잖아, 그날 내 친구가 시합 뛰었다고. 걔가 아린이야." 하오옌이 아린의 앞머리를 뒤로 넘기며 말했다. "머리에 꽃무늬 두건 썼던, 엄청나게 섹시한 녀석이 바로 얘야."

"아! 걔가 너구나."

나는 그제야 기억이 떠올라 아린의 얼굴을 다시 자세히 살펴보았다. 언뜻 뇌리에 남아 있는 듯했다.

전에 아린을 본 적이 있구나. 단지 내가 본 사람이랑 동일 인물인 줄 몰랐을 뿐이었다. 사람의 잠재의식은 과거에 봤던 장면, 들었던 소리, 먹었던 맛, 느꼈던 촉감 등 모든 경험을 기억한다더니, 그래서 꿈에 아린이 등장한 것이다.

"다행이야……." 나는 안도의 한숨을 내쉬었다.

"뭐가 다행이야?" 아린이 어리둥절한 얼굴로 물었다.

"아, 아무것도 아냐."

하지만 그 꿈이 현실이 되든 아니든, 꿈에서 일어났던 일을 최대한 피하기로 하지 않았던가. 그래서 아린에게 물었다.

"너 스타버스트 스트림 알아?"

"너도 그 애니 봐?" 아린은 같은 취미를 가진 사람을 만났다고 생각했는지, 내 두 손을 잡고 흥분하며 말했다.

"인터넷 동영상에서 본 적이 있어서……." 나는 아린의 적극적인 반응에 놀라 목을 움츠렸다.

"그 필살기 죽이지?"

"너도 그거 연습해?"

"아니……." 아린은 시선을 아래로 피하며 기어들어가는 목소리로 대답했다.

"내 말 잘 기억해. 절대로 복도에서는 그거 연습하면 안 돼." 나는 강조하며 말했다.

"복도?"

"응. 교실 복도 말이야. 복도에서 함부로 빗자루 휘두르면 위험하니까."

"아." 아린이 알쏭달쏭한 표정으로 고개를 외로 꼬았다.

수업 끝나는 종이 울리자, 다들 웃고 떠들며 체육관을 빠져나갔다.

샹링은 땀범벅이 된 얼굴을 씻느라 먼저 자리를 떴고, 나는 묵묵히 바닥에 떨어진 농구공 두 개를 바구니에 챙겨 들었다. 몸을 돌리는 순간 점수 기록판을 들고 다가오는 상환이 보였다.

"체육부장은?" 상환이 뭔가 못마땅한 듯 미간을 찌푸렸다.

"화장실 급해서 먼저 갔어." 나는 헤헤 웃으며 말했다.

상환은 그런 내 얼굴을 잠시 가만히 쳐다보더니 나를 휙 지나쳐 점수 기록판을 가져다 놓으러 도구실로 갔다.

도구실에서 나온 상환이 내 뒤통수를 툭 치며 말했다.

"매점 가자."

"나 살 거 없는데." 나는 머리를 문지르며 대꾸했다.

"같이 가줄래?"

"아…… 알았어."

나는 조금쯤 어리둥절한 상태로 고개를 끄덕였다. 평소의 상환 답지 않게 저렇게 공손하게 부탁을 하는데 어찌 거절하랴.

체육관을 나온 우리는 긴 복도를 지나 북적대는 매점에 도착했다.

"저번 주에 너 이거 마셨지? 맛있어?" 상환이 음료 진열대에서 밀크티 하나를 집어 들었다.

"응, 맛있어." 나는 고개를 끄덕였다.

상환이 나에게 밀크티를 건넸다.

"사주는 거야?"

"잠깐 들어달라는 건데."

오해였군. 나는 민망한 표정으로 밀크티를 받아 들었다.

추억 속 빨강머리 앤이 우리에게 전하는 웃음, 실수, 사랑과 희망의 말들

빨강머리 앤이 하는 말
아직 너무 늦지 않았을 우리에게

백영옥 지음 | 값 16,000원

안녕, 나의 빨강머리 앤
어린 앤이 보내는 '나를 사랑할 용기'

백영옥 지음 | 값 16,000원

arte

페이스북

인스타그램

네이버 포스트

아르테 채널을 구독하고 다양한 신간 소식과
흥미롭고 유익한 이야기를 만나보세요.

책을 지키려는 고양이

나쓰카와 소스케 장편소설 | 이선희 옮김 | 값 14,000원

책을 좋아하는 모든 이에게 묻는다.
"책이 정말 세상을 바꿀 수 있다고 생각해?"

이 세상의 책을 구하러 떠난 한 사람과 한 마리의 기묘한 모험!
"나는 고양이 얼룩이야. 책의 미궁에 온 걸 환영한다."

가끔 너를 생각해

후지마루 장편소설 | 김수지 옮김 | 값 14,000원

"안녕, 나의 마녀. 날 잊지 마.
반드시 네 곁에 돌아올 테니까."

어릴 적 친구인 소타를 만나 사람들을 돕기 시작한
이 시대의 마지막 남은 마녀 시즈쿠의 이야기.
『너는 기억 못하겠지만』 작가의 마법 같은 감성 미스터리.

사브리나

닉 드르나소 지음 | 박산호 옮김 | 값 24,000원

"사람을 천천히 미치게 만드는 전염병 같은 책."
박찬욱 감독 강력 추천!

맨부커상 최초의 그래픽노블 후보작

현실의 끔찍한 사건이 온라인을 통해 더욱 잔인하고
비인간적으로 진화하는 모습을 정면으로 응시한 작품.

베벌리

닉 드르나소 지음 | 박산호 옮김 | 값 22,000원

닉 드르나소의 충격적 데뷔작!
"『사브리나』는 『베벌리』로부터 시작되었다."

질식할 것 같은 마음으로 이 시대를 살아가는 십대의 시선,
그곳에 비친 음울하고 우스꽝스러운 우리의 모습을 담아낸
여섯 편의 이야기.

서가명가

서울대 가지 않아도 들을 수 있는 명강의

서울대 학생들이 듣는 인기 강의를
누구나 듣고 배울 수 있다면?

강연
현장에서
보고!

유튜브
쉽게
다시 보고!

책
소장하여
읽고!

팟캐스트
어디서나
듣고!

AI 스피커
기가지로
즐기고!

NAVER 네이버와 ▶ 유튜브에서 [서가명강 🔍] 을 검색하세요.

내 인생의 거장을 만나는 특별한 여행

CLASSIC CLOUD

| 001 셰익스피어 | 002 니체 | 003 클림트 | 004 페소아 | 005 푸치니 | 006 헤밍웨이 |

| 007 모차르트 | 008 뭉크 | 009 아리스토텔레스 | 010 가와바타 야스나리 |

| 011 마키아벨리 | 012 피츠제럴드 | 013 레이먼드 카버 | 014 모네 | 015 에리히 프롬 |

| 016 카뮈 | 017 베토벤 | 018 백남준 | 019 단테 | 020 코넌 도일 | 021 페르메이르 |

| 022 헤세 | 023 르코르뷔지에 | 024 드가 | 025 데이비드 흄 | 026 루터 |

─── 클래식 클라우드를 만나는 다양한 방법 ───

팟캐스트 '책보다 여행'
누적 재생 수 1000만 회
국내 최고의 인문교양 팟캐스트

유튜브
저자 강연, 저자 인터뷰, 팟캐스트,
북트레일러를 유튜브로 만나보세요

인스타그램
신간 소식, 카드 뉴스, 독자 이벤트 등
클래식 클라우드에 관한 모든 것

상환은 다시 오렌지주스를 집어 들고 계산대로 향했다. 나는 얼른 따라가 함께 계산대에 내밀었다.

교실로 돌아오는 길에 상환은 밀크티에 빨대를 꽂아 들고서 손등으로 내 머리를 툭 쳤다.

"고맙다. 샹링 잘 해결해줘서. 아니었으면 내가 아주 골치 아플 뻔했어."

"음료수 하나로 되겠어?" 나는 고개를 비스듬히 하고 상환을 보았다. 밀크티 나 사주려던 거 맞구만.

"네가 음료 하나로 만족할 애야?" 상환은 눈을 가늘게 뜨고 나를 봤다.

"당연히 아니지, 최소한 열 번은 사줘야지." 나는 세게 불렀다.

"꿈 깨시고, 이거나 받아."

"고마워."

나는 밀크티를 받아 들고 한 모금 빨아들였다. 진한 밀크티 향기가 입 안에 퍼졌다.

"맛있냐?"

상환은 내가 과장되게 호들갑이라도 떨어주길 기대하는 눈치였다.

하지만 순순히 그래줄 수야 없지. 나는 일부러 화제를 돌려 오늘 아침에 있었던 일을 물었다.

"궁금한 게 있는데, 왜 잉치보고 교활하다고 한 거야?"

"선도부 차장한테 들은 얘기가 있어서. 여름 보충 수업 때 문과 우등반 여자애를 좋아하게 됐다고 하더라고. 성적도 좋고 배려심도 깊어서, 수업 끝난 뒤에 남아서 친구들 공부 봐주고 그러는 애라고. 매번 그 반 지나칠 때마다 자기도 모르게 시선이 갔대."

"잉치?"

나는 바보같이 멍한 표정을 지었다. 잉치는 나에게 말끝마다 모진 말을 내뱉던 애인데, 그런 애가 배려심이 깊다니!

"나중에 선도부 차장이 용기 내서 말 걸고, 주말에 같이 놀자고 했나 봐. 여자애도 좋다고 해서 그렇게 몇 번을 만났었대. 그래서 여자애도 자기를 좋아한다고 생각해서 얼마 전에 고백했는데, 여자애는 그냥 친구로 지내자고 했다나." 상환은 오렌지주스 병뚜껑을 열어 벌컥벌컥 들이켰다.

"잉치는 성적 떨어질까 봐 고등학교 때는 연애 안 하고 싶다고 했어." 순간 어떤 생각이 뇌리를 스쳤다. "설마…… 잉치가 걔한테 환심 사려고 샹링 공부 봐준 건가?"

"걔 말로는 잉치는 그냥 썸만 타고 싶었던 것 같대. 동기가 좀 불순하지. 그러고 나서 휴대폰 사건이 터졌으니, 벌 받은 셈 아니야?"

"그러게." 잠시 생각해보니 상환의 말이 일리가 있었다. "잉치 걔는 진짜 알다가도 모르겠어. 처음에 신위랑 빙쉰이 서로 연락한다는 걸 귀띔해준 것도 걔거든. 그런데 걔는 또 신위하고 절친이고. 정말 이상한 애야."

"사실 너도 이상하거든."

"내가?"

"아린한테 복도에서 스타버스트 스트림 연습하지 말라고 한 것도 그렇고."

"그게 이상해?"

"왜 복도야?" 상환이 진지하게 질문을 던졌다. "아린이 다른 애들 다치게 할까 봐 걱정된 거라면, 빗자루로 장난치지 말라고 하면 되는데, 넌 굳이 복도라는 장소를 강조했잖아. 그게 안 이상해?"

"그냥 나오는 대로 한 말인데, 뭘 그렇게 따지고 들어?" 나는 고개를 돌렸다.

"상대방 눈을 똑바로 보면서 거짓말하는 법 좀 배워라."

나는 미간을 찌푸리며 입술을 꽉 깨물고는, 다시 고개를 돌려 상환을 똑바로 바라봤다.

한 사흘 쯤 변비에 시달린 사람 같은 내 얼굴을 보자마자 상환은 푸핫 웃음을 터뜨렸다. 순간, 상환의 주변을 에워싸고 있던 햇살마저 그 색을 잃었다.

나는 넋을 놓고 멍하니 상환을 보았다. 상환은 어색한지 웃음을 거두고는, 내 손에 들린 밀크티를 가리키며 물었다.

"밀크티 맛있냐니까?"

"그게 그렇게 중요해?" 조금 어처구니없었다.

"엄청 중요하지." 상환은 마치 반려동물의 털을 쓰다듬듯 내 머리를 쓰다듬었다. "자, 네가 캔을 사서 고양이나 강아지 줬다고 생각해 봐. 녀석이 맛있다는 표정을 지어주길 바라지?"

"내가 너네 집 동물이냐!" 나는 씩씩대며 상환의 손을 뿌리치고는 주먹을 한 대 날리려다가 중심을 잃었다. "엄마야."

상환이 재빨리 내 허리를 붙잡았다. 나는 정신 없는 와중에 안도의 한숨을 내쉬었다. 고개를 돌려 보니 상환은 자못 심각한 표정을 짓고 있었다.

"세 번째." 상환이 찌푸렸던 미간에서 힘을 풀며 말했다. "다음부턴 달아둘 거야. 한 번 안길 때마다 500위안."

뜨거운 호흡이 뺨에 전해지자 나는 부끄러워 아무 말도 하지 못하고 서둘러 상환을 밀치고는 교실 건물을 향해 뛰었다.

세상에! 꿈에서 한두 번 안아본 게 아니라던 말이 사실인가?

❖

9월 말, 캉 아저씨는 진행 중인 프로젝트가 일단락되어 부인이 있는 캐나다로 떠났다. 나와 엄마는 공항에 배웅을 나갔다.

그날 공항에서 뜻밖에도 엄마는 연락이 끊긴 친구를 만났고, 두 사람은 출국장에서 잠시 이야기를 나눴다.

그 틈을 타 나는 얼른 캉 아저씨를 떠보았다.

"캐나다에는 얼마나 계실 거예요?"

"아내랑 얘기해봐야지. 내가 너무 바빠서 외롭다고 투덜댔으니까 이번에는 진득하게 곁에 있을 생각이야. 아내가 원하는 만큼 있다 오려고." 아저씨가 웃으며 대답했다.

"빨리 괜찮아지시길 바랄게요." 나는 진심으로 그러길 바랐다.

"전에는 매일 집에만 있고 웃지도 않았는데, 페이스북을 보니까 요즘은 외출해서 찍은 사진도 있고, 전보다 훨씬 밝아진 것 같아."

"캐나다 경치가 아름다워서 금방 괜찮아지실 거예요. 내년쯤엔 아기가 태어날지도 모르죠."

"하하…… 그랬음 좋겠네." 아저씨는 겸연쩍어하며 웃다가 갑자기 내 근황을 물었다. "새로운 반에는 잘 적응했니?"

"성적이 안 좋았으니 우등반에서 강등된 건 당연하죠. 적응해야죠 뭐." 엄마가 내 성적에 대해 아저씨한테 얘기했을 것이란 생각이 들었다.

"성적이 좋은 학생들은 좋은 학교에 진학해서 순조롭게 졸업하고, 인생의 VIP석 티켓을 손에 넣지. 그리고 그 티켓을 잘 활용해서 더 승승장구하기도 해. 하지만 대부분의 사람들은 인생의 이런저런 변수 때문에 점점 자신의 꿈에서 멀어지는 삶을 살아. 물론 안 좋은 티켓을 손에 넣고도 자기가 노력해서 얼마든지 성공을 거두는 사람도 있고."

"무슨 말씀이신지 알아요. 하지만 학교에서는 오로지 성적으로 평가하잖아요."

"고등학교 3년은 그저 인생의 한 부분일 뿐이라는 걸 기억했으면 해. 설령 네가 전교 꼴찌를 한다 해도 그게 앞으로 네 인생이 항상 꼴찌일 거라는 뜻은 아니야. 학교를 벗어나서 펼쳐나가는 인생이 더 중요하지. 성적이 좋고 나쁘고는 학창 시절의 추억일 뿐이야."

아저씨는 따뜻한 미소를 지으며 내 어깨를 토닥였다. 마치 아빠가 딸에게 해주는 조언 같았다.

"보통반으로 내려갔다고 자신감 잃지 말고. 자기가 스스로를 비하하면 다른 사람도 자연히 널 무시하게 되는 거야."

"감사합니다. 잘 기억해둘게요." 나는 아저씨의 말에 감동해 고마워하며 미소를 지었다. "아저씨도 고등학교 시절 떠올리면 뭐 후회되는 일 있어요?"

"당연하지." 아저씨는 슬쩍 한숨을 내쉬었다. "그때 정말 좋아하던 여학생이 있었는데, 졸업 후에 내가 유학을 가야 했어. 당시는 지금처럼 인터넷이 발달한 때가 아니라서 원거리 연애로 서로의 마음을 유지하기는 힘들던 시대였지. 그래서 나름대로 쿨한 척, 나를 보고 싶어 하면서 우는 건 원치 않는다고 했더니, 상대방도 유학 가는 내 마음을 불편하게 하고 싶지 않다고 하더라고. 그래서 연인으로는 나아가지 못하고 친구로만 지내다가 졸업 때 간단히 인사만 하고 헤어졌지."

나는 슬쩍 엄마의 뒷모습을 바라봤다. 그 여학생은 분명 엄마일 것이다.

갑자기 그 당시의 엄마가 너무 불쌍하다는 생각이 들었다. 자기가 좋아하는 사람도 분명 자신을 좋아하는데, 함께할 수 없었다니.

아저씨의 눈빛이 아스라해졌다. 아저씨가 자조 섞인 목소리로 이어서 말했다.

"젊을 때는 앞날이 길게만 느껴져서 헤어짐을 어렵게 생각하지 않았지. 그런데 이 나이가 되어 보니, 한번 헤어지면 다시 만나기 어려운 사람도 있더라고. 그래서 뒤늦게 후회했지. 그때 서로 멀리 떨어져서 지내야 한다는 이유로 포기하지 말고, 어떻게든 한바탕 뜨거운 연애를 했었어야 하는데 하고 말이야."

아저씨의 말에 나는 감동했다. 엄마와 아저씨가 다시 이어질 수 있도록 해주고 싶었다. 하지만 아저씨는 이미 결혼을 했으니, 그건 절대 안 될 일이었다.

"무슨 얘기 하고 있었어?" 엄마가 돌아와 물었다.

"학교 다닐 때 일." 아저씨는 내가 자신의 마음을 드러낼까 봐 걱정이라도 됐는지 얼른 대답했다.

"저 화장실 좀 다녀올게요."

나는 화장실에 가는 척 자리를 피했다. 엄마와 아저씨가 작별 인사 나눌 시간을 충분히 주고 싶었다.

내가 화장실에서 돌아온 뒤 아저씨도 체크인을 하러 떠났다. 나와 엄마는 점점 멀어지는 아저씨의 뒷모습을 바라보았다. 아저씨와 엄마의 관계는 내 꿈과 달랐다. 나는 마음이 놓였다.

집으로 오는 길에, 엄마는 아무 말도 없이 운전에만 집중했다. 마음이 심란해 보였다.

"엄마, 괜찮아?" 나는 걱정이 되어 물었다.

"아무렇지도 않은데." 엄마는 흘끔 고개를 돌려 나를 보고는 아무 일도 없다는 듯 미소를 지었다. "랴오 아저씨가 다음 주 일요일에 집에 오라고 초대했거든. 어떤 옷 입고 갈까 생각 중이었어."

랴오 아저씨는 엄마가 선봤던 그 아저씨다.

"집에 간다는 건, 그 아저씨 식구들이랑 만난다는 거야?" 나는 놀라 눈을 크게 떴다. 진전이 너무 빠른 것 아닌가?

"응."

"결혼을 전제로 만나는 거야?"

"응." 엄마는 살짝 웃음을 터뜨렸다. "나이가 있잖니. 열일곱 청춘처럼 연애만 할 순 없잖아."

"그럼…… 나도 같이 가?"

"가고 싶어?"

"별로." 나는 좀 거부감이 들었다.

"그럼 집에 있어. 내가 그쪽 아이들이랑 먼저 만나볼게."

엄마는 내 마음을 대충 알아차린 듯 강요하지 않았다.

엄마가 랴오 아저씨 자녀들과 만난다는 소리에 나는 한층 강한 거부감이 들었다. 내 엄마를 다른 사람과 공유하고 싶지 않았다. 하지만 그렇게 내 생각만 하며, 행복을 찾는 엄마를 막을 순 없다.

일 하나가 해결되면 다른 일이 생기는 것처럼, 실연과 보통반 강등이라는 어두운 그림자에서 겨우 벗어났더니 이제는 새로운 고민이 닥쳐왔다.

❖

　바야흐로 10월에 접어들어, 교정의 매미는 울음을 멈췄고 날씨는 점점 서늘해졌다.

　체육관 옆의 공터에 펜스가 올라갔고, 인부들은 땅을 다지느라 분주한 모습이었다. 땅을 파는 굉음이 매미 울음소리를 대체해, 교정은 여전히 시끄러웠다.

　아이제, 하오옌, 아린과 가까워진 후, 나와 샹링은 그 세 사람을 통해 다른 친구들과도 어울리기 시작했다. 나는 매일 아침마다 상환에게 했던 약속을 저버리지 말자고 스스로 다짐했다. 이젠 더 이상 울상을 하고 다니지 않으니 상환도 내가 삶을 소중히 여긴다고 생각하기 시작했는지, 나한테 말을 걸 때 귀찮아하는 표정은 찾아보기 힘들어졌다.

　하지만 내가 좀처럼 웃지 않는 날에는 상환이 눈을 가느다랗게 뜨고 경고의 눈빛으로 나를 훑어봤다. 마치 나한테 또 무슨 잡일이라도 시키려는 듯 보였다.

　"히히……."

　그러면 나는 아무 일도 없다는 걸 증명하려 히죽 웃어 보였다.

　상환은 내 웃는 얼굴을 보면 항상 미간을 찌푸리고는 창 쪽으로 고개를 홱 돌렸다. 그런 쌀쌀맞은 태도가 싫진 않았다. 아니, 오히려 나에게 호감을 보이지 않을수록 좋았다. 그래야 우리가 사귀는 일이 절대로 없을 테고, 꿈과 같은 비극적인 결말이 찾아오지 않을 테니까.

　"아이제, 아이제!"

　아린이 쏜살같이 교실로 뛰어 들어오더니 아이제 앞으로 가 두 손으로 책상을 쾅 내리쳤다.

"교실 게시판 꾸미기 결과 나왔어!"

"우리 반 몇 등이야?" 아이제가 자리에서 벌떡 일어났다.

"등수에 없어."

"그런데 왜 소란이야, 괜히 기대했네."

아이제는 실망한 표정이었다.

나는 고개를 돌려 교실 뒤쪽의 게시판을 보았다. 파란색과 하얀색 바탕에 집을 겹쳐 붙이고 그 주변은 망망대해로 설정해놔 그리스 지중해 느낌이 풍겼다. 심플하면서도 신선했다.

아이제의 실망한 모습을 보고, 아린이 하오옌을 가리키며 씩씩댔다. "내가 3등 교실까지 구경했는데, 다 색깔이 화려하더라. 이건 다 하오옌 잘못이야. 지중해 스타일은 개뿔, 파란색이랑 하얀색만 잔뜩 써서 너무 밋밋하잖아."

하오옌은 인정할 수 없다는 듯 아린의 뒤통수를 때리며 반박했다. "네 말대로 무슨 괴물이랑 싸우는 영웅 같은 거 오려 붙여놨으면 초등학교냐고 유치하다는 소리나 들었을걸!"

"그래도 너무 밋밋하니까 단점이 더 확 눈에 띄잖아. 이 선 봐봐, 이게 무슨 애벌레도 아니고." 아린이 게시판 앞으로 가 약간 구불구불한 포물선을 가리키며 말했다.

"그거 내가 그렸는데." 아이제가 팔짱을 끼고 냉랭한 표정으로 아린을 보았다. "너는 뭐 얼마나 잘했어? 동그란 지붕을 개가 물어뜯은 것처럼 오려놓고는!"

"하오옌도 그랬거든, 정사각형 집이었는데 사다리꼴로 오려놨잖아." 아린도 물러나지 않았다.

"집이 꼭 반듯할 필요 있냐. 난 예술을 한 거라고. 아트!" 하오옌이 과장된 몸짓으로 앞머리를 매만졌다.

세 사람이 실랑이를 벌이자 상환이 게시판 앞으로 가더니 한 손으로 턱을 문지르며 말했다.

"내가 보기엔 잘했는데."

바로 소란이 사그라들었다. 모두의 시선이 상환에게 집중됐다.

"다른 사람이 칭찬 안 하면 우리끼리 잘했다고 칭찬하면 되지."

상환은 입꼬리를 살짝 올리며, 순위에 들지 못한 것이 뭐 대수냐는 표정으로 말했다.

세 사람은 잠시 멀뚱히 서로를 보았다. 아이제가 난감한 듯 헛기침을 하고는 말했다.

"흠, 우리가 뭐 미술부도 아니고, 이 정도만 해도 대단하지."

"자세히 보니까 뭔가 부조화 속의 아름다움이 느껴져서, 보면 볼수록 마음에 들어." 아린이 과장된 몸짓으로 한쪽 무릎을 꿇고 게시판을 향해 두 팔을 벌리고 말했다. 마치 눈앞에 세계적인 명화라도 걸려 있는 듯 말이다. "예술이란 일반인들은 이해하기 어렵지."

"우리가 힘을 합쳐서 한 거니까, 즐기면서 했으면 된 거야." 하오옌이 이렇게 결론 내렸다.

나는 나도 모르게 씩 웃었다. 조금 전까지만 해도 교실이 떠나가도록 싸우던 녀석들이 이제는 앞다퉈 자화자찬을 늘어놓다니.

"정말 긍정적인 애들이야." 샹링이 웃으며 말했다.

"반장의 말 한마디로 평정됐네." 내 시선이 상환에게 향했다.

상환은 자리로 돌아와 필통 지퍼를 열다가 잠시 멈칫하더니, 나를 향해 말했다.

"지우개 좀 빌려줘."

"집에 가서 공부도 안 한다며, 지우개는 어쩌다 잃어버렸어?"

"숙제는 해야 하잖아."

"그렇군."

나는 지우개를 건넸다. 맞는 말이다. 공부가 아무리 싫어도 숙제는 해야 한다.

모레부터는 중간고사다. 점심을 먹자마자, 샹링은 또 시간을 쪼개 수학 문제지를 내 책상에 펼쳐놓고 알려달라고 도움을 요청했다. 문제를 살펴봤지만 비교적 난도가 있어서 나도 풀지 못했다.

"반장, 이것 좀 알려줘!"

샹링이 눈을 껌뻑이며 기대에 찬 눈망울로 상환을 보았다.

상환은 밥 잘 먹고 창가에 비스듬히 기대 바람을 쐬고 있다가, 놀란 듯 두 눈을 동그랗게 떴다.

"반장……."

"난 못해."

"수학 쪽지 시험 만점 받았잖아, 뭘 못해?"

나도 모르게 비아냥거리는 말투가 나왔다.

상환은 무슨 말을 하려다 그만두고, 결국 어쩔 수 없다는 듯 내 책상으로 다가와 문제를 보더니 연필을 들고 계산식을 써 내려갔다.

"왜 이 공식으로 풀어?" 샹링이 의아해했다.

"그게…… 이 공식으로 풀어야 하는 거니까." 상환은 어떻게 설명해야 할지 모르겠다는 얼굴로 대답했다. "이 문제는 1학년 때 배운 공식을 제대로 활용하는지를 보려는 거야."

너에 대한 두근거리는 예언

"하지만 이 문제의 어떤 부분을 보고 이 공식을 써야 하는지 파악한 거야?" 샹링이 의문에 찬 눈으로 물었다.

상환은 아무 대답 없었다.

"여기 넷째 줄에서 어떻게 다섯째 줄로 간 거야? 선생님이 가르쳐준 거랑 너랑 계산법이 다른데?" 나는 이해가 안 간다는 표정으로 눈을 깜빡였다.

"왜냐면…… 이렇게도 풀 수 있을 것 같거든." 상환의 까만 눈동자가 순간 흐릿해졌다.

"왜?" 나와 샹링이 동시에 물었다.

상환은 샹링과 나를 번갈아 보더니 측은한 표정을 지었다.

"푸핫! 너희 상환이 놀리는 거냐?" 한쪽에 있던 하오옌이 웃음을 터뜨리며 말했다.

"아냐, 우리 진지해." 샹링이 억울하다는 듯 말했다.

"하하하하하……." 하오옌이 배꼽을 잡고 미친 듯 웃었다. "쟤 뇌 구조는 일반인하고 달라. 보통 사람들은 쟤처럼 사고할 수 없지. 한마디로 쟤는 사람을 가르치기 힘든 애야."

하오옌이 덧붙인 말로는, 상환은 문제를 보면 풀이 방식을 몰라도 직감에 따라 공식을 대입하고 출제자의 시각으로 문제를 해석하는 애였다. 교과서의 내용을 훤히 알기 때문에 자연히 전에 배운 내용까지 알맞게 적용하는 것이다.

하지만 그런 직감을 가진 사람은 얼마 없다. 그러니 이게 바로 상환이 천재라는 증거 아닌가?

본인은 절대 인정하지 않고, 열심히 수업을 들어서 그렇다고 말하겠지만.

"충격적이다……." 샹링이 낙담해 고개를 숙였다. "반장 정도 머리면 점수 높은 과 충분히 가능하겠는데. 의과도 가망 있겠어."

"동물 용품 가게 하니까, 수의사가 되는 것도 괜찮겠다." 나는 전에 들었던 이야기가 떠올랐다. "하오옌이 그러던데, 너 강아지랑 고양이 중성화 수술 동영상 보는 거 좋아한다며?"

상환이 잠시 멈칫하더니 갑자기 하오옌의 의자를 냅다 걷어차며 이를 악물고 강조했다. "중성화 수술 동영상만 보는 게 아니고, 다른 동물 진료 영상도 보거든. 암소 내장을 촉진할 때는, 항문으로 손을 넣어서 질병 유무랑 임신 여부를 확인한다거나 뭐 그런 거."

샹링은 손으로 입을 막고 놀란 표정을 지었고, 하오옌은 한 방 먹였다는 듯 짜릿한 쾌감의 미소를 지었다.

"됐고, 어쨌든 이미 수의사는 마음 접었어." 상환이 퉁명스레 자리로 돌아가 앉았다.

"왜?" 샹링이 궁금한 듯 물었다.

"뭘 물어, 쟤한테는 이미 탄탄한 미래가 펼쳐져 있는데." 하오옌이 끼어들었다.

"어떤 미래?"

"졸업하면 가게 물려받는 거지."

순간 나와 샹링의 얼굴에 어두운 빛이 드리웠다.

"너무…… 패기가 없는 거 아냐?" 샹링이 목소리를 낮춰 물었다.

"난 어릴 적부터 항상 그랬어, 열정이란 게 없지."

상환은 귀찮은 듯 턱을 괴고는 얼굴을 돌려 창밖을 봤다.

나와 샹링은 허탈한 표정으로 서로를 바라봤다. 누구는 열정도 없는데 저렇게 똑똑하게 태어나고, 반면 누구는 열정은 넘치지만 성적 때문에 가고 싶은 학과도 갈 수 없다니, 세상이 너무 불공평했다.

"샹링, 내가 가르쳐줄게!"

하오옌이 이쪽으로 다가왔다.

샹링은 하오옌의 그런 적극적인 태도에 놀라 하오옌을 쳐다보았다.

나는 둘에게서 시선을 거두고 상환에게 장난을 걸었다.

"그래, 그게 좋겠어. 괜히 수의사 됐다가 수술할 때 귀찮다고 몇 바늘 덜 꿰매는 사고도 안 일어날 테고."

상환은 냉랭한 얼굴로 일어서더니 고양이가 발톱으로 할퀴듯 손으로 내 목덜미를 잡아 긁었다.

"하지 마⋯⋯."

온몸에 닭살이 돋았다. 나는 어깨를 흠칫하며 상체를 움츠리고, 웃음이 터지지 않게 두 손으로 입을 꼭 가렸다.

"야아⋯⋯ 야, 놔!"

"한 번 더 말해보시지, 내가 수의사가 되면 어떻다고?"

상환의 손끝이 내 목덜미를 살짝 꼬집었다.

"하지 마⋯⋯."

나는 거의 미칠 지경까지 웃음을 참다 책상에 엎드려 킥킥댔다.

"교실에서 대놓고 연애질하기 없다." 하오옌이 불쑥 한마디를 던졌다. "아, 맞다. 내가 책에서 봤는데, 간지럼 타는 곳이 성감대래. 살짝 입만 맞춰도 완전히 흐물흐물해진다던데."

그 말에 상환은 마치 뜨거운 물건에 닿기라도 한 것처럼 황급히 손을 뗐다. 나는 벌게진 얼굴로 상환을 바라봤다. 상환은 나와 시선이 마주치자 귓불이 빨개지더니, 바로 서랍에서 선도부 완장을 꺼내 들고 성큼성큼 교실을 나갔다.

"오, 쟤가 쑥스러워하는 거 처음 보는데!" 하오옌이 신기한 듯 눈을 크게 떴다.

"커쉰, 반장이랑 뭔가 있는 것 같은데." 샹링이 알쏭달쏭한 미소를 보냈다.

"장난하지 마! 그렇게 되면 심각한 거야." 나는 웃을 수가 없었다.

"왜?"

"어쨌든 그런 농담 하지 마."

상환뿐 아니라 나 역시 상환한테 장난치는 걸 삼가야겠다고 생각했다.

하오옌이 그런 농담을 하는 바람에 오후 수업 시간 내내 나는 왼손으로 이마를 괴고 왼쪽 머리카락으로 시야를 차단해 상환의 존재를 잊으려 애썼다. 수업이 끝나면 항상 자리에 앉아 혼자 뭔가를 하던 상환도 어색한 분위기를 피하려는 듯 수업 마치는 종이 울리기만 하면 교실을 나가버렸다.

학교가 끝나고 막 교문을 나서려는데, 지각생 명단판이 갑자기 또 앞을 가로막았다.

"성가시네."

상환이 눈썹을 추켜세우고 나를 운동장 한 쪽의 나무 밑으로 데리고 갔다.

"야오커쉰, 하오옌이 점심시간에 했던 말, 장난이니까 신경 쓰지 마."

"알아, 그냥 장난친 거잖아." 나는 난처한 속마음을 감추려고 미소를 지었다. 그러고는 손을 뻗어 상환의 어깨를 살짝 꼬집었다. "지금처럼 말이야. 이게 뭐 이상하냐. 별거 아닌 것 가지고 괜히 호들갑은.

안 그래?"

상환은 아무 말도 없이 내 미소를 응시하며, 경직된 표정으로 꼼짝도 안 했다. 눈빛이 이상했다.

"어깨 간지럼 타?" 나는 또 살짝 상환의 어깨를 간질이며 말했다.

"아니." 상환이 손가락으로 교복 옷깃을 살짝 끌어내렸다. "난 울대뼈 간지럼 타."

미소 짓고 있던 내 얼굴이 순식간에 얼어붙으며, 쿨렁대는 상환의 울대뼈로 시선이 향했다. 두 뺨이 후끈 달아올랐다.

"미치겠네!" 상환의 귓불이 점점 빨개졌다. 자신이 또 애매한 행동을 했다는 걸 깨달았는지 명단판으로 얼굴을 가리며 말했다. "왜 자꾸 이렇게 성가신 일이 생기지?"

"나도 모르지."

나는 달걀 프라이도 만들 수 있을 만큼 뜨거워진 볼을 만지며 말했다. 머릿속에는 상환이 교복 옷깃을 끌어내리던 그 섹시한 동작만 자꾸 떠올랐다. 심장이 쿵쾅쿵쾅 요동치기 시작했다.

"어쨌든 아무 일도 없었던 것처럼 할 테니 너도 쓸데없는 생각 하지 마."

그렇게 내뱉고 잰걸음으로 자리를 뜨려는데, 바로 그때, 저 멀리에서 손을 잡고 우리를 바라보고 있는 빙숸과 신위를 발견했다.

나는 무의식적으로 고개를 돌려 상환을 보았다. 상환은 천천히 오른손 새끼손가락을 들어 올리며 경고하듯 눈을 가느다랗게 떴다.

나는 상환을 보고 활짝 웃으며 빙숸과 신위의 존재를 무시한 채 어깨를 쫙 펴고, 당당하게 교문을 나섰다.

❖

중간고사 전날, 나는 이번 학기 들어 처음으로 지각을 했다.

"자명종이…… 왜 늦어졌지?"

괴로워하며 휴대폰을 들어 시간을 맞춰봤더니 자명종이 20분이나 늦게 울렸다.

서둘러 학교에 도착했지만, 지각생 명단판이 앞을 막아섰다. 상환이 이마에 핏대를 세우며 나를 다그쳤다.

"엄청 벌점이 받고 싶은 모양이지?"

"자명종 건전지가 다 돼서." 나는 불쌍한 얼굴로 대꾸했다.

"진짜 성가시네." 상환이 갑자기 소리를 죽여 말했다. "선생님이 보고 있으니까 책가방 열어봐."

"어?"

"빨리."

상환이 재촉했다.

나는 영문도 모른 채 책가방을 열었다. 상환이 허리를 굽혀 책가방을 다시 닫더니 저쪽에 있는 선생님에게 손을 들어 보였다.

"왜?"

선생님이 다가왔다.

"선생님, 제가 아침에 서둘러 나오느라 지갑을 놓고 와서, 부반장한테 좀 가져다달라고 부탁하는 바람에 얘가 지각했어요."

상환은 그렇게 말하며 오른손을 펴 보였다. 손바닥에는 마술처럼 지갑 하나가 놓여 있었다.

날 감싸주다니!

그런데 조금 전까지만 해도 지갑 안 들고 있었는데 어디에서 났지? 설마 미리 명단판 아래 숨겨뒀던 건가?

"바이상환, 앞으로는 조심해. 이번만 봐주고 다음부터는 절대 예외 없다."

선생님이 나를 향해 들어가보라고 손짓했다.

"네, 선생님." 상환이 나를 향해 눈짓을 보냈다. "얼른 들어가."

"고마워."

나는 무사히 넘어간 걸 기뻐하며, 감격에 겨워 고맙다고 인사했다.

하지만 약점을 잡히면 역공격을 당하기 쉬운 법. 얼마 안 있어 나는 차라리 아침에 지각으로 걸리는 편이 더 나았겠다고 후회하기 시작했다.

점심시간이었다. 상환이 내 책상 모서리를 똑똑 두드렸다.

"약속 지켜야지?"

"무슨 약속?" 나는 어리둥절해 물었다.

"전에 지각해서 담 넘었을 때 나한테 뭐라고 했어?"

나는 고개를 갸우뚱하며 생각했다. 그때 내가 뭐라고 했냐면, 한 번만 봐주면…… 음료수 사겠다고 했지!

"하지만 이번엔 내가 부탁한 거 아니잖아." 왠지 좋지 않은 예감이 들었다.

"알았어, 가서 지각생 명단에 네 이름 적어놓고 올게."

상환은 몸을 획 돌려 교실을 나서려 했다.

나는 의자에서 벌떡 일어나 상환의 옷을 붙잡았다.

"아냐, 살게, 사면 되지!"

매점에 도착하자 음료수 진열대 앞에서 나는 울적한 목소리로 물었다.

"뭐 마실 거야?"

"저번에 네가 마셨던 거."

나는 앙례 밀크티를 하나 집어 들어 계산하고는 돌아나오며 상환에게 건넸다.

"빨대."

일부러 그러는 게 분명했다.

나는 한번 째려보고는 빨대를 뽑아 힘껏 꽂은 후 상환에게 건넸다.

상환은 잔뜩 부아가 난 내 표정을 보더니 갑자기 밀크티를 들고 있는 내 손을 잡았다. 그러고는 고개를 숙여 빨대를 물었다.

나는 잠시 어떻게 반응해야 할지 몰라 코앞에 있는 상환의 옆얼굴을 멍하니 보기만 했다. 상환은 밀크티를 한 모금 쭈욱 빨더니 얇은 입술을 쩝쩝 하고는 맛있다는 듯 입꼬리를 올렸다.

입술을 살짝 깨무는 모습과 밀크티를 마실 때 살짝 쿨렁대던 울대뼈를 보자 가슴이 두근거렸고, 왜인지 침착함을 유지하기 힘들었다.

입을 맞추면 어떤 느낌일까…….

아!

나는 애써 고개를 저으며 뇌리를 스친 생각을 지우려 했다. 주변의 다른 아이들이 우리를 쳐다보고 있었다. 그제야 상환이 내 손을 잡고 있다는 것을 알아챘다.

"손, 손, 손 놔……." 나는 다급해 발을 동동 굴렀다. 손을 빼고 싶었지만 상환에게 꼭 붙들려 있었다.

"맛 괜찮은데? 그런데 좀 다네." 상환은 주변의 이상한 시선에 전혀 아랑곳하지 않고 천천히 내 손을 놓으며 밀크티를 가져갔다. "가자, 교실에 가서 쉬자."

나는 묵묵히 그 뒤를 따라갔다. 그러면서 손에 남은 상환의 체온을 없애려 왼손으로 오른손 손등을 툭툭 털었다.

상환은 휴대폰을 꺼내 잠금을 해제하더니 나에게 건넸다.

"라인 추가해."

"왜?" 휴대폰을 건네 받긴 했지만, 왜 그래야 하는지 의아했다.

"반 업무 관련해서 연락하기 편하잖아. 우리 반 임원들은 다 추가했어, 너만 빼고."

"아…… 알았어."

모든 반은 라인에 단톡방이 있고, 학급 전달 사항이나 행사 등이 대부분 단톡방을 통해 공지된다는 것을 알고 있었기에 나도 딱히 거부할 수는 없었다.

하지만 상환과 라인까지 추가하게 되면 우리 둘의 접점이 더 많아지는 게 아닌가?

그런 생각에 정신이 팔려 나는 실수로 앨범을 클릭했고, 화면에 사진이 한 장 떴다.

시원해 보이는 흰색 티셔츠를 입고 나른한 미소를 띤 채 소파에 누워 있는 상환의 사진이었다. 한 손으로는 셀카를 찍으며, 다른 한 손으로는 목덜미에 있는 흰색 고양이를 쓰다듬고 있었다. 고양이도 귀여운 눈을 동그랗게 뜨고 카메라 렌즈에 눈을 맞췄다.

손끝으로 살짝 화면을 넘기자 이번에는 상환이 고양이를 안고, 고양이는 발바닥을 상환의 얼굴에 대고 있는 사진이 나왔다.

고양이와 소년의 조합이 이렇게 귀여울 줄이야. 나는 갑자기 가슴이 콩닥콩닥 뛰었다.

"뭘 함부로 보는 거야?" 상환은 뭔가 이상한 낌새를 느끼고는 바로 휴대폰을 뺏어 갔다.

"미안해, 실수로 잘못 열었어. 너도 고양이 바보구나!" 나는 웃으며 말했다.

상환은 귓불만 빨개진 채 아무 대답도 하지 않았다.

"그런데 왜 수의사는 안 하기로 한 거야?"

"내가 아는 수의사 형이 동물이 좋아서 수의사 하고 싶은 거면 그 냥 반려동물을 잘 키우는 게 좋을 거라고 하더라고. 수의사는 아픈 동 물을 봐야 하고, 고양이나 강아지뿐 아니라 돼지, 소, 양 같은 다른 동 물들도 치료해야 한다고. 그래서 생각해봤는데, 난 그냥 고양이를 좋 아하는 거라서 수의사의 꿈은 접은 거야."

"그 말도 일리가 있네. 나도 너무 단편적으로 생각했어."

나 역시도 수의사는 단순히 귀여운 고양이나 강아지만 진료한다고 생각했다.

교실 건물 계단을 올라가니 저 멀리에서 아린이 빗자루를 들고 복 도를 청소하는 모습이 보였다. 아린은 오늘 주번이었다.

"맞다, 그 흰 고양이는 네가 주운 거야?"

어릴 적 자주 고양이를 주워 집에 데려갔다는 상환의 이야기가 생 각나 물었다.

"응, 유치원 때 주웠어. 그때는 새끼 고양이였는데."

고양이 이야기가 나오자, 상환의 목소리가 한층 부드러워졌다.

"이름이 뭔데?"

"꼬맹이."

"너도 꼬맹이였던 주제에?"

나는 풋 하고 웃음을 터뜨렸다.

상환은 입에 빨대를 물고 나를 향해 차가운 시선을 쏘았다.

"예스! 청소 끝!"

청소를 끝낸 아린이 갑자기 흥에 겨워 빗자루를 들고 휘두르기 시작했다.

나는 한눈에 아린이 스타버스트 스트림을 흉내 낸다는 것을 알아챘다. 하지만 뭐라고 말을 꺼내기도 전에 빗자루가 아린의 손에서 벗어나 내 쪽으로 날아왔다.

"조심해!"

상환이 몸을 틀어 나를 품에 안으며 왼팔을 들어 날아오는 빗자루를 막았다. 손에 들고 있던 밀크티가 바닥에 떨어지면서 사방으로 튀었다.

"반…… 반장! 미안! 일부러 그런 거 아니야."

아린이 놀란 표정으로 뛰어오며 계속 사과했다.

상환의 품에서 나는 잠시 넋을 잃고 있다가 상환을 밀어내고는 아린에게 삿대질을 하며 소리쳤다.

"아린! 내가 복도에서 그런 거 하지 말라고 했지!"

"미안해……." 아린이 고개를 숙이고 사과했다. 그러더니 갑자기 억울하다는 듯 말했다. "근데 내 잘못만은 아니야. 네가 복도에서 하지 말라고 말하니까 괜히 더 하고 싶잖아."

"내 잘못도 있다고?" 이게 무슨 억지지?

"응, 나는 어릴 적부터 그랬어. 하지 말라고 하면 더 하고 싶다고. 네가 복도에서 하지 말라니까 괜히 반발심이 생겨서 언젠가는 복도에서 연습해봐야지 하는 생각이 드는 거지." 아린이 장난스러운 미소를 지었다.

"심리학에선 그걸 잠재심리라고 해." 상환이 아린의 말에 동의를 표하며 말했다. "나도 조금 전에 아린이 빗자루를 들고 노는 걸 보니까 갑자기 네가 했던 말이 떠올랐어. 그래서 좀 더 주의 깊게 보고 있다가 바로 널 보호할 수 있었던 거야."

"그럼 내가 얘기 안 했으면 복도에서 연습 안 했을 거야?" 나는 아린에게 따지듯 물었다.

"응, 그럴 생각도 못 했을 거야." 아린이 힘차게 고개를 끄덕였다.

아린의 말을 들으니 머릿속이 복잡해져, 뭐라고 응수해야 할지 떠오르지 않았다.

"아까워라." 상환이 바닥에 쏟아진 밀크티를 보며 말했다.

"반장, 내가 물어줄게." 아린이 두 손을 모으며 용서를 구했다.

"됐어, 이건 특별한 밀크티거든. 어떻게 물어줄 건데?"

"엉?"

"빨리 걸레 가져다 닦기나 해."

"넵!"

아린이 빗자루를 주워 들고 교실로 달려갔다가 대걸레를 가지고 나와 바닥을 닦았다.

나는 여전히 멍한 채 교실로 돌아갔다. 아린의 말이 머릿속을 떠나지 않았다. 이게 다 나 때문에 벌어진 일이라니, 믿을 수 없었다.

수업이 다 끝난 후, 막 책가방을 메고 자리에서 일어나던 참이었다. 상환의 책상 밑에 지우개가 떨어져 있는 게 보였다.

쪼그리고 앉아 지우개를 줍는데 뭔가 울퉁불퉁한 부분이 만져졌다.

나는 의아해하며 지우개를 뒤집어 보았다. 한쪽 면에 나뭇잎 무늬가 새겨진 게 얼핏 보였다. 화들짝 놀라 지우개 껍질을 벗겨 보니, 옆면에는 장미꽃도 새겨져 있었다.

나는 벼락을 맞은 듯 그 자리에 얼어붙었다. 강렬한 공포가 마음속에서 요동쳤다. 지우개를 손에 꽉 쥐고 교문으로 달려갔다.

선도부 활동이 끝날 때까지 기다렸다가 선도부실로 뛰어 들어갔더니, 선도부원들이 깜짝 놀라 쳐다봤다.

나는 선도부실을 둘러보며 꿈속 장면을 애써 떠올려보았다. 간신히 벽에 화이트보드가 있던 게 떠올랐다. 꿈속에서 상환이 씩씩거리며 화이트보드를 주먹으로 쳤다.

현실 속 선도부실 안에도 화이트보드가 있었다. 하지만 화이트보드는 어디나 흔히 있는 물건이었다. 학교만 해도 교무실이며 심지어 경비실에도 있는 물건을 가지고는 예지몽인지를 판단하긴 어려웠다.

상환은 다른 선도부원을 다 내보낸 뒤 넉살 좋게 물었다.

"선도부실 청소 도와주려고?"

"아니." 나는 지우개를 내밀며 말했다. "네 책상 밑에서 주웠는데, 네 거 맞지?"

"응."

"전에 내가 물었을 때는 지우개 조각 안 한다고 했잖아!"

"그때는 안 했는데, 네 말 듣고 나서 집에서 심심할 때 동영상 찾아봤지. 마침 지우개랑 조각칼도 있어서 한번 해봤는데 꽤 재미있더라고. 미술에 젬병인 나한테 성취감을 안겨주는 일이랄까." 상환이 지우개를 가방에 넣으며 말했다.

"내가 지우개 도장 조각할 수 있냐고 물어봐서, 그 뒤부터 하게 됐다고?" 나는 상환의 팔을 움켜잡으며 물었다.

"그래, 네가 그런 말 안 했으면 검색도 안 해봤을 거야. 근데 왜?" 상환은 내 행동에 놀란 듯 눈을 휘둥그렇게 떴다.

"사고로 의식불명이었을 때 꿈을 꿨어. 꿈에서 나는 2019년에 있었고, 나랑 너, 하오옌, 아린 그리고 샹링이 같은 반이었어. 하지만 당시에 나는 너 말고는 누가 나랑 같은 반인지 전혀 몰랐던 상태야." 나는 다급하게 얘기를 털어놓기 시작했다.

"아." 상환은 무표정한 얼굴로 고개를 끄덕였다.

"안 무서워?" 나는 상환의 반응에 놀랐다.

"꿈에 나온 사람들도 다 그냥 사람인데 뭐가 무서워? 꿈에서 귀신을 봤는데 현실에 진짜 나타나면 그건 무섭겠지."

"장난치지 말고!" 나는 상환의 말에 웃음이 터졌다가, 곧 성질이 올라와 상환을 한 대 쳤다.

"알았어, 진지하게." 상환은 팔짱을 끼고 창가에 기대며 말했다. "그 네 명은 꿈 꾸기 전에 네가 본 적 있는 사람이지?"

"응."

"우리 뇌는 우리가 경험했던 일을, 네가 잊고 있던 사람이나 사건까지, 시간 축이 아닌 다른 방식으로 꿈에서 함께 보여줘. 현실에서는 전혀 연관이 없는 사람들을 꿈에서 같이 본 적 없어?"

"그건…… 당연히 있지." 나는 초등학교와 중학교 친구들이 같은 반에서 수업하는 꿈을 꾼 적이 있다. "하지만 꿈에서 같은 반이었던 네 명이 실제로 모두 같은 반이잖아. 예지몽이란 생각 안 들어?"

"어느 과학 연구에 따르면, 인간은 평균적으로 매일 밤 2시간 정도 꿈을 꾼대. 여러 개의 꿈을 꿀 수도 있는데, 대부분은 잠재의식에만 남고, 꿈에서 깬 후에는 마지막 꿈만 기억한다는 거지. 통계학에 따르면 전 세계 인구가 어릴 적부터 성인이 될 때까지 꾼 꿈의 횟수를 더하면 천문학적인 숫자가 된대. 이렇게 무수히 많은 꿈에서 현실이랑 똑같은 꿈을 찾는 게 그렇게 어려운 일은 아니잖아?"

너무 진지한 거 아니야? 나는 입을 헤 벌리고는 멍한 표정으로 상환을 바라봤다. 상환이 분석한 내용을 내 뇌세포가 열심히 받아들이고 있었다.

"말하자면, 꿈에서 예언 같은 상황이 나왔다 해도 사실 그건 확률의 문제라는 거지." 상환이 단정하며 말했다. "예를 들어서, 네가 지각해서 담을 넘었는데 내가 문득 어떤 예감이 들어서 체육관 뒤편을 돌다가 너를 잡았던 거랑 같은 거야. 현실에서 벌어지는 우연이 꿈속 우연보다 더 많다는 생각 안 들어?"

왠지 일리 있다…….

"하지만 꿈에서도 아린이 복도에서 그걸 연습했고, 나는 지우개 도장을 잔뜩 가지고 있었단 말이야." 나는 다시 의문을 던졌다.

"그게 내가 조각한 거야?" 상환은 눈썹을 살짝 추켜세웠다.

"누가 한 건지는 모르겠어……." 꿈에서는 그것에 대해 확인해보지 않았다.

"나는 전에 꿈에서 내 생일이었는데 엄마 아빠가 날 데리고 회전초밥집에 갔어. 백 접시나 먹고, 접시가 산처럼 높게 쌓였지. 아침에 일어나서 꿈 내용을 얘기했더니, 그해 생일날 엄마 아빠가 진짜 나 데리고 회전초밥집에 갔어. 그럼 그 꿈도 예지몽이야?"

"아니, 그건 네가 먼저 꿈을 꾼 거고, 깨고 나서 부모님한테 얘기해서 그렇게 된 거잖아."

"마찬가지야. 네가 꿈에서 먼저 지우개 도장을 본 거고, 나는 네 말을 듣고서 알게 된 거지. 아린도 네 말 때문에 복도에서 연습했다잖아. 예지몽이 아니라 인과 관계야." 상환은 단호한 말투로 다시 한 번 논리를 펼치며 나를 설득했다.

"어쨌든 지우개 도장 안 팠으면 좋겠어. 그러는 게 나을 것 같아." 반박은 하지 못했지만, 여전히 불안이 가시지 않았다.

"그거 말고, 또 무슨 내용이 있었는데?" 상환이 궁금해하며 물었다.

"꿈에서 네가……." 나는 말을 잇지 못하고 늘어뜨린 두 손으로 치마를 꽉 잡았다.

"꿈에서 내가 죽었어?"

"어떻게 알았어?" 나는 놀라 물었다.

"얼굴에 그렇게 쓰여 있네." 상환은 손가락으로 내 뺨을 쿡 찔렀다.

"안 무서워?"

"별로. 나도 전에 가족이 죽는 꿈 꿨어. 내가 죽는 꿈도 꿨고. 그런데 현실에서는 다들 잘 살고 있잖아." 상환은 천천히 고개를 앞으로 기울이더니 가까이에서 나를 응시했다. "설마 계속, 나한테 무슨 일이 생길까 봐 걱정했던 거야?"

"응." 나는 고개를 끄덕였다.

"많이 걱정했어?"

"당연하지. 너무 현실 같은 꿈이었거든. 날짜, 시간, 장소까지 확실히 기억하고 있어."

"2019년 몇 월 며칠 몇 시에, 어디에서, 왜 죽는지까지?"

"응……." 나는 마음속에 있던 말을 꺼내지 않았다. 희미한 어떤 생각이 뇌리를 스쳤다. "만약에 너한테 무슨 일이 생긴다는 걸 알게 되면, 넌 어떻게 할 거야?"

"난 회의론자야. 반항적인 기질을 가지고 있지. 내가 직접 보지 않은 것에 대해서는 쉽게 믿지 않아. 그래서 시간이나 장소를 안다면, 나는 직접 꿈이 사실인지 확인해볼 거 같아."

상환의 눈동자에 예리한 빛이 스쳤다.

아린이 복도에서 스타버스트 스트림을 연습한 것, 상환이 지우개 도장을 판 것은 모두 내가 그런 말을 꺼냈기 때문에 두 사람의 행위에 간접적으로 영향을 주어 꿈속 장면이 현실로 나타난 것이다.

하지만 내가 두 사람이 그러리라는 것을 아는 이유는 꿈에서 마치 미래처럼 보이는 상황을 봤기 때문이다. 이것은 마치 닭이 먼저냐 달걀이 먼저냐 하는 문제처럼 난해했다.

반면, 캉 아저씨와 엄마에게는 내가 꿈에서 본 두 사람의 관계를 얘기하지 않았고, 현실에서 둘의 사이는 내가 굳이 끼어들 필요도 없이 자연히 멀어졌다.

설마 꿈의 내용을 누설하면 정말 어떤 보이지 않는 힘이 사건의 진행 방향에 영향을 미치는 걸까?

나는 다시 그런 위험을 감수하고 싶지 않았다.

그런 것을 믿지 않는 지극히 이성적인 상환은 만약 내가 자세한 상황을 얘기해줄 경우, 아마 아린처럼 더 해보려고 달려들 것이다.

"그만 얘기할래." 나는 슬쩍 한숨을 내쉬었다.

"왜?"

"지금 속으로 날 바보 취급하고 있는 거 다 보이거든?"

"엥…… 그럴 리가?" 상환은 갑자기 웃음을 터뜨리더니 마치 고양이를 쓰다듬듯 내 앞머리를 가볍게 매만졌다. "어떻게 널 바보 취급하겠냐, 나는 널……."

"내가 네 고양이냐!"

나는 씩씩대며 상환에게 책가방을 휘둘렀다.

오렌지색 노을이 유리창을 넘어 실내로 들어와 상환을 비추었다. 상환은 내 공격을 피하지 않고 도리어 내 책가방을 잡아챘다. 나는 그 반동으로 상환의 가슴에 팍 부딪혔다. 노을빛에 공기 중의 작은 먼지들이 반짝였다.

"너 말이야, 별거 아닌 일에 목숨 거는 고집쟁이네. 멍청하긴 한데, 귀여운 멍청이야."

나는 부딪혀서 아픈 코끝을 문질렀다. 상환의 품에서 고개를 드니 노을빛에 반사되어 반짝이는 작은 먼지들이 상환의 주변을 떠다니고 있었다.

상환은 고개를 숙이고 나를 응시했다. 그 깊은 눈 속에 마치 별빛이 담긴 듯했다. 상환의 입꼬리가 살짝 올라갔다.

아마 노을이 너무 아름다워서 미소 띤 상환의 얼굴도 더욱 빛나 보였을 것이다. 게다가 애정이 담긴 말투로 저런 대사를 내뱉으니, 순간 내 가슴도 조금씩 요동치기 시작했다.

저녁에 집에 돌아와서, 나는 멍하니 밥그릇 안에 든 밥을 보며 선도부실에서 있었던 일을 계속 떠올렸다.

그때 느꼈던 설렘은 착각인가?

어쩌면 상환은 아무한테나 쉽게 그런 말을 하는 성격일지도 모른다. 하지만 그런 말을 들은 여학생이라면 누구나 다 설렜을 것이다. 그런 헛된 설렘에 이성을 잃어서는 안 된다.

예지몽에 대한 상환의 분석에 따르면 사람은 누구나 매일 밤 많은 꿈을 꾸고, 그중에서 한두 개는 현실과 일치한다. 상환의 말은 논리적이었지만, 나는 여전히 마음속 불안을 내려놓을 수 없었다.

꿈이 현실이 되는 것을 막기 위해, 절대로 상환과 사귀면 안 되고, 절대로 걔를 좋아해서도 안 되며, 걔가 날 좋아해서도 안 된다.

"커쉰, 무슨 고민 있어?"

"어?"

나는 고개를 들고 식탁 맞은편의 엄마를 보았다. 엄마는 관심 어린 눈빛으로 나를 바라보고 있었다.

"표정이 이리 변했다 저리 변했다 하고 있길래 말이야. 시험 걱정돼서?" 엄마가 손에 들고 있던 젓가락을 내려놓으며 말했다.

"아니……."

"그럼 왜 그래?"

"그냥 오늘 점심시간에 친구가 복도에서 빗자루로 장난쳐서 다칠 뻔한 게 생각나서." 나는 괜히 아린의 일을 꺼냈다.

"빗자루에 맞을 뻔했어?"

"응, 다행히 반장이……." 나는 황급히 다음 말을 삼켰다.

"반장이 또 구해줬어?" 엄마는 슬며시 웃었다.

"걔, 걔가 빗자루를 막아준 것뿐이야."

"하하…… 구해준 거 맞네. 엄마가 다음에 학교 갈 일 있으면 꼭 그 반장이랑 인사 제대로 해야겠어."

"엄마!" 나는 발을 구르며 바로 화제를 돌렸다. "엄마는? 저번에 그 아저씨네 가서 식사하기로 한 거, 어떻게 됐어?"

"큰아들이랑 둘째 딸이 학교 때문에 시간이 안 난다고 해서 못 먹었어."

"아, 이번 주가 다 중간고사 기간이라."

"나도 그렇게 생각했지."

"저기…… 캉 아저씨한테는 연락 왔어?" 나는 엄마를 떠봤다.

"출국하고는 연락 거의 안 했어. 그런데 페이스북 보니까 부인이랑 여행 다니는 사진 많이 올리더라고. 잘 지내고 있는 것 같더라."

엄마가 조린 달걀을 내 밥 위에 올려주며 말했다.

그 말에 나는 한시름 놓았다. 하지만 상환과 아린 말고 신위한테도 저우이에 대해 말했는데, 그것도 꿈이랑 같은 결과를 가져올까?

에잇, 그만 생각하자.

상환의 말처럼 신위가 빙쉰의 운명의 상대라면, 어떤 장애물이 있다 해도 두 사람은 결국 좋은 결실을 맺을 것이다. 아니라면, 뭐 나처럼 버림받겠지.

6장

그 꿈에서, 내가 널 좋아하지 않아?

벨 소리가 꿈속으로 흘러들었다. 나는 비몽사몽간에 손을 뻗어 침대맡을 더듬어 자명종을 껐다. 하지만 이상하게도 벨 소리는 여전히 멈추지 않았다.

자세히 들어보니 자명종 소리가 아닌 라인 음성통화 소리였다.

이렇게 이른 시간에 누구야?

겨우 눈을 뜨고는 휴대폰을 쳐다봤다. 상환이었다!

나는 허둥지둥 일어나 통화 버튼을 눌렀다.

"여보세요."

"이제야 받네, 아직도 자냐?" 약간 가라앉은 듯 나른한 상환의 목소리가 저편에서 들려왔다. 방금 일어난 모양이었다.

"무슨 일이야?"

"얼른 일어나서 학교 오라고."

"왜 깨우는 건데?" 나는 모닝콜을 부탁한 적이 없다.

"지금 막 고양이 때문에 깼는데, 시계를 보니까 5시 반이길래. 어제처럼 늦을까 봐 나 일어난 김에 깨워준 거야."

"무슨 친구가 잠을 깨워줘." 내가 네 여자 친구도 아니고.

"자명종이 깨워주는 거냐?"

"네가 자명종이야?" 나는 하마터면 웃음을 터뜨릴 뻔했다.

"아니면, 네 남자 친구냐?"

"당연히 아니지!"

"시간 낭비하지 말고 얼른 일어나서 준비해."

"뭐 잘못 먹었어? 왜 이런대."

더 꾸물거리다가는 늦을까 봐 얼른 일어나 가방을 챙기고 등교를
했다.

오늘은 중간고사 첫날이다. 우리 교실은 늘 시끌벅적해 우등반에
비하면 공부할 만한 분위기는 아니었지만, 오늘은 달랐다. 중요한 시
험을 앞두고 있어 다들 벼락치기라도 하자는 심정이었고, 상환도 예
외는 아니었다.

"반장 열심히 하네." 샹링이 상환을 향해 눈짓하며 말했다. "똑똑한
애들은 시험 전에만 바짝 공부해도 100점이 수두룩하겠지. 그거 생각
하면 진짜 우울해."

나는 고개를 돌려 상환을 보았다. 상환은 한 손으로 턱을 괴고, 다
른 한 손으로 교과서 페이지를 넘기고 있었다. 뭔가 우아하면서도 단
정한 모습이 한 폭의 그림 같았다

"빠졌네." 샹링이 내 눈 앞에서 손을 휘휘 저었다.

"뭔 소리야?" 나는 눈을 깜빡이며 정신을 차리고는 시선을 교과서
로 옮겼다.

처음에는 내가 시험 날 늦을까 봐 상환이 특별히 깨워줬다고 생각

했지만, 중간고사가 끝난 후에도 상환은 매일 5시 반이면 전화를 걸어와 명령조로 빨리 일어나라고 닦달했다.

날 깨워주는 누군가가 있다는 건 참 좋은 일이지만, 그 사람이 상환은 아니었으면 하는 게 솔직한 심정이었다.

점심시간에 상환은 평소처럼 창가에 엎드려 바람을 쐬고 있었다. 기분이 좋아 보였다.

나는 상환에게 다가가 용기 내어 말했다.

"중간고사 기간에 깨워줘서 고마워. 이제 시험 끝났으니까 안 깨워줘도 돼."

"넌 집이 멀어서 맨날 일찍 일어나야 되잖아. 누구 한 사람이 더 신경 써주면 잘 때만이라도 푹 잘 수 있지 않겠어?"

상환이 똑바로 일어나 앉으며 살짝 기지개를 켰다.

상환의 말은 또 한 번 내 마음을 건드렸다. 날 이해하고 신경 써주는 누군가가 있다니.

한부모 가정에서 자란 나는, 더 많은 수당을 타기 위해 자주 야근을 하는 엄마의 잠을 방해하지 않으려고 초등학교 때부터 혼자 일어나 학교에 다녔다.

엄마는 어차피 이런 환경에서 태어났으니 현실을 받아들이라고 말했고, 나도 이런 생활 방식에 익숙해져 있었다. 다만 가끔 늦게까지 공부할 때면 다음 날 늦잠을 잘까 봐 걱정하기는 했다. 날 챙겨주는 사람이 있으면, 확실히 잠을 푹 잘 수 있을 것이다.

"넌 그렇게 일찍 일어날 필요 없잖아." 나는 고개를 숙이고 작은 목소리로 말했다.

"난 전화 끊고 나서 계속 자는데."

"성가시지 않아?"

"우리 반 애를 지각생 명단에 적는 게 더 짜증 나거든. 차라리 널 깨워주는 게 덜 성가시지." 상환은 잠시 말을 멈추더니 갑자기 다른 방법을 생각해냈다. "아니면 앞으로 일어나면 나한테 아침 인사 이모티콘을 보내. 5시 45분까지 안 오면 내가 전화할게."

"안 그래도 되는데……." 나는 상환의 옷을 붙잡고 고개를 저었다.

"나 귀찮게 하고 싶지 않으면 늦잠을 자지 마."

상환은 더 이상의 협상은 없다는 표정으로 자기 자리로 돌아가 선도부 완장을 꺼내 나갈 준비를 했다.

"독재자."

나는 입을 삐쭉대며 한숨을 내쉬었다.

다음 날 아침, 나는 평소처럼 이불 속에 누운 그대로 손만 뻗어 침대맡에서 울려대는 자명종을 껐다. 자명종은 반복 설정 기능이 있어서 5분 후에 다시 한 번 울리게 되어 있었다. 습관적으로 다시 잠을 청하려는데 갑자기 상환이 했던 말이 떠올랐다.

순간 잠이 확 달아났다. 더듬더듬 머리맡의 휴대폰을 찾아 상환과의 라인 대화창을 열어서 아침 인사 이모티콘을 보냈다.

상환은 메시지를 바로 확인했다. 정말 내 메시지를 기다렸던 모양이다.

"너무 부담스러워……."

이모티콘을 보낸 후 나는 또 무기력하게 베개에 머리를 댔다.

그때 갑자기 휴대폰에서 알림음이 딩동 딩동 연달아 울렸다. 게으름을 피울 약간의 시간조차 허용하지 않다니.

휴대폰을 집어 들고 들여다보니, 상환이 사진을 일고여덟 장이나 보내왔다. 모두 침대에서 배를 뒤집고 자는 꼬맹이의 사진이었다.

"짜증 나! 지 고양이 자랑하는 거야?"

나는 힘껏 베개를 내리쳤다. 하지만 귀여운 꼬맹이의 사진을 보고 있자니, 몽롱했던 정신이 금세 맑아졌다.

시험이 끝났기 때문에, 쉬는 시간이면 교실은 또다시 떠들썩해졌다. 다만 상환이 앉은 구역만 고요함을 유지했다.

"아침에 빛의 속도로 답장 보내더라." 나는 웃는 얼굴로 상환 쪽으로 몸을 돌려 앉아 말했다.

"꼬맹이가 마침 옆에서 자고 있어서." 상환도 몸을 틀어 등을 창가에 기대고 말했다.

"자는 모습 엄청 귀엽더라. 맨날 같이 자?" 이 질문이 아닌데!

"자기 집이 있는데, 거기서 자는 걸 별로 안 좋아하고 나랑 같이 자는 걸 좋아해."

상환은 휴대폰으로 사진 하나를 열어 보여줬다. 고양이 모양의 캣하우스였다.

"와, 침대 진짜 귀엽다!" 이 얘긴 여기까지!

"이게 캣타워야." 상환이 사진을 한 장 넘겼다.

"와, 위에 장난감도 있네." 아니야! 너랑 고양이 얘기하려던 게 아니라고. 내가 일어나든 말든 더 이상 신경 쓰지 말라는 말을 하려던 거라고!

"내가 묶어놓은 거야. 공 가지고 노는 거 좋아하거든." 상환의 눈이 반짝이고 입꼬리도 살짝 올라갔다. "이건 막 목욕하고 찍은 거."

나는 사진을 자세히 봤다. 꼬맹이가 머리를 욕조 가장자리에 놓고,

머리에 수건을 뒤집어쓰고 있었다. 마치 온천욕을 즐기는 듯한 모습이었다. "너무 귀여워!" 어이, 핵심이 그게 아니라고!

"물에 빠진 고양이."

상환은 다른 사진을 넘겨 보여주었다. 꼬맹이가 온몸이 젖은 채로 측은한 모습으로 의자에 앉아 눈을 게슴츠레 뜨고 있었다.

"하하하…… 네 표정이랑 닮았어. 목욕하는 거 엄청 싫어하나 보네?" 나는 고양이 표정에 웃음이 터졌다.

"무진장 싫어해." 상환도 미소를 지었다. 검은 눈이 반달 모양이 되었다. "꼬맹이 한번 안아보고 싶지 않아?"

"웅! 아…… 잠깐." 나는 '타임'이라는 손동작을 하며 잠시 머릿속을 점령했던 고양이 생각을 밀어냈다. 그제야 상환의 의도를 알아챘다. "자꾸 말 돌리지 마."

"고양이 얘기하려는 거 아니었어?" 상환은 시치미를 뗐다.

"그게 다는 아니야." 나는 미소를 거두고 진지한 표정을 지었다. "매일 보초병처럼 내가 일어났는지 지켜보는 거, 너무 부담돼."

"그래, 신경 안 쓸게."

의외로 상환이 순순히 물러났다.

"고마워."

나는 뭔가 이상하다고 느꼈다. 오늘 웬일로 저렇게 고분고분하지?

상환의 반응에 기뻐해야 마땅했지만, 저녁에 공부를 하다가 무심코 휴대폰을 만지작대며 딴생각에 빠져들었다. 내일부터 상환의 메시지를 받지 못한다니.

왜 헛헛한 마음이 드는 걸까?

하지만 그 꿈과는 다른 결말을 위해, 나는 상환과 거리를 유지해야 했다. 그게 맞다.

나 자신을 그렇게 설득했지만, 습관은 무서운 거였다. 다음 날 아침 자명종 소리에 깬 나는 비몽사몽인 상태로 상환에게 라인 메시지를 보냈다.

이모티콘을 보내고서야 화들짝 놀라 정신이 번쩍 들었다.

메시지를 삭제하려고 했지만 이미 읽음 표시가 되어 있었다. 그리고 다시 열 장 정도의 고양이 사진이 전송되었다.

나는 당황스러워 바로 답장을 보냈다.

야오커쉰: 고양이 자랑 너무 심한데!
바이상환: 뭐 이 정도를 가지고.

딩동! 또 사진 한 장이 날아왔다.

상환이 고양이를 안고 침대에 누워 있는 사진이었다. 둘이 얼굴을 딱 붙이고 있는 모습에서 서로에 대한 애정이 느껴졌다.

야오커쉰: 네가 냥바보란 거 다른 애들도 알아?
바이상환: 너밖에 몰라.

심장이 쿵 뛰었다. 사진 속 상환의 얼굴을 따라 슬며시 손끝을 움직였다.

나만이 상환의 또 다른 모습을 공유했다니, 나는 상환에게 특별한 존재인 걸까?

갑자기 상환의 마음이 무척 신경 쓰였다.

중간고사 석차가 발표됐다.

보통반이 우등반과 또 다른 점은 시험 성적의 양극화 현상이었다. 성적이 좋은 애는 아주 좋고, 나쁜 애는 아주 나빴다.

상환은 또 반 1등이었고, 만년 전교 3등이었다. 1, 2등인 이과 우등반 학생과 점수 차는 많이 나지 않았다. 우등반 아이들은 의과 대학을 목표로 열심히 공부에만 매진하는 괴물이었고, 반면 상환은 목표도 없고 노력도 하지 않는다는 차이가 있었다.

상환이 했던 말처럼, 쓸데없이 성적만 좋았다.

반 2등은 하오옌이, 3등은 샹링이 차지했다. 우등반에서 잘린 충격 때문에 샹링은 여름 방학 때부터 더 열심히 공부했고, 덕분에 이런 좋은 성적을 낼 수 있었다.

나는 10등이었다. 한동안 공부에서 손을 떼는 바람에 샹링보다 성적이 더 안 나왔다. 잘하는 애랑 비교하면 부족했고, 못하는 애랑 비교하면 잘하는 그런 축이었다.

우리도 사실 그렇게 못하는 축은 아니었던 셈이다.

"하지만 우등반 성적으로 따지면, 반 30등인 거야. 겨우 6명 제친 셈이지. 전교 100등 안에도 못 들었고." 샹링은 풀이 죽어 한숨을 쉬며 말했다.

"샹링, 더 이상 우등반이랑 비교하지 마. 비교할 거면 우리 반 하오옌이나 상환이랑 비교해." 나는 샹링의 손등을 토닥이며 말했다.

"반장은 괴물 같은 애잖아. 자극 요법이야?"

"네가 자괴감 말고 자신감을 가지고 공부했으면 좋겠어."

"알아, 이렇게 말하는 건 좀 그렇지만……." 샹링은 목소리를 낮추며 말했다. "여기에 온 다음부터, 한참 동안 잃었던 자신감도 되찾고 공부가 좀 재미있어졌어."

"반 수준은 우등반보다는 못하지만, 다들 개성 넘치고 좋아. 나도 이 반이랑 잘 맞는 거 같아." 나는 진심으로 그렇게 생각했다.

아이제의 경우, 동아리 활동에 상당히 애정을 쏟느라 쪽지 시험 성적은 항상 좋지 않았지만, 중간고사 일주일 전에야 책을 손에 잡고 열심히 하더니, 11등을 하는 기염을 토했다. 의지가 굉장한 친구였다.

아린은 성적으로 따지면 반에서 꼴찌였지만, 알고 보니 소설광이자 만화광이어서 소설과 만화에서 다양한 지식을 습득해, 모르는 게 없을 정도였다. 선생님들도 아린을 백과사전이라 불렀다.

"황샹링." 하오옌이 교과서로 샹링의 머리를 톡 쳤다. "내가 수학 문제 엄청 많이 가르쳐줬잖아. 시험 잘 봤으면 보답해야지?"

"어떻게 보답할까?" 샹링이 진지하게 물었다.

"당연히 스테이크지."

"야시장 표?"

"진심이냐?"

"그럼…… 좀 비싼 스테이크 대접하지. 대신 앞으로도 계속 수학 가르쳐줘." 샹링이 두 손을 모으고 애원하는 동작을 취했다.

"정성이 갸륵하니, 짐이 계속 지도해주겠소." 하오옌이 우쭐대면서 고개를 끄덕였다.

"다들 주목!"

아이제가 들어오더니 교단에 서서 말했다.

"다음 달에 '환경 보호 울타리 꾸미기' 대회가 열리는데, 2학년 각 반에서 한 팀씩 참가해야 한대. 하고 싶은 사람?"

"울타리 꾸미기?"

아이들이 어리둥절한 표정을 지었다.

"벽에 그림 그리는 거."

"뭘로?"

"아크릴 물감."

"어려울 거 같은데. 여기저기 묻으면 잘 지워지지도 않을 거고."

반 전체가 갑자기 소란스러워졌다. 하지만 선뜻 참가하겠다는 사람은 없었다.

아이제가 하오옌 옆으로 가서 말했다.

"하오옌, 지원자가 없네. 너 그림 잘 그리니까 도와줄 거지?"

"나 아크릴 물감으로 그리는 건 잘 못하는데." 하오옌이 망설이는 표정으로 말했다.

"너만 못하는 게 아니고 2학년 전체 다 못할걸." 상환이 맞는 말을 했다.

"너 하면 나도 할게." 하오옌은 상환을 물고 늘어졌다.

"너 하면 나도 할게." 상환이 고개를 내 쪽으로 돌리며 말했다.

"난……." 나는 슬그머니 웃고 있는 샹링을 보며 말했다. "샹링 하면 나도 할게."

"엥?" 샹링이 벙찐 표정으로 말했다. "하오옌 하면 나도 할게."

"위하오옌!" 아이제가 하오옌을 매섭게 노려봤다.

"알았어, 알았어. 할게." 하오옌이 손을 내저으며 상환을 보고 씩 웃었다.

"성가시네."

상환은 내키지 않는다는 표정을 지으며 손으로 턱을 괴었다.

아이제가 접수 명단에 참가자 이름을 적었다. 이 일은 이렇게 결정되었다.

오후 체육 시간에는 체육관에서 농구를 했다.

농구를 끝낸 후 점수 기록판을 도구실에 넣어놓는데, 꽃님이가 철제 선반 안쪽에서 쉬고 있었다.

"꽃님이 여기서 뭐 하니?"

나는 살짝 미소를 지으며 꽃님이 머리를 쓰다듬었다.

꽃님이는 고개를 들어 내 손에 머리를 비비며 가느다랗게 몇 번 야옹거릴 뿐, 평소처럼 간식을 달라고 뛰어오지는 않았다.

"언니 수업 간다, 안녕!"

나는 꽃님이에게 인사하고 도구실을 나왔다.

그날 이후, 나는 학교에서 더 이상 꽃님이를 보지 못했다.

일기예보에서 올해 겨울은 춥지 않다더니, 정말 11월 초인데도 여전히 따스한 기운이 남아 있었다. 마치 가을이 아직 떠나지 않은 것 같았다.

"꽃님이는 어딜 간 거지?"

나는 창가에 엎드려 중앙 화단을 내다봤다. 가벼운 바람이 불어와 화단 바닥에 떨어진 낙엽을 날렸다.

상환은 다음 달 선도부 당번 표를 작성하고 있다가 나의 혼잣말을 듣고는, 별일 없을 거라는 듯 대꾸했다.

"아마 멋진 수고양이 만나서 같이 떠났나 보지."

"어, 그런가?"

"가을이잖아."

설득력 있는 대답이었다.

"돌아올 때 새끼 고양이 세 마리쯤 데려오려나?"

"걔 귀 끝 잘려 있잖아." 상환이 고개를 돌려 나를 째려봤다.

"아, 잊고 있었네."

귀 끝이 잘려 있으면 중성화 수술을 했다는 뜻이었다. 나는 혀를 쏙 내밀어 보이고, 고개를 들어 하늘을 보았다.

"꽃님이 보고 싶다⋯⋯."

그냥 그렇게 중얼거렸을 뿐인데, 다음 날 아침, 내 라인 대화창은 꼬맹이 사진으로 가득 찼다.

학교에 도착해, 나는 참지 못하고 항의했다.

"야, 너무 심한 거 아니야?"

"못 깨우게 하니까 꼬맹이를 동원하는 수밖에." 상환은 창가에 등을 기댄 채 입가에 옅은 웃음을 지으며 말했다. "요즘은 지각 안 하잖아. 효과 좋은 거 아니야?"

"너의 이 변태적인 행각을 샹링한테 다 이르겠어." 나는 바로 몸을 돌렸다.

"안 돼." 상환은 재빨리 손을 뻗어 내 머리통을 잡고는 자기 쪽으로 끌어당겼다. "그건 너만 알아야 해."

왜? 하지만 나는 소리 내어 묻지 못했다.

상환도 잠시 침묵하더니 부드러운 목소리로 말했다. "저번 주에 샹링한테 병원에 진료 보러 간다고 하는 거 들었는데, 검사 결과 뭐래?"

"잘 회복되고 있대. 뇌 안에 있는 어혈도 이미 자체적으로 흡수돼서, 이제 체육 수업 참여해도 된대." 나는 앞머리를 만지작거리며 말했다.

"다행이네." 상환은 가볍게 고개를 끄덕였다. "오늘 수업 끝나고 나 기다려줄 수 있어?"

"왜?" 나는 불안한 마음에 한 발자국 옆으로 물러났다.

"너 진짜 이상해."

"뭐가?"

"방금까지만 해도 나랑 잘 얘기하더니, 지금은 또 날 피하잖아."

"난 그냥…… 좀 거리를 두는 게 좋을 것 같아서." 나는 어색하게 머리를 긁적였다.

"내가 너 좋아하게 될까 봐?"

"뭐?" 나는 화들짝 놀랐다.

"두려우면, 피하지 말아야지."

"…… 왜?"

"사냥하고자 하는 목표물이 도망칠수록, 사냥꾼은 더 잡고 싶어 하는 법이거든." 상환은 맑은 두 눈으로 나를 응시했다.

나는 난감해 시선을 피하며 웃었다. 무슨 말을 해야 할지 갈피가 잡히지 않아, 바보처럼 시선을 피한 채 아이제와 하오옌의 사이를 생각했다. 아이제는 항상 호탕하게 하오옌과 장난치며 웃고 떠든다. 그렇다고 두 사람이 특별한 관계는 아니다. 설마 상환을 피하는 내 행동이 또 역효과를 낸 건가?

만약 그 꿈이 아니었다면, 이런 쓸데없는 것까지 생각하지 않았을 텐데. 그럼 얼마나 좋았을까.

수업이 끝난 후, 시간 맞춰 선도부실로 가 문 쪽에 기대 서서 상환을 기다렸다.

책가방을 메고 나오던 상환은 밖에 있는 나를 보고 잠시 멈칫했다.

"나보고 기다리라며?" 나는 퉁명스럽게 말했다.

"응." 상환의 입꼬리가 살짝 올라갔다.

교문을 나와, 우리 둘은 나란히 언덕을 내려갔다. 점심 때 상환이 했던 말 때문인지 분위기가 너무 어색했다.

"왜 남으라고 한 건데?" 나는 애써 자연스럽게 미소를 지으며 아무렇지도 않은 척했다.

"일요일에 울타리 꾸미기 하러 가기로 했잖아. 마침 그날이 하오옌 생일이라서, 행사 끝난 후에 다 같이 생일 파티 할까 물어보려고."

그걸 굳이 수업 끝난 후에 말해야 할 필요가 있나?

"당연히 좋지, 생일 파티 어떻게 할 생각인데?"

"뭔가 특별한 걸 먹으면 어떨까 싶은데, 추천할 만한 곳 있어?" 상환이 뭘 먹어야 할지 모르겠다는 듯 눈썹을 까딱였다.

"한국식 치킨 어때?" 얼마 전에 엄마가 데려갔던 곳을 떠올리며 제안했다.

"난…… 치킨 안 먹어." 상환은 고개를 저었다.

"왜?"

"뼈 발라 먹기 귀찮아."

"순살 치킨도 있어." 나는 입술을 악물고 웃었다. 세상에, 뭘 먹을 때도 귀찮은 걸 질색하다니.

"그럼 괜찮겠네."

상환의 얇은 입술에 다시 해맑은 미소가 걸렸다.

나는 상환에게서 시선을 거둬 땅바닥만 보며 걸었다. 상환의 미소가 자꾸 내 마음을 두근거리게 해 난감했다.

언덕을 내려와, 상환네 가게 앞에 도착했다. 상환은 잠시 기다리라고 하더니 가게로 들어갔다.

나는 혼자 가게 밖에 서서 진열창 안에서 장난치고 있는 강아지와 고양이를 구경했다.

얼마 후, 상환이 새하얀 고양이를 안고 나왔다.

"와…… 꼬맹이네!" 나는 작은 소리로 탄성을 내뱉으며 성큼 다가갔다. "엄청 귀엽다."

"되게 순해, 낯도 안 가려. 안아볼래?"

"그래도 돼?"

"응." 상환이 꼬맹이를 나에게 건넸다.

"털이 엄청 풍성하고 부드럽네."

나는 조심스럽게 꼬맹이를 품에 안고, 살포시 등을 쓰다듬었다. 꼬맹이가 고개를 들더니 게슴츠레한 눈으로 나를 보았다. 어찌나 귀여운지 깨물어주고 싶었다.

"애는 어디서 주웠어?"

"유치원 졸업반 때, 공원 미끄럼틀 아래에서 주웠어."

"그럼, 이미 열 한 살이네?"

"응, 이제 할아버지지."

"하하하……." 나는 꼬맹이의 머리를 쓰다듬다가, 갑자기 뭔가 슬픈 예감이 들었다. "꽃님이를 마지막으로 본 장소가, 체육관 도구실 안쪽이었거든. 지금 생각해보니까 그때 별로 움직이질 않았는데, 어디 아팠던 건가……."

"아니야." 상환이 내 말을 잘랐다.

"내가 알기론……." 고양이는 죽을 때가 되면 숨는다던데.

"꽃님이는 분명 수고양이랑 도망갔어."

"넌 정말 마음이 따뜻한 거 같아." 내 마음에도 온기가 퍼지는 느낌이었다. 나는 나도 모르게 긴 한숨을 내쉬며 말했다. "그래, 엄청 멋진 수고양이랑 사랑의 도피를 떠난 거야. 지금쯤 천국 같은 생활을 하고 있을지도 몰라."

말을 마치는 순간 갑자기 가슴 쪽에서 뭔가 따뜻한 느낌이 드는가 싶더니 오줌 냄새도 났다.

꼬맹이를 들어 보니 교복이 노란 액체로 젖어 있었다.

"미안, 얘도 이제 늙어서 가끔 실수를 해." 상환이 바로 꼬맹이를 받아 안으며 당황한 기색으로 말했다. "일단 들어가자, 갈아입을 옷 줄게."

나는 상환을 따라 가게 안 직원 전용 탈의실로 갔다.

상환은 꼬맹이를 2층에 데려다놓고 돌아와, 나에게 티셔츠와 수건을 건네주고 문밖에서 기다렸다.

나는 교복을 벗고 대충 닦은 후에 티셔츠로 갈아입었다. 티셔츠에서는 세제 냄새가 났다.

옷을 다 갈아입은 뒤 탈의실에서 나왔다.

"교복 줘, 세탁해줄게." 상환이 미안한 표정으로 손을 내밀었다.

"괜찮아. 무슨 기름때가 묻은 것도 아닌데 뭘, 집에 가서 빨면 돼." 나는 개의치 않고 웃으며 교복을 개서 비닐에 넣었다.

"옷이 좀 크지. 우리 집엔 형만 있고, 여동생은 없어서."

"형 옷이야?"

"아니, 내 옷이야."

상환의 눈에 수줍은 빛이 스쳤다.

잠시 정적이 흐르며 뺨이 달아올랐다. 상환의 옷을 입고 있으니, 마치 상환의 품에 안겨 있는 기분이었다.

상환도 무슨 생각을 하는지 역시 얼굴이 붉어졌다.

"너, 너 얼굴이 왜 빨개?" 나는 상환을 툭 밀쳤다.

"남자 옷 입은 거 보니까 귀여워서." 상환은 고개를 삐딱하게 하고는 내 교복 치마를 보더니 한마디 덧붙였다. "여기에 반바지 입으면 잘 어울리겠군."

"야! 너 무슨 생각을 하는 거야!"

나는 얼굴이 뜨거워져 있는 힘껏 상환을 때렸다.

상환은 나지막이 웃더니 손을 내밀어 내 머리를 쓰다듬었다. 그러고는 손마디로 달아오른 내 뺨을 슬며시 쓰다듬었다. 둘 사이의 분위기가 순간 묘해졌다.

내 심장 박동이 점점 빨라졌다. '좋아한다'는 것은 연쇄 반응을 일으키는 감정이구나.

그날 선도부실에서 느낀 순간적인 떨림이 도화선에 불을 붙였고, 요 며칠 상환이 무심코 내보인 따뜻한 마음이 거기에 더해져 연쇄 반응을 일으키며 폭발해버렸다.

나는 코끝이 시큰해지며, 다가가 상환을 안고 싶은 충동을 느꼈다.

"집에 가야겠다. 옷은 일요일에 돌려줄게."

나는 고개를 살짝 돌려 상환의 손을 피하고는, 마음속 충동을 애써 억누르며 책가방을 멨다.

"응."

상환은 가볍게 대꾸할 뿐, 아무 말도 하지 않았다.

나는 가게에서 나와 미소를 지으며 상환에게 손을 흔들었다.

"버스 타러 간다. 안녕."

채 몇 발자국 가기도 전에, 뒤에서 누군가가 오른팔을 붙잡았다. 심장이 또 미친 듯 뛰기 시작했다. 나는 긴장한 채 고개를 돌려 상환을 보았다.

"커쉰, 물어볼 게 있어."

상환의 표정은 진지하다 못해 엄숙해 보였다.

"아린한테 복도에서 빗자루 휘두르지 말라고 한 거, 나한테 지우개 도장 만들지 말라는 거, 다 꿈속에서 일어난 일을 피하려고 그러는 거지?"

나는 입을 꾹 다물고, 부정하지 않았다.

"그럼 그 꿈에서 내가 널 좋아해?"

"아니, 꿈에서 우린 그냥 친구였어. 넌 전혀 나 안 좋아했어."

나는 일부러 상환의 시선을 피하지 않고 똑바로 쳐다봤다.

"그럼 그건 확실히 예지몽이 아니네." 상환은 또 살포시 웃었다.

"왜?"

"예지몽이 맞는다면, 꿈에서 내가 널 좋아해야 하거든."

나는 그대로 얼어붙어 머릿속이 텅 비었다가 잠시 후에야 상환이 고백했다는 사실을 깨달았다. 상환이 날 좋아한다니 날아갈 듯 기뻤지만, 또 한편으로는 울고 싶은 심정이었다.

"미안, 썸 타는 건 너무 성가셔서. 놀랐지?"

상환은 내 팔을 잡고 있던 손에서 힘을 풀었다. 상환의 귀가 점점 빨개졌다.

"응······."

나는 너무 혼란스러워 어찌해야 좋을지 알 수가 없었다.

바이상환, 그거 알아? 그 꿈은 지금까지 다 맞았어.

꿈에서 넌 날 좋아했어. 그리고 나도 널 좋아했고.

"난……, 난……."

나는 진실을 말할 수가 없었다. 머리로는 상환의 마음을 받아들여선 안 된다는 것을 알면서도 가슴으로는 거부할 수가 없었다.

상환은 깊고 고요한 눈빛으로 날 바라보며, 머뭇거리는 내 모습을 두 눈에 담았다. 잠시 후, 상환이 풉 웃음을 터뜨렸다.

"긴장하지 마. 꼭 대답할 의무도 없고. 난 단지 짝사랑하는 그 느낌이 싫어서 그냥 솔직히 좋아한다고 말한 것뿐이야. 그러면 앞으로는 최소한 내 마음을 몰라준다고 짜증 내는 일은 없을 거 아냐?"

"그냥 고백하고 싶어서 고백한 거뿐이라고?"

나는 바보 같은 표정을 지었다.

"응. 사실은……." 상환은 미간을 약간 찌푸리며, 뭐라 말해야 할지 잘 모르겠다는 표정을 지었다. "사귀면 여친이랑 함께할 시간을 만들어야 하니까, 연애는 너무 성가신 것 같아. 아무래도 혼자가 좀 더 자유롭지."

차가운 물 한 바가지를 뒤집어쓴 기분이었다. 나는 어깨를 축 늘어뜨렸다. 기분이 끝도 없이 가라앉았다. 나와 사귀고 싶지 않다니! 하지만 아이러니하게도 그 덕에 나는 안도의 한숨을 내쉴 수 있었다.

"고백하고서 사귀기는 싫다니, 그런 사람이 어디 있냐?" 나는 상환의 가슴을 주먹으로 쳤다. 괜히 창피하다는 생각이 들었다.

"그러면." 상환은 살포시 한숨을 쉬더니 말했다. "너도 날 좋아하면 너랑 사귈지 진지하게 고려해볼게."

"난 너 안 좋아하거든."

"엥?"

"그리고 성가신 거 싫어하는 그 성격, 남자 친구로 낙제점이야." 나는 입을 삐죽거렸다.

"내 생각에도 내 여친은 바다와 같은 포용력을 가지고 있어야 할 것 같아." 상환은 해맑은 웃음을 보이며 말했다.

"아마 그런 여자애는 아직 태어나지도 않았을걸."

"그럼 좀 더 자유로움을 누릴 수 있겠군."

"'조금 더'가 아니라, 평생 자유로울지도 모르지."

나는 상환을 째려보며 말했다. 마침 버스가 정류장에 들어와 나는 상환에게 손을 흔들었다.

"버스 왔네, 간다!"

"잠깐만." 상환이 또 내 팔을 붙잡았다. "일요일 아침 9시에 기차역에서 집합이야. 일어날 수 있어?"

"부탁인데…… 그날은 좀 봐줘. 꼬맹이 앞세워서 공격하기 없기야." 나는 울상이 된 얼굴로 애원했다.

"알았어."

상환이 웃음을 터뜨렸다. 나를 바라보는 상환의 눈빛에 애정이 듬뿍 담겨 있었다.

나는 냉큼 버스에 뛰어올라 빈자리를 찾아 앉았다.

상환의 갑작스러운 고백으로 그 꿈은 예지몽일 가능성이 커졌다. 내가 상환의 마음을 받아주지 않고, 캉 아저씨가 엄마와 결혼하지 않는다면 꿈속의 상황을 바꿀 수 있을 것이다. 이 두 상황이 지우개 도장이나 아린의 스타버스트 스트림보다 훨씬 더 중요했다.

상환의 마음을 받아주지 않는 게 맞겠지? 어쨌든 상환도 연애를 엄청 귀찮아하니까, 내가 그렇게 나오길 바라겠지!

이렇게 생각하자, 알 수 없는 슬픔이 솟구쳐 나는 창밖으로 시선을 돌렸다. 두 손을 바지 호주머니에 찔러 넣은 채 길가에 서 있는 상환이 눈에 들어왔다. 생각에 잠긴 듯 깊이를 알 수 없는 눈빛으로 나를 바라보고 있었다. 무슨 생각을 하는 걸까?

나는 눈을 깜빡이고는 고개를 돌려 더 이상 상환을 보지 않았다. 내 마음이 표정에 드러날까 두려웠다.

토요일인데 엄마는 모처럼 특근을 하지 않았다. 대신 아침 일찍 시장에 가서 장을 봐오더니 그간 한 번도 한 적 없는 요리를 했다.

"오늘 무슨 특별한 날이야? 웬 요리를 이렇게 많이 했어?"

식탁 위에 가득 차려진 정성스러운 음식들을 보자 갑자기 배가 고파왔다.

"연습 좀 하려고."

엄마는 앞치마를 풀고 식탁 앞에 앉았다.

"연습?"

"랴오 씨가 간신히 아이들이랑 시간을 맞춰서, 내일 우리가 그 집으로 가서 같이 밥 먹기로 했어. 내가 요리를 하겠다고 하니까, 아이들이 좋아하는 요리 알려주더라고. 그런데 내가 해본 적 없는 요리들이어서 어젯밤에 인터넷으로 조리법 좀 찾아봤지. 미리 한번 해보고 가야 망신 안 당할 거 아냐."

아! 이 요리들은 모두 그 집 아이들이 좋아하는 거구나.

"엄마, 잊었어? 난 내일 친구들이랑 울타리 꾸미기 하러 간다니까."

마음 깊숙한 곳에서 질투가 샘솟아, 나는 젓가락을 내려놓았다. 방

246

금 입 안에 넣은 오렌지 소스 스테이크에서 갑자기 아무 맛도 느껴지지 않았다.

"그리고 내일 친구 생일이라, 행사 끝나면 파티하기로 했어."

"아. 완전히 까먹고 있었네." 엄마의 얼굴에 미안함이 스쳤다. "그럼 내일 넌 울타리 꾸미기 하러 가. 내가 랴오 씨한테 잘 말할게. 나중에 다시 보면 되지."

"알았어……."

나는 밥만 입에 밀어 넣었다. 식탁 가득 차려진 요리는 손도 대고 싶지 않았다.

"엄마, 좀 이상하지 않아?"

"뭐가?" 엄마는 그릇을 받쳐 들고 물었다.

"그 아저씨 아들딸들 말이야. 한번 보자고 말한 게 언젠데 이제야 겨우 시간을 맞춘 걸 보면, 엄마랑 만나기 싫어서 일부러 미룬 거 아닐까?"

"맞아." 엄마는 전혀 숨기지 않고 고개를 끄덕였다. "걔들 엄마가 돌아가신 지 이제 2년 조금 넘었대. 그래서 아직은 아빠의 재혼을 받아들이기 힘든가 봐."

"나라도 그럴 거 같아. 아빠가 그렇게 빨리 재혼하면 죽은 엄마를 사랑하지 않았나 하는 생각이 들 거 같은데."

나는 그 집 자녀들의 마음을 이해할 수 있다.

"그러면 얼마나 기다려야 한다고 생각해?"

"최소 5년이나 10년."

"커원, 우리는 나이가 있잖아."

엄마가 고개를 저으며 웃었다. 내 생각에 동의하지 않는 티가 역력했다.

"랴오 씨가 부인한테 애정이 없어서 재혼을 생각한 게 아니야. 언제 한번 감기랑 고열로 심하게 아픈 적이 있었는데, 아이들은 다 외지에 나가 있고 아무도 돌봐줄 사람이 없더래. 그래서 선보기로 했다고 하더라. 아이들이 곁에 있기만 하면, 아마 아내에 대한 마음을 간직하며 살겠지. 하지만 자식들은 언젠가는 자기 가정을 이룰 테고, 삶 자체가 자기 가정을 중심으로 돌아가게 되잖아. 그러니까 여생의 동반자를 찾고 싶어서 선을 본다고 하더라고. 이왕 동반자를 찾기로 했으니, 하루라도 빨리 찾는 게 더 낫지 않겠어? 70이나 80이 될 때까지 기다리면 노인네를 누가 좋아하겠어?"

엄마의 일장 연설에 나는 아무 말도 하지 못했다. 어른들은 너무나 이성적으로 문제를 바라본다. 우리처럼 감정이 1순위가 아니다.

나는 그 집 자녀들의 마음을 이해하지만, 랴오 아저씨 부인은 아마 자기 남편이 아플 때 아무도 돌봐주지 않는 것보다 하루라도 빨리 남편이 행복해지길 바랄 것이다.

"그 집 아이들이 날 받아들이기 힘들 거라는 건 나도 알아. 하지만 무슨 일이든 노력이 필요하잖아. 일단 해보고 안 되면 그때 포기하면 되지!"

엄마의 눈빛이 결연했다.

"그 아저씨 좋아?"

"괜찮은 것 같아. 경제력이나 사교적인 면 모두 다." 엄마의 대답은 마찬가지로 지극히 현실적이었다.

"외적인 조건 말고. 그 아저씨가 엄마를 가슴 떨리게 하냐고."

나는 엄마가 사랑하지도 않는 사람과 결혼하는 것을 바라지 않았다.

엄마는 나를 몇 초간 물끄러미 바라보더니 고개를 저으며 웃었다.

"커쉰, 좋아하는 남자가 창밖에 지나가는 것만 봐도 얼굴이 빨개지고, 가슴이 두근대는 거는 10대 소녀들이나 가지는 감정이야. 나이를 먹고, 사회생활을 오래 하다 보면, 점점 설렘이라는 감정은 사라져. 나중에 너도 알게 될 거야. 그리고 나처럼 이혼 경험도 있고, 사랑에 대한 환상이 완전히 사라진 여자는 특히 더 그래. 조건이 엄청 좋은 남자를 만나도, 이제는 '괜찮네' 정도의 감정만 갖게 되지."

"하지만 엄마, 최소한 가장 좋아하는 사람을 골라야지."

누군가에게는 인생을 통틀어 설렘을 느끼는 횟수가 딱 한 번뿐일 수도 있다는 사실에 나는 놀랐다.

"커쉰, 엄마는 이미 마흔이 넘었잖아. 젊고 예쁜 아가씨랑은 달라. 그리고 애도 딸려 있고. 고르긴 뭘 고르니?" 엄마는 재미있다는 듯 웃음을 터뜨렸다. "저쪽에서 까다롭게 고르지 않으면 다행이지."

나는 아무 말도 할 수 없었다.

"그 얘기는 됐고, 따뜻할 때 먹어봐. 맛이 어떤지 얘기 좀 해줘."

엄마는 젓가락을 들어 식탁 위에 있는 요리를 가리켰다.

"응."

나는 요리마다 조금씩 맛을 봤다.

"다 맛있는데. 뭐 지적할 만한 것도 없어."

"그 집 애들 입에도 맞았으면 좋겠네." 엄마는 한숨을 쉬었다. "아참! 반장도 꾸미기 하러 같이 가?"

나는 젓가락을 물고, 고개를 들어 엄마를 바라봤다.

"그렇군." 엄마는 또 웃었다.

"왜 자꾸 걔에 대해서 물어?"

"저번에 병원에서 봤을 때 인상이 참 좋더라고. 그리고 널 구해줬잖아. 분명 엄청 괜찮은 애일 거야."

"엄마 생각처럼 그렇게 좋은 애는 아니야."

"왜?"

"성가신 걸 엄청 싫어해서, 자꾸 나한테 잡무를 넘겨. 공부는 엄청나게 잘하는데 꿈이랑 목표도 없고, 평소에도 뭔가 하고자 하는 의욕도 없이 맨날 창밖만 보면서 넋 놓고 있어."

나는 고개를 숙여 그릇 안의 밥을 뒤적이며 말했다. 머릿속에는 멍하니 넋을 놓은 상환의 모습이 떠올랐다. 사실 전혀 짜증 나는 장면은 아니었다.

"나도 어릴 때는 꿈 있고 의욕 넘치고 인기 많은 남학생을 좋아했어. 네 아빠 같은 사람 말이야." 엄마는 감성에 젖은 듯한 표정으로 한숨을 내쉬며 말했다. "그런데 이제는 약간 평범한 사람이 더 괜찮은 것 같아. 안정적인 직업만 있으면 말이야. 집에서 티브이 보며 뒹굴거리기 좋아하고, 내가 차린 밥 잘 먹어주고."

"「아따맘마」(정겨운 가족의 일상을 담은 일본 애니메이션 시리즈─옮긴이)에 나오는 남편처럼?"

"응."

엄마는 고개를 끄덕이며 웃었다.

엄마의 쓸쓸한 미소를 보자, 가슴이 아팠다. 사랑에 한번 배신당한 사람은 다시는 설렘을 느끼기 힘들 것이다. 그러니 그저 머리가 알려주는 대로 이성적으로 상대의 여러 조건을 분석할 수밖에.

하지만 아무리 그래도 어떻게 설렘 없이 누군가를 좋아할 수 있는지 이해가 되지 않았다. 심지어 일생을 같이할 사람인데.

점심 먹고 난 뒤 설거지를 하고 거실에서 휴대폰을 가지고 노는데, 아이제가 라인에 나하고 상환, 하오옌과 샹링을 초대해 새 단톡방을 만든 것이 보였다.

우리 네 명이 들어간 단톡방이 있는 상황은 꿈속 장면과 같았다. 하지만 현실은 꿈과 달리 아이제가 껴 있었다.

아이제는 단톡방에 울타리 꾸미기 행사와 관련한 공지를 올렸다.

내일 오전 9시에 기차역에 모여서, 셔틀 타고 행사 장소로 이동할 거야.

물감이랑 붓은 주최 측에서 제공한대. 그림 그릴 때 옷에 물감 묻을 수도 있으니까 버려도 되는 옷 입고 오래.

행사 시간은 오후 3시까지고, 심사위원들이 1등부터 3등까지 뽑아서 현장에서 상이랑 상금 수여한대. 4시에 다시 셔틀 타고 기차역으로 돌아오는 일정이야.

메시지를 읽고 나자 내일 상환을 마주쳐야 한다는 생각에 가슴이 다시 답답해졌다.

좋아한다고 말할 수도 없고, 상대는 모르는 감정을 가슴에 묻어둔다는 것은 정말 답답하고 슬픈 일이다. 그러니 세상에서 귀찮은 게 가장 싫은 상환도 전전긍긍하며 마음 앓이 하기 싫어서 나한테 고백을 한 것이다.

하지만 나는? 정말 이대로 이 감정을 영원히 가슴속에 묻고 지낼 수 있을까?

❖

하룻밤 만에 기온이 뚝 떨어졌다. 살짝 서늘했던 가을 날씨는 뒤늦게 찾아온 겨울 날씨에 자리를 내주었다.

나는 긴 팔 티셔츠에 잠바를 걸친 뒤, 상환에게 빌린 옷을 가방에 챙겨 넣고 기차역으로 출발했다.

집합 장소에 도착하니 아이제 빼고 다들 와 있었다.

"아이제 아직 안 왔어?"

"아침 일찍 전화 와서 생리통 땜에 꼼짝 못하겠다길래 집에서 쉬라고 했어. 와도 신경만 쓰일 것 같아서." 상환은 줄곧 나에게 시선을 고정한 채 대답했다. 마치 자신에 대한 내 태도에 변화가 있는지 살피려는 듯 말이다.

"생리통 심할 때는 침대에서 꼼짝도 하기 싫지." 샹링이 그 고통을 안다는 듯 씁쓸한 미소를 던졌다.

"꾸미기는 우리 넷이 열심히 하지 뭐!" 하오옌이 아이제의 불참에 개의치 않고 웃으며 말했다.

셔틀버스가 도착하자 다들 줄을 서서 차에 올랐다. 상환이 슬쩍 나와 샹링 사이로 끼어들었다.

차에 올라 자리를 찾아 앉으니 상환이 내 옆자리에 와서 앉았다. 나는 고개를 돌려 뒷좌석을 보았다. 샹링은 하오옌과 같이 앉아 웃으며 대화를 나누고 있었다.

"너 왜 하오옌이랑 안 앉아?" 뭔가 수상쩍어 상환에게 물었다.

"이미 습관이 돼서." 상환은 몸을 기울이며 작은 목소리로 말했다. "네 옆에 앉아야 편해. 얘기하고 싶을 때 언제든 고개만 돌리면 널 볼 수 있잖아."

"너 진짜 게으르다!"

나는 심장이 두근거려 미간을 찌푸리고 슬쩍 상환을 곁눈질했다. 그러고는 가방에서 티셔츠를 꺼내 건넸다.

"이거, 그저께 빌려줬던 옷. 세탁했어."

"미안해, 우리 꼬맹이 때문에 고생했네." 상환은 겸연쩍어하며 티셔츠를 받았다.

"괜찮아." 나는 전혀 개의치 않았다. "꼬맹이, 병원은 가본 적 있어?"

"전에 가봤는데, 유전적으로 콩팥에 낭종이 있어서 나이가 들면서 콩팥 기능이 떨어진대. 근데 유전병은 치료가 안 돼서 그냥 잘 보살피는 수밖에 없다고 하더라고."

상환은 티셔츠를 가방에 집어넣고, 앙례 밀크티를 꺼내 빨대를 꽂아 나에게 건네며 말했다.

"이거 내가 꼬맹이랑 같이 가서 샀어. 사과해야 하지 않겠냐고 그랬더니 알겠다고 갸르릉 하더라."

"그게 싫다는 뜻은 아니고?" 나는 살짝 웃으며 밀크티를 받아 한 모금 마셨다.

"꼬맹이는 내가 너 좋아하는 거 아니까 싫다고 안 했을 거야!"

갑자기 상환이 돌직구를 날렸다.

심장이 또 미친 듯 쿵쾅거리기 시작했다. 뺨이 뜨겁게 달아올라 어깨로 툭 상환을 밀어내고 고개를 돌려 창밖을 쳐다봤다.

상환은 슬쩍 웃더니 더는 아무 말 하지 않고 가방에서 휴대폰을 꺼내 인터넷을 했다.

버스는 복잡한 시내를 벗어나 좁다란 길로 들어섰다. 창밖으로 논밭이 펼쳐졌고, 집들이 드문드문 보였다.

얼마 후, 어느 공사장에 버스가 멈춰 섰다.

차에서 내려 주변을 둘러보니, 행사 참가자들 외에 유명 인사도 몇 명 보였고, 직접 차를 몰고 온 가족 단위 참가자도 있었다. 그냥 봐도 대략 200명 정도는 되어 보였다. 다른 쪽으로 고개를 돌리니 시공 면적이 꽤 커 보이는 공사장과 그 사방에 두른 울타리가 시야에 들어왔나. 공사는 아직 시작되기 전인 듯했다. 그 밖은 모두 논밭과 버려진 땅이었다.

"여기 진짜 외진 곳이네. 여기에다 그림 그리면 귀신이나 구경 오겠다." 하오옌이 실망 가득한 표정으로 말했다.

"사람들 많이 다니는 길거리에다가 그리는 건 줄 알았어." 나도 같은 마음이었다.

"오면서 보니까 집도 몇 채 없던데. 우리가 아무리 잘 그려놔도 보러 오는 사람도 없고, 공사 끝나면 울타리는 철거할 거잖아. 부질없는 짓이네. 그냥 집에 가서 공부나 하는 게 낫겠어." 샹링이 입을 삐죽거리며 불평했다.

"나도 이렇게 완전 쓸데없고 귀찮은 일 안 하고 싶은데." 상환이 심드렁한 얼굴로 말했다. "그릴 거면 어서 시작하고, 안 그릴 거면 그냥 가자."

"하자! 네가 귀찮은 일 하는 거 보는 게 난 제일 재미있더라."

하오옌이 상환을 끌어당기며 접수처로 향했다.

공사장 오른쪽에 컨테이너로 만든 임시 사무소가 있어서, 오늘은 행사 사무실로 쓰였다. 문 앞에는 접수 천막이 설치되었고, 한쪽에는 물감과 사다리, 붓 등이 쌓여 있었다.

행사 진행자가 우리에게 28번이라 적힌 번호와 함께 식권과 회화 도구를 나눠주었다.

울타리에는 이미 빨간색 분필로 구역이 구분되어 있었다. 딱 보니 높이가 2미터는 족히 되어 보였다. 주최 측에서 사다리를 준비해놓긴 했지만, 수량이 많지 않아서 다른 팀과 같이 사용해야 했다.

"종이컵을 몇 개 안 줘서 색깔별로 물감을 덜 수가 없네."

샹링이 물감 나눠 주는 곳을 쳐다보았다. 이미 많은 사람이 줄을 서 있었다.

"그러니까 빨리 움직여야 돼. 많이 쓰는 색깔은 금방 없어질 테니까, 늦으면 못 받을지도 몰라." 상환이 재빨리 업무를 나눴다. "하오옌이랑 커쉰이 먼저 밑그림을 그리고 있으면, 나랑 샹링이 사다리랑 물감 받아올게."

우리는 각자 맡은 일을 시작했다.

나와 하오옌은 서둘러 28번 구역으로 가서 가방에서 도화지를 꺼냈다. 며칠 전 함께 의논해서 그린 초안이었다. 아이 세 명이 두 손을 높이 들고 지구를 보호하고 있는 모습이었다. 지구는 나무와 풀로 가득했고, 새와 나비가 날아다녀 생동감과 활력이 넘쳤다.

"오른쪽 남자애는 내가 그릴게. 넌 왼쪽 여자애 그려."

하오옌이 분필을 반으로 잘라 나에게 건넸다.

나는 분필을 받아 들고 밑그림을 그렸다. 울타리 표면이 울퉁불퉁해 그림 그리기가 쉽지 않았다. 게다가 도화지에 그린 초안을 크게 옮기려다 보니 멀리서 봤을 때 개가 한입 베어 문 것처럼 선이 찌그러지진 않았는지 계속 확인을 해야 했다.

"왼쪽 팀 좀 봐."

하오옌이 목소리를 낮춰 말하며 슬쩍 옆 팀을 눈짓했다.

왼쪽은 가족 팀이었는데, 의자와 사다리에 물감이랑 붓도 직접 가져와, 주최 측에서 제공하는 물품이 필요 없었다.

엄마는 다리를 꼬고 의자에 앉아 휴대폰을 보고 있었고, 막내딸은 옆에서 태블릿으로 만화를 보고 있었다. 아빠 혼자 사다리에 올라 이리저리 선을 그렸는데, 그렇게 획획 그린 선이 곧 훌륭한 밑그림으로 변신했다. 두 아들은 땅에 쪼그리고 앉아 물감 색을 조절하고 있었다. 많이 해본 솜씨였다.

"되게 전문가 분위기 난다." 나도 목소리를 낮춰 대답했다.

"진짜 화가 아닐까?" 하오옌이 고개를 끄덕이며 말했다.

상환과 샹링이 물감을 받아 왔다. 두 사람은 우리가 그려놓은 밑그림에 색을 칠할 준비를 했다.

"물감이 너무 진한데?" 샹링이 붓으로 종이컵을 휘저으며 말했다.

"희석제를 좀 넣자." 상환이 용기 하나를 가리켰다. 그 안에는 코를 찌르는 냄새의 투명한 액체가 담겨 있었다.

샹링은 물감에 희석제를 조금 따르고 붓으로 저은 후 색을 칠하기 시작했다. 희석제 비율을 제대로 못 맞췄는지 물감이 마치 콧물처럼 주르륵 흘러내렸다.

"하오옌! 도와줘! 물감이 흘러내려!"

샹링은 다급한 마음에 흘러내리는 물감을 막으려고 손으로 울타리 표면을 받쳤다.

"바보냐? 손으로 막는다고 안 흘러?"

하오옌이 수건으로 샹링의 손을 쓱쓱 닦았다. 하지만 닦을수록 물감이 더 번지기만 해 두 사람 모두 손에 물감을 잔뜩 묻히고 말았다.

"어떡하냐, 물감이 안 닦여."

"괜찮아. 이따가 다 끝나고 닦지 뭐."

샹링이 손을 빼며 말했다. 두 볼이 발그레했다.

쟤네 둘, 같이 공부하더니 특별한 감정을 키운 건가?

꿈에서는 임시 소집일에 딱 한 번 봤을 뿐이라 두 사람이 사귀는 사이였는지는 알 길이 없었다.

뭐, 기억 못 하면 굳이 꿈에서 있었던 일을 피하려고 애쓸 필요가 없으니 다행이다.

나는 가볍게 한숨을 쉬고는 둘에게서 시선을 거두었다. 상환이 나를 쳐다보고 있었다. 뭔가를 깊이 생각하는 듯한 눈빛이었다.

"왜?"

나는 아무렇지도 않은 듯 웃었다.

상환은 붓으로 아이의 옷 부분을 가리키며 말했다.

"상의에 있는 줄무늬 빼도 되냐?"

"안 돼, 줄무늬가 있어야 예뻐."

"그냥 흰색 티셔츠로 그리면 안 돼?"

"안 돼."

"아, 귀찮아. 난 흰 티셔츠가 좋아. 집에서 입기도 편하고, 외출할 때도 맞춰 입기 편하고."

상환이 입꼬리를 살짝 올리며 말했다.

갑자기 상환의 취향을 알게 돼서 기뻤지만 애써 티 내지 않았다.

가만히 있는 나를 보고 상환이 말을 이었다.

"내가 고백해서 불편해?"

"조금." 나는 가볍게 붓질을 하며 대답했다. "넌 안 불편해?"

"내가 불편할 게 뭐 있어?" 상환이 갑자기 웃음을 터뜨리더니 얼버무리며 말했다. "마음에 담아둔 말을 하고 나니 속 시원하기만 한데. 불편하게 해서 미안하다고 사과할 수도 없고, 이해해줘."

"짜증 나, 얼른 그림이나 그려."

나는 가슴이 쿵쾅거려 팔꿈치로 상환을 툭 쳤다.

나의 갑작스러운 공격에 상환의 손에 들린 물감이 출렁여 컵 밖으로 흘렀다.

"미안, 미안."

나는 황급히 들고 있던 물감을 내려놓고, 수건을 집어 들어 닦아주려 했다.

그런데 상환이 갑자기 손가락을 뻗더니 내 뺨 양쪽에 휙휙휙 뭔가를 그리고는 다른 손으로 휴대폰을 꺼내 사진을 찍었다.

"뭐 찍는 거야?"

상환의 휴대폰을 가로채서 들여다보니, 화면 속 내 뺨에 고양이 수염이 여섯 줄 그려져 있었다.

나는 휴대폰을 돌려주는 동시에, 번개 같은 속도로 물감이 묻은 수건을 상환의 얼굴에 문질렀다.

상환은 고개를 돌려 내 반격을 피하려 했으나, 내 동작이 한발 빨랐다. 상환의 왼쪽 뺨에 물감이 조금 묻었다.

"이 고양이 바보! 덤벼봐!"

나는 의기양양해 수건을 공중으로 던졌다 받았다 했다.

내 말이 끝나자마자, 상환이 빛의 속도로 다가와 공중에서 수건을 낚아챘다.

아뿔싸 싶어 얼른 도망치려 했지만 상환에게 허리를 붙잡혀 뒤쪽으로 끌려갔다. 상환이 다른 한 손으로 물감 묻은 수건을 내 얼굴에 문지르려 했다.

"하지 마⋯⋯." 나는 나지막이 말을 내뱉으며 서둘러 상환의 손을 붙들었다.

"덤비라며."

상환의 뜨거운 호흡이 내 귓가에 닿았다. 뺨이 훅 달아올랐다. 나는 그제야 상환이 뒤에서 나를 안고 있고, 둘의 얼굴이 거의 맞닿아 있다는 사실을 깨달았다. 야릇하다면 엄청 야릇한 포즈였다.

무료해하던 옆 팀 막내가 옥신각신하는 우리를 보고 큰 소리로 깔깔 웃기 시작했다. 나는 부끄러워 뜨겁게 달아오른 얼굴로 상환의 품에서 벗어났다. 하오옌과 샹링도 마치 불륜 현장이라도 잡은 듯한 얼굴로 손을 멈추고 우릴 보고 있었다. 이제 확실히 알겠다는 듯한 표정이었다.

바로 그때 공사장 사무소 쪽에서 방송이 흘러나왔다.

"참가자 여러분, 안내 말씀 드립니다. 점심시간이 되었으니, 식권을 지참하고 도시락 받아 가세요."

"나 얼굴 좀 닦고 올게."

나는 난처함에 서둘러 자리를 떴다.

민망해서 고양이 수염이 그려진 두 뺨을 반쯤 가리고 화장실로 갔다. 수도꼭지를 틀고 손으로 물을 받아 뺨을 문질렀지만, 얼굴에 묻은 물감은 깨끗이 지워지지 않았다.

"그거⋯⋯ 물로는 안 닦여요. 특수 용제를 써야 하는데."

수줍어하는 듯한 낯선 목소리가 들려왔다.

고개를 드니 내 옆에 한 여학생이 긴 머리를 찰랑이며 서 있었다. 약간 살집 있는 체격에, 동그란 얼굴, 쌍꺼풀 없는 작은 눈이 어딘가 낯익긴 한데, 어디서 봤는지 기억이 나지 않았다.

"누구세요……?"

"전 웨이야고등학교 학생이에요." 여학생은 웃음 가득한 얼굴로 자기를 소개했다. "기억 안 나세요? 한 번 만난 적 있는데. 언니네 학교 갔었거든요. 복도에서 넘어졌는데."

"아! 기억나요! 여기에서 또 만날 줄은 몰랐네요."

버스 사고 보상과 관련해서 합의를 하던 날, 중앙 정원에서 마주쳤던 여학생이 떠올랐다. 그러고 보니 그 여학생은 웨이야고등학교 교복을 입고 있었다.

"우연은 아니에요……."

여학생은 흰색 레이스 손수건을 내밀었다. 손수건에는 이미 물감이 약간 묻어 있었다.

"손에 묻은 물감 닦으려고 액체 좀 묻혀 왔는데, 이걸로 한번 닦아 보실래요?"

"고마워."

나는 손수건을 받아 거울을 보며 뺨에 묻은 물감을 닦아냈다. 몇 번 문지르니 깨끗하게 지워졌다.

얼굴을 다 닦고서 손수건을 돌려주며 물었다.

"그날 그 버스 회사 사장님 차에 타는 거 봤는데, 그 집 딸?"

"네." 여학생은 미안한 표정을 지으며 말했다. "죄송해요, 우리 아빠 회사 버스 고장으로 그런 사고를 당하게 해서."

"아니야, 이미 다 지난 일인데 뭐." 나는 여학생을 훑어보며 말했다. "그런데 그때보다 많이 마른 것 같네. 그래서 금방 못 알아봤어."

"다이어트 중이에요. 신위 언니한테 놀림받기 싫어서."

"우신위?" 나는 의아했다. 여기서 신위의 이름을 들을 줄이야.

"그날 고양이한테 손 긁혀서 빙쉰 오빠가 양호실에서 약 발라줬거든요. 나중에 고마워서 음료라도 한번 사려고 인스타그램으로 메시지를 보냈는데 신위 언니가 보고는 저한테 연락해서 엄청나게 욕을 하더라고요."

"그런 일이 있었어?"

"캡처도 해놨어요."

여학생은 큐빅이 가득 붙은 휴대폰을 꺼내더니 사진 한 장을 보여주었다.

나는 캡처 화면 속 대화를 자세히 읽어봤다. 거울 쳐다보기도 겁나게 생긴 돼지 주제에 공주병에 걸렸다는 둥, 남의 남자를 꼬드길 작정이면 다음 생에서나 시도해보라는 둥 신위가 막말을 쏟아낸 것이 보였다.

"엄청 심하네."

나는 까무러치게 놀랐다. 아이제의 말처럼 신위는 누군가가 빙쉰을 뺏어 갈까 두려운 게 틀림없었다. 하는 양을 보니 빙쉰에게 접근하는 모든 여자를 쳐낼 생각인 듯했다.

"그런데…… 빙쉰한테 호감 있어? 굳이 걔 인스타그램에 글까지 남길 정도면?"

"네, 빙쉰 오빠 멋있잖아요. 약 발라줄 때도 엄청 자상하더라고요. 저한테 그렇게 대해준 남자는 처음이라." 여학생은 오른손으로 왼손을 쓰다듬었다. 얼굴에 애정이 흘러넘쳤다. "언니도 나처럼 이렇게 못 생기고 뚱뚱한 사람은 누군가를 좋아하면 안 된다고 생각해요?"

"그럴리가. 사람이라면 다 누군가를 좋아할 권리가 있지. 다만 상대가 자신한테 맞는 사람인지가 중요하지."

나는 솔직하게 내 생각을 말했다.

그때 그 일에 이런 뒷이야기가 있을 줄은 상상도 못 했다. 그 여학생이 빙쉰에게 첫눈에 반했을 줄은 더더욱.

가만 생각해보니, 만약에 내가 다쳤는데 갑자기 번쩍번쩍 빛이 나는 훈남이 양호실에서 자상하게 약을 발라줬다면, 나라도 푹 빠졌을 것 같다.

하지만 한 가지 확실한 건, 빙쉰이 그때 이 여학생을 양호실에 데려간 이유는 그저 자신의 이미지 관리를 위해서였을 것이다. 아마 약 발라주는 사진을 인스타에 올렸을지도 모른다. 양호실에 양호 선생님이 있는데 굳이 직접 약을 발라준 이유가 뭐겠는가?

"사실, 빙쉰 좋아하는 여자애들 엄청 많지. 그러니 걔한테 너무 올인하지는 마."

나는 휴대폰을 돌려주려다 실수로 홈 버튼을 눌러 휴대폰 배경화면을 보고 말았다. 빙쉰과 함께 찍은 사진이었는데, 여학생의 손등에는 일회용 밴드가 붙여져 있고, 사진 왼쪽 상단에는 허빙쉰의 인스타그램 계정이 적혀 있었다.

나는 내심 놀랐다. 빙쉰은 정말 그 일을 인스타그램에 올렸고, 이 여학생은 그 사진을 캡처해 홈 화면으로 저장까지 해놨다니!

"언니, 빙쉰 오빠 다시 빼앗을 거예요?" 여학생이 떠보듯 물었다.

"아니, 나랑 안 어울려." 나는 망설임 없이 바로 부인했다.

"이제 바이상환 오빠 좋아하는 거예요? 학교 끝나면 자주 같이 하교하면서 데이트한다고 들었는데."

나는 아무런 대꾸도 하지 않았다. 그 말이 어딘가 이상하게 들렸다.

"조금 전에 상환 오빠가 언니 안고 장난치는 거 봤어요. 엄청 달콤해 보이더라고요. 실연의 상처에서 벗어난 거 축하드려요." 여학생은 정말 자기 일처럼 기뻐하며 말했다.

"저기⋯⋯." 나는 굉장히 이상하다는 느낌이 들어 경계하며 말했다. "내 학교생활에 대해서 너무 잘 아는 것 같은데?"

"친구가 언니네 학교 다니거든요. 이런저런 얘기 하다가 들었어요. 그리고 언니도 인스타그램 하잖아요. 언니 인스타 보고 이런 행사가 있는 거 알았어요."

여학생은 하하 웃으면서 말했다. 웃으니 외까풀의 작은 눈이 반달 모양이 되었다. 무슨 영문인지, 『이상한 나라의 앨리스』에 나오는 체셔 고양이처럼 뭔가 기묘한 느낌이 들었다.

"내 인스타 팔로우 해?"

"그냥 빙쉰 오빠 옛날 사진 없나 보고 싶어서요."

전에는 빙쉰과 데이트한 사진을 인스타에 많이 올렸지만, 헤어지고 나서는 그 사진들을 전부 삭제해버렸다. 그런데 지금 이런 말을 들으니 누군가가 내 일상생활을 엿본다는 생각에 두려운 마음이 들었다. 어딘가 이상하기만 한 게 아니라 좀 무서운 애였다.

"손수건 고마워. 나는 이만 밥 먹으러 가야겠어." 나는 서둘러 휴대폰을 건넸다.

"전 신위 언니한테 받은 메시지 캡처한 거 인쇄해서 거울에 붙여놓고, 매일 자극받으면서 다이어트 열심히 하고 있어요."

여학생은 휴대폰을 받아 어깨에 메고 있던 가방에 넣었다.

나는 겁이 났다. 집착이 너무 심한 거 아닌가!

"언니, 라인 친구 추가해도 돼요?" 여학생은 간절한 표정으로 나를 바라봤다.

"미안, 나는 진짜 친한 사람만 친구 추가 하거든."

"아…… 알겠어요." 여학생이 실망스러운 표정을 지었다.

"그런데 이름이 뭐야?" 나는 꿈속 장면이 떠올라 물었다.

"차이페이쉰이에요."

"영어 이름도 있어?"

"있어요. 페이지예요. 왜요?"

"아, 아니야. 그냥 궁금해서. 오늘 그림 잘 그리고, 그럼 다음에 봐!"

나는 여학생에게 손을 흔들었다. 다행히 여학생의 이름은 저우이와 하나도 안 비슷했다.

자리로 돌아오니, 하오옌이 이미 도시락을 받아놓았다. 상환이 벽돌 네 개를 주워와 우리는 벽돌을 의자 삼아 빙 둘러 앉았다.

"엄청 오래도 씻네." 상환이 도시락을 건네며 말했다.

"물감이 잘 안 지워져서."

"성가시게, 다 그리고 나서 한꺼번에 씻지."

씻는 것도 성가셔하다니, 진짜 구제 불능이네.

"옆 팀은 꼭 피크닉 나온 거 같아."

샹링의 눈짓을 보고, 나도 슬쩍 고개를 옆으로 돌려 곁눈질했다. 우리 옆의 가족 팀은 테이블과 의자까지 가져와 마치 그리기 행사에 온 게 아니라 나들이를 나온 것처럼 보였다.

가족 팀 작품은 디자인이 엄청나게 뛰어났다. 두 아들이 막 색칠을 시작했는데 색감이 균일했고, 다른 사람들과 비교하면 전문가 느낌이 났다.

"아이제가 그림 잘 그리고 있냐고 라인 보냈네?" 상환이 밥을 먹으며 휴대폰을 다리에 올려놓고 메시지를 확인했다.

"사진 찍어서 보내줘야겠다."

샹링이 휴대폰을 들어 울타리 사진을 찍었다.

나는 고개를 숙이고 도시락을 먹었다. 옆 팀의 이야기가 귀에 들어왔다.

"여보, 아침에 인터넷 기사 봤는데, 글쎄 샤오신네 남편 교통사고났대." 아내가 먼저 입을 열었다.

"자기 고등학교 동창?"

"응."

"어쩌다가?"

"음주 운전 했다나 봐. 근처 CCTV에 중앙선 침범해서 미끄러지는게 찍혔대. 길가 풀숲으로 굴러 떨어졌다는데, 차체가 완전히 찌그러질 정도였나 봐. 어휴, 끔찍해. 다행히 목숨은 건져서 병원에서 치료중이래."

목소리가 가늘고 발음이 정확한 편이어서, 바로 옆에 앉아 있던 나는 듣고 싶지 않아도 자꾸 이야기가 귀에 들어왔다.

"엄청 큰 사고였나 보네. 그 정도 사고에도 안 죽었으면 목숨 줄이긴 거지."

"아까 기사 보고 샤오신한테 바로 라인 보냈거든. 그런데 보름 전에 이혼했다네."

오전 내내 휴대폰을 손에 쥐고 있더니, 친구와 연락을 주고받느라 그랬던 모양이다.

"왜 이혼했는데?" 남편이 또 물었다.

"그게……." 아내는 잠시 멈칫했다가 다시 말을 이었다. "샤오신이 요양 차 캐나다에 있는 대학 동창네에 가 있었거든. 그런데 친구 남편이랑 바람이 났대……."

"그 친구는 자기 집에 샤오신 묵게 한 거 완전히 후회하겠네. 그런데 어디가 아파서 캐나다까지 요양을 간 거야?" 남편이 호기심 가득한 말투로 물었다.

"아이가 탯줄을 목에 감고 있어서 유산하는 바람에 계속 자책하면서 힘들어했거든. 다시 아이 가지려고 엄청 애썼는데, 아이가 안 생겨서 우울증이 왔어. 나중에 남편이 외국 나가서 바람 좀 쐬는 게 어떻겠냐고 해서 간 건데 이런 상황이 생길 줄 누가 알았겠어."

여기까지 듣고, 나는 멍하니 젓가락을 든 채 꼼짝도 하지 않았다.

지금 이 얘기는 내가 알고 있는 내용이다. 그건 바로…….

"그 남편 무슨 일 한다고 했더라?" 남편이 또 물었다.

커쉰! 빨리 다른 곳으로 가! 듣지 마!

핵심적인 내용을 듣지 않으면 그냥 지나가는 이야기로 듣고 넘길 수 있다. 하오옌과 샹링이 꿈에서 어땠는지 모르기 때문에 도리어 아무 신경 쓸 필요 없는 것처럼 말이다.

나는 도시락을 들고 황급히 일어났다. 하지만 아내의 목소리가 이미 내 귓가에 전해졌다.

"건축사. 자기 이름으로 회사도 차렸어. 캉징야오건축사사무소라고."

그 익숙한 이름에 나는 소스라치게 놀라 숨을 쉴 수 없어, 몇 초가 지난 후에야 긴 숨을 내쉬었다.

이럴 수가……. 캉 아저씨가 이혼하다니!

"커쉰, 귀신 들렸냐? 갑자기 일어나서 놀랐잖아!" 맞은편에 앉은 하오옌이 내 행동에 놀라 벽돌 뒤로 넘어갔다.

"미안, 발에 벌레가 기어 올라온 거 같아서." 나는 억지 미소를 지으며 황급히 다시 앉아 복숭아뼈 근처를 긁었다.

"야외라서 벌레가 넘 많아. 아까 웬 벌레가 내 물감에도 날아들었잖아."

샹링은 징그럽다는 표정을 지으며, 내가 떨어낸 벌레가 자기 발에 닿을까 봐 황급히 두 발을 멀찍이 옮겼다.

상환은 아무 말이 없었다. 나를 쳐다보는 눈빛이 심상치 않았다.

갑자기 들판 쪽에서 강풍이 불어와, 여기저기서 사람들이 소리를 질렀다.

"바람 불고 먹구름 몰려오는 거 보니까, 오후에는 비 오겠어. 빨리 먹고 바로 시작하자." 상환이 고개를 들어 하늘을 보고는 미간을 찌푸리며 말했다.

"우산 안 가져왔는데." 샹링이 걱정스러운 표정으로 나를 보았다.

"나도. 아침엔 날씨가 좋아서 우산 가져올 생각을 못 했네." 나는 점점 모여드는 구름을 보며 말했다.

"여긴 비 피할 나무도 없으니까 비 내리면 쫄딱 젖겠다." 하오옌이 사방을 둘러보며 말했다. "비를 피할 만한 데가 공사장 사무소밖에 없네."

"거기엔 이 많은 사람 다 못 들어갈 텐데." 상환이 다 먹은 도시락을 고무줄로 묶으며 말했다.

"그만 먹을래. 작업부터 하자." 나는 3분의 1밖에 먹지 않은 도시락을 덮었다. 캉 아저씨가 이혼했다는 말에 식욕이 싹 사라졌다.

우리는 각자 물감을 들고 계속 울타리에 색을 입혔다. 얼마 후 차가운 빗방울이 머리에 떨어졌다.

"앗, 비 오네!"

나는 놀라 소리쳤다. 빗방울은 금방 굵어졌다.

상환이 곧바로 외투를 벗더니 나를 품으로 끌어당겨 우리 둘 머리 위로 외투를 펼쳐 비를 막았다.

"일단 비 피하자."

상환은 하오옌에게 그렇게 말하며 나를 데리고 앞으로 뛰었다.

사무소 입구는 이미 사람들로 붐볐다.

"입구가 복잡하니 안쪽으로 들어가주세요."

행사 요원이 큰 소리로 사람들에게 외쳤다.

상환은 나를 안고 안으로 들어가려 했지만, 사무소 안은 이미 사람으로 가득했고, 다들 비를 쫄딱 맞은 상태였다.

"사람이 꽉 차 있어서 공기도 안 좋을 것 같네. 우리 그냥 들어가지 말자."

상환이 발길을 돌려 나를 데리고 사무소 왼쪽 차양 밑으로 향했다.

나는 머리를 덮고 있던 코트를 걷었다. 코트가 비를 완전히 막아주지는 못했어도, 방수 재질인 덕분에 뒤집어썼던 부분만큼은 비에 젖지 않았다.

샹링과 하오옌이 뒤따라왔다. 우리는 같이 벽에 붙어 서서 비 내리는 광경을 바라보았다. 기온이 뚝 떨어지고, 찬 바람이 불어오자 몸이 덜덜 떨렸다.

얼마 후, 행사 요원이 큰 소리로 외치는 소리가 들렸다. 우천으로 행사가 취소되어 셔틀버스가 오고 있다는 안내였다.

"진짜 헛수고했네." 샹링이 입을 삐쭉대며 불평했다.

"완성 못 했는데 아깝다." 하오옌이 나지막이 한숨을 쉬었다.

나는 축축해진 청바지가 다리에 달라 붙는 느낌이 찝찝해 최대한 움직이지 않고, 웅덩이에 빗물이 떨어지는 모습을 멍하니 보며 넋을 놓고 있었다.

그러다 갑자기 뭔가가 떠올라 황급히 휴대폰을 들고 요 며칠간 일어난 교통 사고 관련 기사를 찾아보다가 눈에 띄는 기사를 발견했다.

해당 기사를 터치하니 벤츠 차량이 중앙선을 넘어가 미끄러지는 영상이 있었다. 컨테이너 차량이 빠른 속도로 옆을 스쳐 지나가 하마터면 부딪힐 뻔했다. 어찌나 아슬아슬하던지 손에 땀이 날 정도였다.

동영상 끝부분에는 구급 대원들이 찌그러진 차 문을 절단하고 운전자를 들것에 실어 옮기는 모습이 나왔다. 운전자는 옷 여기저기 피가 묻었고, 꽤 많이 다친 것처럼 보였다.

"아까 옆에 사람들이 말했던 사고야?" 상환이 내 휴대폰 화면을 슬쩍 보더니 물었다. "너랑 아는 사람이야?"

"엄마 동창인데, 나 사고 당했을 때 도와주셨던 아저씨야."

"아, 난 또 네 아빠인가 했네."

"우리 아빠는 죽은 거나 마찬가지야. 연락도 안 해."

"그 아저씨 많이 다쳤는지 걱정돼?"

"걱정 정도가 아니라 무서워."

나는 사람이 적은 구석으로 이동해 차양에서 떨어지는 빗방울을 손으로 받으며 말했다.

"그 꿈에서 만난 아저씨거든."

나는 소리를 낮춰 상환에게 자초지종을 설명했다. 꿈속에서 엄마와 아저씨는 결혼했지만, 현실에서 엄마는 선본 남자와 교제 중이고 캉 아저씨는 캐나다에 갔으니 꿈과 같은 상황이 벌어질 리가 없다고 생각했는데, 이젠 캉 아저씨가 이혼했으니 두 사람이 결합할 가능성이 생긴 것 아니냐고.

"그렇게 되면 더 좋은 거 아냐?" 상환이 이야기를 다 듣더니 웃으며 말했다.

"뭐가 좋아?"

"엄마가 좋아하는 사람이랑 결혼하게 되잖아."

"하지만 그건 더 무서워. 둘이 결혼하면 그 꿈이 예지몽이라는 걸 증명하는 셈이잖아?" 나는 강조하며 말했다.

"그래서 두 분의 결혼을 반대해서 그 꿈이 개꿈이란 걸 증명하려고?" 상환이 나를 보며 눈썹을 추켜세웠다.

"너무 많은 일이 꿈속 장면이랑 똑같아서 그래. 이렇게 우연의 일치가 자주 일어나는 게 어디 있어?"

"우연의 일치라는 게 지우개 도장이나 아린의 스타버스트 스트림을 말하는 거라면 설득력이 떨어지는데. 너희 엄마도 아직 그 아저씨랑 결혼한 것도 아닌데, 네가 너무 호들갑 떠는 거 같아."

"너랑 무슨 말을 하겠니." 나는 화가 나서 휙 돌아섰다.

"어른들의 애정 문제는 그렇게 간단한 일이 아니고, 결혼도 마찬가지야. 싱글이라고 다 결혼하는 것도 아니고." 상환이 두 손으로 내 어깨를 붙잡고 나를 돌려 세우며 진지한 어투로 말했다. "일단 넌 상관하지 말고 지켜보기만 해봐. 만약에 두 분이 진짜 결혼하면, 나도 그 꿈이 예지몽일지도 모른다고 조금은 믿어주지."

"조금?" 나는 눈썹을 추켜세웠다.

"많이." 상환이 눈을 가늘게 뜨며 대답했다.

"고집은 정말! 한 대 쥐어박고 싶네." 나는 두 손을 허리에 얹고 상환을 노려보았다.

"그 꿈을 너무 믿는 거 아니야? 나도 너 정신 차리라고 한 대 쥐어박고 싶거든." 상환이 손을 들어 내 얼굴을 감싸더니 이마로 내 이마를 가볍게 받았다. "이렇게 하면 두 사람이 다 바라는 바지?"

'딱' 소리와 함께 이마에 약한 통증이 느껴지면서 화가 났다. 몸을 떼는 상환의 모습을 보고 나는 까치발을 하고 똑같이 공격하려고 했다. 하지만 잔인한 키 차이 때문에 나는 맞추고자 하는 목표가 아닌 상환의 입술에 입을 맞추고 말았다.

떠들썩하던 주위가 쥐 죽은 듯 고요해졌다. 주룩주룩 내리는 빗소리만 귓가에 전해졌다.

상환은 피하지 않고 나를 바라보았다. 상환의 깊은 눈망울이 별이 빛나듯 반짝거렸다.

"미, 미안해!"

나는 부끄러워 한 발 물러섰다. 하오옌과 샹링의 시선이 느껴져 몸을 살짝 옆으로 돌리고 비 내리는 풍경만 하염없이 쳐다보았다. 차마 그 둘을 볼 수가 없었다.

"괜찮아."

상환은 의외로 담담히 아무 일도 없었던 것처럼 내 옆에서 함께 비를 바라보았다.

주변을 둘러쌌던 어색한 고요함은 어느새 다시 이야기 소리에 파묻히고, 세차게 내리는 시끄러운 빗소리가 나와 상환을 에워쌌다. 상환이 무슨 생각을 하는지는 알 수 없었지만, 내 마음의 소리는 똑똑히 들을 수 있었다. 내 마음은 반복해서 외치고 있었다…….

널 좋아해.

7장

최선의 선택은 무엇인가?

비가 잦아들기 시작하고, 셔틀버스도 3시 반쯤 도착했다.

차에 오를 때 주최 측에서 레스토랑 식사권을 한 장씩 나눠주었다. 행사 취소에 대한 미안함의 표시였다.

버스에 올라 상환은 아무 일도 없었다는 듯 다시 내 옆자리에 앉았고, 하오옌과 샹링도 마치 조금 전의 그 장면을 못 본 것처럼 아무렇지도 않게 행동했다.

"원래 오늘 행사 끝나면 생일 파티 하려고 했는데." 상환이 고개를 돌려 하오옌에게 말했다.

"다음에 하자. 빨리 집에 가서 따뜻한 물로 씻어야지, 안 그러면 다들 감기 걸릴 거야." 하오옌이 애석하다는 표정으로 말했다.

"일단 선물 먼저 줄게!"

샹링이 가방에서 우리가 함께 준비한 선물을 꺼냈다. 방금 비가 올 때 샹링은 가방이 비에 젖을까 봐 계속 품에 안고 있었다.

하오옌이 포장지를 뜯어 펜 태블릿 상자를 보고는 놀라 소리를 질렀다.

"와쿰 거네!"

"고급 사양은 너무 비싸서 가장 싼 초보자용으로 샀어." 샹링이 웃으며 덧붙였다.

"이걸로도 이미 엄청 좋아. 고마워."

나는 창밖의 울타리를 보았다. 작품 대부분이 완성되지 못한 상태였다. 덜 마른 물감이 빗물에 씻겨 처량해 보였다. 어렵사리 참가한 행사가 이렇게 미완성으로 끝날 줄이야.

집으로 돌아와 현관을 들어서는데 신발장 앞에 남자 구두가 놓여 있는 것이 보였다.

캉 아저씨는 교통사고를 당했으니 분명 아저씨는 아닐 것이다.

거실로 들어가니 엄마가 낯선 아저씨와 마주 보고 앉아 있었다. 자세히 보니 엄마가 선을 봤다던 랴오 아저씨였다.

"안녕하세요?" 나는 인사를 건넸다.

"커쉰 왔구나? 엄마랑 똑같이 예쁘게 생겼네. 예의도 바르고……."

아저씨는 자리에서 일어나 칭찬의 말을 건넸다. 내 호감을 사려는 듯했지만, 그런 수법은 초등학생에게나 통한다.

"커쉰, 바지가 왜 다 젖었어?" 엄마가 내 몰골을 보고 말했다.

"반쯤 그렸는데 갑자기 비가 내려서……. 먼저 좀 씻을게."

나는 서둘러 거실을 벗어났다.

따뜻한 물로 씻은 후 깨끗한 옷으로 갈아입고, 다시 거실로 돌아와 엄마 옆에 앉았다.

"커쉰, 엄마가 이 아저씨한테 시집오는 거 어떻게 생각하니? 나랑 결혼하면, 네 엄마는 이제 힘들게 일할 필요 없어. 매일 집에서 요리

하고, 또 방학 때는 같이 놀러 갈 수도 있고⋯⋯." 아저씨는 이런저런
말을 하며 희망으로 가득 찬 청사진을 제시했다.

두 사람이 결혼을 전제로 사귀고 있다는 것은 알지만, 나와의 첫 만
남부터 이런 이야기를 하니 반감이 들었다.

"엄마 의견에 따라야죠. 전 아무 의견 없어요."

나는 고개를 돌려 엄마를 바라봤다.

아저씨가 이번에는 엄마에게 의견을 물었다. 그 절절한 눈빛에서
엄마를 좋아하는 마음이 느껴졌다.

"하지만 아직은 애들이 반대하니까 좀 시간을 갖는 게 좋겠어요."

엄마의 말에 아저씨 눈에 반짝이던 기대감이 순식간에 사라졌다.

"알았어요, 돌아가서 다시 애들이랑 잘 얘기해볼게요."

아저씨를 배웅하고 돌아온 엄마는 좀 피곤해 보였다.

"오늘 식사 자리 어땠어?" 나는 관심을 보이며 물었다.

"첫째는 자기 엄마가 해준 게 가장 맛있다고 하고, 둘째는 양파랑
당근 안 먹는다고 투덜대고, 셋째는 걸쭉한 요리 싫어한다면서 모든
요리마다 다 마음에 안 들어 하더라." 엄마는 관자놀이를 문지르며
말했다.

"그 메뉴 다 랴오 아저씨가 알려준 거잖아?"

"일하느라 바빠서 대충 아이들이 좋아하는 메뉴만 알았지, 누가 뭘
좋아하고 누가 뭘 싫어하는지는 애들 엄마처럼 자세히는 몰랐던 거
지. 물론 셋이 일부러 그랬을 수도 있고. 방금 연신 미안하다고 사과
하던 중이었어."

"그 말은⋯⋯ 다 그 집 엄마가 잘 만들던 음식이었던 거야?"

"응. 내가 자기들 엄마의 신성한 영역을 침범한 것처럼 느껴졌나

봐. 그래서 날 더 싫어하게 됐어."

어두운 표정으로 그런 말을 하는 엄마를 보니 나도 가슴이 아팠다. 엄마에게 캉 아저씨의 일을 이야기하고 싶은 충동이 들었지만, 꾹 참고 아무 말도 하지 않았다.

다음 날 학교에 가니, 우리 반에 두 커플이 탄생해 있었다.

한 커플은 하오옌과 샹링이었다. 어제 집으로 돌아간 후, 하오옌이 태블릿으로 그림을 그려 샹링에게 고백했다고 한다.

또 한 커플은 상환과 나였다. 우리 둘은 아주 오랫동안 썸을 타다가, 어제부터 1일이 됐다고 한다. 하오옌이 퍼뜨린 소문이었다.

상환은 반박하지 않고, 친구들의 장난을 냉랭한 표정으로 지켜보기만 했다. 반박하기도 성가셨겠지.

"행사가 중간에 취소된 건 정말 아쉽지만, 너희 네 명이 다 짝을 찾았으니까 연결해준 나한테 감사해." 아이제가 흥에 겨워 하오옌의 등을 사정없이 때리며 말했다. 그러고는 휴대폰 화면을 몇 번 터치하더니 말을 이었다. "난 단톡방에서 나간다. 너희 애정 행각을 방해할 수는 없지."

"아이제! 내가 너랑 짝해줄게." 아린이 장난스럽게 자기 가슴을 탁탁 치며 나섰다.

"됐거든, 꺼져!" 아이제가 무시하듯 콧방귀를 뀌었다.

"헉, 나 상처 받았어."

나는 울타리 꾸미기 단톡방을 보았다. 총인원이 5명에서 4명으로 줄었다. 꿈속 장면과 같았다.

안 돼!

"행사 끝났으니까 이 단톡방도 필요 없잖아. 나도 나갈래." 나는 상환을 보고 웃으면서 나가기 버튼을 눌렀다.

"너희 엄마 캉 아저씨 일 아서?" 상환은 내가 단톡방을 나가는 진짜 이유는 묻지 않았다.

"아직 뉴스 못 본 것 같아." 나 역시 엄마에게 그 얘기를 꺼낼 생각은 없었다.

"그럼 며칠 기다려봐. 그 꿈이 정말 예지몽이라면 전환점이 있지 않을까?"

나는 상환의 생각에 동의하며 고개를 끄덕였다.

한차례 큰비가 내린 후 기온은 미끄럼을 타듯 쑤욱 내려갔다. 해마다 추위가 시작되는 처음 며칠 동안은 이불에서 나와 학교에 가는 것이 그렇게 싫을 수가 없어서, 나는 겨울이 되면 여름보다 지각이 잦았다. 하지만 올해 겨울은 달랐다. 매일 아침 꼬맹이의 귀여운 사진이 깨워준 덕분에 한 번도 지각을 하지 않았다.

상환은 여자 친구에게 구속받고 싶지 않아서인지 그 이후에도 나에게 어떤 특별한 요구를 하지 않았다. 그래서 나 역시 상환을 피하지 않았다. 우리는 변함없이 일상적인 교류를 했고, 상환은 언제나처럼 나에게 잡무를 떠넘겼다. 학교가 끝나면 가게에 가서 꼬맹이를 안아보게 해줬고, 며칠에 한 번씩 엄마 일에 관해 묻곤 했다.

하루하루 시간이 지났지만 어쩐 일인지 그 전환점은 찾아오지 않았다.

엄마는 캉 아저씨가 캐나다에서 즐거운 생활을 하고 있다고 생각했고, 아저씨도 엄마에게 연락하지 않았다……. 아저씨는 잘 회복되고 있을까? 마음의 상처는 많이 이겨냈을까?

상황은 딱 내가 바라던 대로 흘러갔지만, 나는 점점 알 수 없는 초조함을 느꼈다.

이렇게 시간이 흘러 12월이 되었다. 랴오 아저씨의 어머니가 병이 났다.

노인들은 병을 잘 이겨내지 못하다 보니, 처음에는 단순히 감기였던 것이 금세 급성 기관지염으로 발전해 며칠을 병원에 입원하게 되었다.

엄마는 매일 저녁 죽이나 국을 끓여 병문안을 갔다. 랴오 아저씨의 어머니는 입에 침이 마르도록 엄마를 칭찬했고, 퇴원 후에는 두 사람의 결혼을 누구도 막지 말라고 못 박았다.

"그래서?" 상환이 선도부실에서 물건을 정리하며 물었다.

"매일 문병 와줘서 고맙다고 같이 식사하자고 하셨대. 아마 그날 아저씨랑 엄마 결혼 문제도 결정 날 것 같아." 상환이 또 나에게 잡무를 맡겨 나는 선도부 조끼를 정리하며 말했다.

"축하할 일이네."

"울타리 꾸미기 행사가 있은 지 거의 한 달 됐는데, 네가 말했던 전환점은 없었어."

"커쉰, 아직도 모르겠어?" 상환이 깃발을 통에 정리해 넣고는 팔짱을 끼더니 창에 기대 섰다.

"뭘 몰라?" 나는 어리둥절해 상환을 바라봤다.

"그 전환점이 바로 너라고!"

나는 멍하니 가만히 있었다.

"내가 요 며칠 분석한 결론인데, 예지몽 같은 것도 없고, 어떤 신비한 힘도 없어. 네 인생은 네가 결정하는 거야."

"아, 아니야! 그 일을 어떻게 내가 결정할 수 있어?" 나는 고개를 내저었다. 상환의 분석을 받아들일 수 없었다.

"캉 아저씨에 대해서 엄마한테 말 안 했잖아. 그게 너의 선택이야."

상환이 화이트보드 앞으로 다가가 펜을 들고 엄마와 캉 아저씨, 그리고 랴오 아저씨의 관계도를 그렸다. 그러고는 이 세 사람의 중앙에 내 이름을 써놓고, 선을 그어 랴오 아저씨와 연결했다.

"너의 선택 때문에 엄마가 랴오 아저씨랑 결혼하는 건 필연적인 결과야."

"하지만……, 하지만……." 나는 놀라서 말을 잇지 못했다.

"네가 주저한다는 건 사실 네 마음속 깊은 곳에서는 이게 가장 좋은 결론은 아니라고 생각하기 때문이야."

"하지만 내가 캉 아저씨 소식을 엄마한테 말해서 결과가 그 꿈처럼 된다면, 그 꿈의 결론은 너의 죽음이라고!" 나는 두 주먹을 불끈 쥐고는 상환을 향해 큰 소리로 외쳤다. "난 그럴 수 없어. 널 죽음의 가능성으로 몰아넣을 수 없다고."

"또 그 얘기." 상환이 가볍게 한숨을 내쉬더니 팔짱을 끼고 허리를 바로 세웠다. "그 꿈에서 내가 도대체 어떻게 죽는데?"

나는 상환을 위아래로 훑어봤다. 상환은 무슨 전쟁에라도 나가는 듯 전투태세를 하고 있었다. 내가 뭐라고 말해도 그 말에 반박할 거리를 찾을 것이다.

"꿈에서 아린이 그 스타버스트 스트림으로 날 죽이냐?" 내가 아무 말도 없자, 상환이 넌지시 떠봤다.

"뭐? 아니." 어이가 없었다.

"지우개 도장 만들다가 실수로 손목 그어서 과다 출혈로 죽어?"

"아니……."

"그럼 너희 엄마랑 캉 아저씨가 결혼한 뒤에 두 사람이 날 죽여?"

"그게 말이 돼?"

"다 아닌데 왜 막아?"

"난…… 난……."

상환의 질문 공세에 말문이 막혀 입만 벌린 채 아무 말도 못 하다가, 갑자기 억울한 마음이 솟구쳐 시야가 흐려졌다. 나는 쪼그려 앉아 두 다리를 감싸 안고 얼굴을 무릎에 묻고는 흐느껴 울었다.

"난…… 그냥 증명하고 싶어……. 꿈속에서 일어난 일이 바뀔 수 있다는 걸 말이야……."

"전부 다 바꾸고 싶은 거야?" 상환이 내 앞에 쪼그려 앉으며 부드럽게 말했다.

"맨 마지막 장면만 바꾸고 싶어……."

나는 흐느끼며 말했다. 눈물이 멈추지 않고 흘렀다.

그렇게 온몸을 들썩이며 우는데, 상환이 눈물로 범벅된 내 얼굴을 들어 올리더니 나를 품에 꼭 껴안았다.

"울지 마, 나 여기 있잖아." 상환의 목소리에 따스함이 묻어났다. "날 잃을까 봐 두려워하면서 왜 현실 속의 날 자꾸 밀어내냐? 참, 네 논리도 이상하다."

그 말을 듣는 순간, 나는 더 이상 참지 못하고 두 손으로 상환의 목을 꼭 끌어안았다. 마치 수도꼭지를 틀어놓은 것처럼 눈물이 멈추지 않았다.

"알았어, 울지 마."

상환이 내 등을 토닥였다.

나는 여전히 흐느껴 울었다.

"울지 마."

이 세상에서 가장 쉽게 사람을 울릴 수 있는 말이 바로 '울지 마'일 것이다.

"울지 마……."

내가 눈물을 그치지 못하는 건 모두 네 탓이야!

"그만 울어."

상환이 갑자기 날 잡아당기더니 이마에 살포시 입을 맞췄다.

"더 울면 입에다 한다."

나는 코를 훌쩍이며, 바로 두 입술을 꼭 다물었다. 차마 더 울 수 없었다.

"피곤하다……."

상환은 나를 놓으며 한 발 뒤로 물러나 앉았다. 두 손을 무릎 위에 올려놓고 힘없이 고개를 떨구고 있는 모습이 마치 400미터 달리기를 마친 사람 같았다.

나는 외투 소매를 끌어당겨 눈물을 쓱 닦았다.

"커쉰……." 상환이 고개를 들어 나를 바라봤다. 눈빛이 더없이 빛났다. "그 꿈에서 사실 우리 사귀었지?"

나는 눈물을 닦던 동작을 멈추고는 놀란 토끼 눈을 하고 상환을 바라보았다.

"넌 계속 꿈속에서 있었던 일을 피하려고 하잖아. 꿈속에서 우리가 그냥 친구였다면 내가 너한테 고백했을 때 넌 내 마음을 받아줬을 거야. 그럼 꿈과는 달라지니까. 하지만 거부하지도 않고 받아주지도 않길래 이상하다고 생각했는데, 그 꿈에서 우리 사귄 거 맞지?"

"이렇게 계속되는 우연의 일치가 무섭지 않아?" 나는 긴장으로 침을 꿀꺽 삼켰다.

"그냥 불가사의하다고 느껴지는데?" 상환이 살포시 웃더니 울어서 빨개진 내 코끝을 손가락으로 톡 쳤다. "미지의 일이 두렵기도 하지만, 난 정말 그런 일이 있을 거라고 믿고 싶진 않아."

나는 눈을 흘겼다. 정말 똥고집이군.

"엄마 일은 정말 어떻게 해야 할지 모르겠어." 나는 풀이 죽어 시선을 떨궜다.

"후회하지 않을 선택이 가장 좋은 선택이야. 나머지는 너희 엄마 스스로 선택하는 거고."

"엄마 스스로?"

"엄마 인생이잖아. 너희 엄마가 주인공이지."

갑자기 뭔가 커다란 깨달음이 찾아왔다.

"후회라……." 상환이 일어나 나를 바닥에서 일으켜 세우고는 엉덩이를 털며 말했다. "전에 중학교 때 선생님이 내일 지구의 종말이 오면 어떤 후회를 할 것 같냐고 물었던 적이 있거든."

"넌 뭐라고 대답했어?"

"까먹었어." 상환이 어깨를 으쓱하고는 웃었다. "하지만 최근 들어서 진지하게 생각해보니까 내일 지구의 종말이 온다면 너랑 함께하지 못한 게 후회될 것 같아."

순간, 나는 코끝이 시큰해졌다. 가슴 벅차게 감동이 밀려와 가슴께가 아프기까지 했다.

갑자기 캉 아저씨의 말이 뇌리를 스쳤다.

"젊을 때는 앞날이 길게만 느껴져서 헤어짐을 어렵게 생각하지 않았지. 그런데 이 나이가 되어 보니, 한번 헤어지면 다시 만나기 어려운 사람도 있더라고. 그래서 뒤늦게 후회했지. 그때 서로 멀리 떨어져서 지내야 한다는 이유로 포기하지 말고, 어떻게든 한바탕 뜨거운 연애를 했었어야 하는데 하고 말이야."

"관둬, 넌 여자 친구가 구속하는 거 싫어하잖아." 감동은 감동이고, 나는 괜히 성질을 냈다.
"전진을 위한 일보 후퇴였지." 상환은 흥 하고 콧방귀를 뀌었다.
"거짓말이었어?"
"응…… 꿈속에서 내가 언제 고백했어?" 상환은 흥미롭다는 표정으로 물었다.
나는 곰곰이 기억을 더듬었다.
"그건 모르겠어. 사귀기 시작한 날이 5월 20일이었던 것만 기억나."
"날짜 바꾸고 싶지 않아?"
"응?"
"슈뢰딩거의 고양이 이론에 따르면, 작은 선택 하나가 새로운 공간을 열어준대. 그리고 나비 효과에 따르면 작은 변화 하나가 미래의 거대한 변화를 일으키기도 하고……."
"바이상환, 됐거든!" 나는 상환에게 다가가 두 팔을 벌려 상환을 꼭 안았다. "말로 널 어떻게 이기겠냐. 그래, 솔직히 나 너 많이 좋아해."
상환은 가만히 나에게 안겨 있었다. 나는 빠르게 뛰는 상환의 심장 소리를 들었다. 순간, 상환이 나를 창가로 밀더니 한 손으로 내 턱을 들어 올리고 고개를 숙여 솜사탕처럼 달콤한 입맞춤을 했다.

내일 지구의 종말이 온다면 나는 뭘 후회할까?

답은 바로 나왔다. 바이상환을 놓치면 가장 큰 후회로 남을 것이다.

캉 아저씨의 말이 맞았다. 미래가 어떻게 펼쳐지든, 설령 서로 다른 곳에 있게 되더라도, 사랑을 포기해서는 안 된다. 함께하는 그 시간을 소중히 여겨야 한다.

나는 상환을 놓치고 싶지 않다. 이것은 지금 이 순간 내가 한 선택이며, 후회가 남지 않을 선택이다.

새해 첫날 저녁, 랴오 할머니는 홍콩 요리 전문 레스토랑으로 엄마와 나를 초대했다.

나는 아직 엄마한테 캉 아저씨의 일을 얘기하지 않았다. 먼저 랴오 아저씨네 가족들을 만나보고 최종적으로 결정할 생각이었다.

식사 자리에서 랴오 할머니는 엄마에게 자기 아들 자랑을 늘어놓으며, 자기 아들한테 시집오면 행복은 보장되어 있다고 강조했다. 하지만 세 남매는 불만 가득한 얼굴이었다. 특히 두 딸은 입이 댓 발이나 나와, 밥을 먹을 때 그릇이며 젓가락을 쿵쿵 내려놓는 것으로 시위를 했다.

랴오 할머니가 엄마에게 설 전에 결혼하는 게 어떻겠냐고 묻자, 둘째 딸이 갑자기 벌떡 일어나더니 쌀쌀맞게 쏘아붙였다.

"할머니, 이 아줌마는 아빠를 사랑하는 게 아니라, 우리 집 재산을 노리는 거라니까."

셋째 딸은 한술 더 떠서 자기 아빠를 험담하기 시작했다.

"사실 우리 아빠 이런 모습도 다 꾸며낸 거예요. 엄마한테는 그렇게 잘하지도 않았고, 맨날 집안일이나 시켜먹었어요."

막장 일일 드라마 속 한 장면 같은 이 상황에 나는 어안이 벙벙했다. 이런 상황에도 불구하고 엄마는 노력하려 하겠지만, 보아하니 장기전이 될 게 뻔했다.

세상 어디에도 자기 엄마가 당하는 꼴을 지켜보고만 있을 자식은 없다. 엄마와 캉 아저씨가 고등학교 때 엇갈린 운명으로 후회하던 모습이 떠올랐다. 캉 아저씨가 이혼한 사실을 계속 숨겨, 엄마가 랴오 아저씨와 결혼을 하게 되고, 언젠가 다시 만난 두 사람이 두 번째 기회마저 놓쳤다는 사실을 알게 되면 얼마나 깊은 회한을 느낄까. 나 역시 양심의 가책을 느낄 것이 뻔했다.

이런 생각이 들자, 내가 어떤 선택을 해야 하는지 명확해졌다. 나는 자리에서 일어나 랴오 아저씨의 두 딸에게 말했다.

"우리 엄마는 진정으로 인생을 함께할 동반자를 찾고 있어요. 우리 엄마를 탐탁지 않게 생각하는 거 같은데, 나도 그런 사람들이랑 우리 엄마를 공유하고 싶지 않아요."

말을 마친 후, 나는 엄마를 끌고 식당에서 나와 캉 아저씨에 대해 말해줬다.

다음 날 하굣길에 상환에게 이 일을 들려주었다.

"엄마는 어떤 반응이셨어?" 상환이 상점가를 걸으며 물었다.

"바로 전화 걸었지. 그런데 연결이 안 돼서 직접 아저씨네 집으로 찾아갔어. 아저씨가 목발을 짚고 문을 열어줬는데, 몰골도 말이 아니고 엄청 상처를 많이 받은 것 같았어. 엄마가 다가가서 안아줄 알 있는데, 글쎄, 아저씨 뺨을 때리면서 그렇게 큰일이 일어났는데 연락도 안 했냐고 화를 내더라고."

나는 당시의 상황을 자세히 들려주었다.

"어떤 신비한 힘이 네 결정에 영향을 끼쳤다고 생각해?"

상환이 진지한 얼굴로 물었다.

나는 잠시 멈칫했다가 살짝 고개를 저었다.

"모든 걸 너 스스로 결정한 것 같지 않아?"

"너 진짜 말 잘한다. 변호사 해보는 거 어때?" 나는 퉁명스럽게 상환을 쏘아보았다.

"나는 그렇게 원대한 이상 같은 건 없어." 상환은 대수롭지 않다는 듯 웃으며 말했다. "너무 무기력해 보이나?"

"응, 엄청. 그래도 행동은 하지 않으면서 말만 번지르르한 사람보다는 백배 나아."

그동안 내가 보아온 상환은 반장과 선도부장의 업무를 절대 남에게 떠넘기지 않았다. 해야 할 일은 빨리 끝내버리고 얼른 쉬자는 주의여서, 사실 모든 일에 효율이 높았다.

"저 카페 겨울 한정판 밀크티 엄청 맛있대."

상환이 갑자기 내 손을 잡았다.

"정말? 마셔보고 싶다."

나는 부끄러워하면서도 상환의 손을 맞잡았다.

카페로 가는 길에 브랜드 운동화 전문 매장 앞을 지날 때였다. 아무 생각 없이 가게 안을 힐끗 쳐다봤는데 익숙한 두 사람의 모습이 눈에 들어왔다.

나는 걸음을 멈췄다. 내 손을 잡고 있던 상환도 같이 걸음을 멈추고 내 시선을 따라 가게 안을 바라보았다.

빙쉰과 신위가 카운터 앞에 서서, 직원이 볼까 창피한 듯 손을 잔뜩 아래로 내려 돈을 꺼내 세고 있었다. 빙쉰이 지갑에서 3,000위안을 꺼내고, 신위가 1,000위안 짜리 여러 장을 빙쉰에게 건넸다.

빙쉰이 신위 돈을 받아 합쳐 점원에게 건넸다. 점원이 한 장 한 장 돈을 셌다. 내가 잘못 본 게 아니라면, 모두 12,000위안이었다.

계산이 끝난 후, 점원이 쇼핑백을 빙쉰에게 건넸다. 빙쉰은 싱글벙글한 표정으로 신위의 손을 잡고 가게에서 나오려 몸을 돌렸다.

나는 얼른 상환의 손을 잡고 옆에 있는 옷 가게로 들어가 숨었다가 두 사람이 꽤 멀리 간 다음에야 나왔다.

"옛날에 너도 선물 많이 사줬어?" 상환이 갑자기 물었다.

"아니, 신위가 나한테 돌려준 물건들 너도 봤잖아. 다 직접 만들어서 줬어." 나는 씁쓸한 미소를 지었다. "신위에 비하면 내가 줬던 물건들은 너무 유치하긴 했네, 인정. 그러니까 차였지."

갑자기 왼쪽 어깨가 무거워져서 보니, 상환의 가방이 내 어깨에 걸려 있었다.

"뭐야?"

"네 뇌가 또 심심해하는 것 같아서 일 좀 준 거야."

상환은 그렇게 대답하고는 성큼성큼 앞으로 걸어갔다.

"너……, 야!"

나는 무거운 가방 두 개를 양어깨에 메고는 서둘러 상환을 쫓아갔다. 상환은 발걸음을 더 빨리했다. 카페에 도착해서야 가방을 가져가더니 지갑을 꺼내 로스티드 밀크티 두 잔을 주문했다.

나는 약간 숨을 헐떡였지만 전혀 짜증이 나진 않았다. 또 내가 자신을 비하할까 봐 그런 걸 잘 아니까 말이다.

"자." 상환이 밀크티에 빨대를 꽂아 나에게 건넸다.

"고마워." 나는 밀크티를 받아 들고 한 모금 빨았다. 그 달콤함에 마음마저 달달해졌다.

"맛있어?" 상환은 내 앞머리를 쓰다듬으며 물었다.

"진짜 맛있어!"

나는 아부의 미소를 활짝 지어 보였다.

상환이 얼굴을 돌렸다. 귓불이 살짝 빨갰다.

버스 정류장으로 가는 길에, 방금 빙쉰과 신위를 본 까닭인지 갑자기 뭔가가 떠올라 상환에게 물어보았다.

"아, 있잖아, 여름 방학 때 신입생 예비 소집일 날, 웨이야고등학교 여학생을 한 명 봤는데, 그때 꽃님이한테 손등 긁혔다고 했거든. 그러고 나서 나중에 체육관 앞에서 너랑 마주쳤고, 꽃님이가 나무에서 안 내려왔었는데, 기억나? 혹시 그날 무슨 일이 있었는지 알아?"

상환이 잠시 기억을 더듬더니 말했다.

"그날 걔가 꽃님이한테 돌 던졌어. 그래서 내가 그랬지. '어이! 통계에 따르면 말이지, 살인범은 다들 동물을 학대하거나 죽였던 전과가 있대. 그래서 미국 FBI는 동물 학대 전과가 있는 사람을 A급 범죄자로 분류하고, 살인이나 방화랑 같은 레벨의 죄로 간주한대.'라고 말이야."

"너무 진지한 거 아니야." 나는 웃음을 터뜨렸다.

"그 말 듣자마자 무슨 욕이라도 한 바가지 먹은 것처럼 울면서 뛰어가더라고."

"네가 울렸던 거구나."

"딱히 내가 울린 건 아니야. 나는 그냥 그렇다고 사실을 말한 것뿐이지." 상환이 볼멘소리로 강조했다. "그런데 갑자기 그건 왜 물어?"

"울타리 꾸미기 한 날 또 그 여자애를 만났거든." 나는 페이션을 만났던 이야기를 상환에게 들려주었다.

"휴대폰 꺼내봐. 요즘 이상한 사람 너무 많아. 인스타그램이랑 페이스북은 비공개로 바꾸는 게 좋겠어." 상환이 사뭇 진지한 표정으로 말했다.

"알았어." 나는 휴대폰을 꺼내 SNS를 비공개로 전환했다.

"아직 빙쉰 사진 남겨뒀어?"

"진작 삭제했지."

"그럼 됐고."

상환은 더 이상 묻지 않았다.

상환은 의외로 빙쉰을 꽤 신경 쓰는 듯 보였다. 앞으로 상환 앞에서는 되도록이면 빙쉰에 대해 언급하지 않는 편이 좋겠다는 생각이 들었다.

그런저런 생각을 하던 나는 상환 옆에 바짝 붙어 서서, 휴대폰을 쥔 오른손을 번쩍 들어 함께 셀카를 찍었다.

"갑자기 웬 사진?"

사진 속 상환은 입술을 깨물고 나를 바라보고 있었다. 엄청 부자연스러운 모습이었다.

"우리의 첫 데이트를 기록하려고." 나는 해맑게 웃었다.

"그냥 집 근처 걷는 것뿐인데, 데이트는 무슨."

"그럼 어디서 데이트하고 싶은데?"

"진짜 가고 싶은 곳이 있는데, 혼자서 가긴 너무 어색해서."

"어딘데?"

"고양이 카페." 상환이 눈썹을 살짝 추켜세웠다.

"나도 가고 싶어!" 나는 잔뜩 설레서 말했다. 상환과 공통 관심사가 있다는 게 너무 기뻤다.

"언제 같이 가자."

상환은 하얗고 가지런한 이를 드러내며 웃었다.

다음 날 또 기온이 뚝 떨어졌다. 아침에 학교에 도착하니 차가운 바람을 맞으며 교문에서 선도부 활동을 하는 상환이 보였다.

"안녕, 고생 많네."

나는 상환의 앞을 지나가면서 미소를 지으며 인사를 건넸다. 상환은 눈을 게슴츠레 뜨고 나를 보았다. 그 모습이 너무 귀여워 보였다.

그렇게 몇 발자국 걷다가 참지 못하고 뒤를 돌아 휴대폰을 꺼내 몰래 상환의 모습을 찍었다.

"평소 수업 시간에는 그렇게 의욕 없어 보이더니, 지금은 엄청 멋지네."

나는 입을 다물고 웃으며 사진을 보았다.

교실에 막 들어섰을 때, 아린이 휴대폰을 들고 하오엔에게 하는 말이 들려왔다.

"빙쉰 인스타 봐봐. 어제 또 운동화 샀더라!"

"그 신발 10,000위안 넘을 텐데, 정말 돈 잘 쓰네. 운동화에 팍팍 써 대나 봐." 하오엔이 휴대폰을 받아 들고 인스타 사진을 쳐다보며 혀를 찼다.

"그 운동화 별로던데." 샹링도 사진을 보며 한마디 거들었다.

"쳇. 여자들은 신상 운동화 잘 모르잖아. 이건 남자애들한테 자랑하려고 신는 거야."

"내가 보기에도 별로인데, 그게 '신상 운동화'라면 뭐." 아이제가 하오옌의 말에 대꾸했다.

"부럽다! 나도 사고 싶다." 아린이 엄청 부럽다는 듯 머리를 잡아 뜯으며 말했다.

나는 자리에 앉아 어제 운동화를 사던 빙쉰에게 신위가 대부분의 금액을 건네던 장면을 떠올렸다. 아무리 연인 사이에는 내 돈 네 돈이 없다지만, 빙쉰한테 그렇게까지 돈을 써도 괜찮을까?

"커쉰." 샹링이 뒤를 돌아보며 말했다. "빙쉰 요새 점점 최신 유행 아이템만 쓰는 것 같아."

"글쎄, 나는 걔 인스타 안 본 지 오래됐어." 나는 어깨를 으쓱했다.

"맞다, 문과 우등반 저번 주에 학급비 도둑맞은 거 들었어?"

"아니? 어쩌다 도둑맞았대?"

"이번 학기는 잉치가 학급비 관리하는데, 지갑을 늘 가방 깊숙이 넣어두고 다녔다네. 근데 저번 주 목요일에 학급비 써야 해서 보니까, 지갑에 있던 돈이 없어졌더래. 중요한 건 돈이 언제 없어졌는지도 모른대."

"잉치도 너무 조심성이 없었네!" 나도 돈을 걷어봐서 알지만, 공금은 특히나 신경 써서 보관해야 한다.

"걔가 좀 꼼꼼하지 못하지."

샹링이 어쩔 수 없다는 듯 손을 저었다. 그러고는 잠시 뭔가 생각하더니, 갑자기 소리를 죽여 말했다.

"에잇, 저번에 휴대폰 도난 사건도 그렇고, 걔네 반 내부 소행 같지 않아?"

샹링의 말에 신위가 빙쉔에게 돈을 건네던 장면이 또 떠올랐다. 신위는 돈이 꽤 많았고, 또 신위와 잉치가 친한 사이라는 것을 고려하면…….

그럴 리가! 신위는 시험을 잘 보면 부모님이 용돈을 두둑이 주기 때문에, 어릴 때부터 지금까지 모은 돈만 해도 수만 위안이 넘는다고 들었다. 그러니 절대 돈을 훔치진 않았을 것이다. 게다가 잉치는 신위의 절친인데 어떻게 잉치를 곤란하게 만들 일을 하겠는가?

"아무리 의심이 가도 증거가 없으면 함부로 말하면 안 돼." 나는 샹링에게 조심하라고 주의를 주었다.

"알아. 하지만 이번 일로 난 누명 벗은 셈이야. 휴대폰 훔쳐 간 사람도 분명히 자기네 반 학생일 테니까." 샹링은 으스대며 살짝 콧방귀를 뀌었다.

"선생님도 무슨 생각이 있겠지. 자기 반 학생들이 가장 의심스럽다는 거 알걸."

"일단은 선생님이 훔쳐 간 사람은 자수하라고 했는데, 잉치가 경찰에 신고해서 지문 채취하자고 했다네. 범인 못 잡으면 잉치가 뒤집어쓸 수도 있잖아."

아침 자습 시작 종이 울렸다. 샹링은 다시 앞을 보았고, 아린과 아이제도 자기 자리로 돌아갔다.

얼마 후, 상환이 선도부 활동을 끝내고 돌아왔다. 내 옆을 지나가는 상환의 몸에서 한기가 느껴졌다.

"아, 손 시려."

상환은 손을 녹이려 가볍게 두 손을 비볐다.

나는 가방을 열어 새 핫팩을 꺼내 상환에게 건넸다.

상환은 핫팩을 보고 싱긋 웃더니 바로 포장을 뜯어 손바닥에 놓고 비볐다.

1교시는 담임의 수업이었다. 담임 선생님은 교과서를 들고 교실 여기저기를 거닐면서 수업하는 것을 좋아했다.

상환은 언제나처럼 창가에 기대고 있었다. 고개만 들면 옆자리의 나를 바라볼 수 있는 그런 위치였다.

상환의 시선이 느껴져 나는 그쪽으로 고개를 돌렸고, 시선이 마주쳐 둘 다 빙긋 웃었다.

"반장이랑 부반장, 수업에 집중해. 자꾸 눈빛 교환하지 말고."

선생님 목소리가 우리 바로 옆에서 들려왔다.

나는 화들짝 놀라 황급히 고개를 숙이고 교과서를 보았다. 주변에서 낄낄대는 소리가 들려와 너무 창피했다. 선생님은 계속 진도를 나가며, 나와 상환 사이의 통로로 지나갔다.

이때 갑자기 상환이 몸을 돌리더니 선생님 등 뒤로 몰래 손을 내밀었다.

무의식적으로 나도 손을 내밀어 손끝으로 한 3초 정도 살짝 잡고 있다가 놓았다.

심장이 콩닥콩닥 뛰고 입꼬리는 위를 향해 한껏 올라갔다. 그저 손을 한번 잡았을 뿐인데, 이 순간이 너무나 황홀하게 느껴졌다.

수업이 끝난 후 휴대폰을 켜니 엄마에게서 메시지가 와 있었다. 저녁에 캉 아저씨와 진료를 보러 가야 하니 밥은 알아서 사 먹으라는 내용이었다.

"연애하느라 딸도 잊었군."

나는 투덜대며 고개를 살짝 돌려 상환을 보았다. 상환은 외투와 핫
팩을 베개처럼 껴안고 책상에 엎드려 잠에 빠져 있었다.

살짝 긴 앞머리 아래 긴 속눈썹이 보였다. 무방비 상태로 잠이 든
상환의 모습을 감상하다가, 휴대폰을 들어 몰래 사진을 찍으며 혼자
히죽거렸다.

문과 우등반의 학급비 도난 사건은 며칠이 지나도록 해결되지 않
았다.

학급비를 넣어둔 지갑은 여러 사람의 손을 거쳤고, 담임 역시 만진
적이 있다. 게다가 잉치가 도둑맞은 날짜를 정확히 알지 못해 경찰에
신고한다 해도 범인을 찾기 어려운 상황이었다. 또 경찰에 신고하게
되면 학교 이미지에 타격을 줄까 봐 신고도 않고 차일피일 끌다가, 결
국 잉치와 담임이 돈을 나눠 내 메꾸는 것으로 마무리되었다.

"잉치 그 자존심 센 애가 지금 속이 말이 아닐 거야."

체육 수업 때 배구 연습을 끝낸 후, 나와 샹링은 한쪽에 있는 계단
에 앉아 쉬면서 우등반 도난 사건에 대해 이야기했다.

"나중에 잉치가 반 애들한테 자기가 범인 찾아내면 곱게 못 죽을
줄 알라고 아주 난리를 쳤나 봐." 샹링은 그 일로 자신이 휴대폰을 훔
쳤다는 의심을 지울 수 있길 바라며 계속 촉각을 곤두세웠다.

"걔도 참 돌직구야." 나는 살포시 웃었다. 저 멀리서 하오옌과 상환
이 배구공을 안고 우리 쪽으로 오는 모습이 보였다.

"사실 나는 잉치가 불쌍해. 어쨌든 나 공부도 가르쳐주고 했던 친
구잖아. 진짜 범인을 빨리 찾으면 좋겠어." 비슷한 일을 겪었기에 샹
링은 더 이상 잉치를 미워하지 않고, 동병상련의 마음을 갖게 된 모양

이었다.

"피곤해 죽겠네." 상환이 내 뒤로 와서 털썩 앉더니 몸을 뒤로 젖혀 내 등에 기댔다.

"공 몇 번이나 쳤다고 피곤하냐, 정말 게을러." 나는 상환의 무게에 몸이 앞으로 쏠렸다.

"춥잖아."

"여름에도 너 피곤하다고 했어."

"덥잖아."

"그럼 어느 계절이 가장 좋은데?"

"밤에 잘 때가……." 상환의 목소리에서 나른함이 느껴졌다.

"밤은 계절이 아니잖아. 자는 건 운동도 아니고!"

어처구니가 없었다. 나는 체육복 주머니에서 휴대폰을 꺼내 카메라를 셀카 모드로 전환하고는 손을 뻗어 내 등에 기대 늘어진 상환의 모습을 찍었다.

상환과 내가 등을 마주하고 서로 뒤통수를 대고 있는 사진이 너무나 사랑스러웠다. 내 휴대폰 사진첩 안에는 평소 상환의 모습을 찍은 사진이 엄청 많았다.

파파라치네!

순간 나는 흠칫했다. 갑자기 꿈속 장면이 떠올랐다. 꿈에서도 휴대폰에 상환의 사진이 가득했다. 그렇다면 이 상황은…… 그 꿈이 예지몽이라는 걸 증명하는 거 아닌가?

하지만 남자 친구 사진을 찍는 건 전혀 특별한 행동이 아니다. 다들 그렇지 않은가? 게다가 상환이 했던 말처럼 사진 찍는 거랑 꿈속 상환의 죽음은 아무 관계가 없다. 꿈에 너무 집착하느라 상환과의 순간순간을 기록해놓지 않았다가, 만약…… 꿈속과 같은 일이 벌어진다면, 상환의 사진이 한 장도 없는 게 한이 되지 않을까?

그래, 원하는 대로 맘껏 찍어야겠어!

1월이 되어 기말고사를 치르고, 드디어 겨울 방학을 맞았다.

방학 첫날, 나는 아이제가 알려준 대로 앞머리를 말고, 가장 예쁜 옷을 골라 입고 산호색 립글로우를 발랐다. 그렇게 특별히 신경 써서 꾸미고 상환과 데이트를 하러 갔다.

약속 장소에 도착하자, 흰색 맨투맨에 검은색 바지를 입고, 모직 코트를 걸쳐 입은 상환이 케이지를 들고 서 있는 모습이 보였다.

"꼬맹이." 나는 허리를 굽혀 케이지 속을 들여다봤다. 꼬맹이가 담요 위에 가만히 누워 큰 눈을 뜨고 나를 바라보았다.

"머리 잘랐어?" 상환이 나를 보며 물었다.

"응, 어제저녁에." 나는 머리를 넘기며 말했다. "어릴 적부터 계속 단발이어서 짧은 머리가 편해. 관리하기도 쉽고. 그래서 좀 길면 바로 자르고 싶어져."

이렇게 둘러대긴 했지만 사실 머리가 어깨선을 넘어 꿈속 헤어스타일과 비슷해지자 자르고 싶어진 것이다.

"아침에 그렇게 일찍 일어나려면, 긴 머리보다 짧은 머리가 관리하기 편하긴 하겠네." 상환은 웃음 가득한 눈으로 손을 뻗어 내 앞머리를 쓰다듬었다.

"야, 내가 네 애완동물이냐!" 나는 짐짓 성을 내며 상환을 가볍게 한 대 쳤다.

"가자."

상환은 웃으며 내 손을 잡고 카페 안으로 들어갔다.

고양이를 데리고 갈 수 있는 고양이 카페였다. 카페 진열창은 고양이 모양 시트지로 꾸몄고, 실내는 유럽 복고풍으로 인테리어 되어 있었다. 계산대에는 고양이 관련 상품들이 가득 놓여 있고, 벽에도 고양이 그림이 걸려 있어, 들어가자마자 마음이 녹아내렸다.

상환이 미리 예약을 해놓아서 점원이 우리를 자리로 안내했다. 테이블을 내려다보니 냅킨에도 귀여운 고양이 그림이 그려져 있었다.

"꼬맹이는 일단 여기에 적응하게 케이지 안에 그냥 두자."

상환은 케이지를 안쪽 의자 위에 올려놓았다. 꼬맹이는 눈을 커다랗게 뜨고 케이지 밖을 내다보았다. 긴장한 듯한 모습이었다.

직원이 메뉴판을 갖다주었다. 상환은 토마토소스 해산물 스파게티 세트를 시키고, 꼬맹이에게 줄 캔도 하나 주문했다. 나는 바질페스토 베이컨 스파게티 세트를 주문했다.

주문을 끝내고 주변을 둘러보며 휴대폰으로 가게의 예쁜 소품들을 찍었다.

"이 가게 진짜 엄청 귀엽다." 나는 미소를 지으며 사진을 한 장 한 장 감상했다.

"나도 나중에 이런 가게 차리고 싶어." 상환이 무덤덤하게 말했다.

"그래, 좋네!"

"좋을 것 같아?"

"안 좋을 게 뭐 있어?"

"선생님은 나보고 더 열심히 공부해서 나중에 대기업 들어가라던데? 아니면 내 똑똑한 머리를 낭비하는 거라고."

"가게 운영하는 것도 쉬운 일은 아니잖아." 나는 선생님의 말에 동의할 수 없었다. "공부 잘하는 네가 부럽긴 한데, 내가 너처럼 똑똑하다 해도 아마 난 큰일을 할 인물은 아니었을 거야. 큰 야망 같은 것도 없었을걸."

"원래 우리는 같은 부류였군."

상환이 눈을 가늘게 뜨고 웃었다.

나는 바보처럼 헤헤 웃었다. 같은 부류라니! 나에겐 천재 같은 두뇌가 없는데!

그때, 직원이 음식을 가져왔다. 접시와 숟가락에도 고양이 그림이 있었다. 꼬맹이 몫의 캔은 잎사귀 모양 그릇에 담겨 나왔는데, 위에는 캣잎도 하나 올려져 있었다. 어찌나 아기자기 귀여운지 나는 또 정신없이 사진을 찍었다.

"어머니랑 캉 아저씨는 진전 있어?" 상환이 포크를 들어 스파게티를 먹으며 물었다.

"음…… 랴오 아저씨가 엄마 잡으려고 계속 전화해서, 엄마도 랴오 아저씨 마음을 딱 무시하진 못했어. 그렇다고 캉 아저씨에 대한 마음도 정리 못 하고, 그렇게 몇 날 며칠을 괴로워하더라고."

나는 휴대폰을 내려놓고 포크를 집어 들었다. 음식 냄새를 맡으니 배가 고파왔다.

"그래서 어떤 선택을 하셨는데?"

"나중에 랴오 아저씨네 큰딸이 엄마한테 전화해서, 마지못해 사과하면서 자기 아빠와 결혼해달라고 그랬대. 그러면서 하는 말이, 자기들은 다 나가서 살 거니까 엄마한테 방해 안 될 거라고."

"그 아저씨가 너희 엄마 놓칠까 봐 딸한테 전화하라고 시킨 거야?" 상환이 풋 하고 웃음을 터뜨렸다.

"응. 근데 오히려 그 전화 때문에 랴오 아저씨랑 헤어지기로 결심하고, 아저씨한테 아이들 잘 보살피라고 했대." 나는 답답한 마음에 한숨을 쉬었다. "그런데 그 후에도 캉 아저씨랑 딱히 사귀지도 않고, 진료 볼 때만 같이 가주고 식사 좀 챙겨주는 사이를 유지하더라."

"어른들한테는 결혼 자체는 별로 안 중요할 수도 있지."

"맞아, 캉 아저씨 곁에서 함께할 수 있는 것만으로도 엄마는 좋을지도 몰라."

이 정도 수다를 떤 뒤, 상환은 꼬맹이를 케이지에서 꺼내 의자 위에 앉히고 식기를 앞에 놓아주었다.

꼬맹이가 음식을 먹고 있을 때, 점원이 디저트와 커피를 가져다주었다. 디저트는 복숭아 치즈 케이크였는데, 고양이 발바닥 모양의 과자로 장식되어 있고, 접시에는 초콜릿 소스로 춤추는 고양이가 그려져 있었다. 커피는 고양이 모양의 입체 크리마트(크림을 이용한 커피 아트—옮긴이)로 장식되었다.

"못 먹겠다." 상환이 입을 삐죽이며 살짝 웃었다. 포크를 들었지만 차마 먹지 못하고 있었다.

"나도. 이 크리마트 너무 귀여워서 먹기 아까워."

나는 울상을 하고 커피를 바라봤다.

우리는 눈을 마주쳤다. 그러고는 약속이라도 한 듯 동시에 휴대폰을 들어 사진을 찍었다. 좀 전까지만 해도 가만히 있던 상환은 더 이상 못 참겠다는 듯 커피와 케이크 사진을 연신 찍어댔다.

"찍고 싶은 거 계속 참았구만!" 내가 비웃었다.

"아니거든."

상환은 고개를 돌려 괜히 꼬맹이의 머리를 쓰다듬었다. 귓불이 살짝 빨개지는 게 보였다.

그러고도 한참을 차마 먹지 못하고 쳐다만 보다가 크리마트가 사라질 때가 되어서야 눈 딱 감고 디저트와 커피를 배 속에 넣었다.

우리는 오후 내내 카페에서 놀았다. 상환은 꼬맹이를 키우면서 겪은 에피소드를 들려주느라 보기 드물게 말을 많이 했다.

카페를 나설 때, 컵에 고양이 무늬가 입체적으로 장식되어 있는 머그잔 한 쌍을 샀다. 각각 흰 고양이와 검은 고양이였는데, 컵을 나란히 놓으면 두 고양이가 서로 뽀뽀하는 커플 머그잔이었다.

상환이 점원에게 부탁해 꼬맹이와 셋이서 기념 사진을 찍는 것으로 데이트는 막을 내렸다.

"이제 겨울 보충 때 보겠네." 저녁 바람이 쌀쌀해 나는 목도리를 꺼냈다.

"보충 가기 싫은데. 그거 5일 더 간다고 무슨 도움이 되겠어?" 상환이 갑자기 내 손에서 목도리를 낚아채갔다.

내가 짜증 내며 상환을 쳐다보는데, 상환이 내 목에 목도리를 두르더니 가볍게 당겼다. 나는 그 힘에 앞으로 한 발짝 다가갔고, 동시에 상환은 고개를 숙여 나에게 가볍게 입을 맞췄다.

나는 잠시 멍하니 있다가, 두 뺨이 뜨겁게 확 달아올랐다. 상환이 목도리를 풀어 다시 목에 잘 둘러주었다. 나는 부끄러워 목도리로 입을 가렸다. 가슴속을 꽉 채운 상환을 향한 내 감정이 금방이라도 터져나올 것 같았다.

집으로 돌아오는 길 내내 오늘의 데이트를 다시 떠올리며 저절로 입이 귀에 걸렸다.

집에 들어서니 현관에 남자 구두가 보였다.

나는 슬리퍼로 갈아 신고 거실로 갔다. 캉 아저씨가 소파에 앉아 있고, 소파 팔걸이에는 목발 한 쌍이 기대 세워져 있었다. 아저씨는 저번의 초라했던 몰골과는 달리, 오늘은 면도도 했고 머리도 잘라 깔끔했다. 다만 안색은 여전히 초췌해 보였다.

"커쉰, 그렇게 예쁘게 차려입은 걸 보니, 데이트했나 보구나?" 아저씨가 다정하게 웃으며 물었다.

"그냥 친구랑 밥 먹었어요." 나는 창피해 옆 머리를 넘기며 말했다.

"반장이랑?"

엄마는 또 시작이었다.

나는 잠시 우물쭈물하다가 살짝 고개를 끄덕였다.

"너 반장이랑……."

엄마가 눈빛을 반짝이며 꼬치꼬치 캐물으려는데, 아저씨가 팔꿈치로 엄마를 쿡 찌르며 말을 막았다.

"커쉰도 이제 다 컸는데 너무 꼬치꼬치 캐묻지 마."

"아저씨는 많이 회복되셨어요?"

나는 안도의 한숨을 내쉬며 물었다. 너무 예의를 차리는 랴오 아저씨와 비교하자면, 따뜻하고 다정한 캉 아저씨가 더 좋았다.

"많이 좋아졌지." 아저씨의 얼굴에 민망함이 스쳤다. "정말 창피하네. 이런 몰골을 너한테 보여주게 돼서."

얼마 전에 엄마에게 들은 이야기가 떠올랐다. 아저씨의 전 부인이 아저씨를 탓하며 말하길, 안 그래도 자기는 아이를 잃은 슬픔에서 헤어나오지 못했는데 남편이 일하느라 바빠 거의 곁에 있어주지 않아서 우울증까지 걸려버렸고, 그러다가 캐나다에서 자주 자기를 데리고 나가 바람을 쐬여주고, 자기 말에 귀 기울여 주는 사람을 만나니 자연히 마음이 그리로 향하게 된 거라고 했다고 한다.

참 아이러니하게도 엄마와 나는 일은 뒷전이고 노는 것만 좋아한 아빠에게 버림받았기 때문에, 오히려 열심히 일하는 강 아저씨가 믿음직스러워 보였다.

"전에 남친이랑 헤어졌을 때, 친구가 저더러 괜한 자책 하지 말라고 하면서, 남의 말 한두 마디에 자신을 부정하는 건 바보짓이라고 하더라고요."

나는 상환이 했던 말을 떠올리며 강 아저씨를 위로했다.

아저씨는 쓸쓸한 표정으로 고개를 저으며 한숨을 내쉬었다.

"우리 엄마도 워커홀릭이어서, 거의 매일 야근에 특근이에요. 워커홀릭은 워커홀릭의 심정을 이해할 테니, 자기랑 안 놀아준다고 불평하지 않을걸요."

"커쉰! 무슨 말이야?"

엄마는 긴장한 표정으로 나를 꾸짖고, 아저씨는 고개를 숙이고 웃었다.

나는 혀를 쏙 내밀고는 쪼르르 내 방으로 뛰어갔다.

방문을 닫고, 가방에서 고양이 머그잔을 꺼냈다. 달콤하고 따스한 기운이 가슴 가득 퍼졌다. 나는 진심으로 이 행복이 영원히 지속되길 기도했다.

일주일 후, 드디어 상환이 가장 싫어하는 겨울 방학 보충 수업이 시작되었다.

나는 습관적으로 일어나자마자 상환에게 아침 인사 이모티콘을 보냈다. 하지만 다 씻고 나올 때까지 메시지는 읽지 않음 상태였다. 아무래도 아직 자는 것 같아 다시 메시지를 보내지는 않았다.

스쿨버스를 타고 학교에 가는 길에도 상환에게서 답장은 없었다. 전화를 걸어봤지만 휴대폰은 꺼져 있었다.

스쿨버스에서 내린 후, 교문에서도 상환은 보이지 않았다. 교실에서도 마찬가지였다.

"하오옌, 상환 오늘 수업 안 온다고 했었어?" 나는 하오옌의 어깨를 툭 치며 물었다.

"아니." 하오옌은 고개를 저으며 말했다. "그러면 너한테 말했겠지, 왜 나한테 물어?"

"어젯밤에 라인 할 때도 그런 얘기 없었거든. 그냥 보충이 시간 낭비라고 불평만 하고."

"만약에 보충 못 오면 선생님한테 말씀드렸을 테니까, 선생님한테 물어보면 아시지 않을까?" 옆에서 듣고 있던 샹링이 말했다.

"그렇네, 선생님한테 물어봐야겠다."

나는 교무실로 가서 담임 선생님께 여쭤보았다.

"선생님, 상환 오늘 학교 안 오나요?"

"응, 아침에 상환이 어머니한테 전화 왔는데, 집에서 키우던 고양이가 어젯밤에 죽어서 수업 못 올 것 같다고 하네."

담임 선생님이 안타깝다는 표정을 지으며 말했다.

꼬맹이가 죽었다는 말에 나는 순간 심장이 꽉 조여드는 기분이었다. 숨 쉬기가 힘들었고, 눈에는 눈물이 맺혔다.

너에 대한 두근거리는 예언

"괜찮아?" 안색이 나빠진 나를 보고 선생님이 물었다.

"저도 오늘 조퇴하고 상환이한테 가볼게요." 나는 울고 싶은 마음을 최대한 억누르려고 했지만, 목이 멨다.

"상환이가 너한테도 연락 안 한 걸 보면 정말 많이 힘든 모양이야. 선생님 생각엔 잠시 혼자 두는 편이 더 좋을 것 같아."

선생님께 인사를 한 후 나는 교실로 돌아왔다. 자초지종을 묻는 하오옌과 샹링에게 상황을 설명하고는 눈물을 왈칵 쏟았다.

"꼬맹이는 상환이 동생이나 다름없거든. 어릴 때부터 함께 자랐으니까. 가족이 죽은 거나 마찬가지 기분일 거야." 나는 샹링이 건네준 휴지를 받아 눈물을 훔쳤다.

"나도 강아지 좋아하지만, 언젠가 이별해야 한다는 생각에 키울 생각 접었어." 하오옌이 한숨을 쉬며 말했다.

"나도. 어릴 때 햄스터 키워봤는데, 햄스터는 수명이 2~3년밖에 안 돼서 햄스터 죽었을 때 엄청 울었어." 계속 눈물을 쏟는 나를 보며 샹링이 휴지 한 장을 더 건넸다.

"남자들은 여자한테 약한 모습 보이기 싫어하잖아. 일단 상환이 혼자 두는 게 좋을 것 같아. 마음 정리되면 너한테 연락할 거야." 상환의 성격을 잘 아는 하오옌이 그렇게 말했다. 방금 선생님이 한 말과 비슷했다.

"알았어."

나는 눈물을 떨어뜨리며 고개를 끄덕였다.

보충 수업 첫날, 나는 조금도 수업에 집중할 수 없었다. 꼬맹이가 죽었다는 생각이 떠오르면 계속 눈물이 솟았다.

꽃님이가 보이지 않았을 때, 분명히 잘생긴 수고양이와 눈 맞아서 도망갔을 거란 얘기를 해주던 상환의 모습이 떠올랐다. 상환의 말 덕분에 나는 꽃님이가 생각나도 그립기만 할 뿐, 지금처럼 가슴이 미어지게 슬프지는 않았다.

내가 슬퍼하지 않도록 일부러 그렇게 말해준 상환이었건만, 지금 상환은 꼬맹이와의 이별에 견딜 수 없이 슬퍼하고 있을 터였다.

다음 날도 상환은 학교에 오지 않았다. 내가 보낸 메시지도 읽기만 하고 답장을 보내오지 않았다. 아직 마음을 추스르지 못한 것 같았다.

3일째 보충 수업을 마치고 책가방을 쌀 때였다.

"커쉰, 누가 너 찾는다."

아린이 문 앞에서 소리쳤다.

고개를 들어 보니, 교실 밖에 서 있는 사람은 허빙쉰이었다. 쟤가 나를 왜 찾아온 거지?

"다시 합치자고 찾아온 건 아니겠지?" 샹링이 내 팔을 잡아당기며 말했다.

"설마." 나는 고개를 저으며 웃었다.

"신위랑 싸웠다던데?" 샹링이 소리 죽여 말했다.

"그 소식은 또 어디서 들었어?"

"학급비 도난 사건 때문에 그 반 애들이랑 계속 연락하고 있었거든. 걔들이 말해줬어."

"왜 싸웠는데?" 나는 궁금해졌다.

"빙쉰이 신위 몰래 다른 여자애랑 대화해서 신위가 기분이 엄청 나빴대."

"옛날에 나 몰래 빙쉰이랑 메시지 주고받은 게 누군데? 이젠 그때 내 기분을 이해하려나?"

나는 샹링에게 내일 보자고 손을 흔든 뒤 책가방을 메고 빙쉰 앞으로 갔다.

"내 라인 차단했길래 직접 왔다." 빙쉰이 거의 아이돌 급 미소를 보이며 말했다.

"무슨 일인데?" 나는 팔짱을 끼고 무뚝뚝하게 말했다.

"저우이가 누구냐?"

그 이름에 나는 가슴이 철렁했다.

"신위가 그러는데, 네가 저우이라는 애 조심하라고 했다며? 내가 아무리 저우이라는 사람 모른다고 해도 믿지를 않잖아. 그래서 자꾸 주변 여자애들한테 나랑 친하게 지내지 말라고 개인 톡 보내고, 내 메시지 몰래 훔쳐보고 그런다고!"

빙쉰은 마치 나랑 한담이라도 나누는 듯 여전히 웃는 얼굴로 말했다. 하지만 목소리에는 불만이 가득 담겨 있었다.

신위가 겉으로는 전혀 신경 안 쓰는 척하더니, 실제로는 '저우이'의 존재에 그 정도로 신경을 쓰고 있을 줄은 몰랐다. 그 일이 결국 이렇게 새로운 사건을 하나 만들어냈다.

역시, 꿈에서 있었던 일을 말하지 말았어야 했는데.

"저우이가 도대체 누구냐고?" 빙쉰이 강한 어조로 재차 물었다.

"그 이름을 말하지 말았어야 했는데." 나는 사고가 엉켜버려 어떻게 대답해야 할지 갈피를 못 잡았다.

"그 말은, 존재하지도 않는 사람을 나랑 애매한 관계라고 지어내서 나랑 신위 사이를 이간질했다는 거네?" 빙쉰이 이제야 이해했다는 듯 눈썹을 추켜세웠다.

"그런 거 아니야."

"그럼 뭔데?"

"설명하기 힘들어."

신위가 내 남친을 빼앗아 가긴 했지만, 난 꿈속에서처럼 신위가 자살을 시도하는 상황은 원치 않았기에 저우이라는 이름을 알려준 것뿐이다. 신위와 빙쉰 사이를 이간질하려는 의도는 전혀 없었다.

"나랑 같이 신위한테 가서, 설명하기 힘들어도 네가 제대로 설명해!"

빙쉰이 내 손을 휙 잡아 끌고 밖으로 향했다.

나는 반쯤 넋이 나간 채 빙쉰에게 붙들려 체육관까지 갔다. 체육관에서는 농구부가 한창 연습 중이었다. 신위가 고개를 떨군 채 경기장 한쪽에 놓인 의자에 앉아 있었고, 잉치가 신위 곁에서 어깨를 토닥이며 위로하고 있었다.

"야오커쉰, 너 빨리 신위한테 저우이가 누군지 설명해!"

빙쉰이 나를 신위 앞으로 힘껏 떠다밀었다.

신위가 천천히 고개를 들었다. 눈이 빨간 걸 보니 한참 운 듯했다.

"꾸며냈겠지." 잉치가 경멸하는 표정으로 말했다.

"그런 거 아니야."

잉치의 비아냥에 나는 사실대로 말하기로 했다. 이전의 잘못을 만회하고 싶었다.

"버스 사고 나고 의식불명일 때 꿈을 하나 꿨는데, 꿈속에서 빙쉰이 신위를 차버리고 저우이라는 여학생이랑 사귀었어."

셋은 모두 멍한 표정으로 서로를 쳐다보았다.

"나랑 신위가 헤어졌으면 해서, 꿈까지 꾼 거야?" 빙쉰이 푸핫 웃음을 터뜨렸다.

"꿈을 현실로 생각하다니, 그러니 우등반에서 쫓겨났지." 잉치가 '이거 바보 아니야?' 하는 표정을 지었다.

"그럼 진짜 그런 사람이 있는 게 아니고, 날 속인 거였어?" 신위가 불만에 찬 목소리로 말했다.

"저우이라는 사람이 있든 없든 그건 중요하지 않아."

나는 신위의 눈을 바라보며, 내가 빙쉔과 사귀었을 때의 상황을 떠올리면서 말을 이었다.

"문제의 핵심은 빙쉔이 여자애들한테 관심 받을 때 우월감을 느끼면서 즐긴다는 거야. 모든 여자한테 다 잘해주잖아. 너 몰래 다른 여자애랑 대화도 하고 말이야. 좀 더 대놓고 말해줘? 신위 너도 처음에 그런 식으로 우리 사이에 끼어들었잖아. 그래서 네가 안정감을 느끼지 못하는 거야. 다른 여자애가 같은 방법으로 빙쉔 빼앗아갈까 봐 두려우니까 항상 그런 여자애들한테 뭐라고 하는 거지."

신위의 얼굴이 새하얗게 질렸다. 빙쉔도 표정을 일그러뜨리고 불쾌하다는 듯 대꾸했다.

"그럼 너는 뭐 남친 생기면, 다른 남자애랑은 연락 끊고, 한마디도 안 하냐?"

"연락 끊으라는 말이 아니라, 오해 살 일을 만들지 말라는 거잖아. 이건 여자 친구에 대한 기본적인 예의야. 그리고 너희 둘이 서로를 믿는다면 내 말 한마디에 그런 영향을 받았겠어?"

나는 잠시 말을 멈추고는 빙쉔이 신은 운동화를 힐끗 보았다. 이유를 알 수 없는 분노가 치밀었다.

"아니면 너 운동화 사는 돈 대주는 거 노리고 신위 만나는 거야? 12,000위안짜리 운동화에 신위가 9,000위안이나 내고……."

이 말이 두 사람의 아킬레스건을 건드린 듯했다. 빙쉰은 갑자기 내 팔을 붙들며 말을 막았고, 신위 역시 당황해 의자에서 벌떡 일어나 나를 힘껏 밀었다.

나는 무방비 상태로 떠밀려 엉덩방아를 찧었다. 눈물이 찔끔 나올 정도로 엉덩이가 아팠다. 이 한바탕 소란에 농구부 사람들이 하나둘 동작을 멈추고 우리 쪽을 보았다.

"야오커쉰, 경고하는데, 함부로 말하지 마! 매번 새 운동화 살 때 그 전에 산 거는 온라인에서 중고로 처분하고, 신위한테 돈 보관하라고 주거든. 운동화 재테크라고 모르지? 운동화 마니아들의 방식이야. 알지도 못하면서 함부로 말하지 마!"

빙쉰이 눈을 빠르게 깜빡였다. 조금 전 내 말에 당황한 게 분명해 보였다. 그렇게 목소리를 낮춰 경고하듯 나에게 퍼붓더니 다른 사람들 시선이 신경 쓰이는지 주위를 흘끔거렸다.

"빙쉰 운동화는 다 신상이라서 중고라 해도 문의가 엄청 많고 잘 팔리거든."

신위도 빙쉰 곁에 바짝 붙어 서서 빙쉰에게 팔짱을 끼며 거들었다.

나는 아무 말도 하지 못했다. 나는 운동화 마니아들이 운동화를 사는 방식까지는 알지 못했다.

"신위 너……." 잉치가 날카로운 눈빛으로 신위를 쳐다봤다. "너 요즘에 성적 떨어져서 용돈 못 받는다고 하지 않았어? 어디서 그렇게 많은 돈이 생겨서 빙쉰한테 준 거야?"

"방금 말했잖아. 그건 빙쉰 돈이야." 신위가 시선을 피하며 말했다.

"아." 잉치는 아무런 표정 없이 대답했다.

화제를 급히 돌리려는 듯, 신위가 갑자기 다른 사람도 다 들을 수 있을 정도로 목청을 높여 나에게 경고했다.

"안정감이 없다고 느끼는 건, 다 저우이라는 인물을 날조해낸 너 때문이야. 네가 내 마음에 의심과 상처를 남겼어. 그런 말을 안 했으면, 빙쉰의 진심을 의심하지 않았을 거고 다른 여자애들한테 경고도 안 했을 거야."

"스스로를 되돌아볼 생각은 안 하고, 너희 싸움의 원인을 나한테서만 찾으려고 하네." 나는 두 손으로 바닥을 짚고 일어나 책가방을 들고 먼지를 떨어냈다.

"나랑 빙쉰이 싸운 건 너 때문이잖아. 너 정말 못됐다! 잘못을 인정하기는커녕 논점을 교묘하게 피하면서 문제를 일으키고 있잖아." 신위는 자기가 피해자라는 듯 나를 물고 늘어졌다.

"너 함부로 말하고 다니지 마. 다음엔 절대 용서 안 해." 빙쉰이 침착함을 되찾은 듯, 보디가드처럼 신위를 안았다.

"연애는 만날 때도 끝도 다 좋아야 하는데."

"남 잘되는 꼴 못 보는 미저리 같은 애인은 없는 게 나아."

"그러게, 있지도 않은 사람 만들어서 이간질이나 하고……."

뒤에서 쑥덕이는 소리에 나는 소름이 돋았다. 꿈속에서 들었던 이간질했단 말이 지금 이 상황을 말했던 거였나?

"나도 더는 너랑 얽히기 싫으니까, 현실에 저우이라는 여학생이 없다는 거 인정하고 신위한테 사과할게. 그럼 이 일은 이렇게 끝난 걸로 해. 앞으로 또 이 일로 싸웠다는 말 안 들었음 좋겠어."

나는 조용히 이렇게 말한 뒤, 놀란 표정으로 나를 바라보는 빙쉰과 신위의 시선을 뒤로 하고 자리를 떴다.

체육관 밖으로 나와, 한창 공사 중인 건물을 바라보았다. 건물 밖에는 철근 구조물과 보호망이 올라가 있었다. 마음속에서 다시 불안이 솟구쳤다.

사과를 해서 이 일을 끝낼 수 있다면, 100번이라도 사과할 수 있다. 저우이 사건이 다른 사달을 일으키지만 않으면 좋겠다.

갑자기 휴대폰이 울려 정신을 차리고 가방에서 휴대폰을 꺼내 들었다. 상환의 전화였다.

나는 얼른 통화 버튼을 눌렀다.

"여보세요."

"미안, 이틀 동안 메시지에 답장도 못 했네." 상환의 목소리는 약간 잠겨 있었다.

"괜찮아. 마음은 좀 추슬렀어?"

"아니, 아직."

"나…… 너 많이 보고 싶어."

"아직 집에 안 갔어?"

"응."

"가게 앞에서 기다릴게."

"알았어. 바로 내려갈게."

전화를 끊고, 나는 바로 교문으로 향했다.

거의 뛰다시피해서 상점가에 도착하니, 저 멀리 두 손을 외투 호주머니에 넣고 가게 진열창에 기대 있는 상환의 모습이 눈에 들어왔다.

나는 가쁜 숨을 내쉬며 상환 앞으로 달려갔다. 상환은 며칠 새 많이 초췌해진 모습이었고, 눈 밑에는 옅은 그림자도 드리워 있었다. 요 며칠 잠도 제대로 못 잔 듯 보였다.

상환은 아무 말 없이 내 손을 잡고 걷기 시작했다. 그렇게 골목을 돌아 계단을 오른 후 작은 공원에 도착했다.

저녁때라 기온이 훅 떨어졌다. 아이들 몇 명이 미끄럼틀을 타고 있었다. 상환은 내 손을 놓고 그네에 앉더니 두 팔을 허벅지에 올려놓고, 고개를 숙여 바닥을 보았다.

"여기가 꼬맹이 주웠던 공원이야?"

나도 책가방을 옆에 있는 돌의자에 놓고 그네에 앉았다.

"응……."

상환은 고개도 들지 않고 대꾸했다.

나는 두 손으로 그네 사슬을 잡고 발을 앞뒤로 굴렀다.

한참 후에야 상환이 감정을 추스른 듯 낮은 음성으로 입을 열었다.

"그날 아침에 잠에서 깼을 때 꼬맹이가 내 발 근처에 없더라고. 뭔가 이상하다는 생각이 들어서 여기저기 찾아봤더니 밥그릇 앞에 누워 있더라. 그런데 쓰다듬었더니 몸이 차가웠어……. 어떻게 내가 자고 있을 때 그렇게 몰래 떠날 수 있나?"

상환의 말을 듣고 있자니 나도 눈시울이 붉어지며, 순간 눈앞이 뿌예졌다.

"바로 전날 저녁에 꼬맹이가 내 옆에 조용히 누워 있었는데, 난 너랑 메시지 주고받느라 꼬맹이 상태가 안 좋은지도 몰랐어……. 내가 그때 눈치채서 병원에 데려갔으면 안 죽었을지도 모르는데. 설령 정말 가망 없었다고 해도, 최소한 내가 안아주고, 떠나는 길 배웅이라도 해줄 수 있었을 텐데. 그렇게 차가운 바닥에서 외롭게 떠나도록 두지는 않았을 거야."

상환의 잠긴 목소리엔 자책이 가득했다. 버스 사고가 났을 때 날 구하지 못해 자책하던 그때처럼 말이다.

"상환아, 넌 정말 마음이 따뜻한 사람이야." 나는 가만히 눈물을 닦으며 말했다. "고양이는 굉장히 자존심이 센 동물이잖아. 내가 꼬맹이였더라도 약해진 모습 보이기 싫었을 거야. 나 때문에 슬퍼하는 네 모습을 보고 싶지도 않았을 거고. 그저 너의 따뜻한 미소만 기억하고 싶고, 네가 준 사료를 한 번 더 먹고 싶었을 거야. 그렇게 배불리 먹고 네 곁을 떠난 거야."

상환은 아무 대꾸도 하지 않았다. 나는 상환의 발 주변에 떨어진 눈물 자국을 보았다.

"네가 깨어 있었든 아니든 꼬맹이는 너랑 같은 공간에 함께 있었던 것만으로도 마지막 순간을 네가 함께해줬다고 생각할 거야."

나는 일어나서 상환에게 다가가 머리를 가만가만 쓰다듬어주었다.

상환이 내 허리를 안았다. 갑작스러운 친밀한 접촉에 나는 얼굴이 빨개졌다.

상환의 부드러운 머리칼을 살며시 쓰다듬고 있는데, 갑자기 내 배에서 꼬르륵 소리가 났다.

상환이 고개를 들었다. 입꼬리가 슬쩍 올라가 있었다. 조금 전까지만 해도 슬픔으로 가득했던 얼굴이 먹구름이 가신 듯 밝아졌다.

"창피해……." 나는 쥐구멍에라도 들어가고 싶었다.

"밥 먹으러 가자."

"응."

나는 한 발 뒤로 물러서 상환을 그네에서 힘껏 일으켜 세웠다. 그러고는 책가방을 챙기려고 몸을 돌리는데 갑자기 상환이 뒤에서 나를 안았다.

"고마워." 상환이 내 어깨에 얼굴을 묻고 말했다.

"날 위해 네가 했던 거에 비하면 이 정도는 아무것도 아니야."

나는 고개를 돌려 상환을 보았다. 뺨이 살짝 상환의 얼굴에 닿았다.

상환아, 고맙다는 말은 내가 해야 해. 날 좋아해줘서, 나와 함께 즐겁게 지내줘서, 그리고 네가 아플 때 너의 곁에서 아픔을 나눌 수 있게 해줘서 고마워.

상환은 마음을 좀 추스르기는 했지만, 보충 수업에는 나오지 않았다. 보충 수업이 끝나고, 섣달그믐이 다가왔다. 엄마는 음식을 한 상 준비하고 캉 아저씨를 초대해 같이 먹었다.

과거엔 설이 되어도 나와 엄마는 별다른 대화 없이, 섣달그믐 음식을 먹고 각자 방에 들어가 쉬었다. 하지만 올해는 한 사람이 더 있어서 그런지 한껏 설 분위기가 났다. 캉 아저씨는 엄마와 나 사이에서 윤활유 역할을 했다.

개학 후, 나는 평소처럼 스쿨버스를 타고 학교에 갔다.

상환은 교문에서 선도부 활동을 하고 있었다. 표정을 보니 이제 완전히 괜찮아진 듯 보였다.

"안녕."

나는 늘 그렇듯 상환의 앞을 지나가며 인사를 건넸다. 하지만 상환은 미간을 찌푸리고 내 뒤쪽을 쳐다보고 있었다.

뒤를 돌아보니 벤츠 한 대가 교문 바로 앞에 서 있었다. 기사가 뒷문을 열자 한 여학생이 긴 머리를 흩날리며 차에서 내렸다. 새로 맞춘 교복을 입은 늘씬한 여자애였다. 얼굴은 평범했는데, 왠지 낯이 익었다. 하지만 어디서 봤는지는 정확히 생각나지 않았다.

입이 딱 벌어지는 미인은 아니었지만, 벤츠를 타고 등교한 터라 사람들의 시선을 끌었다.

여학생이 교문을 들어서는데 상환이 명단판으로 막아 세우고는 덤덤한 얼굴로 말했다.

"등하교 시간에는 교문 앞에 자가용을 세우지 못하게 되어 있어. 자가용은 교문 왼쪽 구역에 대야 해."

"죄송해요. 전학 첫날이라 학교 규정을 몰랐어요. 집에 가서 기사 아저씨께 전할게요." 여학생은 바로 고개를 숙였다. 왠지 상환의 시선을 피하는 듯 보였다.

"차이…… 페이쉰?"

나는 그 여학생의 교복에 수놓아진 이름을 읽었다.

페이쉰이 내 목소리에 고개를 들더니 나를 보고 해맑은 미소를 지었다.

"선배, 또 만났네요."

"어……." 나는 믿기지가 않아 페이쉰을 위아래로 훑어보며 말했다. "겨우 몇 개월만인데 엄청 많이 변했네. 못 알아봤어."

"살 많이 뺐어요. 방학 때 쌍꺼풀 수술도 했고요. 좀 예뻐졌죠?" 페이쉰은 자신만만한 표정으로 말했다.

"어, 정말 엄청 예뻐졌네. 그런데…… 어떻게 우리 학교로 전학 온 거야?"

"빙쉰 선배 꼬시려고요."

그 말에 나는 화들짝 놀라 헉 하고 숨을 들이켰다.

"6개월 동안 죽도록 다이어트했어요. 처음에는 너무 배가 고파서 울기도 하고 잠도 못 자고 그랬는데, 나중에는 조금씩 적응이 되더라고요. 꾸미는 법도 배워서, 분위기 있는 사람이 되려고 노력 중이에요. 원래 빙쉰 선배 인스타나 몰래 훔쳐보는 정도였는데……. 그날, 선배가 사람은 누구나 누군가를 좋아할 권리가 있다는 말을 해줘서 용기가 생겼어요. 나를 위해서 용감해지려고요."

나? 내가 부추겼다고?

"하지만…… 빙쉰은 신위랑 사귀잖아?" 나는 갑자기 머릿속이 복잡해졌다.

"알아요, 그래도 한번 해보려고요." 페이쉰은 결연한 표정을 지었다. "맞다. 저 영어 이름 바꿨어요."

"뭐?" 나는 살짝 눈을 크게 떴다.

"이젠 페이지가 아니고 조이예요."

"조이……."

나는 덜컹 가슴이 내려앉았다. 저우이의 영어식 발음이 아닌가?

"갑자기 영어 이름은 왜 바꾼 거야?"

"선배 꿈속에서 빙쉰 선배를 저우이라는 여자애가 채갔다면서요."

심장이 심하게 요동쳤다.

"누구한테 들었어?"

"얼마 전에 생각지도 못한 어떤 사람이 갑자기 개인적으로 연락해와서 알려줬어요. 신위 선배가 '저우이'라는 이름을 엄청 신경 쓰면서 금기시한다기에, 내가 저우이가 되면 빙쉰 선배의 관심을 끌 수 있지 않을까 싶더라고요."

페이쉰은 천진난만한 미소를 지었지만, 왠지 의미심장한 그 눈빛에 오싹 소름이 끼쳤다.

"그 사람이 힌트를 줘서 저우이가 되기로 했어요. 선배의 꿈을 현실로 만들려고요."

"그 사람이 누군데?" 나는 황급히 물었다.

"죄송해요, 말하지 않기로 약속해서요."

페이쉰은 겸연쩍은 듯 웃고는 교무실 쪽으로 향했다.

갑자기 현기증이 느껴졌다. 내가 저우이 사건에 불을 붙인 뒤 암암리에 이런 일들이 벌어지고 있었을 줄이야.

그 꿈은 진짜다. 나는 이 사실을 받아들여야 한다.

8장

등가 교환의 미래

개학 첫날, 담임 선생님은 아침 자습 시간을 이용해 학급 임원을 뽑고 자리를 배치했다.

자리는 제비뽑기로 정했는데, 지난 학기 1등부터 3등까지는 자기가 원하는 자리를 골라 앉을 수 있었다. 상환은 내가 자리를 뽑은 후내 옆자리에 앉았고, 2등 하오옌과 3등 샹링도 우리 앞자리로 와 또넷이 모여 앉게 되었다.

아린이 제비를 뽑을 차례가 되었을 때, 선생님이 갑자기 이렇게 제안했다.

"아린은 저번 학기에 꼴찌했으니까 풍수적으로 좋은 자리 고르게해줄까?"

"뒤에서 1등도 자리 고를 수 있어요?" 아린이 신이 나서 말했다.

"어디 앉고 싶은데?"

아린의 시선이 바로 아이제에게 향했다.

"거부권 있나요……?" 아이제가 짜증 난다는 표정을 지었다.

"선생님이 말한 풍수적으로 좋은 자리는 저기였는데." 담임이 손을 뻗어 우리 쪽을 가리켰다.

"아……."

아린이 시무룩한 표정으로 책가방을 들고 나와 상환 사이로 걸어오더니 상환 뒤의 의자를 뺐다.

그래! 거기 앉아!

나는 심장 박동이 빨라지며, 속으로 아린이 빨리 자리에 앉길 기도했다. 하지만 아린은 고개를 숙인 채 머뭇거리다가 갑자기 의자를 다시 집어넣고 내 뒷자리 의자를 빼서 앉았다.

"왜 여기야?" 나는 휙 고개를 돌려 물었다. 심장이 덜컹 내려앉는 기분이었다.

"아이제가 나 싫어하니까. 이 자리가 걔 자리랑 좀 더 멀잖아."

아린은 저 멀리 있는 아이제를 흘끔 보고는 시선을 떨궜다. 기죽은 표정이 역력했다.

또 꿈과 똑같은 상황이다. 아린이 진짜 내 뒷자리에 앉았다.

곧이어 학급 임원을 뽑았다. 상환은 친구들의 추천으로 반장을 연임하게 되었고, 나도 자연히 상환의 지목으로 또 부반장을 맡아 계속해서 상환의 잡일을 도와야 했다.

1교시가 끝나고, 반장들은 교무과로 모이라는 방송이 나왔다. 나는 뒤를 돌아 아린을 보았다. 아린은 고개를 숙인 채 휴대폰을 보고 있었다. 내 시선을 느꼈는지 아린이 고개를 들어 나를 보고는 잠시 어리둥절해하다가 입을 뗐다.

"복도에서 스타버스트 스트림 연습 안 한다고 약속할게."

"아린, 사실은……."

나는 뭐라고 말을 꺼내야 좋을지 고민됐다. 아린에게 예지몽에 대해 말하고 싶었지만, 당사자에게 말해봤자 좋은 일이 일어나지 않는다는 것을 이미 경험을 통해 습득했기에 일단 슬쩍 떠봤다.

"너 예지몽 믿어?"

"믿어! 예지몽뿐 아니라 또 다른 세계, 외계인, 몬스터…… 난 다 믿어." 아린의 눈이 반짝였다. "그리고 나는 말이지, 예지몽이라는 건 어쩌면 과거의 시공간에 사는 자신이 유체 이탈을 해서 미래의 자기 몸에 붙어서 미래의 일을 보는 걸 수도 있다고 생각해. 영혼이 원래의 시공간으로 돌아온 후에는 자신이 꿈을 꿨다고 생각하는 거지."

"몸에 붙어서?" 나는 뭔가 이상하다는 느낌이 들었다. "그럼 미래의 영혼은?"

"당연히 몸속에서 깊은 잠에 빠져 있지. 말하자면 귀신이 몸에 붙는 거랑 비슷한 상황인 거야."

"일리 있다."

나는 놀란 표정으로 고개를 끄덕였다. 영혼이 미래의 자기 몸에 붙는다니, 꽤 그럴듯하게 들렸다.

그리고 원래 꿈에서는 아픔을 느끼지 못하는데, 그 꿈에서 느꼈던 감각들은 전부 너무나 생생했다. 어찌나 실감나던지 꿈에서 깬 후에도 정확하게 기억할 정도였다.

"너무 유치한 소린가?" 아린이 미소를 거두더니 소심하게 물었다.

"아니, 엄청 흥미로워."

"진짜? 너도 관심 있으면 언제든 함께 연구해보자." 아린이 헤헤 웃었다.

"그래." 나도 미소를 지으며 고개를 끄덕이다 궁금증을 참지 못하고 물었다. "아이제 많이 좋아해?"

뜬금없는 질문이 불쑥 끼어들자, 아린은 잠시 멈칫하더니 한참 후에야 대답했다.

"응. 처음 봤을 때, 온몸에 전기가 통하는 기분이었어. 심장이 막 두근거리고, 온 세상이 환해진 느낌." 아린이 뒤통수를 긁적이며 수줍은 표정을 지었다.

"좋아하면 너무 장난만 치지 말고. 지금처럼 이렇게 대화하니까 너도 꽤 멋있어 보이는데."

"내가 멋진 척은 잘하지." 아린이 있는 대로 폼을 잡으며 턱을 쓰다듬었다. "하지만 좋아하는 사람 앞에서는 내 본모습을 숨기고 싶지 않아. 나는 애니랑 라이트 노벨을 좋아하는 히키코모리거든. 빙쉰처럼 가식적이긴 싫어."

빙쉰을 디스하는 말에 나는 좀 난감했다.

"아, 미안." 아린이 서둘러 사과하며 말했다. "사실, 너희 둘이 사귈 때만 해도 걔 그렇게 싫어지진 않았는데, 신위랑 사귀면서는 걸핏하면 신상 운동화랑 옷을 자랑해서 꼴불견이 됐어."

아린은 그렇게 말하더니 갑자기 책상에 엎드려 오른손으로 책상을 쾅쾅 치며 우는 척을 했다.

"엉엉…… 사실 난 돈이 없어서 못 사거든, 부럽다고!"

"부러워하지 마, 걔 요즘 정신 못 차리고 돈 너무 쓰는 거 같더라."

나는 아린의 과장된 말과 행동에 웃음이 터져 나왔다.

아린은 우는 척을 멈추고 잠시 조용히 있다가 책상에 엎드린 채 소심하게 말했다.

"앞으로는 아이제랑 거리를 좀 두려고. 나 때문에 짜증 나는 일 없게 말도 안 될 거야."

나는 뭐라고 대꾸해야 할지 몰라 가만히 아린의 어깨를 토닥여주었다. 그러고는 다시 몸을 돌려 앞을 보고 앉았다가 아이제와 눈이 마주쳤다. 아이제는 바로 고개를 돌렸다. 왜 저러지?

항상 그렇듯 개학 첫날 수업은 모두 가볍게 진도를 나갔다. 하지만 저우이 사건의 충격 때문에 나는 칠판을 쳐다보며 자꾸 딴생각에 빠졌다.

점심시간에는 대충 점심을 먹고, 바람이나 쐬려고 복도로 나가 난간에 엎드려 끄물끄물한 하늘을 바라봤다.

왜 이런 기묘한 일을 겪게 된 걸까? 설마 좋은 시절에 시험만 본다고 투덜거린 걸 듣고 신이 이렇게 역동적인 인생을 선사해준 건가?

"커쉰, 너 괜찮아?"

샹링의 목소리가 들려왔다.

"응?"

뒤를 돌아보니 샹링과 하오옌이 손에 음료수를 들고 서 있었다. 매점에 다녀오는 모양이었다.

"빙쉰이 인스타에다 네 욕 해서 기분 나빴지?"

"뭐라고 욕했는데?"

나는 진작 빙쉰의 인스타그램을 언팔로우 해서 그런 일이 있었는지도 전혀 몰랐다.

"자기랑 신위 사이 이간질했다고."

"그 글 보게 휴대폰 좀 줘봐."

"빙쉰이 이미 삭제했어." 하오옌이 말했다.

"삭제했다고?"

"인스타 보고 내가 바로 상환한테 전화해서 알려줬거든. 상환이 그 얘기 듣고 엄청나게 화내더니 빙쉰한테 메시지 보냈대. 그 신발 가게 사장님이 상환네 가게에 강아지 미용하러 자주 오니까, 사장님한테 말만 하면 CCTV 돌려보는 일은 껌이라고. 그랬더니 빙쉰이 바로 글 삭제했다네." 하오옌이 자초지종을 들려주었다.

"그렇구나."

나는 웃음이 나왔다. 빙쉰과 신위의 사이가 어떻든, 분명한 건 신위가 돈을 더 많이 냈다는 사실이다. 그 사실이 알려지면 체면이 말이 아닐 테니 바로 삭제한 게 틀림없다.

우리 셋이 밖에서 이야기를 나누고 있는 걸 봤는지, 상환이 교실에서 나왔다.

"둘이 얘기 나눠."

하오옌은 상환이 나오는 걸 보고 샹링을 끌고 교실로 들어갔다.

상환이 나른한 모습으로 난간에 기대며 말했다.

"오전 내내 아무 말도 없는 거, '저우이' 때문이야?"

"어떻게 알았어?" 내 기억에는 상환에게 이 얘기를 한 적이 없다.

"아침에 그 여자애랑 얘기하는 거 다 들었어. 그리고 빙쉰도 인스타에 그런 얘기 적었고. 살짝 추론해보니까 무슨 일인지 금방 파악됐어."

"이것도 인과 관계라고 생각해?"

상환은 살짝 입꼬리를 올릴 뿐, 부인하지는 않았다.

"왜 글 삭제하라고 한 거야?"

"네가 꿈에서 저우이라는 애가 허빙쉰 꼬셨다고 하는 바람에 신위랑 싸웠다고 썼더라고. 너무 억지 아니야? 감정에서 가장 중요한 건

소통이잖아. 둘이 서로 잘 소통했다면, 너의 한마디에 휘둘려서 싸우기까지 했겠어? 두 사람 사이에 다른 원인이 있는 거지."

"나 진짜 꿈에서 빙쉰이 저우이랑 사귀는 걸 봤어. 신위는 그 일 때문에…… 자살 시도했고. 하지만 꿈에서 본 얼굴이 잘 기억 안 나서 저우이가 페이쉰인지는 모르겠어." 나는 시무룩히 고개를 떨궜다.

"해외 학자들의 연구에 따르면, 상상력이랑 창조력이 풍부한 사람은 그렇지 않은 사람보다 더 다채로운 꿈을 꾼대. 나 같은 사람은 꿈도 무미건조하고 드라마틱한 기승전결도 없거든." 상환이 또 이론을 내세워 내 말에 반박했다.

"에잇, 그 꿈 생각을 하지 말아야지." 나는 상환에게 눈을 흘기고 싶은 걸 간신히 참으며 말했다. "난 그냥 걔들 둘이 만약에 이 일 때문에 헤어진다면 내 잘못이 아닐까 걱정됐을 뿐이야."

"커쉰, 사람과 사람의 만남은 A와 B의 교집합이지, 동심원이 아니야. 모든 사람이 너를 주축으로 돌아갈 만큼 네가 대단한 사람은 아니잖아. 너의 말 한마디에 모든 상황이 좌지우지되지는 않아." 상환이 손을 뻗어 내 목덜미를 잡으며 옅은 미소를 띤 채 말했다. "너는 저우이를 조심하라는 마음에서 신위한테 말했지만, 결과는 걔들 둘이 함께 공개적으로 널 비난했고, 걔들은 헤어지지도 않았어."

"하지만 지우개 도장처럼, 시작을 내가 한 거잖아." 나는 강조하며 말했다.

"아니, 넌 엄청 중요한 포인트 하나를 빼먹었어." 상환이 인정할 수 없다는 듯 고개를 저었다. "아까 그 후배가 어쩌다 '저우이'가 됐지?"

"누군가가 알려줬다고……."

나는 순간 흠칫했다가 눈을 크게 뜨고 상환의 팔을 잡아당기며 말했다.

"그럼 그 사람이……."

"그래, 걔 뒤에 핵심 인물이 숨어 있어. 그 누군가가 네가 한 말을 이용해서 일을 이렇게 만든 거야."

"분명 신위랑 갈등이 있었던 사람일 거야. 신위가 빙쉰한테 접근하는 여자애들 차단하다 원한 산 사람이 한둘이 아닐걸." 나는 신위가 페이쉰에게 했던 욕이 생각났다. 정말 거친 말이었다. "그럼 이제 난 어쩌지?"

"일은 이미 이렇게 됐고, 이제 이 사건의 당사자는 그 여자 후배, 배후의 인물, 그리고 빙쉰이랑 신위야. 걔들이 주인공이고, 이건 걔들 문제야. 넌 그냥 살짝 등장했던 단역인 거지." 상환이 내 머리를 가볍게 몇 번 쓰다듬었다. "싸우려면 알아서들 싸우라고 해. 그 성가신 일에 넌 이제 신경 그만 쓰고."

"하지만 페이쉰 뒤에서 누가 못된 짓을 꾸미고 있는 것 같은데."

"설마 또 신위한테 가서 충고해주려고?"

"내 말 믿지도 않을걸. 또 이간질한다고 생각하겠지."

"알면 됐고. 하지만 언젠가는 신위가 너한테 그 꿈에 관해 묻는 날이 올 거야." 상환이 미래를 점치듯 말했다.

"다시는 걔한테 아무것도 말 안 해줄 거야." 지금까지 내가 나서서 꿈속의 상황을 이야기한 경우, 결과는 다 좋지 않았다. "페이쉰이 빙쉰을 어떻게 꼬실지 궁금하네."

"그거야 간단하지." 상환은 1초도 생각하지 않고 분석을 늘어놓았다. "걔네 집 재력이면, 빙쉰한테 신상 운동화 한 아름만 갖다 바쳐도, 분명 뒤도 안 돌아보고 걔한테 갈걸!"

"너무 줏대 없는 거 아냐!" 나는 콧방귀를 끼고는 잠시 말을 멈췄다가 화제를 돌려 물었다. "너는…… 이제 괜찮아?"

"응, 괜찮아. 그런데 꼬맹이가 가지고 놀던 장난감을 보면, 아직도 코끝이 시큰거려." 상환이 가볍게 한숨을 내쉬었다. 눈빛에 어렴풋이 슬픔이 묻어났다.

"고양이 또 키울 생각이야?"

"아니, 이런 슬픔은 한 번이면 족해."

상환은 전혀 생각이 없는 듯 바로 대답했다.

나는 상환의 머리를 가볍게 토닥여주었다. 이런 따뜻한 주인과 함께했으니, 꼬맹이는 분명 행복한 추억을 가득 간직한 채 고양이별로 돌아갔을 것이다.

일주일 뒤, 페이쉰은 학교에서 모르는 사람이 없는 유명 인사가 되었다.

1학년 문과 우등반으로 들어간 페이쉰은 방학이면 늘 미국에서 지내다 오기 때문에 영어 회화 실력이 출중하다고 한다. 거기에 버스 회사 사장 딸이라 매일 기사가 공주님 모시듯 등하교를 도와줬고, 가지고 다니는 지갑이며 액세서리는 모두 명품이었다. 얼굴은 그렇게 예쁘진 않았지만, 친근한 성격과 풍만한 가슴 때문에 남학생 사이에서 꽤 인기가 있었다.

"어제 수업 끝나고 체육관에 농구 하러 갔는데, 페이쉰이 농구 연습 보러 왔더라고. 농구부에 들고 싶다던데." 점심시간에 아린이 페이쉰을 본 이야기를 들려주었다. "농구부 애가 공 던지는 법 알려줘서 페이쉰이 점프슛 동작을 했거든. 그랬더니 거기 있던 애들 다 와 하고 소리 지르더라."

예상대로 빙쉰에게 접근하기 위한 페이쉰의 첫 번째 액션은 농구부 가입 신청이었다.

"너희 남학생들의 관심은 걔의 농구 스킬이 아니잖아." 샹링은 혐오스럽다는 표정을 지으며 아린을 흘겨보았다.

"솔직히 말하면…… 몸매가 진짜 죽이지." 아린이 헤헤 웃으며 뒤통수를 긁적였다.

"흥! 남자들은 가슴 큰 여자만 좋아한다니까."

"그거야 희망 사항일 뿐이고, 가슴 안 커도 돼." 하오옌이 웃으며 샹링을 위로했다.

"빙쉰이랑 신위도 걔 봤어?" 나는 슬그머니 물었다.

"응, 빙쉰이 농구부 가입 환영한다고 하니까 신위가 계속 빙쉰 옷자락 잡아당기더라. 페이쉰이랑 말 섞는 거 못마땅해하는 것 같던데."

"걔네 엄청 부자라며. 그러니 긴장했겠지." 샹링이 나를 바라보며 말했다.

"그런데 웨이야고등학교에서는 그냥 좀 사는 축에 드는 정도였대. 그리고 외모도 예쁜 편이 아니라서 친구들한테 무시당하기도 했고." 아린이 덧붙였다.

"그 학교 귀족 학교잖아." 하오옌은 '귀족'이라는 단어를 특히 강조하며 말했다. "교문에서 학생들 기다리는 차 중에 가장 싼 게 B로 시작한다던데."

나는 그런 세상은 어떤 세상인지 짐작하기도 어려웠다.

이어진 며칠간, 점심시간마다 페이쉰과 신위 두 사람이 주요 화젯거리로 떠올랐다. 아린은 농구부에 친구들이 있어서 수업이 끝나면 매일 체육관에 가서 농구를 하기 때문에 페이쉰에 대한 소식을 자주 들려주었는데, 페이쉰은 원하던 대로 농구부에 들어갔다고 했다.

어느 날 아침, 아린이 요란스럽게 교실로 뛰어 들어와 휴대폰을 높이 들고 소리쳤다. "이거 봐, 이거! 내 친구가 보내준 건데, 페이쉰 옛날 사진이래."

친구들이 너도나도 아린을 둘러쌌다. 나도 고개를 쑥 내밀어 보았다. 사진 속 페이쉰은 뚱뚱한 몸에 얼굴은 둥그렇고 눈은 자그마했다. 작년 여름에 나랑 마주쳤을 때의 그 모습이었다.

"와! 지금이랑 완전히 다르네."

몇몇 친구들이 놀라며 폭소를 터뜨렸다.

"쌍꺼풀 수술했네. 외까풀일 때는 눈에 살이 많아서 노려보는 것처럼 보여." 하오옌이 비아냥대며 말했다.

"이 정도면 다이어트 진짜 힘들게 했겠다. 좀 고치긴 했지만, 콧대나 입술은 원래 예쁘네." 여자라면 대부분은 다이어트를 해봤기에 얼마나 힘든지 그 고충을 이해하게 마련이다. 샹링이 좋은 쪽으로 페이쉰을 두둔했다.

"뚱뚱한 사람은 성장 잠재주라고들 하잖아. 살 쫙 빼고 난 후에 완전히 딴사람 된 경우가 많지." 배후에 있는 음모를 차치하면, 나 역시 한 사람이 자신이 좋아하는 사람의 마음을 얻기 위해 스스로를 변화시키려고 노력한 그 의지는 정말 대단하다고 생각했다.

단 하루 만에, 페이쉰의 과거 사진이 온 학교에 퍼졌다. 하지만 그 사진을 누가 유출했는지는 아무도 알지 못했다.

며칠 후, 아린이 또 따끈따끈한 소식을 들고 왔다.

"어제 페이쉔이 체육관에 오자마자 다른 여학생들이 쌍꺼풀 한국에서 했냐고 놀렸어."

"그래서 걔가 뭐라고 했어?" 갑자기 아이제가 어디선가 불쑥 나타나 물었다.

"난 어릴 적부터 외모 때문에 친구들한테 놀림을 당해서 항상 자기비하가 심했어. 그런데 어느 날 우연히 빙쉔 선배를 만난 후 다이어트를 결심했지. 아름다운 모습으로 선배 앞에 나타나고 싶었거든. 설령선배가 그저 날 스치듯 볼 뿐이라도 말이야." 아린이 여자 목소리를흉내 내며 페이쉔의 말을 그대로 전했다.

"그건 빙쉔한테 직접 고백한 거잖아?" 아이제가 콧방귀를 끼며 말했다.

"그렇지. 그러면서 자기는 매일 먹는 것도 신경 쓰고 저녁마다 헬스장 가서 운동을 한다는 둥, 밤에 배가 너무 고파서 잠 못 드는 날도많았다는 둥 막 그러더니, 얘기하다 말고 갑자기 배를 잡고 웅크리면서 위가 아프다고 하는 거야. 그래서 빙쉔이 데리고 양호실 갔잖아."

"신위가 보고 엄청 열 받았겠네." 샹링이 머리를 불쑥 내밀고는 나를 보며 말했다.

나는 고개를 돌려 옆에 앉은 상환을 보았다. 상환은 한 손으로 턱을괴고 그런 소식에는 관심 없다는 표정을 하고 있다가 나를 보고는 한마디를 툭 던졌다.

"대단하네. 약점을 이용해서 위기를 모면하는 전략이라."

나는 가볍게 한숨을 쉬었다. 상환의 말마따나 정말 대단한 애였다.스스로 생각해낸 걸까, 아니면 배후의 누군가가 알려준 걸까?

페이쉰의 고백으로, 버스 회사 공주님이 농구부 대스타를 좋아한다는 소문이 학교에 삽시간에 퍼졌다.

뚱뚱했던 소녀가 짝사랑하는 사람을 위해 열심히 다이어트를 했다는 사연까지 더해져, 페이쉰을 응원하는 애들까지 생겨나 신위의 화를 돋웠다. 신위는 '쌍것'이라는 표현을 써가며 친구들한테 페이쉰을 욕하고, 수업이 끝난 후에는 체육관에서 감시를 게을리하지 않았다.

하지만 내가 아는 빙쉰은 그런 밀착 감시를 남부끄럽게 생각할 애였기 때문에 신위에 대한 빙쉰의 호감도가 더 낮아질 것 같았다.

"커쉰, 누가 너 찾아!"

고개를 들어 교실 입구를 쳐다보니, 날 찾아온 사람은 다름 아닌 우신위였다. 역시 상환의 예측이 맞았다.

내가 교실에서 막 나가자마자 신위가 다짜고짜 따지고 들었다.

"페이쉰이 너 안다고 하더라."

"두 번 마주쳤을 뿐이야. 한 번은 사고 보상 합의하던 날, 한 번은 울타리 꾸미기 하던 날. 잘 아는 사이는 아니야." 나는 무덤덤하게 설명했다.

"걔 영어 이름이 조이라며! 네가 꾸며낸 이야기대로 만들겠다는 거야?"

"아니, 걔가 그렇게 나와서 나도 놀랐어."

"정말 네가 꾸민 짓이 아니고?" 신위는 의심의 눈초리로 나를 쏘아보았다.

"아니야."

나는 담담한 표정으로 신위를 바라보았다.

신위는 한참 동안 매서운 눈빛으로 나를 째려보다가, 갑자기 시선을 떨구고는 우물쭈물하며 물었다.

"그 꿈에서…… 봤던 저우이가 개야?"

너무 적극적인 페이쉰의 태도에 신위도 내가 한 말을 믿기 시작한 것 같았다.

"꿈에서 봤던 얼굴이 잘 기억 안 나서 개인지는 확신할 수 없어." 스스로 화를 삭이는 모습을 보니 갑자기 신위가 불쌍하게 느껴져 한 마디를 덧붙였다. "너 혹시 누구한테 원한 산 일 있어?"

"그런 건 왜 물어?"

신위는 머릿속에 수많은 명단이 떠오른 듯 눈빛이 어두워지더니, 금세 안색이 창백해졌다.

"왜냐면…….."

페이쉰 배후에 누군가가 있다고 말하려고 할 때, 갑자기 꿈속에서 들었던 말이 떠올랐다. 신위가 자살을 시도했다는 사실을 알게 된 내게 상환이 이렇게 말했다.

"너는 도울 수 있을 만큼 도와줬어."

그 꿈에서 나는 신위를 도와줬다. 구체적으로 어떻게 도왔는지는 모르지만, 내 도움은 어떤 결실도 보지 못했다. 도리어 빙쉰의 원한을 샀고, 농구부 사람들은 나를 경멸하며 신위를 다치게 한 사람이 나라고 말했다.

내가 지금 신위에게 조언을 한다면, 신위는 나를 아군이라고 생각할 것이다. 그리고 나는 아마 신위의 미래를 바꾸기 위해 신위와 함께 페이쉰의 맞은편에 설 것이고, 결국 악명만 남기고 결과는 바꾸지도 못할 것이다.

저우이 사건에서 나는 지금 선택의 갈림길에 서 있다.

도울 것인가, 돕지 않을 것인가.

주저하는 내 모습을 보고는 신위가 갑자기 내 손을 잡고 나지막이 애원하듯 말했다.

"커쉰, 너 내가 모르는 뭔가 알고 있는 거지?"

나는 아무 말 없이 신위를 바라보았다.

"전에…… 너 힘들게 한 거, 사과할게……." 신위가 괴로운 표정으로 고개를 떨궜다. "빙쉰은 내 첫사랑이야. 나 정말 걔 많이 좋아하고, 진심으로 잘해주고 싶을 뿐이야……. 네가 뭔가 알고 있다면 나 좀 도와줘, 응?"

쉽게 마음의 결정을 내리지 못하고 한참 갈등하다 보니, 어느새 수업 시작종이 울렸다. 나는 마음을 굳히고 신위의 손을 살짝 뿌리쳤다. 상환의 말대로 마음 모질게 먹고 그냥 방관자가 되기로 했다.

"미안, 내가 도울 수 있는 게 아니야. 빙쉰은 화내고 불평하는 여자 싫어하니까, 둘이 차분히 얘기를 잘 나눠봐. 그게 가장 중요해."

말을 마치고, 나는 무표정으로 교실로 돌아왔다.

신위가 뒤에서 불렀지만 돌아보지 않았다.

며칠 후, 또 상환의 예상이 들어맞는 일이 생겼다.

휴대폰을 들여다보던 아린이 운동화 사진을 가리키며 말했다.

"이 운동화는 판매 개시하자마자 다 팔려서, 인터넷에서 몇 배나 비싸게 팔리거든. 그런데 페이쉰이 우리나라 사람들은 너무 운동화를 가지고 장난친다면서, 자기 친척이 외국에 사는데 거기에는 모델별로

다 있다고, 친척한테 부탁해서 구매하면 국내보다 싸게 살 수 있다고 하더라고."

"그래서 빙쉰이 부탁했어?" 나는 침을 꿀꺽 삼켰다.

"응. 그런데 신위가 화내면서 못 사게 해서 둘이 또 싸웠어."

"너는? 너도 페이쉰한테 부탁할 거야?" 아이제가 옆에서 끼어들었다. 마치 캐묻는 듯한 말투였다.

"하하…… 난 요즘 엄청 빈곤한 상태라, 해외에서 사는 게 더 싸다고 해도 나한테는 여전히 비싸거든." 아린이 민망한 표정으로 머리를 긁적였다.

"신상 운동화 공격 시작됐네." 나는 두 손 들었다는 표정으로 상환을 쳐다봤다.

"빙쉰이 뭘 좋아하는지 열심히 공부했나 보네. 돈 액수부터 신위가 참패겠네."

상환이 담담하게 말했다.

그 후로도, 페이쉰의 하루 용돈이 1,000위안이라는 둥, 저축액만 이미 1,000,000위안이 된다는 둥, 그리고 여러 명품 가게의 VIP라서 할인뿐 아니라 특별 사은품도 받는다는 둥 하는 소문이 끊임없이 들려왔다.

어느 날은 빙쉰이 페이쉰에게 명품 스포츠 용품점에 데려가달라고 부탁해서 폼 나는 가방을 샀는데, 신위가 그 사실을 알고 노발대발하며 그 가방을 바닥에 내팽개치고 사정없이 밟아버렸다는 소문도 들려왔다.

신위의 연이은 패배 소식에, 내 남친을 뺏어 갔으니 마땅한 업보라고 생각하며 기뻐해야했지만, 내막을 뻔히 알면서도 수수방관했다는 죄책감이 점점 더 나를 짓눌러왔다.

애정 전선에 이상이 생기자 신위는 성적도 점점 떨어졌다. 그러다가 두 사람 사이에 간신히 남아 있던 마지막 지푸라기조차 사라지는 사건이 일어났다.

5월 초, 신위의 부모님이 갑자기 학교에 찾아왔다. 개학할 때 신위가 학원비를 타갔는데 학원에는 등록하지도 않고 매일 밤 늦게야 집에 들어오는데, 돈도 어디다 썼는지 모르겠고, 요즘 들어 걸핏하면 화를 내는 등 감정 기복도 너무 심해졌다는 것이었다.

상환과 함께 선생님의 사인을 받으러 교무실에 갔다가, 신위의 부모님과 빙쉰의 할머니 할아버지가 회의실에 마주 앉아 있는 모습을 보았다. 신위 부모님은 엄청 화가 난 표정이었고, 빙쉰의 할아버지 할머니는 연신 고개를 숙이며 사과하는 듯 보였다. 그 옆에 앉은 신위는 계속 눈물을 훔쳤고, 빙쉰은 고개를 숙이고 멍하니 앉아 있었다.

"신위는 누군가를 좋아하면 자기 자신보다는 상대한테 올인하는 스타일인가 봐." 상환이 말했다.

"난 계속 죄책감이 들어. 신위한테 저우이 얘기를 꺼내지 말았어야 했는데. 그리고 페이쉰 뒤에 누가 있는 것 같다는 얘기는 숨겼잖아." 요즘 들어 나는 계속 양심의 가책을 느꼈다.

"아니, 네가 그렇게 하지 않았어도, 그 배후의 인물은 다른 방법을 써서라도 자기 목적을 달성했을걸."

"그 사람은 누굴까?"

"신위하고 빙쉰을 잘 알고 있는 사람이겠지."

교무실에서 돌아 나오며 상환은 내가 먼저 나가도록 문을 열어주었다.

그 순간 문밖에 있던 잉치와 눈이 마주쳤다. 잉치는 막 오른손을 뻗어 문을 열고 들어오려던 참이었다.

"신위 일이 궁금해서 상황 파악하러 왔어?" 잉치가 갑자기 말을 걸었다.

"아니, 선생님 사인받으러 왔는데."

나는 시큰둥하게 반박했다.

잉치는 내 말을 믿지 않는 듯 입을 삐죽거렸다. 하지만 나는 사람을 얕보는 잉치의 도도한 태도에 이미 익숙했고, 더 설명하고 싶지도 않아 몸을 약간 비켜 잉치를 지나쳤다.

바로 그 순간, 어떤 생각이 번쩍 뇌리를 스쳤다.

신위가 잉치에게 속마음을 털어놓았기 때문에 잉치는 신위와 빙쉰이 몰래 연락한다는 사실을 알고 있었다. 내가 저우이에 관한 얘기를 할 때도 잉치는 그 자리에서 다 들었다. 페이쉰은 누군가에게 들어서 신위가 저우이라는 이름에 예민하다는 사실을 알게 됐다. 그 누군가는 애정 문제에 있어서 신위의 아킬레스건이 무엇인지 잘 알고 있다는 뜻이다.

그렇다면 잉치야말로 상환이 말한, 신위와 빙쉰에 대해 잘 아는 인물이 아닌가?

"그 배후의 인물이 가오잉치 아닐까?" 교실로 돌아가는 길에 나는 넌지시 내 생각을 얘기했다.

"그게 누구든 우리랑은 상관없잖아." 상환이 내 머리를 흔들며 말했다. "그 생각은 관두고 졸업 여행에서 어떤 이벤트 할지나 좀 생각해봐."

"맞다. 5월 19일이 졸업 여행이지. 졸업도 안 하는데 졸업 여행을 먼저 가니까 느낌이 좀 이상해."

꿈에서 우리가 사귀기 시작한 날은 5월 20일이었다. 졸업 여행 가서 고백했던 거구나. 그리고 19일은 마침, 내 생일이기도 했다.

"3학년 되면 입시 준비해야 하니까, 학교에서도 그땐 우리가 시험에만 집중하길 바라겠지." 상환이 무덤덤하게 말했다.

나는 고개를 돌려 상환을 힐끗 쳐다봤다. 졸업 여행이라니! 상환과 함께 2박 3일을 보낼 수 있다는 생각에 한껏 기대가 부풀어 올랐다.

그날 저녁, 씻고 방으로 돌아오니 마침 휴대폰 알림이 울렸다.

샹링이 빙쉰의 인스타를 캡처해 전송한 메시지였다. 캡처 화면에는 신위와 빙쉰 가족들이 상의한 끝에 두 사람이 공부에 집중할 수 있도록 이만 헤어지기로 했다고 적혀 있었다. 신위를 행복하게 해주지 못해서 미안하다는 글도 덧붙여서.

빙쉰은 은근슬쩍 신위의 부모님이 헤어지길 요구했다는 듯 적었을 뿐, 저우이나 나에 대한 언급은 없었다.

꿈속에서처럼 둘은 결국 헤어졌지만, 꿈과 달리 나한테는 아무런 피해도 없었고, 내 이미지를 지킬 수 있었다. 즉, 꿈에서 일어났던 일을 바꿀 수 있다는 뜻 아닌가? 결정적인 순간에 올바른 선택을 한다면 말이다.

그렇다면 난 내가 할 수 있는 최선을 다해서 상환이 죽는 그 결말을 바꿔놓을 것이다.

"졸업 여행 이벤트라면, 자극 지수 만렙인 담력 테스트를 빼놓을 수 없지!" 아린이 흥분해 두 손을 높이 들고 말했다. "남자 여자 한 명씩 짝지어서 말이야. 새 커플이 탄생할 수도 있고!"

"그런 건 안 하면 안 돼? 나 깜깜한 거 무서워하는데." 샹링이 목을 움츠리며 말했다.

"하오옌이 있는데 뭐가 무서워?"

"밤에 악몽 꾸면 어떡해."

"그런데 우리 반은 여자가 더 많잖아." 하오옌이 문제를 제기했다.

"그럼 남자 한 명에 여자 두 명으로 팀 짜자. 놀랐을 때 양팔로 한 명씩 안아주면 되잖아." 아린이 헤벌쭉 웃으며 능글맞은 표정을 지어 보였다.

"꿈 깨셔, 너랑 짝하겠다는 사람 없을걸." 아린의 자리가 바뀐 후에도 아이제는 자주 우리 쪽으로 와 함께 수다를 떨었다. 자기 자리에서 꽤 떨어져 있는데도 말이다. "핵심은 누가 이벤트 기획을 하느냐는 거야."

아린은 아무 대답 없이, 바로 하오옌과 나를 번갈아 봤다. 우리가 이 일을 맡아주길 바라는 눈치였다.

"빠져나갈 생각하지 말고, 우리 여섯이 같이 이벤트 기획하자." 상환이 갑자기 명령조로 말했다.

"뭐? 나는 그냥 즐기고 싶은데! 여자애들 손 잡고 담력 테스트 도전할 거야." 아린이 두 손으로 머리를 감싸고는 괴성을 질렀다.

"꿈 깨라니까, 너랑 손잡아줄 사람 없다고." 아이제가 언제나처럼 쏘아붙였다. 하지만 표정은 왠지 살짝 안심하는 듯 보였다.

졸업 여행이 일주일 정도 앞으로 다가왔다. 우리는 반 친구들에게 담력 테스트에 쓸 만한 물건이 있으면 제공해달라고 부탁했고, 다들 적극적으로 귀신 마스크나 귀신 손, 해골 같은 것들을 가져왔다. 나와 하오옌은 안 입는 흰옷에 빨간색 물감을 떨어뜨려 핏자국처럼 보이게 만들었는데 꽤 그럴싸했다.

아린은 기획에 참여하고 싶지 않다고 말했지만, 막상 담력 테스트를 어떻게 할지 의논을 시작하자 가장 열정적으로 해괴망측한 아이디어를 쏟아냈고, 각자 귀신으로 분장하자는 제안도 내놨다.

결국 상환과 나는 드라큘라로, 하오옌과 샹링은 일본 귀신으로, 아린과 아이제는 좀비로 변장하기로 했다.

우와! 아이제는 짝이 없는 불쌍한 아린을 위해 자기를 희생하겠다며 선심을 썼다.

졸업 여행을 앞둔 토요일, 우리는 교실에 모여 같이 이벤트용 소품을 만들었다.

"맞다. 그날 담력 테스트하기 전에 미리 귀신 얘기 좀 해서 공포 분위기 만드는 거 어때?" 하오옌이 귀신 마스크에 색을 칠하며 아이디어를 냈다.

"찬성." 나는 신문지를 가득 구겨 넣은 흰 천을 줄로 묶어 목맨 사람의 형상을 만들었다.

"그럼 귀신 이야기는 누가 하는데?" 샹링이 물었다.

상환과 아이제가 아무 말 없이 아린을 쳐다봤다. 아린 당첨!

"어릴 적부터 귀신 얘기 듣는 거 엄청나게 좋아해서, 귀신 얘기라면 껌이지." 아린이 자신만만한 표정을 지었다.

"한번 해봐." 나는 웃으며 말했다.

"이건 진짜 있었던 일인데, 우리 아빠가 직접 경험한 일이야."

아린이 얼굴에서 웃음기를 거두고 진지하게 말했다.

"아빠가 대학교 3학년 때 친구들이랑 바닷가에 놀러 갔는데, 물에 들어가고 얼마 안 있어서 갑자기 발에 쥐가 나서 바다에 빠졌대. 친구들이 도와달라고 소리 지르는 거를 다행히 근처를 순찰하던 구조대원이 듣고 구해줬는데, 이미 호흡이랑 맥박이 멈춘 상태여서 한참 심폐소생술을 하고 나서야 물을 토하고 정신을 차렸대."

교실 안이 고요했다. 모두 하던 일을 멈추고 아린의 이야기를 듣고 있었다.

"아빠가 그러는데 물에 빠진 그 짧은 순간에 몸이 바다에서 떠올라 허공으로 날아가는 기분을 느꼈대. 바다를 비추는 햇살이 너무 아름다웠는데 갑자기 할아버지 할머니랑 아리산에 일출 보러 갔던 일이 떠오르더라네. 그러고는 정말 신기하게 몸이 갑자기 쑥 하고 그 당시로 돌아가서 열 살 무렵의 아빠가 가족들이랑 일출을 보는 장면이 보이더래. 이미 돌아가신 할아버지 할머니가 다 건강한 모습으로 있는 게 보여서 눈물을 흘렸다고."

"유체 이탈이네." 하오옌이 말했다.

"영혼은 다른 시공간을 왔다 갔다 할 수 있다잖아. 과거로 돌아가는 것도 불가능한 일은 아니겠지." 아이제도 자기 의견을 보탰다.

나는 고개를 돌려 상환을 보았다. 이런 얘기가 전혀 안 통하는 상환은 역시나 팔짱을 끼고 믿지 못하겠다는 표정을 짓고 있었다.

"그다음에는 첫사랑이 떠오르더니, 다시 몸이 쑥 하고 고2 때 소풍날로 돌아갔대. 그날 장기 자랑에서 기타 치면서 사랑 노래 부르고 첫사랑한테 고백해서 사귀었다고 하더라고. 나중에는 둘이 각자 다른 대학에 붙었는데, 대학교 2학년 때 여자가 바람나서 다른 남자랑 자취방 침대에서 뒹굴다가 아빠한테 걸렸대."

"너희 아빠가 그 장면을 생각하셨으니 이번에는 그날로 돌아가는 거 아냐?" 내가 참지 못하고 끼어들었다.

"빙고!" 아린이 손뼉을 딱 쳤다. "아빠가 그 장면을 떠올리니까, 주변 광경이 소풍날에서 바로 첫사랑 자취방으로 바뀌더래. 그리고 침대에서 뒹굴고 있는 그 둘을 다시 목격한 거지. 너무 화가 나서 달려가 첫사랑의 멱살을 잡았는데, 그 여자가 숨이 막혀서 입을 벌리고 컥컥댈 때 갑자기 어떤 엄청난 힘이 블랙홀처럼 아빠를 빨아들이면서 영혼이 현재의 몸으로 되돌아왔대."

"몸에서 나간 영혼이 여자 친구 양다리 덕분에 다시 돌아온 거네." 샹링이 헤헤 웃으며 말했다.

"아버지가 구조됐으니 다행이지, 아니면 첫사랑에 대한 원한 때문에 죽어서도 이승을 떠도는 귀신이 될 뻔했네." 아이제가 동감한다는 듯 고개를 끄덕였다.

"전에 디스커버리 채널에서 임사 체험에 대해 방영하는 걸 봤거든. 임사 체험을 한 사람들을 인터뷰했는데, 대부분이 죽음의 순간에 인생의 아름다운 추억들이 주마등처럼 지나갔대." 하오옌이 여기까지 말하고는 갑자기 고개를 돌려 나를 보았다.

"맞다, 작년에 사고 났을 때 너도 심정지 상태에서 구출된 거잖아?" 샹링이 마치 비슷한 경험을 했으면 말해달라는 듯 기대에 찬 큰 눈을 껌뻑였다.

"난 인생이 주마등처럼 지나가는 건 없었어. 눈앞이 그냥 암흑천지였지." 나는 난감한 표정으로 웃었다.

"정말 없었어?" 아린이 다시 물었다.

"그 사고 때문에 트라우마 생겼는데 괜히 그날 일 떠올리게 하지 마." 상환이 난감해하는 나를 구해주며 화제를 돌렸다. "귀신 얘기 하나는 너무 짧다. 하나 더 해봐."

"알았어, 하나 더!" 아린이 목을 가다듬었다. "이건 우리 삼촌이 직접 겪은 일이야."

"너희 집안은 어떻게 그렇게 이상한 경험을 많이 하냐?" 아이제가 웃음을 터뜨렸다.

아린은 그래도 꿋꿋하게 말을 이어나갔다.

"우리 삼촌이 5년 전에 되게 심각한 교통사고를 당했거든. 그날 저녁에 오토바이를 타고 나갔는데, 교차로에서 신호를 기다릴 때 갑자기 뒤에서 트럭이 삼촌 오토바이를 들이받은 거야. 그러고는 다른 차량 네 대랑 연속으로 심하게 부딪치고 허공으로 튕겨서 교차로 중앙에 떨어졌대. 그때 땅바닥에서 쇠사슬이 움직이는 소리가 들리더니, 점점 삼촌한테 가까워지더래. 삼촌이 간신히 눈을 떴더니 키가 큰 사람이랑 작은 사람이랑 둘이서 삼촌을 들여다보는 게 희미하게 보이더라네. 그중 한 명이 '여덟 명에 이 사람도 있어?' 하고 물으니까 다른 한 명이 '이 사람은 아냐.' 하고 대답하고는 바로 사라졌대. 나중에 삼촌은 병원으로 옮겨지고 목숨을 건졌는데, 알고 보니 그 사고로 모두 여덟 명이 죽었대."

"죽은 사람 데리러 온 저승사자야?" 샹링이 흥미로워하며 물었다.

"삼촌은 그렇게 생각하더라." 아린이 고개를 끄덕였다. "일본에서는 막 해가 저물 때를 '귀신을 만나는 시간'이라고도 부른대. 음기랑 양기가 교차하는 그 시간에 귀신을 만나기가 쉽다는 거지. 그리고 우리나라도 교차로는 음과 양이 교차하는 곳이라서 교통사고가 자주 일어나고, 귀신이 교차로를 떠돌면서 사람을 잡아먹는다는 얘기도 있잖아."

"커쉰이 당한 사고도 교차로에서 일어난 거잖아." 하오옌이 고개를 돌려 나를 보았다.

"난 귀신은 보지도 못했고, 쇠사슬 소리도 못 들었어." 나는 난처해 어쩔 줄 몰랐다.

"가위눌린 적 있는 사람?" 상환이 또 나를 위해 화제를 돌렸다. 나는 상환에게 고마움의 표시로 윙크를 보냈다.

"나!" 아이제가 자신이 겪은 일을 이야기하기 시작했다. "중학교 때 있었던 일인데……."

그날 오후, 우리는 담력 테스트 소품을 만드는 내내 돌아가면서 귀신 이야기를 했다. 초여름의 날씨는 따뜻했지만, 귀신 이야기를 듣느라 등골이 오싹했다. 나중에 생각해보니, 이것 역시 잊지 못할 하나의 추억이었다.

졸업 여행 전날 저녁, 엄마는 특별히 스테이크를 구웠다.

"커쉰, 생일은 내일이지만 마침 졸업 여행이랑 겹쳐서 미리 축하 파티하는 거야." 캉 아저씨가 식탁 앞에 앉아 웃으며 말했다.

"감사합니다."

지금까지 엄마는 잦은 야근으로 내 생일을 잊을 때도 많았다. 그래서 오늘 이렇게 축하 파티를 하니 좀 창피하기도 했고, 또 한편으로는 무척 행복했다.

밥을 먹으며 나는 졸업 여행 이벤트로 담력 테스트를 준비했다는 이야기를 했다.

아저씨도 고등학교 때 숲을 한 바퀴 돌고 나오는 담력 테스트를 했던 얘기를 들려주었다. 엄마랑 짝을 이뤄 숲으로 들어갔을 때 갑자기 어떤 친구가 불쑥 튀어나와 놀라는 바람에 바닥에 주저앉았는데, 공교롭게도 개똥이 있는 자리에 주저앉았다는 흑역사였다. 아저씨의 이야기에 엄마와 나는 배꼽을 잡았다.

밥을 다 먹고 난 후, 엄마가 케이크를 꺼냈다.

거실 불을 끄고 엄마와 아저씨가 손뼉을 치며 생일 축하 노래를 불러주고, 나는 두 손을 모으고 촛불을 보며 소원을 빌었다. 나는 힐끗 엄마를 보고, 다시 캉 아저씨를 보았다. 순간, 마치 부모의 사랑을 듬뿍 받는 딸이 된 것처럼 가슴 가득 행복이 밀려들었다.

초를 끄고, 나는 마음속 깊이 숨겨놨던 비밀 이야기를 꺼냈다.

"사실 어릴 때는 생일날마다 아빠가 생겼으면 좋겠다는 소원을 빌었는데."

엄마는 뭐라고 반응해야 할지 몰라 입만 벌린 채 나를 쳐다봤고, 아저씨가 살짝 미소를 머금고 물었다.

"올해도 그 소원 빌었니?"

"아뇨, 엄마가 건강하고 행복하길 바란다고 빌었어요."

나는 웃으며 그렇게 대답했다.

엄마는 내 말에 감동한 듯 눈을 깜빡이더니 케이크 칼을 건넸다.

"케이크 잘라야지."

케이크를 반으로 자르고 난 뒤, 아저씨가 은색 포장지에 싸인 커다란 선물 상자를 건넸다.

"감사합니다."

나는 과분한 행복을 느꼈다. 이렇게 큰 생일 선물은 처음이었다. 안에 뭐가 들어 있을까?

포장을 뜯으니 쿠츠시타냥코 인형이 보였다. 나는 놀라 의자에서 벌떡 일어났다.

"왜 그래?" 엄마가 내 반응에 놀라 물었다.

"마음에 안 들어?" 아저씨가 걱정스러운 표정으로 물었다. "이 고양이 캐릭터를 좋아한다길래 인터넷으로 일본에서 공수한 건데."

나는 깊게 심호흡을 하고 놀란 가슴을 진정시킨 후 다시 자리에 앉아 미소를 지으며 말했다.

"아뇨, 너무 좋아요. 아저씨가 저한테 이런 선물을 해주실 거라고는 상상도 못 했어요. 이 인형 엄청 비쌀 텐데."

"좋아하면 됐어. 가격은 안 중요해."

아저씨는 괜찮다는 듯 웃었다.

나는 쿠츠시타냥코 인형의 발바닥을 조물락거리다가 품에 꼭 껴안고 인형의 귀에 턱을 문질렀다.

야오커쉰, 힘내자! 아직 시작도 안 했는데 움츠러들면 안 돼!

다음 날 아침, 나는 여행용 가방과 담력 테스트 물품을 들고 집합 장소인 체육관으로 갔다. 상환이 나를 보고는 한걸음에 달려와 짐을 받아 들었다. 나는 상환을 향해 웃어 보였다.

관광버스를 기다리는데, 페이쉰이 교문을 들어서는 모습이 보였다.

한쪽에서 수다를 떨고 있던 여학생들이 페이쉰을 보더니 마치 공주님을 모시는 시녀들처럼 아부성 미소를 지으며 페이쉰을 둘러쌌다.

그들 무리가 웃고 떠들며 우리 앞을 지나갈 때, 빙쉰이 다가가 해맑은 미소로 대화에 끼었다.

"쟤들 벌써부터 인스타에서 공개적으로 연애하더라." 샹링이 꼴사납다는 듯 냉랭하게 말했다.

"빙쉰한테 이별 후 2주는 충분히 긴 시간이지. 쟤 입장에서는 바로 갈아탄 것도 아니야." 나와 헤어졌을 때 빙쉰이 나에게 한 말이었다.

"연애에 아주 도가 튼 애야." 하오옌이 혀를 내둘렀다.

나는 자연스레 신위를 찾았다. 신위는 화단 근처에 앉아서 초췌한 모습으로 생각에 잠겨 있었다.

연애가 그렇게 막을 내리고 난 뒤, 신위는 줄곧 심신 상태가 불안정해 보였다. 나는 꿈에서처럼 신위가 정말 자살 시도를 할까 봐 걱정이 되었다.

관광버스가 꼬리에 꼬리를 물며 교문 앞에 섰다. 반마다 선생님의 지시에 따라 순서대로 차에 올랐다. 우리의 졸업 여행을 책임질 인솔팀도 빨간 티셔츠를 맞춰 입고 차에 올랐다.

버스가 하나둘 출발해 타이중을 향해 남쪽으로 달렸다. 중간에 잠깐 중싱 대학에 들러 견학을 했다. 내년에 대학 입학시험을 볼 예비 수험생에게 대학 캠퍼스의 분위기를 느끼게 해주자는 취지였다.

오후에는 루강 옛 시가지를 관광했다. 나는 상환과 손을 잡고 구불구불한 골목을 따라 돌아다니며 사진도 왕창 찍고 기념품도 샀다. 돌아오는 길에 빙쉰이 친구들과 웃고 떠들며 우리 곁을 지나쳐 갔다. 빙쉰에게서 실연의 슬픔은 전혀 찾아볼 수 없었다.

옛 시가지를 구경하고 나서 저녁을 먹은 뒤 호텔에 도착했다. 나와 샹링은 같은 방을 배정받았다.

저녁에는 레크리에이션이 열렸다. 인솔팀의 인솔 아래 다들 적극적으로 춤도 추고, 함성도 외치고, 미친 듯이 재미나게 놀았다.

레크리에이션이 끝날 때쯤, 사회자가 모두에게 야광봉을 높이 들으라고 하고는, 지금 이 학창 시절, 이 친구들과의 시간을 소중히 간직하라며 감성적인 멘트를 날렸다. 그 말에 감정이 북받쳐 눈물을 흘리는 여자애들도 있었다. 나는 상환의 옷자락을 잡아당기며 항상 곁에 있어줘서 고맙다고 말했다.

방으로 돌아온 뒤 샹링과 아이제는 잠깐 쉬고 싶다며 나보고 먼저 씻으라고 했다.

다 씻고 나오니 방에 불이 꺼져 어두컴컴하고, 살그머니 움직이는 몇 사람의 실루엣만 희미하게 보였다. 아직 어떤 반응도 하지 못하고 있을 때 갑자기 생일 축하 노래가 들려왔다. 상환이 불을 붙인 작은 케이크를 들고 내 앞으로 다가왔다.

방금 전 레크리에이션에서 받은 감동에 생일 축하 노래까지 더해져, 나도 모르게 눈시울이 붉어졌다.

우리가 너무 시끄럽게 놀았는지 담임 선생님이 방으로 찾아왔다가, 다들 모여 내 생일을 축하해주고 있다는 걸 알고는 웃으며 주의를 주었다.

"술 금지, 소란 금지, 방문 잠그는 것 금지, 케이크 던지는 것 금지, 30분 후 해산!"

선생님은 그렇게 외치고 바로 밖으로 나갔고, 우리는 폭소를 터뜨렸다.

친구들이 준 선물과 카드를 챙긴 후, 나는 잔뜩 목멘 소리로 고마움을 전했다.

"정말 고마워. 사실 고등학교 생활에 잘 적응하지 못하고 있었거든. 계속 인생의 내리막길로 치닫는 그런 느낌이어서. 그런데 다행히 우리 반에 와서 다시 미소를 찾은 거 같아."

"네 마음 100퍼센트 이해해." 샹링도 같이 눈이 벌게졌다.

"넌 생일도 아닌데 왜 따라 울어?" 하오옌이 샹링의 머리를 쓰다듬었다.

"웃을 때 같이 웃고, 울 때 같이 우는 게 진짜 친구지."

"뽀뽀!" 아린이 갑자기 장난을 쳤다.

나는 부끄러워하며 고개를 저었지만 상환이 다가오더니 두 팔을 벌려 나를 꼬옥 안아주었다. 그 바람에 꾹 참았던 눈물이 주르륵 떨어졌다.

꿈에서 나는 책장 서랍 속 생일 선물을 보면서 2학년 때의 나는 행복했는지 궁금해했다.

그렇다. 2학년 때의 나는 정말 행복했다.

다음 날 아침, 평상시에 일찍 일어나는 습관 때문인지 5시가 좀 넘자 잠에서 깼다.

다들 아직 자고 있어서 깨우지 않도록 조용히 호텔 1층 로비로 내려갔다. 로비 왼쪽은 커피숍이어서 소파와 탁자가 놓여 있었다. 익숙한 실루엣이 혼자 구석에 앉아 있는 게 시야에 들어왔다.

신위였다.

얼른 다시 올라가려고 했지만, 이미 신위가 날 보고 말았다.

"야오커원, 비웃으러 왔냐?" 신위가 나를 향해 소리쳤다. 로비에 신위의 목소리가 쩌렁쩌렁 울렸다.

"그런 악취미 없거든." 나는 난감한 마음에 어깨를 으쓱해 보이고 는, 눈 딱 감고 신위 쪽으로 걸어갔다. "엄청 일찍 일어났네."

"밤새 못 잔 거야. 머릿속이 온통 빙쉰이랑 그 나쁜 년이 지금 얼마 나 좋아 죽을까 하는 생각으로 꽉 차서."

"실연하고 처음에는 다 그래. 눈만 감으면 머릿속에 온통 그 사람 에 관한 일만 떠오르지."

"항상 너한테 빙쉰이 과분하다고, 내가 더 잘 어울린다고 생각했는 데, 결과적으로…… 사실 난 너보다도 못해." 신위가 허망한 표정으로 허공을 응시했다.

"안 그래. 지금은 실연으로 잠깐 자신감을 잃었을 뿐이야. 절대 네 가 부족하다고 생각하진 마." 나는 경험자로서 신위를 위로했다.

"내가 걜 위해서 어떤 일을 했는지 너는 모르잖아. 네가 직접 카드 를 만들어 준 것보다 천만 배는 더 어리석은 일까지 했어. 그랬는데도 결국 이렇게 차이고, 엄마 아빠한테 매일 잔소리만 듣고. 정말 쓸데없 는 짓이었어."

"무슨 일인데?"

"이 세상에서 사라져버리고 싶다는 생각이 들게 하는 일."

"신위, 자살은 절대 안 돼!" 나는 황급히 신위 옆에 앉으며 타이르 듯 말했다. "실연하면 당연히 힘들지. 하지만 점점 괜찮아질 거야. 다 시 자신감을 찾을 거고, 다시 세상이 아름다워 보일 거야. 네가 말했 던 것처럼 언젠가는 내려놓는 법을 배우게 돼. 절대 비아냥으로 하는 말이 아니라 정말 그래."

"내 말은 숨어버리고 싶다는 뜻이었어." 신위가 나를 뚫어져라 보며 말했다. "설마…… 네 꿈에서는 내가 자살을 선택했어?"

"아니, 자살하지 않았어."

나는 일부러 침착하게 고개를 저었다.

신위가 갑자기 냉랭한 얼굴로 일어났다. 나는 무의식적으로 신위의 팔을 잡았다. 신위가 바보 같은 짓을 할까 두려웠다.

"네가 이렇게 긴장하는 걸 보니까, 정말 자살했나 본데."

나는 아무 말도 하지 못했다. 어떤 변명을 해도 수습 불가였다.

"넌 내가 안 미워?"

"사실 처음엔 미워했지." 나는 솔직히 말했다. "하지만 나중에 상환을 만나서, 걔를 통해 자신감을 회복할 수 있었어. 둘이 같이 앞으로 나아가면서 과거의 그 상처는 더 이상 생각하지 않기로 했어. 네가 어떤 바보 같은 짓을 했든 그건 되돌릴 수 있으면 되돌리면 되고, 그럴 수 없다면 후회는 하되 계속 나아가면 되는 거야. 하지만 자살은 절대 해결책이 아니야……."

"흥!" 신위가 콧방귀를 뀌며 내 말을 끊었다. "난 네가 생각하는 것만큼 그렇게 약한 사람이 아니거든."

신위는 내 손을 뿌리치고는 오만하게 턱을 쳐들고 계단 쪽으로 걸어갔다. 신위의 뒷모습을 보며 나는 체념의 한숨을 내쉬었다. 신위가 내 말을 알아들었기만을 바랄 뿐이었다.

둘째 날 일정은 지우주 민속촌 관광이었다. 타이중 날씨는 북부보다 더웠고, 또 관광지가 너무 넓어, 우리는 먼저 케이블카를 타고 위로 올라갔다가 내려오면서 구경했다. 다들 등에 땀이 밸 정도로 신나게 놀았다.

상환은 화장지로 땀을 닦는 내 모습을 보고 호주머니에서 관광 지도를 꺼내 부채질을 해줬다.

"시원해?" 상환이 웃으며 물었다.

"엄청 시원해." 나는 아부의 미소를 지어 보이며 상환의 손에서 지도를 가져와 상환에게도 부채질을 해줬다.

"에취." 상환이 코를 문질렀다.

"오버는!" 나는 웃겨서 상환을 한 대 쳤다. "아 참, 너 지도 거의 안 보던데, 여기 길 다 외웠어?"

"사실 나 여기 세 번째야. 대충 보면 어디로 가야 하는지 기억나." 상환은 내 공격을 피하지 않고, 다시 지도를 가져가 계속 부채질을 해줬다.

"그럼 뭐 신기하지도 않겠네?"

"그럴 리가? 너랑은 처음이잖아. 엄청 신기하지."

그 말에 나는 무척 감동했다. 갑자기 가방에서 라인 알림음이 들려와 휴대폰을 꺼내 보니 엄마가 보낸 메시지였다.

라인을 열자, 서로 맞잡은 두 사람의 손 사진이 눈에 들어왔다. 두 약지 손가락에 반지가 끼워져 있고, 사진 밑에는 이렇게 쓰여 있었다.

5201314, 우리 커플의 소원을 이뤄주기로 했어!

"맙소사!" 나는 소리를 쳤다.

"왜?" 상환이 궁금한 눈빛으로 나를 보았다.

"우리 엄만데, 캉 아저씨랑 13시 14분에 혼인 신고 했대." 나는 상환에게 휴대폰을 보여줬다.

"오늘 5월 20일이잖아. 5201314 발음이 '평생 당신만을 사랑할게'라는 뜻이니까, 엄청 로맨틱하다."('5201314(우얼링이싼이쓰)'는 평생 당신만을 사랑한다는 뜻의 '我爱你一生一世(워아이니이성이스)'와 발음이 유사하여 같은 의미로 쓰인다─옮긴이) 상환이 사진을 보며 웃었다.

"로맨틱은 무슨? 너무 충동적인데."

"결혼은 약간의 충동이 있어야 성사된대. 새아빠 생긴 거 축하해."

나는 두 볼을 부풀렸다. 엄마가 사랑하는 남자와 결혼을 해서 사실은 아주 기뻤다. 하지만 그 기쁨 속에는 불안이 도사리고 있었다. 꿈속의 일이 또 현실이 되어버린 거니까 말이다.

오후에 지우주 민속촌에서 출발해 체험 농장으로 향했다.

일단은 다들 농장 숙소에 짐을 풀고 조별로 농장을 돌아다니며 놀았다. 담력 테스트 진행을 맡은 우리는 세 팀으로 나눠, 농장을 구경하며 담력 테스트를 할 장소도 찾아보기로 했다. 그렇게 해서 우리가 최종적으로 선택한 곳은 농장의 오솔길이었다. 오솔길 오른편에는 키 작은 수풀이 있었고, 왼편에는 아름다운 꽃들이 피어난 작은 언덕이 있었다.

저녁 7시쯤, 저녁을 먹고 나서 우리 여섯은 옷을 갈아입은 뒤 담력 테스트 장소로 이동했다. 낮에는 경치가 매혹적이었던 오솔길이 저녁이 되니 으스스하게 느껴졌다.

일본 유카타를 입은 하오옌과 샹링은 상의 여기저기에 빨간 물감을 묻혀놓고, 머리에는 망자가 쓰는 두건을 둘렀다. 아린과 아이제는 갈기갈기 찢은 옷을 입고, 얼굴에는 실핏줄이 가득 올라온 느낌의 분장을 했다. 드라큘라인 상환은 얼굴을 하얗게 칠하고 빨간 립스틱을 발랐다. 그리고 흰 셔츠에 검정 긴 바지를 입었는데, 솔직히 말하면 너무 멋있었다. 나는 가슴이 빨간색으로 물든 흰 드레스를 입고 목에는 이빨 자국 두 개를 그렸다.

상상력이 너무 풍부해서 그런가, 목에 그려놓은 이빨 자국이 상환에게 물린 자국이란 상상을 하니, 온몸이 달아오르면서 얼굴이 빨개지고 심장이 콩닥콩닥 뛰었다.

우리는 공포 분위기를 조성하기 위해 목을 맨 인형, 피로 얼룩진 흰색 천 같은 소품을 수풀 여기저기에 놓았다. 아린이 입구에서 귀신 이야기로 분위기를 띄우며 입장하는 인원수와 시간 간격을 조절하기로 했고, 상환이 마지막 관문을 맡아 담력 테스트를 끝낸 아이들의 인원수를 확인하기로 했다. 나머지 네 사람은 지나가는 아이들을 놀라게하는 임무를 맡았다.

"불빛도 하나 없어서 엄청 음산하다. 공포 분위기 제대로인데!" 하오옌이 몸을 부르르 떨며 말했다.

"나 너무 무서워. 애들 놀라게 하려다 내가 뭔가 보는 거 아니겠지?" 샹링의 목소리에 두려움이 가득했다.

"커쉰, 아이제, 샹링, 너희들 절대로 하오옌한테서 멀어지면 안 돼." 상환이 신신당부했다.

저녁 8시 정각, 아린과 상환이 모든 아이들을 데리고 담력 테스트 장소로 왔다. 아린은 귀신 이야기를 시작했고, 상환은 오솔길을 따라 마지막 지점으로 이동하면서 향에 불을 붙여 몇 발자국 간격으로 바닥에 꽂았다.

향을 피워서 사방에 있는 혼령에게 우리가 지금 놀이를 하고 있다는 것을 알리자고 아린이 제안했다. 상환은 당연히 혼령 따위는 믿지 않았지만, 주변이 너무 껌껌해서 향을 피우면 최소한 친구들에게 길잡이가 되어줄 수 있을 것 같아서 동의했다.

친구들을 놀라게 하는 임무를 맡은 우리는 네 지점으로 흩어져 작은 수풀 뒤에 숨었다. 가짜 거미와 가짜 뱀을 묶은 낚싯대를 손에 들고 친구들을 놀라게 할 준비를 했다.

달빛이 주변 풍경을 희미하게 비추었다. 어둠 속에서 무엇인가가 숨어 꿈틀대는 것 같아 함부로 눈을 돌릴 용기가 나지 않았다. 친구들이 가까이 걸어오는 소리가 들리면 먼저 소품을 이용해 놀라게 한 다음, 비명이 들리면 수풀에서 뛰쳐나가 귀신인 척 해서 친구들을 혼비백산시켰다. 그때는 다른 생각을 할 겨를이 없었다.

수풀 뒤에 조용히 숨어 다음 팀이 지나가길 기다리고 있는데, 갑자기 뒤에서 희미한 발소리가 들리더니, 점점 더 나에게 가까워졌다.

순간 공포가 엄습해, 눈을 감고 낚싯대를 뒤쪽으로 막 휘둘렀다. 누군가가 내 팔목을 잡았다.

"쉿, 나야!" 상환의 목소리였다.

"네가 왜 여기 있어?" 나는 바로 눈을 뜨고 안도의 한숨을 내쉬며 바닥에 주저앉았다.

"선도부 친구가 이미 담력 테스트 끝나서 인원수 좀 세어달라고 부탁하고 왔지. 너 혼자 있으면 무서울까 봐." 상환이 내 옆에 쭈그려 앉았다.

"가만히 기다릴 때는 좀 무서워. 애들이 지나갈 때는 안 무섭고."

"애들 반응 진짜 재미있지 않아? 어떤 애들은 너희 때문에 놀라서 오줌 쌀 뻔했다고 그러던데."

"무서웠다니 좋네. 준비한 보람이 있잖아." 나는 가볍게 웃었다.

상환은 아무 말 없이 웃으며 가만히 나를 바라보았다.

밤바람이 살랑살랑 불어왔다. 주변에서 풀잎이 바람에 흔들거리는 소리가 들려왔다. 고개를 들어 보니 머리 위에는 아름다운 밤하늘이 펼쳐져 있었다.

"별이 엄청 많아." 나는 중얼거렸다.

"그러게."

상환은 쪼그려 앉는 게 불편한지 그냥 털퍼덕 풀 위에 앉아버렸다.

또 한 팀이 다가왔다. 나는 바로 벌떡 일어나 입을 벌리고 손으로 애들을 잡으려는 시늉을 하며 귀신 소리를 냈다. 친구들은 내 모습에 혼비백산해 마구 달려 도망갔다.

"히히……." 나는 소리 죽여 웃으며 상환 옆으로 돌아왔다.

"완전 잘 노네."

"놀라게 하는 게 놀라는 것보다 나아."

갑자기 반짝이는 불빛이 우리 앞을 지나쳐 가볍게 날아갔다.

"와, 반딧불이다!"

"반딧불이는 귀신 손톱이 변한 거래." 상환이 내 귀에 대고 나지막이 말했다.

"겁 주지 마."

나도 모르게 몸을 움츠리다가 바닥을 짚고 앉아 있던 상환의 왼쪽 팔에 등을 부딪혔다.

상환이 고개를 돌려 나를 바라봤다. 나는 시선을 피할 수 없었다. 심장 박동이 점점 빨라지며, 순간 우리 둘 사이에 어색한 분위기가 흘렀다.

"너 걱정돼서 같이 있어주려고 온 건데, 전혀 안 무서워하니까 실망인데……."

상환의 입술이 살포시 내 입술에 닿았다.

다음 팀 아이들이 다가오는 소리가 들려와, 나는 들킬까 봐 긴장하며 상환의 옷을 잡았다. 상환은 몸을 틀어 나를 품에 꼭 안아주었다. 살짝 차가운 입술은 계속 내 입술을 부드럽게 누르고 있었다.

우리 근처를 지나가는 아이들의 대화 소리가 들렸다.

"여기는 귀신 없나?"

"우리 큰형은 대학 가서 담력 테스트 했는데, 귀신 분장한 사람이 자기가 겁먹고 기절해 있었대……."

그 이야기를 듣고 상환이 갑자기 손을 뻗어 내 허리를 살짝 간지럽혔다. 나는 참지 못하고 킥킥 웃었고, 내 웃음소리는 바로 상환의 입술에 덮였다. 나는 자연스레 상환의 목덜미를 감싸안았다. 그렇게 둘이 꼭 껴안고 있노라니, 어렴풋이 어떤 생각이 떠올랐다. 꿈속에서 우리는 5월 20일에 사귀기 시작했다. 혹시 이렇게 뜨겁게 달아오른 이 시점이 시작이었던 건가?

다음 팀의 발소리가 점점 가까워졌다. 상환이 드디어 나를 놓아주었다. 나는 숨을 몰아쉬고는 일어나 친구들을 놀라게 했다. 다행히 짙은 어둠이 내 얼굴의 홍조를 숨겨주었다.

마지막 팀이 지나갈 때였다. 중간 구역을 지키고 있던 아이제가 갑자기 비명을 질렀다. 나와 상환은 바로 아이제에게 달려갔다. 알고 보니 아이제가 귀신 놀이에 너무 몰입한 나머지 남학생의 엉덩이를 만졌는데, 남학생이 너무 놀라 아이제를 발로 차버린 것이다.

"괜찮아?" 비명을 듣고 아린이 급히 달려와 물었다.

"안 괜찮아! 배가 너무 아파……." 아이제의 목소리에 억울함이 가득했다.

"걸을 수 있겠어?"

"아니⋯⋯."

"내가 업어줄게. 숙소 가서 쉬어." 아린이 아이제 앞에 쭈그리고 앉아 등을 내밀었다.

"됐어, 남친도 아닌데 네가 왜 업어줘?" 아이제가 수줍어하며 거부했다.

"남친만 업어줄 수 있는 거야?"

"당연하지!"

"그럼⋯⋯ 10분만 남친 해줄까?"

아이제는 잠시 머뭇거리다가 살짝 고개를 끄덕였다.

아린은 두말하지 않고 바로 아이제를 업고 성큼성큼 숙소로 돌아갔다.

아이제한테 일이 생긴 것을 제외하면 담력 테스트는 매우 성공적이었다. 상환이 선도부 친구와 교대해 아이들을 인솔해 돌아갔고, 기획팀은 남아서 현장을 정리했다.

우리는 소품 상자를 들고 농장으로 돌아왔다. 농장 바깥에는 2층 높이의 야외 카페가 있었다. 좌우에 각각 나무로 만든 계단이 있고 불이 밝게 켜져 있어, 대부분의 아이들이 카페에 올라가 음료를 마시며 이야기를 나누고 있었다.

나는 계단 중간에 서서 전화 통화 중인 빙쉰을 보았다. 한껏 즐거운 표정이었다.

그때 갑자기, 신위가 생기 없는 얼굴로 유령처럼 빙쉰의 뒤로 다가갔다. 빙쉰이 뒤에 누군가가 있다는 것을 느끼고 뒤를 돌아보며 길을 비켜주려는 찰나, 신위가 빙쉰을 힘껏 밀었다.

순식간에 벌어진 일이었다. 그 장면을 목격한 아이들은 모두 놀라 비명조차 지르지 못하고 빙쉰이 계단에서 굴러떨어지는 모습을 멍하니 보고만 있었다.

상환이 제일 먼저 달려갔다. 잠시 후 여기저기서 비명이 울려 퍼지며 주변은 바로 아수라장이 되었다.

나와 샹링, 하오옌도 그쪽으로 달려갔다. 빙쉰은 얼굴에 찰과상을 입었고, 다행히 의식은 또렷했다. 한 손으로 오른쪽 다리를 붙든 채 아프다며 뒹굴고 있었다.

"움직이지 마, 누가 빨리 가서 선생님 좀 불러줘!"

상환은 빙쉰이 움직이지 못하도록 붙들고 현장 상황을 지휘했다.

어쨌든 과거에 빙쉰과 사귀었던 사이인지라, 다친 모습을 보니 걱정이 되었다.

신위는 왜 이런 짓을 한 걸까?

바닥에 빙쉰의 휴대폰이 떨어져 있어서 주워 들어 보니, 화면 통화 목록에 조이라는 이름이 떠 있었다. 신위는 아마 빙쉰과 페이쉰의 통화 내용까지는 듣지 못했을 텐데, 그냥 순간 질투에 눈이 멀어 밀어버린 건가?

나는 고개를 돌려 계단을 올려다봤다. 신위는 계단 중간에 그대로 서 있었다. 마치 영혼이 없는 것 같은 모습이었다. 그리고 그 뒤에 잉치가 서 있었다. 복잡한 표정을 하고 입을 꼭 다문 채, 표독스러운 눈빛으로 신위를 노려보며 입가에 조소를 띠고 있었다.

구급차를 기다리는 동안, 신위는 선생님에게 끌려갔다. 잉치는 자신은 아무 상관 없다는 듯 계단을 내려와, 모여 있는 사람들을 피해

숙소 쪽으로 향했다.

나는 황급히 뒤쫓아 가 잉치를 막아 세우고 물었다.

"페이쉰한테 저우이가 되라면서, 빙쉰이랑 연결해준 사람이 너지?"

잉치는 인정도 부인도 하지 않고 무표정한 얼굴로 나를 보았다.

"이해가 안 돼. 너 신위랑 절친이잖아."

"아닌 지 꽤 됐는데." 잉치는 차갑게 대꾸했다.

"왜?"

"친구 휴대폰을 훔쳤고, 학급비를 훔쳤고, 그 일을 모두 내가 한 짓으로 만들었으니까!" 잉치가 손가락으로 자기를 가리키며 격분한 어조로 말했다. "언젠가부터 우리 반 애들이 다 날 의심의 눈빛으로 쳐다본다고. 다들 내가 도둑인 줄 알아! 자기 지갑에서 돈을 꺼낼 때면 내가 몰래 볼까 봐 조심하고, 누군가가 물건을 잃어버리면 제일 먼저 나를 의심해. 샹링은 최소한 눈에 안 보이니까 털어버릴 수나 있지. 나는 이 반을 떠날 수도 없고, 매일매일 그런 따가운 시선을 견뎌야 한다고!"

"신위가 훔쳤다는 증거 있어?" 나는 결코 신위가 그랬다고 믿을 수 없었다.

"그건 너한테 고마워해야지. 신위가 빙쉰 운동화 사는 돈 내주는 거 봤다고 했잖아. 중고 운동화 판 돈이라고 했지만 뭔가 이상하더라고. 중고 운동화를 팔아서 새 운동화를 사려면 차액이 필요하잖아. 빙쉰 걔는 운동화를 수시로 사고, 신위는 요즘 용돈도 거의 못 타는데 무슨 돈이 있어서 차액을 메꿨겠어. 그래서 신위가 학급비를 훔쳐서 빙쉰의 환심을 샀을 거라고 추측했지." 잉치가 잠시 말을 멈추더니 고개를 들어 밤하늘을 올려다보았다. "휴대폰 사건은, 신위가 그날 주번이어서 수업 끝나고 남아서 쓰레기통 비웠거든. 다만 신위는 모범생이니까 다들 별 의심을 하지 않은 거야. 그런데 나중에 빙쉰 인스타를 보니까 휴대폰 도난 사건 있고 얼마 후에 또 새 운동화를 샀더라고."

"전부 다 너의 추측일 뿐이잖아. 증거 있어?"

"증거? 학급비 도난당한 후에, 도둑이 이미 도벽의 맛을 봤으니까 한 번 더 시도할 거라는 생각이 들어서 일부러 학급비 사이에 면도칼 몇 개를 넣어놨거든. 그러고는 상대가 함정에 빠지길 기다렸지. 아니나 다를까, 임시 소집일에 외부 청소 하고 돌아오니까 신위 손에 뭔가에 베인 상처가 있고, 학급비에도 피가 묻어 있더라고. 내가 어쩌다 다쳤냐고 물었더니 실수로 컵을 깨뜨려서 그거 치우다가 베였다고 둘러대더라고. 흥, 귀신을 속이지." 잉치가 웃으며 말했다. 자신의 계략이 먹혀 뿌듯한 듯했다.

"그래서…… 신위한테 얘기했어?"

"안 했어. 스스로 찔렸는지 자꾸 날 피하던데."

신위가 이전에 날 찾아와 꿈에 관해 물으며 도와달라고 했던 이유가 있었다.

"더는 도둑질 못 하니까 학원비 삥땅 쳐서 빙쉰한테 잘 보이려고 한 거야. 빙쉰이 그렇게 쉽게 페이쉰한테 넘어간 건 신위가 자초한 일이라고." 잉치가 비아냥거리며 웃었다.

"범인이 걔라고 확신하면서 왜 선생님한테 말 안 했어?"

"범인한테 기회를 준 거야. 근데 끝내 자수 안 하더라고. 그때 내가 반 애들 다 있는 데서 말했지. 내가 진짜 범인을 잡으면, 절대로 곱게 못 죽을 줄 알라고."

나는 놀라 아무 말도 할 수 없었다.

"내가 무서워?" 잉치는 눈에 웃음을 가득 담고 말했다. "난 나를 위해 정당한 행위를 한 거야."

나는 멀리 나무 그늘을 바라보며 심호흡을 하고 말했다.

"오늘 아침에 호텔 로비에서 신위를 만났는데, 빙쉰을 위해서 했던 어리석은 짓들을 후회한다고 하더라. 그 어리석은 짓 때문에 이 세상에서 없어지고 싶다고까지 말했어. 신위가 말한 게, 네가 방금 말한 그 일 아닐까. 신위도 자기가 잘못했다는 걸 알고 있는데, 그래도 계속 신위한테 그럴 거야?"

"네 생각은?"

"이제 그만해."

"알았어, 네 말 듣지. 여기까지만 할게." 잉치가 내 어깨를 툭툭 치며 말했다.

"약속한 거야……?" 나는 조금 의아했다.

"왜냐하면 넌 나랑 공범이니까!" 잉치는 음산한 미소를 보이며 위협하는 눈빛으로 나를 쏘아보았다. "페이쉰 그 돼지 같은 년이 바보처럼 내 존재를 너한테 흘리는 바람에, 처음에는 네가 신위한테 그 얘기를 할까 봐 걱정했거든. 그런데 넌 침묵으로 날 도왔잖아. 그러니 너한테 고마워해야지. 아 참! 이건 우리끼리 비밀인 거 알지." 잉치는 자기 할 말을 다 하고는 나에게 쉿 하는 손짓을 해 보였다.

나는 너무 놀라 잉치를 보았다. 머리를 세게 한 대 얻어맞은 기분이었다.

"누가 네 공범이란 거야?"

머릿속이 온통 혼란스러운 그 순간, 상환의 싸늘한 목소리가 밤바람을 타고 들려왔다.

잉치가 놀라 목소리가 들려온 쪽으로 고개를 돌렸다. 상환이 어느 샌가 우리 곁에 와 있었다.

"커쉰은 내가 신위 일에 끼어들지 말라고 충고해서 내 말을 들은 것밖에 없는데, 어떻게 너랑 공범이야?" 상환이 나를 향해 걸어왔다.

"선도부장이랑도 한 팀이라니, 영광인데." 잉치가 입술을 가리고 가식적으로 웃었다.

"너랑 한 팀 같은 거 안 해. 나는 다만 골치 아픈 일들에서 커쉰을 떼어놓고 싶을 뿐이야." 상환도 잉치에게 미소를 보였다. 하지만 눈은 웃고 있지 않았다. "방금 너도 신위 행동에 놀라서 이젠 그만해야겠다고 느꼈겠지. 안 그랬다가 신위가 더 심한 행동을 하면 큰일이니까. 그러니 커쉰이 그만두라고 하니까 알았다고 대답하면서 공범이라는 굴레를 씌우는 거잖아. 사실은 커쉰이 죄책감을 느끼게 만들어서 다른 사람한테 말하지 못하게 하려고."

"내가 한 말은 다 사실이거든. 저우이 사건은 커쉰이 먼저 시작한 거니까, 신위가 지금 저 상태가 된 데는 커쉰 책임도 있어." 잉치는 요 며칠 내 마음을 짓누르던 고민거리를 정확히 찔렀다.

"그럼 내가 결론을 다시 써줄게." 상환은 어두운 표정을 지었다. "이따가 선생님한테 너하고 신위가 서로 신경전 벌였던 일 말씀드릴게. 아마 그땐 너희 반 애들뿐 아니라 전교생의 이상한 시선을 견뎌야 할 거야."

"하! 할 말 없으니까 이젠 선생님한테 이르겠다고? 창피하지도 않아?" 잉치는 성이 난 표정으로 말했다.

"전혀." 상환은 고개를 비스듬히 기울이면서 아무렇지도 않다는 표정을 지었다. "너야말로 창피당하기 싫으면 커쉰한테 상환이 선생님 찾아가지 않게 해달라고 부탁해."

"그냥 겁주려고 하는 말인 거 다 알아. 너는 귀찮은 일에 안 끼어들 잖아."

"잘못 짚었네." 상환이 갑자기 웃음을 터뜨리더니, 손을 뻗어 나를 자신의 옆으로 끌어당기며 말했다. "내가 성가신 걸 싫어하긴 하는데, 여자 친구가 원하면 아무리 성가신 일이라도 다 할 거야."

나는 상환의 진지한 표정을 보며 생긋 웃었다.

"야오커쉰!" 잉치가 매섭게 나를 노려보았다.

"부탁하는 사람 말투가 뭐 그래?" 상환이 고개를 저으며 지적했다.

잉치는 무슨 말을 하려다가 말고는, 볼품 사나운 표정을 하더니 기어들어 가는 목소리로 말했다.

"야오커쉰…… 이 일을 공개하면 나랑 신위랑 다 끝장이야."

"알아. 네가 신위랑 둘이 잘 얘기해서 풀어봐."

나는 진심을 담아 충고했다. 한 사람을 미워하고 원망하는 나날이 어찌 행복할 수 있겠는가?

"아니!" 잉치가 단번에 거절했다.

"하기 싫으면 나도 강요는 안 해. 이쯤 해서 그만두자."

말을 마치고 나는 상환을 데리고 자리를 떴다.

그날 밤, 신위의 부모님이 달려와 신위를 데리고 돌아가며, 정신과 상담을 받아보겠다고 했다.

나는 침대에 누워 한참을 뒤척였다. 눈을 감으면 신위가 빙쉰을 계단 아래로 밀치던 장면이 계속 떠올라 잠이 오지 않았다.

내가 애초에 신위를 도와줬다면, 난 신위와 한편이 되었을 것이고,

그 결과 신위는 자살을 시도하고 전학을 갔을 것이다……. 하지만 신위를 도와주지 않은 결과, 나는 잉치와 공범이 되었고 다친 사람은 빙쉰으로 바뀌었다.

어떤 선택을 하든 누군가는 다치게 마련이고, 완벽한 결말은 없다면…….

이 두 가지 운명이 지불해야 하는 대가는 등가인 걸까?

9장

가장 평범하지 않은 행운

졸업 여행 이후, 신위는 줄곧 학교에 오지 않았다.

빙쉰의 부모님은 원래 신위를 고의성 상해로 고소하려고 했지만, 교장 선생님의 중재로 합의를 보는 선에서 마무리했다. 얼마 후 신위 부모님이 전학 수속을 하러 왔고, 잉치는 결국 신위와의 앙금을 풀지 못했다.

신위는 이곳에서의 구설을 피해 외국으로 유학을 가기로 했다는 소문이 들렸다.

빙쉰은 부상을 핑계로 집에서 쉬다가 기말고사 당일에야 학교에 왔다. 시험이 끝나는 종이 치자마자 페이쉰이 빙쉰의 교실에 나타나 대신 책가방을 메고 자기네 차로 집에 태워다줬다고 한다.

소문에 의하면, 빙쉰은 다치기 직전에 페이쉰에게 고백하고 있었다고 한다. 신위는 아마 그 말을 듣고 감정을 주체하지 못해 빙쉰을 밀어버렸을 것이다.

이날, 우리는 복도 난간에 엎드려 페이쉰이 빙쉰을 부축해 교문으로 향하는 모습을 보고 있었다.

"쓰레기!" 샹링은 이번 달에만 빙쉰 욕을 천만 번도 더 한 듯하다.

"낯짝이 타이어보다 더 두꺼운 놈. 남들이 뭐라 하는지 신경도 안 쓰더라." 아이제도 질세라 한마디를 던졌다. 누가 더 독하게 욕을 하는지 배틀이라도 하는 것 같았다.

"두 사람 다 원하는 바를 이뤘네. 한 사람은 좋아하는 사람을, 한 사람은 돈을 얻었잖아. 나쁘지 않은데." 하오옌이 웃으며 말했다.

"하지만 그렇게 해서 행복할까?" 아린이 뒤통수를 긁적이며 씁쓸하게 말했다.

"행복한지 아닌지는 시간이 말해주겠지." 나는 한참을 돌아 결실을 맺은 엄마와 캉 아저씨를 떠올렸다. "만약 서로가 운명의 상대라면 아무리 오랫동안 떨어져 지내도 결국에는 함께하게 되더라."

"너희 엄마랑 아저씨는 요즘 어때서?" 상환은 늘 그렇듯 남 얘기에는 관심이 없었지만, 나와 관련된 일에는 관심을 보였다.

"아저씨는 건강 회복해서 다시 사무소에 출근하기 시작했고, 엄마한테 하던 일 그만두고 아저씨 일 도와달라고 해서 요즘은 둘이 매일 같이 출퇴근해. 쉴 때는 같이 요리하고 같이 소파에서 티브이 보고, 같이 영화 보고 쇼핑하고, 어쨌든 매일 껌딱지처럼 붙어 있어. 옛날에 함께하지 못한 시간을 보충하고 싶은가 봐. 옆에서 보기 정말 눈꼴 사나워."

"좋은 거잖아?"

"맞아. 아주 좋지!"

그 꿈에 관한 것 중 엄마의 결말만큼은 아름답다는 생각이 들었다.

빙쉰이 다치고 쓰레기라는 낙인이 찍힌 것은 꿈과 정반대였다. 하지만 자신이 쌓은 업보를 돌려받는 걸지도 모르니, 이것도 완벽하진 않지만 나름대로 괜찮은 결말인 셈이다.

결정적인 순간에 다른 선택을 하면 미래를 바꿀 기회가 생긴다는 게 증명되었다. 이 사실은 상환의 죽음이라는 결말을 바꾸겠다는 내 마음을 더욱 확고하게 만들었다.

"맞다. 이사는 언제야?" 상환이 갑자기 물었다.

"아저씨가 7월 중순에야 인테리어가 끝난다고 해서 방학하면 짐 싸기로 했어."

"엥? 커쉰 너 이사해?" 아이제가 물었다.

"엄마 재혼하셔서 새아빠네 집으로 들어간대." 샹링이 나 대신 대답했다.

그랬다. 꿈속에서 나랑 엄마는 새집에 들어가 살았다. 이 사실 역시 곧 현실이 될 것이다.

얼마 전에 캉 아저씨는 전처의 추억이 남아 있는 집에서 엄마와 사는 것은 꺼림칙하다며, 그 집을 팔고 새집을 사겠다고 했다. 마침 아저씨 친구가 해외로 이민 가면서 급하게 집과 차를 처분해야 해서 서로 조건이 딱 맞아떨어져 거래가 일사천리로 이루어졌다.

집을 계약하고 나서, 아저씨는 나하고 엄마를 데리고 집을 구경하러 갔다. 아니나 다를까 꿈에 나왔던 그 별장과 그 흰색 BMW였다. 아저씨 친구 부인이 운전을 자주 하지 않아 차는 거의 새 거였다.

7월 중순, 인테리어가 끝났다. 아저씨는 엄마를 위해 새로운 가구를 들였고, 나를 위해서는 노트북을 한 대 사주었다. 나는 이사를 핑계로 낡은 물건들을 왕창 정리하면서, 빙쉰과 관련된 모든 것을 미련 없이 버렸다.

새집으로 이사한 후, 아저씨와 엄마는 친구들을 초대해 집들이를 했다. 내 친구들도 불러서 놀라고 해서, 나도 주말에 친구들을 집에 초대했다.

우리 집에 온 샹링을 보고 나는 까무러치게 놀랐다. 그 꿈처럼, 샹링은 머리를 단발로 자르고 약간 웨이브를 줘 훨씬 예뻐 보였다. 하오옌 역시 귀엽다고 칭찬을 아끼지 않았다.

엄마는 내 친구들을 위해 자신 있는 요리를 만들어주었다. 그 김에 친구들에게 상환에 대해서도 꼬치꼬치 물어봤다. 사실 엄마는 질문을 하나만 던졌는데, 하오옌과 아린이 서로 상환에 대해서 폭로전을 이어가느라 한참을 떠들썩했다. 아이제가 날 콕 찌르더니, 엄마가 미래의 사윗감을 탐색 중이라고 말해 창피했다.

저녁 7시가 넘어, 나는 친구들을 정류장까지 배웅했다.

나와 상환은 가장 뒤에서 걸었다. 정류장에 거의 도착했을 때, 상환이 몰래 내 손을 잡았다. 내가 고개를 들어 상환을 올려다보자, 상환은 나를 보며 다정하게 미소를 지었다. 이 모습에 꿈속 장면이 떠올랐다. 꿈속에서의 나는 상환의 손을 뿌리쳤다.

그 장면이 떠오르니 가슴이 몹시 아팠다.

버스가 도착했다. 친구들 모두 차에 올라탔지만, 상환은 올라타지 않고 미소를 띤 채 나를 바라보았다.

왜 그러냐고 물어보려는 찰나, 갑자기 날카로운 브레이크 소리가 들려오고, 상환은 느닷없이 달려든 차에 부딪혀 몸이 공중으로 떠올랐다…….

"아!"

나는 소리를 지르며 침대에서 벌떡 일어나 거친 숨을 몰아쉬었다.

또 꿈이었구나……. 이마에 흐른 땀을 닦고, 고개를 돌려 달력을 보았다. 8월 10일이었다. 꿈에서 상환이 죽은 날이 점점 가까이 다가오고 있었다.

나날이 심해지는 불안감 때문에 나는 일주일 내내 악몽을 꾸었고, 입맛이 없어 밥도 제대로 먹지 못했다. 안색도 안 좋아졌다.

두려워해봤자 아무 소용 없다는 것을 잘 알기에 절대로 순순히 물러서진 않을 생각이었다.

책상에 앉아 일기장을 펼쳤다. 일기장에는 꿈속에서 있었던 여러 사건들이 세세하게 적혀 있었다. 나는 매일 내용을 대조해보며 확인했다. 자세히 생각해보니 뭔가 중요한 핵심을 빼먹고 있는 것 같았다.

결국, 나는 가설을 하나 세웠다.

8월 19일, 임시 소집일.

미래에서 나는 아린이 휘두른 빗자루에 맞은 후 영혼이 몸속에서 잠들었다. 그리고 1년 전 버스 사고로 혼수상태였던 내 영혼이 유체 이탈을 해 시공간을 넘어 미래의 나에게 들어갔다.

8월 20일, 상환이 교통사고로 죽었다.

나는 슬픔에 정신을 잃었고, 영혼이 다시 1년 전 원래의 몸으로 돌아온 뒤, 꿈을 꾸었다고 생각했다. 사실은 영혼이 시공간을 초월해 진짜 미래를 경험한 것이다.

꿈속에서 상환에게 듣기로, 내가 임시 소집일에 학교를 땡땡이치고

3일간 여행을 가자고 했다는데, 그때는 내가 그런 제안을 했다는 게 믿어지지 않았지만, 이제는 이해가 됐다.

상환을 학교에서 벗어나게 해 죽음을 피하려는 의도였을 것이다.

하지만 상환은 우리 엄마의 허락 없이 3일 동안이나 놀러 가는 것을 받아들이지 않을 것이다. 게다가 8월 20일은 선도부장으로서 처리해야 할 일이 있으니, 책임감 강한 상환은 분명 학교에 갈 것이다. 내가 그날 사고가 일어난다고 말해도 고집쟁이 상환은 믿을 리가 없다.

그 꿈을 통해 나는 1년 전에 이미 아린이 복도에서 휘두른 빗자루에 맞아 창틀에서 떨어져 기절하고, 학교 앞 세 갈래 길에서 상환이 교통사고로 죽는다는 사실을 알게 되었다.

꿈속의 내가 현실의 나처럼 아린이 복도에서 빗자루를 휘두르지 못하게 하고, 그 운명의 순간에 상환을 사고 현장에서 멀어지게 했다면 아마도 죽음을 피할 수 있었을 것이다.

하지만 꿈속의 나는 피하기는커녕 아린에게 맞아 기절했다……. 대체 왜지?

나는 두 손으로 머리를 감싸고, 두뇌를 풀가동해 곰곰이 생각했다.

설마…… 평행 우주 이론과 연관이 있나?

2018년의 야오커쉰은 A라는 시공간에 있다. 사고로 혼수상태에 빠졌고, 영혼이 유체 이탈을 해 1년 후 자신의 몸으로 들어간다. 신위의 자살 소동을 포함해 당시 경험했던 일들은 모두 A라는 시공간에서 발생했다.

그 후, 야오커쉰은 상환의 교통사고 현장을 목격하고 기절한다. 영혼이 다시 1년 전의 몸으로 돌아온다. 깨어난 후에는 어떻게 해서든 미래를 바꾸려 한다. 1년간 노력을 기울이지만 어떤 사건도 성공적으로 바꾸지 못한다.

하지만 지금 책상에 앉아 있는 나는 이미 저우이 사건을 성공적으로 바꿨다. 신위의 자살에서 빙쉰의 골절로 결론을 바꾼 것이다. 다시 말해, A라는 시공간과 비교해 보면, 나는 지금 중요한 순간에서 갈라져나간 다른 시공간에 있는 것이다.

이렇게 추론해보면, 나는 지금 평행 우주의 B라는 시공간에 있다.

문제는 다시 원점으로 돌아간다. A라는 시공간에 있는 야오커쉰은 자기가 아린의 빗자루에 맞을 것을 알고 있었는데, 대체 왜 피하지 않았을까?

"얘가 한번 해보라고 시켰어……."

그래! 빗자루에 맞아 기절했던 내가 정신을 차리자 아린은 억울한 듯 그렇게 변명했다.

A 시공간에 있던 야오커쉰이 해보라고 시킨 것이다!

그렇다면…… A 시공간에 있던 야오커쉰은 아린에게 맞아야만 하는 상황이었다는 얘기다. 그 시공간의 미래는 이미 정해져 있었기에 자신이 상황을 구할 수 없다는 사실을 알았을 것이다. 하지만 그렇다고 포기하지는 않았다.

포기하지 않았기에 1년 전의 야오커쉰의 영혼을 부른 것이다. 그러면 그 야오커쉰이 다시 1년 전으로 돌아갔을 때 계속 방법을 모색해 미래를 새로 쓸 수 있으니 말이다.

A 시공간의 커쉰이 이 사실을 깨달았을 때는 이미 시간이 얼마 남지 않았기에, 급하게 아린에게 스타버스트 스트림을 해보라고 시켰

고, 1년 전 자신의 영혼에게 어떤 메시지도 남기지 못했다.

그래서 지금 B 시공간에 사는 나는 이 결정적인 포인트를 간과해서는 안 된다. 나 역시 아린에게 스타버스트 스트림을 해보라고 시켜 빗자루에 맞고 기절한 뒤, B 시공간에 사는 1년 전의 내 몸으로 들어가 내가 겪은 일을 알려줘야 한다. 내가 상환을 구하지 못하면 계속 다른 돌파구를 찾아 전환점을 만들어 다시 C라는 시공간으로 갈라지게 해야 한다.

나는 그 시공간의 커쉰이 최선을 다하리라는 걸 믿는다. 그 커쉰 또한 나 자신이기 때문이다. 어느 시공간에 있든 나는 상환을 진심으로 사랑하니까.

이렇게 추론하니, 계속 노력한다면 언젠가 어느 시공간에서는 커쉰이 성공적으로 상환을 구해낼 수 있을 것이란 생각이 들었다.

이런 생각이 들자, 마치 거대한 돌덩이가 심장을 누르듯 가슴이 무거워졌다.

나는 심호흡을 한 후 결연하게 빨간색 네임펜으로 노트 표지에 글씨를 썼다.

2018년에서 온 커쉰에게!

이어서 지난 1년 동안 일어난 크고 작은 일들을 노트에 상세히 적었다. 저우이 사건의 결말을 쓴 대목에서는, 상환이 선생님에게 잉치와 신위의 사이에 대해 말하면 새로운 결말이 생겨 또 다른 평행 우주를 만들어낼 것이라 조언했다.

가장 중요한 것은 8월 20일에 상환을 학교 앞 세 갈래 길에 가지 못하게 하라는 말이었다.

하지만…… 정말 그렇게 간단할까? 상환이 죽는 원인과 시간, 장소가 바뀔 가능성도 있지 않을까?

아니면 그 죽음은 피할 수 있을지 몰라도, 나중에 두 번째, 또는 세 번째, 네 번째 사고가 있지는 않을까?

나도 모르겠다.

난 그저 내 생각을 모두 적어 다른 시공간의 내가 천천히 이것을 증명해보게 하는 수밖에 없다.

8월 19일, 임시 소집일.

나는 휴대폰과 노트북 모두 잠금을 해제했는지 확인한 후, 노트 역시 책상 위에 잘 올려놓고 학교로 출발했다.

3학년 새 교실로 들어서자, 칠판을 닦는 상환의 모습이 보였다. 상환은 포물선을 그리며 칠판을 지우고 있었다. 분필 가루가 상환의 주변에 뽀얗게 피어올랐다. 나는 문 옆에 서서 아무 말 없이 상환을 지켜보았다. 상환의 모습을 작은 동작 하나까지 전부 가슴에 담아놓고 싶었다.

"안 들어오고 멍하니 뭐하냐?" 상환이 내 시선을 느꼈는지 고개를 돌려 나를 보고 웃었다.

"그냥 너 보고 싶어서." 나는 솔직하게 대답했다.

상환은 잠시 멈칫하더니 입꼬리를 살짝 올리며 칠판에 분필로 뭐라고 적었다.

"보충 끝나고 겨우 며칠 못 본 것 같은데, 웬 닭살!" 하오옌이 옆에서 투덜댔다.

"하루가 마치 만년 같아요!" 샹링이 웃으며 받아쳤다.

"너희 둘, 부창부수다! 아주 잘 어울려." 나도 괜히 둘에게 뭐라고 하면서 내 자리에 앉았다. 하지만 시선은 여전히 상환을 따라가고 있었다.

바로 그때, 한 남자 선생님이 교실로 들어왔다. 다들 바로 자리로 돌아가 앉았다.

내가 A 시공간에 있을 때 봤던 그 남자 선생님이었다.

"너희들 담임 선생님이 오늘 휴가를 내셔서 오늘은 내가 대신 왔어. 오늘 외부 청소 구역은⋯⋯."

선생님은 번호별로 청소 구역을 나눠주었다. 나는 역시나 창문을 닦게 되었고, 아린은 복도 청소를 맡았다. 상환과 몇몇 아이들은 외부 청소 담당이었다. 모든 것이 '당시'의 상황과 일치했다.

상환이 청소하러 바깥으로 나갈 준비를 할 때 나도 모르게 벌떡 일어나 상환의 옷자락을 잡았다.

"왜?" 상환은 이상하다는 표정으로 나를 바라봤다.

"나⋯⋯." 목이 메고 코끝이 시큰해 말을 이을 수가 없었다. 나는 잠시 뒤에야 미소를 지으며 말했다. "나, 너 정말 좋아해."

"오오오."

교실에 있던 아이들이 함성을 질렀다.

"상환아, 싸우지 말고, 좋게 좋게 얘기해." 하오옌은 우리가 다툰 줄로 착각했다.

"욱해서 헤어지면 안 돼." 샹링이 걱정스러운 표정을 지었다.

"상환아, 나 정말 너 많이 좋아해!" 나는 약간 고개를 떨구고 더 큰 소리로 힘주어 말했다.

"얘들아……." 선생님이 입을 뗐다. "고백은 청소 끝나고 하자."

"선생님, 쟤들 원래 커플이에요." 아린이 큰 소리로 웃었다.

"우리 안 싸웠는데. 헤어지려는 것도 아니고." 상환은 내 행동에 영문을 몰라 당황해했다.

"그냥 네가 알았으면 해서……."

내가 말을 끝내기도 전에, 상환이 친구들 앞에서 나를 품에 안았다. 그러고는 내 뒤통수를 토닥이며 고개를 숙여 귀에 대고 속삭였다.

"알아. 나도 너 많이 좋아하고. 일단 청소 끝나고 얘기하자."

그렇게 말하고 날 놓아주는 상환의 얼굴에 홍조가 떠올랐다. 상환은 부끄러워하며 날 제대로 바라보지도 못했다.

상환이 다른 친구들과 나가는 모습을 보며, 코끝만이 아니라 가슴까지 시큰거렸다.

상환아. 넌 모르겠지만, 청소를 끝내고 오면, 내 몸에 들어 있는 영혼은 아마 1년 전의 나일 거야.

내가 다시 깨어났을 때, 너는 어쩌면 내 도움으로 그 죽음을 피할 수 있을지도 모르고, 또 어쩌면 나는 널 잃고 네가 없는 세상에서 살아가야 할지도 몰라.

"청소하자!"

아린이 청소 용구함을 열어 빗자루를 꺼냈다.

나는 걸레와 물통을 챙기고, 근심 가득한 얼굴로 수돗가에 가서 물을 한 통 떠 복도로 돌아왔다.

"아린." 마음의 준비를 하고 슬쩍 아린을 불렀다.

"왜?" 아린이 언제나처럼 웃으며 대꾸했다.

"스타버스트 스트림 한 번만 보여줘!"

"왜?" 아린이 어리둥절한 표정으로 주위를 둘러보며 말했다. "네가 복도에서는 하지 말라며."

"너의 스타버스트 스트림으로 한 사람을 살릴 수 있어."

"뭐?"

"진짜야!"

"너…… 열나냐?" 아린이 손등을 내 이마에 댔다.

"나 열 안 나. 진지하게 부탁하는 거야. 한 번만 해줘." 나는 단호한 어조로 말했다.

"그래도……."

"한 번이면 돼, 부탁이야! 이유는 나중에 말해줄게."

"한 사람을 살릴 수 있다니…… 알았어." 역시 아린은 승낙했다.

나는 걸레를 들고 창틀에 올라섰다.

"시작해, 나는 여기서 볼 테니까."

아린이 고개를 갸우뚱하며 나를 보았다. 의문이 가득한 표정이었지만 약속한 대로 빗자루를 휘두르기 시작했다.

아린이 빗자루를 휘두르는 모습을 보며, 나는 숨을 들이마셨다. 그러고는 교실 쪽으로 시선을 돌리고 빗자루가 날아들길 기다렸다.

팍!

종아리에 강한 통증이 느껴졌다. 너무 아파 도저히 서 있을 수가 없어 창틀에서 미끄러졌다.

커쉰! 1년 전의 나! 어서 내 몸으로 들어와!

나는 정신을 집중하며 1년 전의 나를 소환했다. 창틀을 잡고 있던 두 손을 놓자, 내 몸은 중력에 의해 바닥으로 향했다.

시선이 교실 안의 칠판을 스칠 때, 아침에 상환이 써놓은 글자가 눈에 들어왔다.

8/19 임시 소집일

상환의 숫자 9는 보통 다른 사람들이 쓰는 깃과 획순이 달랐다.

대부분은 먼저 원을 하나 그리고 나서 아래로 획을 그린다. 하지만 상환은 서양 사람들이 쓰는 것처럼, 원 아래에서부터 굴리는 듯 획을 그려 마치 나선형 문양 같았다

특이한 모양의 숫자 9를 보자 내 뇌리에 전광석화처럼 한 장면이 떠올랐다.

동시에 내 몸은 바닥으로 쿵 떨어졌다. 강렬한 아픔이 신경을 타고 온몸 구석구석까지 전해졌다.

"커쉰이 창가에서 떨어졌어!"

친구들이 외치는 소리가 복도에 울려 퍼졌다.

"커쉰, 너 괜찮아?"

누군가 내 몸을 흔들며 말했다. 목소리를 들으니 샹링인 것 같았다.

나는 머리를 꼭 감싸고 있던 손에 힘을 풀고 바닥에 누운 채, 걱정스러운 표정으로 내 양옆을 둘러싼 샹링과 하오옌을 보았다.

"머리 안 다쳤어?" 하오옌이 세심하게 물었다.

"응, 괜찮아."

방금 손으로 머리를 감쌌기 때문에 애초의 계획과 달리 머리를 부딪쳐 기절하지는 않았다.

376

"커쉰, 미안! 일부러 그런 거 아니야, 용서해주라."

아린이 내 앞에서 털썩 무릎을 꿇고 말했다.

"이 멍청아!" 하오옌이 아린의 뒤통수를 한 대 퍽 쳤다. "빗자루는 청소할 때 쓰는 거지 스타버스트 스트림 연습용이 아니라고."

"나도 알아, 그런데, 그런데……." 아린이 억울한 듯 나를 가리켰다.

"내가 해보라고 한 거야. 아린한테 뭐라고 하지 마." 나는 샹링의 부축을 받으며 일어섰다.

"제대로 하지도 못하면서 시범은 무슨!" 아이제가 아린의 귀를 잡아당겼다.

"아파, 아프다고……." 아린이 귀를 감싸며 아프다고 소리쳤다.

"나 진짜 괜찮으니까 아린한테 뭐라고 하지 마."

나는 황급히 그 둘을 떼어놓고, 하나도 안 아픈 척하면서 복도로 몰려든 친구들을 자기 위치로 돌아가게 했다.

"어서 청소하자. 빨리 마치고 일찍 집에 가야지."

내가 정말 괜찮아 보이자, 친구들은 각자 자신의 청소 구역으로 돌아갔다. 걸레를 들고 다시 창틀에 올라가려는데, 아린이 걸레를 낚아채더니 빗자루를 내 손에 쥐여주었다.

"네가 바닥 청소해, 창은 내가 닦을게."

아린은 그렇게 말하고는 자기가 창틀에 올라가 유리를 닦기 시작했다.

나는 빗자루를 쥐고 바닥을 쓸면서, 칠판에 상환이 써놓은 숫자를 보았다. 그리고 방금 바닥으로 떨어지기 전 뇌리를 스친 장면을 떠올려보았다.

그것은 A 시공간에서의 장면이었다. 상환은 온몸이 피투성이가 되어 바닥에 쓰러져 있었다. 상환이 손을 뻗어 내 얼굴을 만지려 했고, 나는 비통해하며 상환의 손을 잡았다.

순간 화면이 정지했다.

나는 상환의 손바닥에 쓰인 글자를 봤다. 기억이 희미하긴 했지만, 이렇게 쓰여 있었던 듯하다.

8/19 졸업 앨범

그건 A 시공간의 상환이 죽기 직전 나에게 남긴 메시지였다.

사고 후 혼수상태에서 깨어난 뒤, 꿈속에서 상환이 죽던 장면만 떠올리면 너무 견디기가 힘들어 나는 점차 그 장면을 생각하지 않게 되었는데, 조금 전 상환이 칠판에 써놓은 글자를 보고서야 그때의 세세한 장면까지 떠올리게 된 것이다.

내 눈앞에 있던 선택지가 순식간에 두 개로 나뉘었다. 하나는 충격을 받고 정신을 잃어 1년 전의 커쉰을 소환하는 것. 또 하나는 그게 불가능하다면 상환이 남긴 메시지가 무슨 뜻인지 알아보는 것!

급한 마음에 나는 후자를 선택했다. 하지만 바로 후회했다. 이렇게 하면 1년 전의 야오커쉰을 소환할 수 없게 되니까 상환을 구할 수 있는 세 번째, 네 번째…… 또는 더 많은 기회가 사라지는 것이다.

"커쉰." 아린이 창틀에 쪼그려 앉아 나를 불렀다. "조금 전에 한 사람을 살린다고 했잖아. 그게 무슨 뜻이야?"

나는 울고 싶을 정도로 속상해 아랫입술을 꽉 깨물었다가, 아린에게 자초지종을 들려주기 시작했다.

"내가 말해도 넌 안 믿겠지만, 1년 전에 혼수상태일 때 시공간을 초월해서 1년 후로 가서 여러 일을 봤어. 그때 누군가가 죽는 것도 봤어. 혼수상태에서 깨어난 후에 겪은 일은 대부분 꿈에서 있었던 일과 같았고. 그래서 난 그 사람을 구하고 싶어."

"그 사람이 누군데? 좀 더 자세히 얘기해줄 수 있어?" 아린이 두 눈을 반짝이며 흥미로운 듯 물었다.

"방금 기회를 한 번 놓쳐서 지금 머리가 복잡하고 무서워. 설명하기가 좀 그래." 나는 불안하고 초조한 어조로 말했다.

아린이 가만히 나를 응시하더니, 갑자기 내 어깨를 토닥이며 응원의 미소를 지어 보였다. "시공간 초월은 애니랑 소설의 단골 소재인 거 알지?"

나는 살짝 고개를 끄덕였다.

"넌 네 이야기의 주인공이고, 주인공은 반드시 주인공만의 능력이 있어. 그러니까 네 능력을 믿어. 분명히 상환이를 구할 수 있을 거야."

"내가 구하려는 사람이 상환인 줄 어떻게 알았어?"

"그거야 공식 아니냐. 작가라면 다 그렇게 설정하잖아."

나는 아린의 말에 웃음이 터졌다. 아린의 응원을 받으니 초조했던 마음이 조금씩 안정되기 시작했다.

상환이 청소를 끝내고 돌아왔다. 샹링이 바로 상환에게 달려가 내가 창틀에서 떨어진 일을 말해줬다.

"안 다쳤어?" 상환이 바로 날 붙들고 물었다.

"응." 난 아무렇지도 않은 듯 웃었다. 사실 온몸이 쑤셨다.

"전에는 아린한테 복도에서 하지 말라고 하더니, 오늘은 왜 하라고 시킨 거야?"

"그건…… 확인할 일이 있어서."

"결과는?" 상환은 내가 무슨 생각을 하는지 짐작이 가는 듯 눈을 가늘게 뜨고 물었다.

"실패야." 나는 상환의 시선에 고개를 아래로 숙이고 우물쭈물하며 대답했다.

"그런 거 너무 믿지 말라니까. 자기도 다치고, 괜히 남한테도 피해 주고." 상환은 이 말을 툭 던져놓고 자리를 떴다.

코끝이 다시 시큰해졌다. 나는 울고 싶은 마음을 억누르느라 이를 악물었다.

하굣길에 상환은 혼자 앞에서 걸어가고, 나는 귀를 축 늘어뜨린 강아지처럼 그 뒤를 따라갔다. 그렇게 아무런 대화도 없이 묵묵히 걷기만 했다.

상점가에 도착하자 상환이 한숨을 푹 쉬더니, 고개를 돌려 물었다.

"바로 집에 갈 거야?"

"나……."

불쑥 어떤 생각 하나가 머릿속을 스쳐 나는 일부러 다리에 힘이 풀린 척 앞으로 휘청였다.

"왜 그래?" 상환이 황급히 다가와 날 부축했다.

"괜찮아, 날씨가 너무 더워서 좀 어지러운 것 같아."

"우리 집에 가서 잠깐 쉬고 가. 엄마 아빠는 오늘 피로연에 가서 저녁때나 돌아오실 거야."

"그래."

상환이 날 데리고 가게 2층으로 올라갔다. 2층은 가정집이었다.

상환네 집에 오는 게 처음은 아니었다. 상환의 생일날, 친구들이랑 다 같이 와서 생일 축하를 해줬다. 상환의 부모님 역시 나와 상환이 교제 중이라는 사실을 알아서 나를 잘 대해주셨다.

나는 거실 소파에 앉았다. 상환이 따뜻한 물을 한 컵 가져다줬다. 나는 물을 마시며 벽에 걸린 가족사진을 봤다. 상환이 활짝 웃으며 꼬맹이를 안고 있는 모습이 풋풋해 보였다.

"저건 언제 찍은 거야?" 나는 가족사진을 가리키며 슬며시 물었다.

"초등학교 3학년 여름 방학 때. 엄마 아빠 결혼 20주년 기념일이었거든." 상환이 대답했다.

"중학교 졸업 앨범 봐도 돼?"

"갑자기 그건 왜?"

"너 옛날 모습 보고 싶어서."

"중학교 때는 다들 엄청 촌스럽지."

"안 돼?" 나는 조금 실망했다.

"너한테 못 보여줄 게 어디 있냐?" 상환이 살짝 웃더니 일어나 자기 방에 가서 중학교 앨범을 꺼내왔다.

"몇 반이야?" 나는 머그잔을 내려놓고 앨범을 받아 들었다.

"3학년 1반."

상환이 내 옆에 앉았다.

나는 금세 상환의 사진을 찾았다. 중학생 상환은 머리가 약간 짧은 편이었고, 볼에는 아직 젖살이 있어 엄청 귀여웠다.

"하오옌도 같은 반이었어." 상환이 앨범을 한 장 넘겨 하오옌의 사진을 가리켰다.

"정말 다 촌스럽네."

나는 휴대폰을 꺼내 하오옌의 사진을 찍어 샹링에게 전송했다.

상환은 이제 화가 다 풀렸는지, 사진을 한 장 한 장 보며 과거의 에

피소드를 이야기해주었다. 졸업 앨범을 끝까지 다 넘겨 보았지만, 어떤 특이점을 찾지는 못했다.

실망감이 스멀스멀 올라왔지만, 부정적인 쪽으로 생각하지 말자며 마음을 다잡고는, 앨범을 덮고 싱긋 웃으며 말했다.

"초등학교 앨범도 보고 싶다."

"초등학교 때는 엄청 유치한데, 볼 게 뭐 있어?" 상환이 웃음을 터뜨리고는 미간을 찌푸리며 나를 보았다.

"꼬맹이랑 너랑 다 꼬맹이던 시절의 모습 보고 싶어." 나는 구실을 만들었다.

꼬맹이 이야기를 꺼내자, 상환은 거절할 수 없다는 듯 바로 일어나 방에서 초등학교 졸업 앨범을 가져왔다.

스냅 사진에 상환이 꼬맹이와 같이 찍은 사진이 실려 있었다. 나는 놀리며 말했다.

"꼬맹이 안고 있는 모습 엄청 귀엽다. 어릴 적엔 이렇게 잘 웃던 애가 지금은 왜 이래?"

"내가 알리?" 상환은 살짝 웃으며 어깨를 으쓱했다.

초등학교 앨범도 처음부터 끝까지 살펴봤지만, 어떤 단서도 찾지 못했다. 다시 마음이 무거워졌다. A라는 시공간에서 상환이 손바닥에 쓴 글씨는 나에게 남기는 메시지가 아니었나? 내가 너무 많이 나간 건가?

"유치원 앨범도 보고 싶은 건 아니지?" 상환이 힐끗 나를 보았다.

"중학교, 초등학교 앨범 봤으니, 유치원 앨범도 빼먹을 수 없지." 다시 한 번 찾아보자.

"그럼 기다려, 유치원 앨범은 엄마가 위층 창고에 넣어놨거든."

상환은 일어나 3층으로 향하는 계단을 올라갔다.

상환이 자리를 비운 사이, 나는 초조한 마음으로 중학교, 초등학교 앨범을 다시 한 번 훑어봤다. 손이 자꾸 떨려왔다.

두려움이 불쑥불쑥 고개를 들었지만 포기할 수 없었다. 실패가 용납되는 기회는 이미 없어지지 않았는가!

얼마 후 위층에서 의자인지 사다리인지를 끄는 소리가 들리더니, 잠시 조용하다가, 곧이어 무거운 물건이 바닥에 떨어진 듯 꽤 육중한 소리가 들렸다.

"상환아!"

나는 소파에서 벌떡 일어나 3층으로 갔다. 상환이 바닥에 넘어져 있었다.

"발이 너무 아파……." 상환은 손으로 오른쪽 다리를 붙잡고 미간을 한껏 찌푸렸다. 많이 아파 보였다. "앨범이 선반 꼭대기에 있어서, 사다리 밟고 올라갔는데, 발판이 갑자기 부러지는 바람에……."

나는 황급히 상환을 부축해 일으키며 고개를 돌려 사다리를 보았다. 중간 발판 하나가 부러져 있었다. 상환의 바짓단을 걷어 살펴보니, 오른쪽 발목이 긁혀 피가 나고 있었다.

"부축해줄게. 병원 가자."

나는 상환을 부축해 아래층으로 내려가 가게 직원과 함께 맞은편 병원으로 상환을 데려갔다. 진찰 결과 크게 다친 것은 아니었지만, 발목이 삐었으니 일주일은 조심해야 한다고 했다.

상환의 집으로 돌아와, 상환을 소파에 앉히고 오른발 밑에 쿠션을 받쳐주었다.

"미안, 내가 괜히 앨범 보자고 해서……." 나는 얼음주머니를 오른

발 붕대 위에 대주며 말했다.

"네 잘못 아니야. 아빠가 며칠 전에 사다리 발판 망가졌다고 했는데 까먹은 내 잘못이지." 상환이 자책하며 말했다.

"의사 선생님이 내일은 더 부을 거라고 했잖아. 그럼…… 내일 학교는 못 가겠네."

"선도부장 자리 완벽하게 마무리할 수 있을 줄 알았는데, 차장한테 부탁해야겠네." 상환은 어쩔 수 없다는 듯 한숨을 쉬었다.

침울한 상환의 얼굴을 보고 있다가 나는 문득 무언가를 깨달았다.

A 시공간의 상환은 야오커쉰의 몸에 1년 전 커쉰의 영혼이 들어온 모습을 보고는 전에 커쉰이 말했던 예언이 모두 진짜라고 믿게 되었고, 자신이 아마도 곧 죽게 되리라는 사실을 알게 된 것이다.

하지만 상환은 가만히 앉아 죽음을 기다릴 사람이 아니다. 분명 모든 수단을 동원해 자신의 운명을 바꾸려고 했을 것이다.

상환은 자신이 언제 죽는지 모르는 상태였지만, 임시 소집일에 땡땡이치고 같이 여행을 가자고 했던 커쉰의 말에 자신이 아마도 임시 소집일 전후에 죽으리라고 추측한 것이다.

상환은 자기 집 창고에 있는 망가진 사다리가 어쩌면 전환점이 되어줄지도 모른다고 여겼고, 그래서 손바닥에 메시지를 적어 죽어가는 그 순간까지 나에게 그 가능성을 제시한 것이다. 내가 과거로 돌아간 후 이 메시지를 이해해 상환을 집에 있게 만들도록 말이다. 그렇게 한다 해도 반드시 죽음을 피하리라는 보장은 없지만, 적어도 한 가닥 희망은 생기는 거니까 말이다.

이런 생각이 들자, 나는 가슴이 찡해 눈물이 차올랐다.

"커쉰, 네 잘못 아니니까 울지 마."

상환이 다정한 목소리로 나를 위로했다.

눈물이 뺨을 타고 흘렀다. 너무 미안했다. 상환이 살아 있던 마지막 순간에 그 곁에 있던 사람은 상환을 사랑한 커쉰이 아니라 아무 감정도 없는 커쉰이었다.

당시 자기 몸에서 깊은 잠을 자고 있던 야오커쉰은 분명히 내가 자기 대신 상환을 구해주길 진심으로 바랐을 것이다. 하지만, 안타깝게도 난 성공하지 못했다. 내가 1년 전으로 돌아간 뒤 깨어났을 그 커쉰은 차디차게 식은 상환을 보고 뭐라 표현 못 할 비통함을 느꼈을 것이다.

상환은 내 손을 끌어당겨 자기 옆에 앉히고는 부드러운 목소리로 말했다.

"살짝 삐었을 뿐이야. 뭐 내가 죽기라도 한 것처럼 우냐."

"네가 다친 거 보니까 마음이 너무 아파." 나는 손을 들어 얼굴에 흐르는 눈물을 닦았다.

"그럼 네가 창틀에서 떨어졌다는 소리 들은 나는 마음 안 아팠겠냐?" 상환은 손가락으로 내 이마를 튕기며 말했다.

"미안해……." 나는 고개를 숙이고 사과했다.

"알면 됐어." 상환이 또 내 머리를 쓰다듬었다.

"내일은 집에서 꼼짝 말고 쉬어, 마음대로 나가지 말고." 나는 마음이 안 놓여 신신당부했다.

"발목이 벌써 붓는 느낌이야. 내일이면 서 있기도 힘들걸."

"내일 내가 또 보러올게, 알았지?"

"응. 내일 올 때 네 중학교, 초등학교, 유치원 앨범 가져오는 거 잊지 말고." 상환이 놀리듯 말했다.

나는 고개를 끄덕이고 상환의 품에 기대며 두 손으로 상환의 허리를 꽉 안았다. 그러고는 눈을 감고 진심을 다해 기도했다. 내일 제발 아무 일 없이 지나가게 해주세요.

❖

집으로 돌아온 나는 바로 책상 앞에 앉아 오늘 일어난 일을 노트에 적기 시작했다.

하지만 몇 자 적기도 전에 다시 고민에 빠져 펜을 내려놨다. 아린에게 맞아 기절할 기회를 놓쳤으니, 1년 전의 야오커쉰은 내 몸으로 들어올 수 없었다. 이 노트를 볼 수 없다면 이 1년 동안 무슨 일이 발생했는지도 알 길이 없다.

내가 날 때려 의식을 잃는다면, 1년 전의 나를 소환할 수 있을까?

그게 가능할지 알 수도 없고, 운명의 순간이 바로 내일로 다가온 때에 이제서야 시도해보기도 두려웠다.

다음 날, 나는 만일을 대비해 아침 일찍 일어나 버스를 타고 상점가로 갔다.

여름 방학이기도 했고, 시간이 일러 상점 문이 전부 닫혀 있어 황량한 느낌이 들었다.

상환이 내 말을 안 듣고 학교에 갈까 봐 걱정돼, 맞은편 건물 베란다 밑에서 몰래 상환네 집의 동태를 살폈다.

9시가 조금 안 되었을 때, 상환네 부모님이 차를 몰고 외출을 했다. 나는 상환에게 메시지를 보냈다. 상환은 바로 답신을 보내와, 조금 전에 일어났다고 말했다. 나는 금방 보러 가겠다고 말하고는 근처 슈퍼에서 삼각김밥과 밀크티 두 개를 샀다.

슈퍼에서 막 나왔을 때 택배 차량 한 대가 상환네 가게 앞에 서 있는 게 보였다. 기사 아저씨가 차문을 열고 물품을 찾고 있었다. 이때 가게 문이 열리더니 상환이 목발을 짚고 나왔다.

나는 서둘러 뛰어갔다. 상환이 나를 보고 웃으며 말했다. "형 물건 받아주느라."

아저씨가 작은 상자를 안고 걸어왔다. 내가 상자를 받아 들고, 상환은 인수증에 서명했다.

날 쳐다보는 아저씨의 시선이 느껴져 나도 아저씨를 바라봤다.

"야오커쉰 학생 맞지?" 아저씨가 약간 망설이며 말했다.

"네." 나는 아저씨의 얼굴을 자세히 봤다. "아! 전에 스쿨버스 운전하셨던 아저씨?"

"맞아."

"이제 택배 회사에서 일하세요?" 상환도 그제야 아저씨를 알아보고 물었다.

"응. 그 사고 이후에 해고돼서, 이제 택배 배달하고 있어." 아저씨가 어색한 표정을 지으며 말했다. "그때 다친 데는 완전히 다 나았니? 후유증은 없고?"

"6개월 전에 병원 갔었는데 다 잘 회복됐대요."

"그렇다니 다행이네." 아저씨가 정말 다행이라는 듯 고개를 끄덕였다. "그때…… 너무 갑작스러운 사고여서, 널 버려두고 먼저 빠져나와서 두고두고 마음에 걸렸거든……."

"다 지난 일인데요 뭘. 저 지금 엄청 건강하니까 괜히 자책하지 마세요."

"그렇게 말해주니까 마음이 조금은 편해지는 것 같네."

아저씨는 긴 한숨을 내쉬고 인사를 한 뒤 택배차로 발길을 돌렸다. 그러나 몇 발자국 가지 않아 뭔가가 생각난 듯 다시 돌아왔다. 표정이 뭔가 기묘했다.

"너한테 말해야 할지 잘 모르겠는데……."

"뭔데요?" 나는 궁금해 물었다.

"그게…… 그 교차로 말이야, 좀 이상했어."

"네?"

"그때 귀신을 봤거든."

나는 깜짝 놀라 상환과 시선을 교환했다.

"무슨 이상한 일이 있었어요?"

"그날 내가 버스에서 뛰어내리고 나서 거의 바로 버스가 뒤집혔거든. 네가 아직도 차에 있다는 생각에 얼른 일어나서 아픈 다리를 끌고 버스 뒷좌석 쪽으로 가고 있었는데, 갑자기 차 유리가 퍽 하면서 산산조각이 났어."

여기까지 말한 후 아저씨는 휴대폰을 꺼내 당시 기사에 실렸던 사진을 찾아냈다.

"봐봐, 당시 상황이 진짜 심각했거든. 버스 뒤쪽 유리창이 다 박살나고 창틀만 남았잖아."

나와 상환은 사진을 들여다보았다. 사진 속 정황은 아저씨가 말한 대로였다.

"창이 박살 나면서 유리 조각이 사방으로 튀는 바람에 깜짝 놀라서 두 손으로 얼굴을 감쌌지." 아저씨는 지금 다시 생각해도 무섭다는 표정이었다. "그러고서…… 손가락 틈으로 눈앞의 상황을 보는데, 반

투명한 사람이 너를 안고 버스 뒷좌석에서 나오더니 너를 바닥에 눕혀놓고 조금 있다가 연기처럼 사라졌어."

이게 무슨 얘기지? 갑자기 소름이 쫙 끼쳤다.

"그때 너도 그 장면 봤어?" 나는 상환을 향해 물었다.

상환은 잠시 기억을 더듬더니 단정적으로 대답했다.

"나는 널 꺼내려고 곧바로 버스 뒷좌석 쪽으로 달려갔는데, 내가 갔을 때 넌 이미 잔디 위에 누워 있었어. 나는 그래서 버스가 뒤집히면서 그 충격으로 네가 튕겨 나왔다고 생각했지."

기사 아저씨가 상환을 보며 말했다. "기억나는지 모르겠지만, 학생이 왔을 때 나는 바닥에 주저앉아서 한마디도 못 하고 있었어."

"네, 기억나요." 상환이 고개를 끄덕였다.

"귀신을 봐서 다리에 힘이 풀렸거든." 아저씨는 침을 꿀꺽 삼켰다. 얼굴은 여전히 두려운 표정이었다. "그때 교장 선생님이랑 경찰한테도 다 말했는데 안 믿더라고. 내가 너무 놀라서 헛소리를 한다고 생각하는 거 같았어."

"아저씨 그 귀신 얼굴 똑똑히 보셨어요?" 나는 조심스럽게 물었다.

"사실 그때는 나도 심적으로 충격이 너무 커서 그 사고만 떠올리면 너무 무서워서 아예 생각을 안 했거든. 최근 들어서야 좀 나아진 것 같아서 천천히 그때 상황을 다시 떠올려봤지." 아저씨는 잠시 말을 멈췄다가 아득히 먼 곳을 바라보듯 시선을 허공에 고정했다. 기억을 더듬는 듯했다. "그 귀신은…… 남자였어. 너희 학교 교복을 입고 있었는데, 셔츠가 온통 피로 물들어 있었고, 얼굴도 피투성이였고……. 널 바닥에 내려놓고는 네 이마에 입을 맞추더라……."

"아!" 나는 놀라 어깨를 움찔했다.

"정말이야! 입을 맞췄다니까. 그리고 고개를 들어서 나랑 눈이 마주쳤는데 너무 슬픈 표정이었어. 잘생긴 이목구비가……." 아저씨는 어떻게 설명해야 할지 고민하듯 고개를 약간 기울이더니 갑자기 상환을 똑바로 보았다. "생긴 게 학생이랑 완전히 닮았어."

"저 귀신 아니에요." 상환이 무표정한 얼굴로 아저씨를 쳐다봤다.

"알지. 그런데…… 정말 완전히 닮았다니까."

"사람이 당황하고 급박한 상황에 놓이면 기억이 왜곡될 수 있어요. 현장에서 저를 봐서, 그래서 제 얼굴을 그 귀신이랑 비슷하다고 착각하신 거 아니에요?" 상환이 이성적으로 질문을 던졌다.

"그게……." 아저씨가 상환의 말을 듣고는 목을 긁적이며 자신 없는 표정으로 말했다. "어쨌든 내가 본 건 그래. 못 믿겠으면 어쩔 수 없지만."

아저씨는 말을 끝내고 차로 돌아갔다.

"상환아……." 나는 두 다리가 후들거렸다. "아저씨 말, 난 믿어."

상환이 미간을 찌푸리고 나를 보았다.

"어제 내가 졸업 앨범 보자고 한 거, 다른 시공간에 있던 네가 죽기 전에 손바닥에 남겼던 메시지였어."

상환은 아무 말도 없었다. 나를 나무라지도 않았다.

"아린네 아빠가 물에 빠져 죽을 뻔했을 때, 과거로 돌아가서 옛날의 추억들을 봤다고 했잖아. 만약 그게 대뇌의 작용이 아니라 죽기 직전에 영혼이 육체를 빠져나와 다른 시공간으로 간 거라면, 기사 아저씨가 봤다는 피투성이의 그 사람은, 미래에서 차 사고로 숨진……."

너야!

나는 문득 말을 멈추고 눈을 크게 떴다. 갑자기 무서운 생각이 하나 떠올랐다.

만약 조금 전의 그 가설이 성립된다면, 상환이 교통사고를 피하면 상환의 영혼은 1년 전의 사고 현장으로 갈 수 없고, 그럼 나를 구출해 낼 수도 없는 것 아닌가?

그렇다면 나는 상환이 구해주지 못했으니 이미 죽은 목숨이라 이 세상에서 바로 사라져버리는 걸까?

상환도 이상한 표정으로 나를 응시했다. 똑똑한 상환은 분명 내가 생각한 바를 추론했을 것이다.

우리 둘이 아무 말 없이 서로를 바라보고 있을 때, 갑자기 날카로운 브레이크 소리가 들렸다. 나는 고개를 돌려 소리가 나는 쪽을 보았다. 승용차 한 대가 신호등을 무시하고 상환을 덮칠 듯 달려오고 있었다.

만약 상환이 죽는다면, 1년 전의 나는 상환이 구출해줄 것이다.

만약 상환이 죽지 않는다면, 나는 바로 이 세상에서 사라질 것이다.

나는 더 생각할 것 없이 젖 먹던 힘까지 다해 상환을 밀쳐냈다.

쾅!

상환아…….

이건 절대로 후회하지 않을 선택이야.

차가운 어둠이 나를 둘러쌌다. 몸이 계속 나락으로 떨어지는 기분 이었다.

"커쉰, 어서 일어나!"

어렴풋한 상환의 목소리가 사방에서 울려 퍼졌다.

몸이 떨어지는 속도가 점차 늦춰지더니 자그마한 빛 한 점이 어둠을 뚫고 들어왔다. 빛은 내 눈앞에서 점점 커지고 밝아졌다. 빛과 어둠이 교차하면서 사물이 점점 또렷해졌다. 엄마 얼굴, 캉 아저씨 얼굴, 그리고 상환의 얼굴도 보였다. 몸이 포근한 솜 위에 떨어진 느낌이 든 후, 더는 아래로 떨어지지 않았다.

나는 천천히 눈을 떴다. 시야가 조금씩 또렷해지면서 내가 병실에 누워 있다는 걸 알았다. 고개를 돌려 옆을 보니, 상환이 한 손으로 내 왼손을 꼭 쥔 채 침대 옆에 기대 잠들어 있었다. 창밖에서 따스한 햇살이 비쳐 들어왔다.

나는 왼손에 힘을 주어보았다. 온몸의 뼈가 다 부서진 듯, 손가락 하나만 까딱해도 통증이 느껴졌다.

내 움직임에 상환은 잠에서 깨 고개를 들고 나를 쳐다보았다. 상환은 흥분하거나 소리를 지르지도 않고, 왼손으로 턱을 괴고는 나른한 표정으로 웃으며 말했다.

"드디어 깼네. 어머니랑 아저씨는 집에서 쉬고 계셔. 오후에는 내가 지키기로 했거든. 배고프지?"

나는 멍하니 고개만 저었다. 이건 꿈인가?

"목 안 말라?"

나는 다시 고개를 저었다.

상환은 내 손을 놓고 침대 조절기를 몇 번 눌렀다. 침대 머리맡이 점점 높아지면서 나는 전혀 힘을 쓰지 않고도 앉을 수 있었다.

"나…… 차에 치여 죽은 거 아냐?" 나는 어리둥절해 물었다.

"안 죽었어. 그런데 나흘 동안 혼수상태였어."

"하지만 차가 분명 나한테 달려들었는데……."

차의 그 속도를 고려하면, 목숨을 건졌다 해도 반신불수가 되었을 것 같았다. 하지만 온몸이 아프긴 해도 어디 한 곳 부러진 것 같지는 않았다.

"그때⋯⋯."

상환이 당시 상황을 들려주려고 할 때, 갑자기 노크 소리가 들렸다.

고개를 돌려 입구를 보니 기사 아저씨가 문병을 왔다.

"근처에 택배 배달하고 가는 길에 어떤가 한번 와봤어." 아저씨가 과일 한 봉지를 내밀었다.

"감사합니다." 상환이 목발을 짚고 일어나 과일을 받아 서랍장 위에 올려놨다.

"넌 정말 복을 타고났나 봐. 두 번이나 그런 큰 사고를 당하고도 목숨을 건졌잖아. 퇴원하면 꼭 로또 사봐라." 기사 아저씨가 농담조로 그렇게 말하며 옆에 있는 의자에 앉았다. "그때 정말 얼마나 놀랐는지. 내가 막 출발하려는데, 그 승용차가 상환 학생네 가게로 돌진하더라고."

"상환네 가게로요?" 나는 눈을 크게 뜨고 물었다.

"응." 상환이 고개를 저으며 한숨을 쉬었다. "우리 가게 완전히 박살 났잖아. 직원이 출근 전이라 다행이었지, 아니었음 어떻게 됐을지 상상도 하기 싫어."

기사 아저씨는 아직도 두려운 듯한 목소리로 말했다. "충돌하는 소리 듣고 바로 차에서 내려 달려가 보니까 상환 학생이 다친 다리로 커쉰 학생한테 기어가고 있더라고. 커쉰 학생이 밀쳐서 상환 학생은 사고를 피한 거 같았어. 그때 커쉰 학생 상황이 진짜 안 좋았어. 맥박이 또 멈췄거든. 바로 전화해서 구급차를 부르긴 했는데, 상환 학생이 진짜 혼신의 힘으로 심폐소생술을 해서 살려낸 거야! 정말 천만다행이었어."

나는 의아한 눈빛으로 상환을 보았다.

"저번에 널 구해주지 못해서, 나중에 선생님 찾아가서 제대로 배워놨지." 상환은 미소 띤 얼굴로 설명했다.

"큰 부상은 아니어서 다행이야. 그래도 두 번이나 그런 사고를 당했으니 퇴원하면 절에 가서 기도 좀 드리는 게 좋겠어." 기사 아저씨는 그렇게 우리와 잠시 이야기를 나누다가 다시 일을 하러 가려고 일어나 몸을 돌렸다.

"아저씨!" 상환이 갑자기 아저씨를 불렀다.

"왜?" 아저씨가 걸음을 멈추고 돌아보았다.

"아저씨 저번에 버스 사고 났을 때 버스 뒤쪽으로 가서 커쉰 구하려고 하셨잖아요. 그때 갑자기 창문 유리가 다 박살 나고, 뭘 보셨다고 했죠?"

"거짓말 아니야. 정말 불가사의한 일이라니까." 기사 아저씨가 생각만 해도 무섭다는 듯한 표정을 지으며 말했다. "몸이 반쯤 투명한 여학생이 커쉰 학생을 업고 나와서 바닥에 내려놓고, 그리고…… 고개를 돌려 나를 보고 웃었어."

"여학생요?"

나는 놀라 말을 잇지 못했다. 저번에는 분명 남학생이라고 하지 않았던가?

"아저씨, 남학생 아니고 여학생이죠?" 상환이 웃음을 터뜨렸다.

"내 시력 2.0이야. 귀신이 반투명하긴 했지만 똑똑히 봤어. 치마를 입고 있었고, 단발머리에 이목구비는 청아하니……." 기사 아저씨는 어떻게 설명해야 할지 고민하는 듯 고개를 약간 기울였다. 그러고는 눈을 한번 굴리더니 나를 보며 말했다. "어…… 생긴 게 커쉰 학생이랑 완전히 닮았네. 에이, 못 믿겠으면 말고. 그냥 내가 잘못 기억하고 있다고 생각해."

기사 아저씨가 병실을 떠난 후, 나는 상환에게 물었다.

"아저씨 기억이 바뀐 거야?"

"응." 상환이 팔짱을 끼고 슬며시 웃었다. "내가 본 상황을 말해줄게. 네가 날 밀어뜨린 그 순간 네 몸이 순식간에 투명하게 변하더라고. 차는 너를 통과해서 바로 가게로 돌진했고, 그리고 네 몸이 다시 원래대로 돌아오더니 바닥에 쓰러졌어……. 그 다음 상황은 아저씨가 말한 그대로야."

"어떻게 그럴 수가 있어?"

"그걸 누가 알겠어. 전에 아린이 교차로는 음과 양이 교차하는 곳이라고 했잖아. 네 영혼이 과거로 돌아가서 널 구한 거 아닐까?"

나는 놀라 헉 숨을 들이켰다. 상환을 구하기로 한 그 순간, 나는 이미 죽은 목숨이라 이 세상에서 사라져야 했다. 그러니 몸이 투명하게 변해, 그 덕에 차하고 충돌하지 않은 걸까?

그리고 내 영혼이 과거로 돌아가 버스 사고에서 나 자신을 구출해, 이렇게 이 세상에 살아 있기 때문에 결과적으로 투명했던 몸이 다시 돌아온 거고?

"나는 아무것도 기억 안 나." 나는 당황스러웠다.

"기억 안 나도 상관없어. 너한테 별 일 없으니 된 거야." 상환이 내 침대 옆에 걸터앉았다.

"내가 정말 미래에 갔었다고 믿어?"

"내가 다 봤는데 어떻게 안 믿냐?"

"날 몰랐다면, 아마 너한테 이런 일은 없었을 거야." 나는 이불을 만지작거리며 말했다. 코가 약간 시큰거렸다.

"커쉰, 내가 백 번 천 번 죽는다고 해도, 나는 여전히 너를 사랑하는 날 선택할 거야." 상환은 진지한 얼굴로 내 손을 잡았다. "그리고 어쩌면 이건 내 운명인지도 모르잖아. 그날 죽기로 된 운명 말이야. 세상 그 많은 사람 중에 너를 만났기 때문에 죽음을 피하는 법을 찾을 수 있었던 걸지도 몰라."

"다른 시공간에 있는 상환한테 고맙다고 인사하고 싶어."

"나도. 물론 나 자신한테 고맙다고 하는 게 좀 이상하긴 하지만."

"그쪽 시공간의 결말이 비극이라는 걸 생각만 해도 마음이 너무 아파." 눈물이 내 시야를 가렸다.

"그러니까 우리 계속 열심히 사랑하자. 걔들의 노력을 헛되이 하면 안 되잖아. 이 시공간에서 가장 아름다운 결말을 만들어보자."

상환은 내 눈가에 맺힌 눈물을 닦아주고는 내 얼굴을 들어 입술에 살짝 입을 맞췄다.

"에취!"

갑작스럽게 들려온 소리에 나는 서둘러 입술을 뗐다. 상환은 김이 샌 듯 눈을 흘기더니, 고개를 돌려 냉랭한 표정으로 병실 입구를 쳐다봤다. 친구들이 언제 왔는지 병실 입구에 몰래 숨어 지켜보고 있었다.

"뽀뽀하는데 기침은 왜 해?"

친구들이 아린을 주먹으로 치며 핀잔주었다.

"갑자기 코가 막 간지럽잖아. 일부러 그런 거 아냐." 아린이 두 손으로 머리를 감싸며 공격을 막았다.

"좀 참으면 되지."

"그걸 어떻게 참냐……."

세 사람이 발과 주먹을 날리자 아린은 바닥에 웅크려 피했다.

"저기요, 병원에서 떠들면 안 되거든요." 상환이 그만하라고 하자, 친구들은 그제야 아린을 놓아주었다.

"커쉰, 몸은 좀 괜찮아?" 샹링이 침대 곁으로 와 꽃다발을 건네며 말했다.

"조금 전에야 정신이 들었어. 지금은 온몸이 다 쑤셔." 나는 꽃다발을 받아 들었다.

"어쩜 그렇게 운이 없냐, 두 번이나 그런 큰 사고를 당하고!" 하오옌이 끼어들며 말했다.

"사랑하는 사람을 구하고 말겠다는 사명감 때문이지 뭐." 아린이 헝클어진 머리를 하고 침대 발치에 서서 하하 웃었다.

"커쉰이 너처럼 중2병이라도 걸린 줄 알아?" 아이제가 또 아린의 뒤통수를 툭 쳤다.

"진짜야! 못 믿겠으면 직접 물어봐." 아린이 억울하다는 표정으로 나를 가리켰다.

여섯 개의 눈이 모두 나를 쳐다봤다.

"정말 그런 것 같아." 나는 진지하게 고개를 끄덕였다.

의아함에 가득 찬 여섯 개의 눈동자가 이번에는 상환을 쳐다봤다.

"그 문제에 대답하려면 좀 많이 성가신데." 상환이 미간을 찌푸리며 귀찮다는 표정을 지었다.

"반장이 귀찮다잖니. 애니 좀 그만 보시지?" 아이제가 또 주먹을 날렸다.

"그만!" 아린이 버럭 외치며 그만하라는 몸짓을 했다. "나 때리면 한 대당 하루씩 내 여친 하기다."

"하라면 못 할 줄 알고, 누가 겁난대!" 아이제는 두 주먹을 쥐고, 아린을 한 대 또 한 대 때렸다. 그렇게 해서 9반의 세 번째 커플이 탄생했다.

"아이고, 아야……." 아린은 아이제의 주먹을 피하지 않았다. 입으로는 아프다고 하면서도, 행복해하는 얼굴이었다. "야오커쉰, 다음에 네가 세상을 구하게 되면 그때도 꼭 나 끼워줘야 돼."

"아니! 세상을 구하는 일 같은 건 안 할 건데." 나는 힘을 다해 고개를 저었다.

"그런 성가신 일은 나도 안 해." 상환이 바로 게슴츠레한 표정으로 말했다.

"나도 끼워줘. 나는 최선을 다해 상환이 물고 늘어져야지." 하오옌은 언제나 상환이 귀찮아할 일들을 만드는 데 대장이었다.

"하오옌이 하면 나도, 하하." 샹링이 하오옌의 팔짱을 끼며 말했다.

실없는 소리가 꼬리에 꼬리를 무는 병실에서 상환과 나는 서로를 보며 살짝 웃었다. 창밖의 햇빛이 더할 나위 없이 좋았다.

열일곱 살이던 그 해, 나는 조금씩 알게 되었다. 세상은 어릴 적 상상했던 것만큼 아름답지 않다는 사실을. 노력이 항상 좋은 결과를 얻는 것은 아니며, 열심히 한다고 꼭 남들의 칭송을 듣는 것도 아니라는 사실을. 학창 시절의 성적이 장차 인생에서 거둘 성취와 반드시 동급은 아니라는 사실을.

전에는 나 자신이 어딘가 평범하지 않다고 생각했는데, 여러 번의 좌절과 실패를 겪으면서 천천히 나 자신에 대해 알게 되었고, 연약하고 불완전한 나라는 존재에 대해 깨닫게 되었다. 또 눈물을 통해 계속해서 앞으로 나아갈 수 있는 용기를 갖게 되었다.

그리고 너를 만난 건 이 암흑 같은 시간 속에서 가장 평범하지 않은 일이자 가장 큰 행운이었어.

다정하게 대해줘서, 그리고 너의 가슴속에서 내가 가장 특별한 사람이 될 수 있게 해줘서 고마워.

시공간을 넘나드는 영혼

저의 전작 『바닐라 키스』와 마찬가지로 여러분이 호기심에 결말을 먼저 보지는 않기를 바랍니다. 결말을 알면 사건 해결의 흥미가 떨어지니까요.

이 후기를 쓰고 있는 지금, 마침 온라인에서 한 독자가 왜 예지몽과 시공간 초월 같은 소재를 썼는지 물어보는군요. 그렇다면 이 기회를 통해 이 스토리가 만들어지게 된 과정에 관해 들려드릴까 해요.

작년에 저는 무료 포인트를 받아 라인 이모티콘을 구입하려고 '라인 Q'라는 앱을 다운 받았어요. 온라인에서 질문하고 답변을 할 수 있는 앱인데, Q에서 활동하는 누리꾼들이 주로 무슨 질문을 하는지 궁금해서 훑어보다가, 뜻밖에 아주 신기한 질문을 만나게 되었지요.

작성자가 고등학교 때 겪은 일인데, 어느 날 늦은 오후에 운동장을 지나다가 그날 석양이 너무나 노란 게 좀 이상하다는 느낌이 들었다고 해요. 그러다가 갑자기 마주치고 싶지 않은 사람을 보게 돼서 본능적으로 한쪽에 있던 커다란 쓰레기통 뒤로 숨었고, 어찌된 일인지 거기에서 잠이 들었다고요.

잠에서 깬 후에는 여전히 석양이 지고 있었는데, 학교가 이상하게 고요했대요. 그런데 더 이상한 것은 학교의 한편에 반 정도 지어졌던 건물이 완공되어 있었다고 해요.

그때 앞에서 한 학생이 걸어오길래 의아해하며 그 건물에 관해 물었는데, 건물은 작년에 짓기 시작해서 올해 완성됐다고 대답했대요.

뭔가 이상한 느낌이 들어 다시 쓰레기통 뒤로 숨었고, 기이하게도 또 잠이 들었대요. 그리고 다시 깨어났을 때는 원래의 시공간(?)으로 돌아온 듯, 그 건물이 여전히 반 정도만 지어진 상태였다고 해요.

손목시계를 보니 잠들었던 시간은 단 몇 분밖에 되지 않는데, 너무나 실제 같은 느낌이 들었다면서, 자신이 시공간을 초월해 미래를 보고 온 게 아닌지 알고 싶어서 질문을 올렸다고 적어놨더라고요.

사실, 이 질문은 지어낸 이야기 같기도 했어요. 그냥 꿈을 꾼 게 아니냐는 댓글도 있었고요.

하지만 저는 그 누리꾼의 기묘한 경험에 관한 글을 보고 난 후, 잔뜩 흥분해 쉬에지엔에게 연락했어요. 쉬에지엔은 제가 작품을 쓸 때마다 무조건 응원해주는 든든한 지원군이에요.

"대박! 나 영감이 튀어나오는 것 같아. 예지몽이랑 시공간 초월에 관한 소재로 글 쓰고 싶어."

쉬에지엔은 한번 시도해보라고 응원해줬고, 그렇게 저는 『너에 대한 두근거리는 예언』을 집필하게 되었습니다.

하지만 원고를 쓰기 시작한 지 얼마 안 되어, 집에 일이 생겨서 작업에까지 영향을 받았어요. 당시 저는 가족으로서 자격이 없다는 생각이 들 정도로 기분이 바닥을 치고 있었죠. 조금도 과장하지 않고, 그때 심경은 그냥 인터넷에서 사라지고 싶었어요.

나중에 한 독자가 POPO 팬 사이트에 왜 요즘은 안 보이시냐는 글을 남겼고, 이어서 푸만 편집장의 애정 어린 전화를 받았어요.

그렇게 한 차례의 과도기를 거쳐, 마침내 작품을 쓸 동력을 되찾게 되었죠. 진심으로, 저에게 관심을 보여준 독자 여러분과 푸만 편집장께 감사합니다. 저에게 시간을 주고 기다려주셔서 감사하고, 이 이야기를 완성할 수 있게 성원해준 것에도 감사합니다.

이 소설의 인물 설정은, 공부에 대한 열정을 불사르던 저와 쉬에지엔의 비슷한 경험을 바탕으로 했어요.

우리는 중학교에서 모두 내노라하는 학생들이었어요. 하지만 고등학교에 진학하고 나서는 성적이 계속 떨어져 밑바닥을 기었어요. 가족들이 주는 중압감이 견디기 어려워지자 점점 친구들 앞에서도 위축되었죠.

커쉰이 우등반에서 보통반으로 강등된 것 역시 제가 중학교 때 직접 겪었던 일이에요. 당시 반에서 10여 명이 퇴출되었어요. 소설에 나온 것처럼 강등된 친구 중에는 자포자기 심정으로 나쁜 길로 빠져든 친구도 있고, 열심히 공부해 다시 우등반으로 돌아간 친구도 있고, 전교 학생들이 모두 자기를 무시한다면서 삐뚤어진 성격을 갖게 된 친구도 있었지요.

저는 아주 시끄러운 반으로 배정되었지만, 다행히 사범대학을 막 졸업한 패기 넘치는 선생님을 만난 덕분에, 선생님의 응원과 가르침 속에서 성적이 전보다 좋아졌고, 그리고 그 반에서 제 첫사랑인 잘생긴 반장을 만났어요. 하하하.

커쉰과 엄마의 갈등 장면에서는, 엄마는 딸이 공부에만 몰두했으면 하는 마음에 학급 잡무를 맡지 못하게 하지만, 커쉰은 자신감을 찾기 위해 학급 일을 열심히 합니다. 하지만 친구들에게 인정받지는 못하는데, 이건 쉬에지엔의 경험을 토대로 한 거예요.

성적이 좋지 않아서 우리는 학교에서 자괴감에 빠져 지내며 점점 웃음을 잃고 친구들과도 멀어졌어요.

그것은 악순환이었어요. 우리는 그래서 더 고립되고 더 자신감을 잃었거든요. 그런 감정이 미래의 삶에 대한 태도에까지 영향을 미쳤어요.

언젠가 고등학교 동창회에서 친구들이 학창 시절에 대해 즐겁게 떠들 때, 고등학교 시절에 대해 유쾌하지 않고 암울한 기억만 잔뜩 가지고 있는 제 모습을 발견했어요.

하지만 졸업하고 여러 해가 지난 후 다시 돌이켜보니, 고등학교 3년은 정말 우리 인생에서 하나의 아주 짧은 과정일 뿐이더라고요. 인생을 다시 살 수 있다면, 그 3년이란 시간을 성적에 구애받지 않고 자신 있게 미소 지으며 살고 싶어요.

열심히 최선을 다해 공부하지만 어떻게 해도 좋은 성적을 거두지 못하는 친구들에게 말해주고 싶어요. 혹여 선생님이나 자기 스스로의 기대에 못 미치더라도 너무 자신을 혹독하게 몰아세우지는 말라고요. 자괴감에 찌들어 자신의 행복을 스스로 빼앗지 말라고요.

처음으로 이런 신비로운 소재로 이야기를 써봅니다. 아마도 부족한 부분이 있을 거예요. 푸만 편집장과 다이윈 편집자의 가르침과 윤문에 감사드리며, 항상 저의 일을 지지해주는 가족들, 그리고 이 책을 펼치며 저와 함께해주는 독자 여러분께 감사의 인사를 드립니다.

내년에도 새로운 이야기로 독자 여러분께 인사드리겠습니다!

류잉

옮긴이의 말

   '청춘'이라는 말을 들으면 '열정', '꿈', '희망', '사랑', '우정' 같은 단어가 연상됩니다. 하지만 우리의 청춘이 고스란히 녹아 있는 학창 시절을 떠올렸을 때 정작 떠오르는 건 아쉽게도 '입시', '성적', '모의고사', '공부', '학원' 같은 말인 것이 현실입니다. 경쟁이 더욱 치열해지는 현대 사회에서 이런 흐름을 거부하기란 쉽지 않습니다. 정해진 궤도에서 살짝 발을 헛디디기만 해도 낙오자가 될지 모른다는 생각이 드니까요.

   그렇게 점점, 어릴 때 꿈꿨던 이상과 목표는 머리가 커갈수록 '돈'과 결부되어 순수함을 잃고, 학교 성적이 인생을 송두리째 좌우할지도 모른다는 걱정이 앞서게 됩니다. 그렇게 많은 학생이 미래에 대한 막연한 공포로 자신이 진정 원하는 바도 알지 못한 채 부모님과 갈등하거나 방황의 길을 걷기도 합니다. 하지만 학창 시절이 지나고 한참 세월이 흐르면, 그 시기에 대한 다른 해석을 내놓기도 하지요.

   이 소설의 주인공 커쉰에게는 '재수 없는' 사건들이 연달아 발생합니다. 남자친구가 바람을 피워 헤어지고, 우등반에서는 강등되고, 게다가 교통사고까지 당하고……. 이 사고로 크게 다쳐 정신을 잃은 커쉰은 혼수상태에서 신기할 정도로 생생한 미래를 보고 오게 되는데요. 커쉰은 자신이 본 미래가 정말로 현실이 되면 어쩌나 두려워합니다. 마지막 순간에 자기 때문에 남자친구가 죽기 때문이죠.

그 꿈은 정말로 예지몽이었던 걸까요? 아니면 혼수상태에서 일어난 단순한 착란이었을까요? 커쉰은 이미 정해진 듯 보이는 운명의 판을 어떻게 바꿀 수 있을까요? 그리고, 정말 미래를 바꿀 용기가 그녀에게 있을까요?

'예지몽'이라는 소재로 신비함을 더했지만, 사실 이 소설은 한 가지 진리를 말하고 있습니다. 내 운명은 내가 주인공이란 것! 그 운명을 설계하는 사람 역시 나라는 것!

우리는 인생에서 셀 수 없이 많은 선택의 갈림길에 서게 됩니다. 그 길 앞에서 우리가 했던 선택은 언제나 현명했던 걸까요? 만약 그 선택이 현명하지 않았다면, 되돌리거나 바꿀 방법은 없을까요?

이 책의 장르는 '청춘 로맨스'지만 작가는 시종일관 명확하게 말하고 있습니다. 지금 어떠한 이유로든 좌절을 하고 있다면 잠시 쉬어가는 한이 있더라도 결코 그대로 주저앉지 말라고, 스스로를 믿고 자신이 이 운명의 판을 뒤집을 열쇠를 가지고 있다고 생각하라고. 그리고 최선을 다한 사람에게는 새로운 운명이 열릴 수 있다고!

지금 여러분이 좌절하고 있거나 막막함에 허우적대고 있다면, 또는 아무것도 되는 일이 없다는 생각이 뇌리를 떠나지 않는다면, 이 책을 통해 용기를 얻고 주체적인 삶을 살아갈 수 있길 바랍니다. 풋풋하고 달달한 청춘들의 로맨스도 덤으로 느낄 수 있을 거고요!

너에 대한 두근거리는 예언

1판 1쇄 인쇄 2021년 8월 23일
1판 1쇄 발행 2021년 8월 30일

지은이 류잉 **옮긴이** 이지은
펴낸이 김영곤 **펴낸곳** (주)북이십일 아르테

융합사업3본부 본부장 이득재
문학팀 김유진 김연수 원보람
해외기획팀 최연순 정영주 **디자인** 데시그
영업팀 허소윤 윤송 이광호
마케팅2팀 엄재욱 이정인 나은경 정유진 이다솔 김경은 진승빈 김현아
제작팀 이영민 권경민

출판등록 2000년 5월 6일 제406-2003-061호
주소 (우 10881) 경기도 파주시 회동길 201(문발동)
대표전화 031-955-2100 **팩스** 031-955-2151

아르테는 (주)북이십일의 문학 브랜드입니다.

ISBN 978-89-509-8805-0 03820